I0573254

DIE BEFREIUNG VON CHLOE

Die Mountain Mercenaries, Buch2

SUSAN STOKER

Besuchen Sie Susan im Netz!
www.stokeraces.com
facebook.com/authorsusanstoker
twitter.com/Susan_Stoker
bookbub.com/authors/susan-stoker
instagram.com/authorsusanstoker
Email: Susan@StokerAces.com

Die Hochzeit von Emily
Die Rettung von Kassie
Die Rettung von Bryn
Die Rettung von Casey
Die Rettung von Wendy
Die Rettung von Sadie
Die Rettung von Mary
Die Rettung von Macie
Die Rettung von Annie (Feb 2022)

SEALs of Protection:
Schutz für Caroline
Schutz für Alabama
Schutz für Fiona
Die Hochzeit von Caroline
Schutz für Summer
Schutz für Cheyenne
Schutz für Jessyka
Schutz für Julie
Schutz für Melody
Schutz für die Zukunft
Schutz für Kiera
Schutz für Alabamas Kinder
Schutz für Dakota

Die SEALs von Hawaii:
Die Suche nach Elodie (13 April 2021)
Die Suche nach Lexie (10 Aug 2021)
Die Suche nach Kenna
Die Suche nach Monica
Die Suche nach Carly
Die Suche nach Ashlyn
Die Suche nach Jodelle

»Komm rein, mein Sohn.«

Leon Harris öffnete die Tür zum Arbeitszimmer seines Vaters und schlüpfte in den Raum, den er nur selten betreten durfte. Knapp fünfundzwanzig Jahre alt, war er vor zwei Monaten wieder nach Hause gezogen, nachdem er endlich seinen Masterabschluss in Rechnungswesen gemacht hatte. Er interessierte sich nicht für den Beruf, aber er mochte Geld, also schien es eine gute Ergänzung zu sein. Ganz zu schweigen davon, dass sein Vater angedeutet hatte, dass er eine Zukunft im Familienunternehmen hätte, wenn er seinen Abschluss machen würde.

»Setz dich«, erklärte Ray Harris und zeigte auf den großen braunen Ledersessel, der vor seinem viel zu großen und Ehrfurcht gebietenden Mahagonischreibtisch stand.

Leon schaffte es gerade so, das verächtliche Lächeln zu verbergen, und die teure Einrichtung erinnerte ihn an den großen Unterschied zwischen ihm und seinem Vater. Er hatte es so unglaublich satt, dass sein Vater sein Budget kontrollierte und ihm nicht das Geld gab, das er brauchte, um den Lebensstil zu führen, den er verdiente. Alle wussten, dass Ray Harris wahnsinnig reich war. Und Leon verstand einfach nicht, warum er ihm während der Studienzeit nicht einen besseren Unterhalt als hunderttausend Dollar im Jahr gewährt hatte. Das Ganze machte Leon wirklich wütend.

»Guten Abend, Vater«, sagte Leon in perfekt betontem und kontrolliertem Ton, sodass man ihm nicht anhören konnte, wie wütend er eigentlich war.

Ray Harris lehnte sich in seinem Ledersessel zurück, presste die Finger vor sich aneinander und betrachtete seinen Sohn. Schließlich atmete er tief durch, beugte sich vor und sah Leon mit stechendem Blick an. »Herzlichen Glückwunsch zum Abschluss. Ich habe dir nach der Highschool versprochen, dass ich dich in der Firma anstellen würde, wenn du deinen Abschluss in Rechnungswesen machst ... und dass du damit auf eine Reise gehst, von der du nicht mehr umkehren kannst. Deswegen ist meine Frage an dich: Bist du dir sicher, dass du das willst?«

»Ja, Vater«, erwiderte Leon, ohne zu zögern.

Ray hielt beschwichtigend eine Hand hoch. »Nicht so schnell. Du musst erst wirklich verstehen, was wir eigentlich tun.«

Leon nickte eifrig. Endlich würde er nun auch Teil des inneren Zirkels seines Vaters werden. Die Neugier war im Laufe der Jahre ins Unermessliche gestiegen. Er hatte gesehen, wie sein Vater an Besprechungen teilnahm, die von mehreren Leibwächtern bewacht wurden, und zwar sowohl von seinen eigenen als auch von denen der Geschäftsleute, die er zu sich ins Arbeitszimmer eingeladen hatte. Leon hasste es, nicht darüber Bescheid zu wissen, was vor sich ging, doch so wie es aussah, hatte er nun genügend Kunststückchen auf Geheiß seines Vaters vollführt, sodass dieser es ihm endlich sagen würde. Es war – verdammt noch mal – auch wirklich an der Zeit.

»Vor ein paar Jahren ist Joseph Carlino an mich herangetreten und hat mich gefragt, ob ich Interesse daran hätte, seinem Zweig der Cosa Nostra beizutreten. Weißt du, worum es sich dabei handelt?«

Leon nickte, obwohl er sich nicht ganz sicher war. Er wollte auf keinen Fall seinem Vater gegenüber zugeben, dass er etwas nicht wusste. Der eingebildete Idiot würde es sein Leben lang gegen ihn verwenden. Das machte dieses Arschloch immer.

Rays Mundwinkel zuckten amüsiert, doch er stellte die offensichtliche Lüge seines Sohnes nicht bloß. »Cosa Nostra ist die Mafia. Eine ihrer ältesten und bekanntesten Zweige. Sie wurde in Sizilien im achtzehnten Jahrhundert gegründet. Sie wurde von Einwanderern in die Vereinigten Staaten gebracht und ist heute in unserem Land aktiv und etabliert. Es gibt verschiedene Zweige der Organisation und Joseph Carlino ist der Kopf der Cosa Nostra in Denver. Es gibt einige andere einflussreiche Familien, mit denen er zusammenarbeitet, und er hat mich gefragt, ob ich mich ihnen anschließen und ihre Art von Geschäften hier nach Colorado Springs bringen möchte.«

»Und du hast Ja gesagt, richtig?«, fragte Leon aufgeregt. Die Mafia war verdammt cool, selbst wenn sie einen dämlichen italienischen Namen wie *Cosa Nostra* hatte.

Sein Vater seufzte, als hätte er eine absolut lächerliche Frage gestellt. »Ja, Leon, das habe ich.«

»Cool«, hauchte Leon.

»Wenn du damit fertig bist, dich wie ein Achtjähriger zu benehmen, würde ich dich jetzt gern darüber aufklären, was wir eigentlich tun.«

Leon nickte, doch innerlich kochte er. Er hasste es, dass

sein Vater ihn so behandelte, als wäre er immer noch ein kleines Kind.

Während der nächsten zwei Stunden erzählte Ray Harris seinem Sohn Details über das, was das Familiengeschäft mit sich brachte. Er beschrieb den Insiderhandel, die Erpressungs- und Schutzgeldzahlungen, den gelegentlichen Drogenhandel und die anderen erpresserischen Operationen, die das Fundament für den Beitrag ihrer Familie zur Cosa Nostra bildeten, einschließlich der Art und Weise, wie das Geld eingetrieben wurde.

Als er fertig war, lief Leon praktisch das Wasser im Mund zusammen.

Der Gedanke an die Menge an Geld, die er in die Hände bekommen würde, war fast überwältigend. Er würde nicht nur den Lebensstil haben, von dem er immer gewusst hatte, dass er ihn verdiente, sondern auch die Macht und den Respekt, die damit verbunden waren. »Und was ist meine Aufgabe, Vater?«, fragte er und dachte dabei daran, Geschäftsinhabern auf den Zahn zu fühlen und Koffer voller Geld zu haben.

Ray Harris lehnte sich auf seinen Schreibtisch und sah seinem Sohn in die Augen. »Ich habe dir erklärt, was wir tun, das bedeutet jedoch noch längst nicht, dass ich dich sofort an vorderster Front einsetze.«

Leon verengte die Augen zu Schlitzen. Das hörte sich nicht gut an. »Was soll das heißen?«, fragte er.

»Ich meine, denke nicht, dass es mir entgangen ist, dass du ein Versager an der Universität warst. Du hast mehr Vorlesungen geschwänzt, als du besucht hast, du hast andere Studenten dafür bezahlt, deine Arbeit zu machen, und du hast sogar mit einigen deiner Professorinnen geschlafen und sie dann erpresst. Während diese Art von Verhalten normalerweise dazu führen würde, dass ein

Student rausgeschmissen wird, hattest du Glück, dass der Präsident der Universität mir noch ein paar Gefallen schuldete. Nicht nur das, sondern du hast aufgrund deines Verhaltens gerade so den Abschluss geschafft.«

Leon lehnte sich auf seinem Sessel zurück und verschränkte die Arme vor der Brust. Sein Vater war schon immer ein verdammter Spießer gewesen. Frauen waren nur auf diesem Planeten, um Männern zu dienen. Sie waren viel schwächer und längst nicht so intelligent. Es war nur normal, dass er die Tussis dazu benutzt hatte, seine Hausarbeiten für ihn zu machen. Und die Lehrassistentinnen, mit denen er geschlafen hatte, waren sowieso alles Schlampen gewesen. »Was werde ich also tun?«, wiederholte Leon, dem nicht gefiel, welche Richtung das Gespräch angenommen hatte.

»Du bist intelligent, Leon«, erklärte Ray. »Das spiegelt sich zwar nicht in deinen Noten wider, aber ich weiß es genauso gut wie du. Allerdings wirst du dich mir erst beweisen müssen, bevor ich dir Zugang zu meinen Geschäften gebe. Schließlich geht es hier nicht nur um den guten Namen der Familie Harris. Es geht ja auch um die Familien Carlino und Smaldone, zwei der einflussreichsten Familien der Cosa Nostra. Selbst wenn nur die kleinste Kleinigkeit danebengeht, sind wir erledigt. Und damit meine ich nicht, dass sie nicht mehr mit uns arbeiten. Wir sind dann tatsächlich tot. Verstehst du das?«

»Ja, Vater«, antwortete Leon gehorsam. Er hatte im Laufe der Jahre gelernt, wie er mit seinem Vater umgehen musste.

»Gut. Da unser Geld bei Joseph Carlino gebunden ist, bin ich nicht bereit, dich einfach auf die Tabellenkalkulationen loszulassen, um dort Amok zu laufen. Du wirst beweisen müssen, dass etwas von dem, was du in deinen Vorlesungen lernen solltest, hängengeblieben ist. Beweise mir, dass du etwas von der gleichen mathematischen Begabung wie deine Schwester geerbt hast.«

Bei der Erwähnung seiner Schwester knirschte Leon mit den Zähnen. Er hasste es, mit Chloe verglichen zu werden. Vater knallte ihm ständig ihre Erfolge vor den Latz und Leon hatte es satt. Sie war fünf Jahre älter als er und Vater hatte sie immer wie eine verdammte Prinzessin behandelt statt wie die dumme Sau, die sie war. Sie arbeitete als Finanzberaterin für irgendeine Firma in der Stadt, deren Namen er sich nicht merken konnte. Sie verdiente offenbar gutes Geld, aber das war Leon scheißegal. Er hasste die verwöhnte Schlampe. Hatte er schon immer. Und würde es immer tun.

»Warum arbeitet *sie* dann nicht mit dir zusammen?«, fragte er ein wenig frech.

Ray schlug mit der Faust auf den Mahagonitisch und Leon fuhr überrascht zusammen. »Reize mich nicht, Junge«, sagte er mit böser, leiser Stimme. »Weil sie eine Frau ist, deshalb. Die Cosa Nostra arbeitet nicht mit Frauen in Führungspositionen. Aber mach dir nichts vor – sie ist doppelt so schlau wie du und schlägt dich um Längen, wenn es darum geht, Geld zu verdienen.«

Leon verdrängte alle Emotionen aus seinem Gesicht und kontrollierte die altvertraute Wut. Es war schon immer so gewesen. *Warum kannst du nicht wie Chloe sein? Chloe würde wissen, wie man das macht. Chloe kriegt alles hin; warum kannst du es nicht?* Er war es so leid, mit seiner perfekten älteren Schwester verglichen zu werden, dass er hätte schreien können.

Ray Harris holte tief Luft und verschränkte die Finger unter seinem Kinn. »Als ich deine Mutter heiratete, war sie die Alleinerbin des Familienvermögens. Sie war Millionen wert. Aber das ist nicht der Grund, warum ich sie geheiratet habe. Ich verliebte mich in sie und scherte mich einen Dreck um ihr Geld. Ich verdiente selbst genug. Ihr Familienanwalt verwaltete das Geld für sie, und es war nie ein Thema zwischen uns. Nachdem sie gestorben war, entdeckte ich, dass es vor über einem Jahrhundert Bestimmungen gab, die die fast eine halbe Milliarde Dollar auf ihren Konten weiter schützten. Das Geld gehörte allein ihr. Auch wenn sie mich geheiratet hatte, hatte ich keinen Rechtsanspruch darauf.«

»Aber ... als sie gestorben ist, hast du es bekommen, oder nicht?«, fragte Leon.

Ray schüttelte den Kopf. »Nein, mein Sohn. Ich erhalte jeden Monat eine gewisse Summe, doch der Rest des Geldes ist unantastbar.«

»Das ist doch Blödsinn!«, rief Leon.

»Als Louise vor fünf Jahren starb, ging ihr Vermögen automatisch an ihre Tochter, aber Chloe erhält es erst mit fünfunddreißig Jahren. Offenbar war es ihren Vorfahren lieber, dass ihre Frauen mehr Zeit hatten, zu heiraten und eigene Kinder zu bekommen, bevor sie erbten.«

»Das ist nicht fair«, erklärte Leon. »Was ist mit dir?«

Ray zuckte mit den Achseln. »Ich brauche keinen einzigen Cent von dem Geld ihrer Familie.«

»Also bekomme ich *nichts*?«, feuerte Leon zurück.

Ray sah seinen Sohn einen Moment lang kritisch an, bevor er entgegnete: »Genau, du bekommst nichts.«

»Na toll, danke für gar nichts, *Mom*«, murmelte er.

»Sprich nicht so abfällig über deine Mutter«, schalt Ray ihn. »Sie hat es so eingerichtet, dass jeden Monat fünfzigtausend Dollar auf mein Konto überwiesen werden, um sie für Chloe zu verwenden und die Verwaltung des Fonds zu bezahlen. Aber weißt du, was ich damit gemacht habe?« Ohne auf eine Antwort zu warten, sprach er weiter. »Ich habe *dir* ein Budget eingeräumt, damit du an der Universität herumvögeln und jede Frau ficken konntest, die du wolltest, ob sie *dich* wollte oder nicht. Ich habe hinter dir aufgeräumt und Leute geschmiert, damit sie dich nicht anzeigen. Ich habe deine Drogenrechnung bezahlt, wenn sich deine Dealer bei mir beschwert haben, dass du sie nicht für die Ware, die du ihnen abgenommen hast, bezahlt hast. Ich habe es benutzt, um *dir* den Arsch zu retten, mein Sohn. Aber das hört *jetzt* auf. Du bist auf dich allein gestellt. Es gibt kein Geld mehr von mir. Und wenn Chloe fünfunddreißig wird, erzähle ich ihr von ihrem Erbe. Was sie mit dem Geld macht, bleibt ihr überlassen.«

Plötzlich sah Leon nur noch rot.

Das passierte doch nicht wirklich. Es war unmöglich, dass seine verdammte Schwester all das Geld bekommen würde und er *nichts.* »Das ist nicht fair!«, beschwerte er sich erneut.

Ray zuckte mit den Achseln. »Fair oder nicht, so ist es eben. Aber ich schlage dir etwas vor. Du kannst genau fünfzigtausend im Monat haben. Aber ... ich will sehen, was du damit machen kannst. Deine Aufgabe ist es, es möglichst viel anwachsen zu lassen. Wenn du nach einem Jahr aus den sechshunderttausend Dollar mindestens zwei Millionen gemacht hast, werde ich dich mit offenen Armen in das Familienunternehmen aufnehmen. Du darfst dann über das Geld auf dem Geschäftskonto verfügen und es verwalten.« Er sah seinen Sohn mit zusammengekniffenen Augen an. »Beweise mir, dass du während der letzten sieben Jahre irgendetwas an der Uni gelernt hast. Beweise mir, dass all das Geld, das ich für dich ausgegeben habe, für mehr als nur Sex, Alkohol, Drogen und Partys draufgegangen ist. Wenn du das schaffst, bist du dabei.«

»Ich soll davon leben *und* es investieren?«, fragte Leon.

»Ja. Du bekommst keinen weiteren Cent von mir. Du kannst hier wohnen und du kannst über deinen Wagen verfügen. Aber damit hat es sich erledigt. Alles andere liegt in deiner Hand.«

»Und wenn ich da nicht mitspiele?«, fragte Leon.

Ray verschränkte die Hände hinter dem Kopf, lehnte sich in seinem Sessel zurück und sah völlig entspannt und unbesorgt aus. »Dann bist du ganz auf dich allein gestellt. Es gibt kein Geld mehr. Kein Auto. Du wirst auch nicht mehr vom Geld der Familie Harris leben.«

Leon bewegte sich einen Moment lang nicht, während er und sein Vater sich gegenseitig anstarrten. Die Ungerechtigkeit des Ganzen war fast zu viel des Guten. Er wusste, dass sein Vater versuchte, ihm Feuer unter dem Hintern zu machen, um ihn zu motivieren.

Aber stattdessen hatte er eine andere Art von Feuer entfacht.

Ein gefährliches, das bald außer Kontrolle geraten und alles verzehren würde, was Ray Harris kannte und liebte.

Langsam stand Leon auf und streckte seinem Vater die rechte Hand entgegen. »Abgemacht.«

Lächelnd stand Ray ebenfalls auf und schüttelte seinem Sohn die Hand. »Mach mich stolz, mein Junge.«

Ohne ein weiteres Wort nickte Leon und wandte sich zum Gehen. Als er die schwere Holztür hinter sich schloss, ließ Leon die freundliche Maske fallen, die er für seinen Vater aufgesetzt hatte. Seine Lippen verzogen sich zu einem Knurren und er starrte die Tür zum Arbeitszimmer an.

»Denke an meine Worte, Vater. Chloes Geld wird mir gehören. Jeder einzelne Cent. Und nicht nur das, deins werde ich mir auch holen. Tatsächlich werde ich mir *alles* holen. Ich soll mich dir gegenüber beweisen? Vergiss es. Ich muss *niemandem* etwas beweisen. Niemand sagt mir, was ich tun kann und was nicht.«

Und damit drehte Leon Harris sich um und machte sich auf den Weg zu seiner Suite auf der gegenüberliegenden Seite des großen Anwesens, wobei sein Verstand raste. Er hatte Pläne zu schmieden. Große Pläne.

KAPITEL EINS

Fünf Jahre später

»Was hast du herausgefunden?«, fragte Ronan Cross ungeduldig.

Ro und seine Freunde saßen an ihrem üblichen Platz im *The Pit*, der Billardkneipe, die sie häufiger besuchten. Alle sechs gehörten zu den Mountain Mercenaries, einer Gruppe von Männern, die für ihren gemeinsamen Kontaktmann, ein Mann namens Rex, arbeiteten. Bei den Fällen, die sie übernahmen, ging es immer darum, Frauen und Kinder vor dem Abschaum der Menschheit zu retten, der sie versklaven, vergewaltigen und ermorden wollte.

Aber in diesem Moment interessierte Ro sich nur für eine Frau.

Chloe Harris.

Sie war in schlecht sitzender Kleidung auf sein Grundstück in Black Forest nördlich von Colorado Springs gestolpert, und die Geschichte, die sie ihm erzählt hatte, hatte einfach keinen Sinn ergeben. Ro hätte es trotzdem auf sich beruhen lassen ... wäre da nicht der große schwarz-blaue Fleck auf ihrem Rücken gewesen. Jemand hatte sie geschlagen. Fest.

Das konnte er nicht ignorieren. Er hatte die letzten Jahre damit verbracht, alles zu tun, was nötig war, um Frauen aus der Gefahr zu befreien; er konnte auf keinen Fall zulassen, dass die einzige Frau, die ihn seit Langem auf einer persönlichen Ebene faszinierte, wie eine Rauchwolke aus seinem Leben verschwand, vor allem, wenn sie missbraucht worden war.

Er hatte ihr seine Visitenkarte gegeben, wohl wissend, dass er höchstwahrscheinlich nichts mehr von ihr hören würde. Er wusste auch, und zwar besser als die meisten, dass misshandelte Frauen sich selten meldeten, bevor sie am Tiefpunkt ankamen, und manchmal nicht einmal dann.

Aber er befürchtete, dass das Syndrom der misshandelten Frau nicht der Grund war, warum sie sich nicht bei ihm gemeldet hatte. Er hatte das Gefühl, es lag daran, dass sie daran gehindert wurde, ihn anzurufen.

Woher er das wusste, konnte Ro nicht sagen. Aber er wusste es.

Sie sagte, sie lebe bei Leon Harris, ihrem Bruder.

Ihn kannte er.

Das taten sie alle. Jeder, der in Colorado Springs etwas auf sich hielt, kannte Leon. Während der letzten Jahre hatte er so viel Geld für wohltätige Organisationen gespendet, dass die Stadtverwaltung ihn liebte. Aber Ro und die anderen Mountain Mercenaries wussten, dass er ein Mitglied der Cosa Nostra war. Der Mafia.

Er war nicht der große Drahtzieher – das war Joseph Carlino, der in Denver lebte und arbeitete. Aber im letzten Jahrzehnt hatte Carlino sein Geschäft ausgedehnt und andere einflussreiche Familien in sein Netzwerk eingeladen.

Leon Harris – oder auch Carlino – waren ihrem Kontaktmann bisher einzig und allein nicht aufgefallen, weil die Gruppe nicht an Verbrechen gegen Frauen beteiligt war. Es gab weder Prostitution noch Menschenhandel in ihrer Organisation ... zumindest soweit Rex wusste.

Tatsächlich waren Joseph Carlino und sein Hauptgeschäftspartner Peter Smaldone dafür bekannt, dass sie ihre Frauen und Kinder liebten. Nicht nur das, sie taten alles, um dafür zu sorgen, dass sie beschützt wurden, und zwar mit mehreren Leibwächtern, die jedem von ihnen zugeteilt wurden.

Ro hatte mit Rex über seinen Verdacht in Bezug auf Leon und seine Schwester gesprochen. Sein Kontaktmann war jedoch davon überzeugt, dass Carlino niemals in irgendeine Sache verwickelt war, bei der es um Gewalt gegen Frauen ging.

Aber Ro konnte Chloe einfach nicht vergessen. Also hatte er sich einen seiner Freunde zu Hilfe gerufen. Meat, um genau zu sein.

Hunter Snow, auch als Meat bekannt, war ihr hauseigener Computerexperte. Er konnte sich in so ziemlich jede Datenbank einhacken.

»Und?«, fragte er und trommelte ungeduldig mit den Fingern auf der Tischplatte, während er darauf wartete, dass Meat ihm erzählte, was er über Leon herausgefunden hatte.

Meat runzelte die Stirn. »Ich hätte ehrlich nicht gedacht, dass ich irgendetwas Interessantes herausfinde. Der Mann ist zwar kein Heiliger, das ist klar. Er hat gegen die Hälfte der Mitarbeiter des Bürgermeisters etwas in der Hand und hat sie deswegen in der Tasche, genauso wie die Polizei.«

»Und womit erpresst er sie?«, wollte Gray wissen.

»Die üblichen Sachen. So wie es aussieht, haben die

Köpfe der Stadt ein besonderes Interesse daran, bestimmte Damen nachts in Denver zu besuchen oder Drogen zu nehmen.«

»Ich hasse Politiker, verdammt noch mal«, erklärte Arrow leise.

»Aber wirklich. Ich wünschte, Leutnant Joe Kenda wäre nicht im Ruhestand. Der hätte ohne große Probleme aufgeräumt«, bemerkte Black.

»Der Typ aus der Fernsehserie? Derjenige, der immer ›Also, ja, ja, ja‹ sagt?«, fragte Ball.

»Genau der. Er war einer der besten Beamten, die das Polizeirevier von Colorado Springs jemals hatte. Und das, obwohl er in den achtziger Jahren aktiv war, als DNA-Beweise noch nicht so zuverlässig waren wie heute. Trotzdem ist es ihm gelungen, die meisten seiner Fälle erfolgreich abzuschließen«, erklärte Black.

Ro ignorierte seine Teamkameraden. Es war ihm scheißegal, wo jemand seinen Schwanz hineinsteckte oder was er sich in die Nase zog, und eine verdammte Fernsehsendung war ihm wirklich völlig egal. Seine Sorge galt Chloe. »Was hast du noch herausgefunden?«, fragte er Meat.

»Woher weißt du, dass da noch mehr ist?«, wollte dieser wissen.

Ro antwortete nicht, sondern starrte Meat einfach nur an.

»Na gut, etwas habe ich noch herausgefunden«, gab sein Freund zu. »Es sieht so aus, als hätte Leon Harris vor zwei Jahren ein neues Geschäft gegründet. Kennt ihr diesen Stripklub im Südosten der Stadt? Der gehört ihm.«

»*BJ's*?«

Meat verdrehte die Augen. »Ja. Offenbar hielt sich derjenige, der sich den Namen ausgedacht hat, für besonders clever. Wie auch immer, er gehört Harris. Viele der Erpresserbilder scheinen von dort zu stammen. Aber das Interessante ist, ich bin mir nicht sicher, ob Carlino von dem Ort weiß. Er hat mehr als einmal klargestellt, dass die Cosa Nostra sich nicht mit solchen Etablissements abgibt. Wie Rex erwähnte, schätzen die Mitglieder dieser Organisation ihre Frauen und würden sie wahrscheinlich nicht respektlos behandeln, indem sie ein Striplokal besuchen oder besitzen.«

»Und?«, wollte Ro wissen.

Meat zuckte mit den Achseln. »Entweder hat Carlino Harris die Erlaubnis gegeben, den Klub zu eröffnen, oder er stellt sich aus einem anderen Grund blind. Oder vielleicht behält er Leons Klub auch einfach nicht so genau im Auge, wie er es sollte. Da bin ich mir nicht ganz sicher. Von außen sieht es jedoch genau wie das aus, was es auch ist – ein Stripklub.«

»Und wie sieht's von drinnen aus?«, fragte Arrow und lehnte sich auf seinen Ellbogen nach vorn.

Ro sah sich um und stellte fest, dass der Rest des Teams an Meats Antwort genauso interessiert zu sein schien wie er.

»Das weiß ich noch nicht. Ich forsche noch nach. Aber oberflächlich betrachtet ist das Geschäft legitim. Alle Steuern werden rechtzeitig bezahlt, der Papierkram zur Eröffnung des Ladens wurde rechtmäßig ausgefüllt und bei der Stadt hinterlegt, und die Vollzeitangestellten sind sogar krankenversichert. Ich bin mit meinen Nachforschungen so weit gekommen, dass ich herausgefunden habe, dass sie vor nicht allzu langer Zeit ein weiteres Gebäude am anderen Ende der Stadt gekauft haben. Für diesen zweiten Klub wurde ebenfalls bereits eine Genehmigung erteilt.« Er verdrehte die Augen. »Der offizielle Name dieses Ladens lautet *Beaver Den*.«

»Woher stammt denn dein plötzliches Interesse an der

Familie Harris?«, wollte Ball von Ro wissen. »Leon Harris ist seit Jahren in der Szene tätig und das Gleiche gilt für seinen kleinen Stripklub.«

Ro atmete tief ein, hielt einen Moment lang die Luft an und atmete dann laut wieder aus. »Vor ungefähr zwei Wochen kam eine Frau in meine Autoreparaturwerkstatt und bat mich darum, mein Telefon benutzen zu dürfen. Sie trug hohe Schuhe, in denen sie nicht gut laufen konnte, und ihre Kleidung war viel zu eng. Sie war verängstigt und nervös und hatte etwas an sich, das mir gar nicht gefiel.«

»Und?«, hakte Gray nach. »Was sonst noch?«

Ro war nicht überrascht, dass Gray etwas ungeduldig schien. Seit er mit Allye zusammen war, zog er es vor, weniger mit ihnen herumzuhängen und im *The Pit* Billard zu spielen, sondern verbrachte stattdessen mehr Zeit zu Hause mit seiner Freundin. Nicht dass Ro ihm das zum Vorwurf gemacht hätte.

»Du weißt doch, wo ich wohne. Black Forest ist nicht gerade das Stadtzentrum. Es gab absolut keinen guten Grund dafür, warum sie dort sein sollte, noch dazu zu Fuß und so angezogen. Ich hätte mir nichts weiter dabei gedacht, hätte sie nicht einen riesigen blauen Fleck am Rücken gehabt. Da sie eine durchsichtige Bluse anhatte, konnte man ihn gut sehen.«

Arrow pfiff durch die Zähne.

»Sie sagte, ihr Name sei Chloe Harris und dass ihr Bruder Leon wäre. Sie lebt bei ihm. Und als sie von einer Tussi aufgegabelt wurde, die aussah, als hätte sie einen permanenten Stock im Arsch, bekam sie einen Anschiss erster Güte. Die ganze Situation hat mir damals nicht gefallen und sie gefällt mir auch jetzt nicht«, erklärte Ro.

Meat runzelte die Stirn. »Ich wusste, dass Leon eine Schwester hat, doch ich erinnere mich nicht gut an sie. Ich werde Nachforschungen über sie anstellen müssen. Das hättest du mir aber auch gleich sagen können«, schalt er Ro.

Ro zuckte mit den Achseln, nicht im Geringsten berührt von der Kritik seines Freundes. »Ich wollte wissen, ob ihr Bruder Dreck am Stecken hat. Und jetzt weiß ich, dass das der Fall ist.«

»Nur weil er einen Stripklub besitzt, hat er nicht unbedingt Dreck am Stecken«, bemerkte Gray.

Ro sah seinen Freund an. »Vielleicht nicht. Aber falls er es tatsächlich heimlich macht und Carlino nicht darüber Bescheid weiß, hat er sicher Dreck am Stecken. Mal ganz abgesehen von der Erpressung und all den anderen Schweinereien, die er tut. Hör zu, Chloe scheint ein nettes Mädchen zu sein. Du weißt schon, was ich meine. Sie war nervös und hatte Angst.«

»Aber nur weil sie einen blauen Fleck hat und bei ihrem Bruder wohnt, heißt das nicht, dass er derjenige ist, der sie missbraucht. Vielleicht hat sie einen Freund, der sie schlägt«, erklärte Black mit der Stimme der Vernunft.

»Nein, er ist es. Das weiß ich einfach«, erklärte Ro ohne eine Spur Zweifel in der Stimme.

»Rex hat uns gesagt, dass wir die Cosa Nostra in Ruhe lassen sollen«, rief Gray ihm ins Gedächtnis.

»Ich verlange ja nicht, dass wir einen Großangriff auf den Stripklub starten. Ich überprüfe nur die Lage.«

Gray sah davon nicht überzeugt aus.

»Ernsthaft«, erklärte Ro, »Meat soll einfach Nachforschungen über die Familie Harris anstellen und sehen, was er noch herausfinden kann.«

»Und was wirst *du* tun?«, fragte Ball.

Ro grinste zum ersten Mal an diesem Abend. »Hat jemand von euch Lust auf eine Party?«

»Lass mich raten. Im *BJ's*?«, fragte Arrow.

»Ich war schon seit Ewigkeiten nicht mehr in einem Stripklub«, sagte Ro. »Ich dachte, das würde für Abwechslung sorgen. Das *The Pit* wird auch manchmal langweilig.«

Die anderen verdrehten die Augen.

»Wenn wir das machen, dann nur, um Nachforschungen anzustellen«, erklärte Black nachdrücklich. »Und bevor wir überhaupt irgendetwas machen, müssen wir Rex informieren und ihn fragen, was er von der Sache hält. Du weißt doch genauso gut wie ich, dass wir geschworen haben, niemals irgendetwas auf eigene Faust zu unternehmen, als wir den Mountain Mercenaries beigetreten sind.«

Ro nickte kurz. »Du musst mich nicht daran erinnern. Ich weiß, was ich versprochen habe, und ich halte immer mein Wort.«

»Aber?«, fragte Gray, dem offensichtlich der Unterton von Ros Aussage nicht entgangen war.

»Wir haben auch versprochen, alles zu tun, was nötig ist, um dafür zu sorgen, dass keine Frau unterdrückt oder gegen ihren Willen festgehalten wird. Wenn wir herausfinden, dass Harris Frauen – oder Gott bewahre, Mädchen – dazu zwingt, mehr zu tun, als sich einfach nur auszuziehen, oder wenn er sie zur Arbeit zwingt, vielleicht indem er sie mit etwas bedroht, werde ich alles in meiner Macht Stehende tun, um den Scheiß zu beenden«, erklärte Ro.

»Da bin ich ganz deiner Meinung.«

»Ich auch.«

»Allerdings.«

Ro freute sich darüber, dass seine Freunde auf seiner Seite waren.

»Ich bin dabei«, erklärte Black. »Aber eine Frage habe ich noch.«

»Und die wäre?«, wollte Ro wissen.

»Wirst du durchdrehen, wenn diese Chloe im *BJ's* ist?

Und was noch viel wichtiger ist, wenn sie nicht aus freien Stücken dort ist?«

Ro biss die Zähne so fest zusammen, dass ihm der Kopf schmerzte. »Falls sie tatsächlich dort sein sollte, dann nicht aus freien Stücken«, erklärte er, nachdem er kurz nachgedacht hatte.

»Aber wenn sie tatsächlich dort ist?«, hakte Black nach.

»Sollte sie tatsächlich dort sein, ist mir das auch recht. Falls dort aber minderjährige Mädchen dabei sein sollten oder Frauen, die nicht aus freien Stücken dort sind, werde ich auf jeden Fall versuchen, Rex dazu zu bringen, Harris das Handwerk zu legen.«

»Selbst wenn die Mountain Mercenaries damit den Zorn der Cosa Nostra auf sich ziehen?«

Ro lehnte sich zu Black. »Ja.«

Black grinste. »Gut. Das wollte ich nur klarstellen.«

Ro entspannte sich ein wenig, ärgerte sich aber über seinen Freund. Er hasste es, wenn Black diesen Scheiß machte. Er tat es dauernd, liebte es, den Anwalt des Teufels zu spielen. Er wusste, dass Black genauso engagiert war wie sie alle, wenn es darum ging, Drecksäcke zur Strecke zu bringen, die Frauen wie Scheiße behandelten.

Aber aus irgendeinem Grund ging ihm die unschuldige Frau nicht aus dem Kopf, die in seiner Werkstatt gestanden und ihm tapfer in die Augen geschaut hatte, um ihm zu sagen, dass es ihr gut ginge, obwohl das offensichtlich nicht der Fall war. Er würde sein Leben und seinen Ruf darauf verwetten, dass etwas Schlimmeres mit ihr geschah.

Er hatte schon früher Visionen gehabt – sie hatten ihm mehr als einmal das Leben gerettet –, aber nie hatten sie eine Frau betroffen. Das allein hätte ihn schon ausflippen lassen sollen, aber das tat es nicht. Stattdessen machte ihn der Gedanke, dass Chloe Harris in Schwierigkeiten steckte, entschlossener denn je, der Sache auf den Grund zu gehen.

Wenn ihr Bruder sie irgendwie erpresste oder sie dazu brachte, etwas zu tun, was sie nicht tun wollte, würde Ro dafür sorgen, dass sie nicht mehr unter seiner Fuchtel stand. Ganz egal, was dazu nötig war.

KAPITEL ZWEI

Chloe saß auf dem Rücksitz des Mercedes und hörte zu, wie ihr Bruder und seine Freundin Abbie über den bevorstehenden Abend sprachen. Sie ballte die Hände so fest zu Fäusten, dass Abdrücke von ihren Fingernägeln in ihrer Haut bleiben würden, wenn sie im *BJ's* ankamen.

BJ's. Was für ein lächerlicher Name für einen Stripklub. Aber es war typisch Leon. Er hatte sich immer für viel witziger gehalten, als er tatsächlich war.

Chloe hatte keine Ahnung, wie sie an diesen Punkt in ihrem Leben gekommen war. Einst hatte sie ein glückliches, privilegiertes Leben geführt. Sie war gern eine große Schwester und hatte ihre Eltern vergöttert.

Aber dann wurde ihre Mutter umgebracht. Ihr Vater war nie besonders liebevoll gewesen, aber es schien, als wären mit dem Tod seiner Frau auch alle Spuren ihres liebevollen Vaters verschwunden. Es war nicht so, dass er sie nicht liebte, er verschwand nur mehr und mehr hinter der Tür zu seinem Arbeitszimmer. Der Job wurde wichtiger als alles andere, auch seine Kinder.

Das war auch ungefähr die Zeit, als ihr Bruder

begonnen hatte, mit einer neuen Gruppe von Freunden herumzuhängen. Junge Männer mit zweifelhaftem Charakter und einem schlechten Ruf. Chloe hatte versucht, ihn zu warnen, aber er hatte sie ignoriert.

Sie hatten sich in den Jahren dazwischen nicht nahegestanden; sie hatte bereits das College abgeschlossen und einen Job gefunden. Sie hatte gedacht, nach dem Tod ihres Vaters, als sie ihren Job verloren und Leon ihr angeboten hatte, in die Villa zu ziehen, in der sie aufgewachsen war, wäre er vielleicht zu einem besseren Mann gereift, als er es in seiner Jugend gewesen war.

Aber sie hatte sich geirrt. Sehr sogar.

Chloe seufzte grimmig. Was geschehen war, war geschehen. Sie konnte die Zeit nicht zurückdrehen; sie konnte nur nach vorn schauen.

»Es ist langsam mal an der Zeit, dass du es richtig machst«, erklärte Leon Chloe, womit er sie aus ihren deprimierenden Gedanken riss.

»Was?«, fragte sie, weil sie sich nicht sicher war, wovon er redete.

»Verdammte Schlampe, kannst du nicht aufpassen?«, fuhr Leon sie an. »Hast du überhaupt ein Wort gehört von dem, was wir dir gesagt haben?«

Sie konnte daraufhin nur den Kopf schütteln.

Abbie tätschelte den Arm ihres Bruders und sah dabei Chloe verächtlich an. »Ich trainiere dich seit ein paar Wochen darauf, dass du in den Privatzimmern arbeiten kannst. Und jetzt ist es an der Zeit, dass du ganz damit anfängst.«

»Heute Abend?«, fragte Chloe bestürzt.

»Dann kannst du dich schon mal daran gewöhnen«, erklärte Abbie mit einem gemeinen Grinsen. »Statt die Hälfte der Zeit mit der Buchhaltung im Büro zu verbringen und dann im Klub zu arbeiten, wirst du heute die ganze Zeit als Bedienung arbeiten … und nicht nur das. Tanzen kannst du ja offensichtlich nicht, denn ich habe noch nie jemanden kennengelernt, der weniger Körpergefühl hat als du. Verdammt, du stolperst ja sogar über die Ritzen im Bürgersteig. Heute Abend wirst du Getränke servieren und damit anfangen, die Kunden in den Privaträumen zu bedienen.«

Chloe erstarrte und grub ihre Fingernägel fester in ihre Haut.

Die letzten Wochen waren die Hölle gewesen. Seit Abbie sie in Black Forest abgeholt hatte – nachdem Leon sie aus seinem Wagen geworfen hatte –, hatte Chloe dieses demütigende »Training« über sich ergehen lassen müssen. Sie hatte an jenem Tag einen taktischen Fehler begangen und ihren Bruder so wütend gemacht, dass er beschlossen hatte, ihren Aufgabenbereich im Klub zu ändern.

»Ich würde wirklich lieber weiter bedienen und die Buchhaltung übernehmen. Ich glaube nicht, dass ich besonders gut bin in … all diesen anderen Sachen.« Sie versuchte, ihre Stimme fügsam und nicht wütend klingen zu lassen. Es war immer schwieriger geworden, die Rolle der gehorsamen Schwester aufrechtzuerhalten, die sie in den letzten drei Jahren gespielt hatte, während sie plante und Pläne schmiedete.

»Ich bin mir sicher, Schwesterherz«, erklärte Leon aalglatt, während er abwechselnd auf die Straße und in den Rückspiegel schaute, damit er sie ansehen konnte, »dass du, wenn du dir Mühe gibst, eine akzeptable Leistung hinlegen kannst, wenn es darum geht, für die *Unterhaltung* unserer Gäste zu sorgen. Ich war sehr geduldig mit dir. Du lebst seit Jahren bei mir, ohne Miete zu bezahlen. Du musst nichts für Lebensmittel, Nebenkosten oder Kleidung bezahlen. Es ist dir nicht gelungen, einen Job in deinem Beruf zu finden, also hatte ich Mitleid mit dir und habe dich bei mir einge-stellt. Aber es ist langsam an der Zeit, dass dir klar wird, dass das Schmarotzerleben jetzt vorbei ist. Du hast keine schlechte Figur. Und obwohl du zu fett bist, haben sich bereits mehrere Männer bei mir gemeldet, die dich wollen. Und schließlich bist du ja nicht verheiratet. Würdest du dir ein bisschen mehr Mühe geben mit den Männern, mit denen ich dich zusammenbringe, könntest du bereits verheiratet sein und eine eigene Familie mit Kindern haben. Aber nein. Du nutzt mich weiterhin aus – und das hört jetzt *auf der Stelle* auf. Deine Fähigkeiten als Buchhalterin sind alles andere als überragend. Auf diese Weise wirst du mir mehr bringen und dabei einen Haufen Geld verdienen.«

Chloe erschauderte. Sie wusste ganz genau, was ihr Bruder vorhatte. Sie hatte dabei zugesehen, wie Leon problemlos viele andere Leute manipuliert hatte, sodass sie seine Taktik schon von Weitem erkannte. »Hätte ich also einen der Männer geheiratet, die du mir vorgestellt hast, müsste ich jetzt nicht als Prostituierte arbeiten?«

Bei ihren Worten verschwand sein entspannter Ausdruck. »Du hast dich mir und allen anderen gegenüber immer so benommen, als wärst du etwas Besseres. Aber – und das kommt vielleicht überraschend – das bist du nicht. Es ist schon längst an der Zeit, dass du heiratest. Du bist eine Schande für Mutter und Vater und die gesamte Familie Harris. Ich habe dich neulich einem wirklich guten Mann vorgestellt. Und anstatt zu tun, was du für diese Familie tun solltest, hast du ihn beleidigt. Ich musste dich abholen, als wärst du ein Kind.«

Chloe wusste, dass sie an diesem Tag zu weit gegangen war, aber es war einfach zu viel gewesen, als der achtund-fünfzigjährige, bereits zweifach geschiedene »Freund« von Leon versucht hatte, eine Hand unter ihren kurzen Rock zu schieben – und dann gelacht hatte, als sie darüber verärgert war. Sie würde diesen Blödsinn nicht zulassen. Auf keinen Fall.

Der Mann hatte Leon angerufen und ihm gesagt, er solle sie abholen. Er hatte ihm versichert, dass es zwischen ihnen beiden »nicht funktionieren würde« und er »so eine kalte Schlampe ohnehin nicht heiraten würde, egal, um wie viel Geld es ging.«

Als Leon gekommen war, um sie abzuholen, war er stinkwütend gewesen. Doch anstatt zu versuchen, ihn zu besänftigen, worin Chloe im Laufe der Jahre wirklich gut geworden war, hatte sie ihm mit deutlichen Worten gesagt, dass der Mann ein Schwein war und dass sie sich auf keinen Fall mit irgendwelchen weiteren Männern treffen würde, mit denen Leon sie verkuppeln wollte. Daraufhin war er noch wütender geworden und hatte sie auf der Stelle aus dem Wagen geworfen.

Chloe zwang sich dazu, ihrem Bruder zuzuhören ... und nicht an den *anderen* Mann zu denken, den sie an jenem schicksalhaften Tag kennengelernt hatte.

»Wenn du schon nicht dabei helfen möchtest, das Familienunternehmen zu vergrößern, indem du einen Mann aus einer respektablen Familie heiratest«, sprach Leon weiter, »musst du deinen Wert eben auf andere Weise zeigen.«

»Indem ich mich ausziehe?«, fragte Chloe ungläubig. »Und wie zum Teufel soll das dabei helfen, das Familienunternehmen zu vergrößern?«

Abbie drehte sich in ihrem Sitz um, als wollte sie etwas sagen – aber stattdessen schlug sie zu und ohrfeigte Chloe, so fest sie konnte.

Chloe legte sofort eine Hand vor ihr Gesicht und starrte Abbie an.

Leon hatte vor etwa anderthalb Jahren begonnen, mit

dieser Frau auszugehen. Sie hatte schnell die Fassade fallen gelassen, mit Chloe befreundet sein zu wollen, und ihr wahres Gesicht gezeigt. Sie war eine willige Spionin für Leon gewesen, genauso böse wie er, und sie hatte Chloe ständig im Auge behalten. In letzter Zeit hatte sich ihre Rolle jedoch zu der einer Gefängniswärterin gewandelt. Chloe konnte nichts mehr tun, nirgendwohin gehen, ohne dass Abbie sie begleitete. Sie beobachtete. Und ihrem Bruder Bericht erstattete.

»Hör auf zu widersprechen!«, befahl Abbie. »Du solltest deinem Bruder gehorchen. Es würde dir nur recht geschehen, wenn er dich auf der Stelle aus dem Wagen werfen würde. Dann kannst du sehen, wie du allein zurechtkommst.«

Chloe zuckte zusammen, weil sie wusste, dass sie erwarteten, Angst in ihrem Gesicht zu sehen. Aber jetzt, da sie in den Privaträumen von *BJ's* arbeiten sollte, hoffte sie, dass Leon sie aus dem Wagen lassen würde. Sie hatte während der letzten drei Jahre auf den richtigen Zeitpunkt gewartet, aber wenn sie die Chance hatte, heute Abend zu fliehen, würde sie sie ergreifen – selbst ohne das Geld, das sie nicht nur zum Überleben brauchte, sondern auch, um sich vor ihrem verrückten Bruder und dessen Freundin zu verstecken.

Als er sie das letzte Mal aus dem Fahrzeug geworfen hatte, hatte er sie mitten in Black Forest abgesetzt, einer spärlich besiedelten Vorstadt nördlich von Colorado Springs. Sie war zu Fuß zu etwas gegangen, das wie ein Wohnhaus mit angeschlossener Werkstatt aussah, und sie hatte sich ein Telefon leihen können, um Abbie anzurufen, damit sie sie abholte, denn sie wusste, dass das von ihr erwartet wurde. Chloe erinnerte sich an die Begegnung mit dem Hausbesitzer, als wäre es gestern gewesen.

Ronan Cross. Ro. Er hatte behauptet, er sei Amerikaner, aber sein faszinierender englischer Akzent besagte etwas anderes.

Er hatte den blauen Fleck gesehen, wo ihr Bruder sie ein paar Tage zuvor geschlagen hatte, und er war wütend gewesen. Er war auch respektvoll gewesen, hatte eine hilflose Frau mitten im Nirgendwo nicht ausgenutzt und hatte nicht einmal einen Blick auf ihre zu kleine Bluse geworfen, aus der ihre Brüste herausquollen.

Stattdessen hatte er ihr seine Visitenkarte gegeben, falls sie Hilfe brauchte. Er hatte sie sogar gebeten, ihn anzurufen, sollte sie etwas brauchen.

Sie hatte die Karte weggeschmissen. Sie konnte es sich nicht leisten, dass Abbie oder Leon dachten, sie würde versuchen, sich Hilfe zu holen, oder dass sich jemand genug für sie interessierte, um ihr seine Nummer zu geben. Aber sie hatte sich den Namen seines Geschäfts gemerkt: *Ro's Auto Body*. Wenn sie Hilfe brauchte, würde sie seine Nummer im Internet nachsehen und herausfinden, ob er es mit seinem Angebot wirklich ernst gemeint hatte.

»Nur zu. Halt den Wagen an und lass mich raus«, sagte Chloe und hoffte wider besseren Wissens, dass sie ihren Bruder wütend genug machte, sodass er das tatsächlich tat. Ihr Kopf war voller Ideen, wie sie das von ihm bekommen konnte. Es war zwar nicht das, was sie geplant hatte, aber mittlerweile war es wichtiger, einfach zu entkommen, anstatt weiterhin die Rolle zu spielen, in der sie mittlerweile so gut geworden war.

Leon lachte leise. »Das mache ich. Und wenn ich es mache, werfe ich dich nackt aus dem Wagen. Willst du das, Schwesterherz? Das glaube ich nicht. Besonders weil wir uns nicht gerade im besten Stadtviertel befinden und eine Frau, die hier vollkommen nackt herumläuft, würde sich als zu große Versuchung erweisen, könnte ich mir denken. Innerhalb von ein paar Minuten hätte dich schon der erste Typ flachgelegt. Ich würde sagen, dann fändest du es nicht mehr so schlimm, im *BJ's* zu arbeiten, was?«

Chloe wusste, dass ihr Bruder nicht bluffte. Er würde *tatsächlich* dafür sorgen, dass sie nackt war, bevor er sie aus dem Wagen schmiss und sie allein zurückließ. *Verdammt.* Sie würde die Lage neu überdenken und einen anderen Weg finden müssen, um vor ihm zu fliehen.

Allerdings hatte sie keine Ahnung, was aus dem liebevollen, kleinen Jungen geworden war, mit dem sie aufgewachsen war, doch mittlerweile war schon längst jede Spur von ihm verschwunden. Sie verstand auch nicht, warum ihr Bruder sie so sehr hasste, wie er es offensichtlich tat. Jede Zuneigung, die sie einander in Kindertagen entgegengebracht haben mochten, war längst verschwunden.

Niedergeschlagen lehnte sie sich in ihrem Sitz zurück.

»Also dann, heute«, fuhr Leon fort, »wirst du die erste Hälfte des Abends damit verbringen, dein Training fortzusetzen, wie während der letzten zwei Wochen auch. Du wirst den Mädchen bei ihren Vorführungen in den Privatzimmern zusehen und ihre Vorstellung bewerten. Wenn der Klub dann voller wird, bist du dran. Und ich möchte, dass du dir wirklich Mühe gibst, Schwesterherz«, erklärte Leon mit bösem Lächeln. »Ich weiß ja, wie wichtig es für dich ist, die Klassenbeste zu sein. Wir werden deiner Vorführung heute Abend auf jeden Fall zusehen und dich bewerten, genau wie du es für all diese anderen Frauen bisher getan hast. Darauf kannst du dich verlassen.«

»Und was, wenn ich deine Erwartungen nicht erfüllen kann?«, fragte sie.

Leon fuhr den Mercedes auf seinen persönlichen Parkplatz auf der Rückseite des Klubs und stellte den Motor ab.

Er drehte sich auf seinem Sitz um, damit er ihr zum ersten Mal persönlich ins Gesicht sehen konnte. »Es handelt sich hier um deine Ausbildung«, informierte er sie. »Mir ist durchaus klar, dass du dich erst daran gewöhnen musst, in den Privatzimmern zu arbeiten, und ich bin gewillt, dir die dazu nötige Zeit zu geben. Heute Abend geht es nur um Lapdances, es den Kunden mit der Hand zu besorgen und das BJ Special. Aber ab morgen wird von dir erwartet, dass du *all* das tust, was die anderen Mädchen in den Privatzimmern auch tun. Falls nicht, transferiere ich dich in meinen anderen Laden.«

Chloe lief es kalt den Rücken herunter, doch sie weigerte sich, ihn zu fragen, wovon er sprach.

Abbie hingegen strich Leon mit der Hand über den Arm und blickte dann Chloe an. »Dein Bruder hat dir nichts davon erzählt, weil du so zartbesaitet bist, aber ihm gehört ein Bordell. Männer bezahlen ihn gut dafür, Sex zu haben, wann, wo und wie sie wollen.«

Chloe sog scharf die Luft ein. »Aber das ist ... das ist illegal, Leon! Wie kannst du so was tun?« Es war eine dumme Frage; sie wusste, dass er keine Skrupel hatte, trotzdem hatte Abbie sie überrascht.

»Wie ich so etwas tun kann?«, fragte er und zog arrogant eine Augenbraue hoch. »Vater sagte einmal, er würde mich nur dann im Familienunternehmen anstellen, wenn ich mich beweisen würde. Ich musste einen bestimmten Geldbetrag verdreifachen, bevor er mir erlaubte, für ihn zu arbeiten. Nun, er starb, bevor meine Zeitspanne abgelaufen war, aber ich habe es ihm *trotzdem* gezeigt. Ich habe das verdammte Geld verdreifacht und mehr. Und weißt du, wie ich das gemacht habe? Nicht durch Investieren, das ist sicher. Ich habe es geschafft, indem ich Muschis verkauft habe. So geht das. Verzweifelte Männer zahlen alles, was ich von ihnen verlange, nur um ihre Schwänze irgendwo reinstecken zu dürfen.

Rümpfe nicht die Nase, Schwesterherz. Du wohnst in *meinem* Haus. Was denkst du, wie ich die Hypothek bezahle? Für das Essen bezahle, das du isst? Die Diener bezahle, die alles tun, damit du keinen Finger rühren musst? Ich habe dich die letzten drei Jahre geschont, aber damit ist jetzt Schluss. Deine Titten und dein Arsch sind mir mehr wert als dein Gehirn. Jeder kann Zahlen zusammenzählen.«

»Tu das nicht«, flehte Chloe, ohne darauf zu achten, dass Abbie ebenfalls dort war und zuhörte. »Lass mich doch einfach gehen. Wenn du mich nicht dazu brauchst, deine Buchhaltung zu machen, werde ich einfach verschwinden.« Sie hatte gehofft, wenn sie das Training mitmachte, zu dem Abbie sie während der letzten Wochen gezwungen hatte, würde Leon irgendwann seine Meinung ändern und sie einfach weiter Getränke servieren lassen, anstatt sie zu zwingen, im Hinterzimmer zu arbeiten. In der Vergangenheit hatte ihre Gefügigkeit ausgereicht, um ihr eine Gnadenfrist zu verschaffen und Leon für eine Weile vom Hals zu haben. Sie hatte gedacht, dass das Training vielleicht nur eine Abschreckungstaktik und Strafe war, weil sie ihn so wütend gemacht hatte.

Aber es schien, als wäre er diesmal entschlossen, seine Drohung wahr zu machen. Die Änderung ihres Jobs, von der Buchhaltung zur Bedienung und jetzt zur Prostituierten, hatte drei Jahre gedauert – aber heute Abend war offenbar ersichtlich, was Leon die ganze Zeit über mit ihr vorgehabt hatte.

Leon lachte. »Wir haben das immer wieder durchgespielt. Du kannst *nirgendwohin* gehen. Ich bin alles, was zwischen dir und der Mafia steht, Schwesterherz. Von dem

Tag an, an dem du in das Haus eingezogen bist, hast du den Familien Carlino und Smaldone bereitwillig bei ihren Investitionen geholfen. Sie lassen nicht jeden in ihre Finanzen schauen oder ihre Offshore-Konten sehen. Ganz zu schweigen von der unbedeutenden Tatsache, dass du ihre Steuererklärung für die letzten zwei Jahre vorbereitet hast. Und dabei wurden die Steuern mit Sicherheit um Millionen von Dollar zu niedrig angesetzt, weil wir Schwarzgeld angenommen haben.

Du bist jetzt ein Teil der *Familie*. Und ich muss jede Woche Bericht erstatten. Wenn ich auch nur andeute, dass du abtrünnig geworden bist oder dass du kündigen willst, werden die anderen ihren Zug machen. Sie wissen, wie man Leute foltert, sodass du um den Tod *betteln* würdest, noch bevor auch nur eine einzige Stunde vorbei wäre. Du würdest sie anflehen, dass du ihre Steuern machen, ihr Geld anlegen oder sogar ihre persönliche Schlampe sein darfst. Ich beschütze dich, Chloe, und das weißt du.«

So wie sie ihren Bruder kannte, hatte sie keinen Zweifel daran, dass er sie sofort an Carlino und Smaldone ausliefern würde, wenn es darum ging, seinen eigenen Arsch zu retten. Sie hätte Leons Haus – und damit auch Colorado Springs – fast sofort nach ihrem Einzug verlassen, wenn er ihr nicht gedroht hätte, sie an die berüchtigten Mafiabosse auszuliefern.

Sie hatte Angst vor ihrem Bruder, aber vor Carlino und Smaldone hatte Chloe eine *Heidenangst*.

Sie hätte gleich merken müssen, dass Leon Hintergedanken hatte, als er sie gebeten hatte einzuziehen, nachdem sie ihren Job verloren hatte. Sie hatten sich seit Jahren nicht mehr nahegestanden und sie hatte monatelang nicht mehr mit ihm gesprochen. Aber als er sie eines Abends anrief, als sie sich besonders niedergeschlagen fühlte, weil ihr Leben so schlecht lief, hatte sie eingewilligt.

Als sie das erste Mal versucht hatte auszuziehen, nur ein paar Monate nach ihrem Einzug, hatte Leon sie schreiend und tretend zurück ins Haus gezerrt. Er hatte ihr gesagt, es sei nur zu ihrem Besten. Dass die Mafia-Anführer sie töten würden, wenn sie ginge, weil sie schon zu viel wusste.

Das war auch das erste Mal gewesen, dass er sie geschlagen hatte. Es hatte Chloe so sehr überrascht, dass sie sich nicht gewehrt hatte – sie hatte ihren Bruder nur ungläubig angestarrt, als er ihr von den Verbindungen ihrer Familie zur Mafia erzählt hatte.

Die Warnungen hatten gewirkt. Sie lebte noch eine Weile friedlich in Leons Haus, aber als sein Verhalten sich verschlimmerte, versuchte sie ein zweites Mal zu entkommen, ungeachtet der Mafia-Drohung. Leon hatte sie erneut gefunden und in das Haus zurückgebracht.

Diesmal hatte er sie verprügeln lassen, weil sie es gewagt hatte, ihm nicht zu gehorchen.

Die gebrochenen Rippen, die sie sich in dieser Nacht zugezogen hatte, hielten sie wochenlang ans Bett gefesselt. Nicht dass sie zu diesem Zeitpunkt weit hätte gehen können, selbst wenn sie gewollt hätte. Leon hatte nach ihrem zweiten Fluchtversuch begonnen, sie in ihrem Schlafzimmer einzusperren.

Selbst Schlösser hätten sie nicht davon abhalten können, irgendwie einen Weg zu finden, um zu fliehen, aber während sie sich noch von den Schlägen erholte, die sie auf Befehl ihres Bruders bekommen hatte, bekam sie Besuch von einem Mann.

Er hatte sich als Peter Smaldone vorgestellt. Und er hatte auch seinen Teil dazu beigetragen, sie zu schikanieren.

Er hatte gedroht, ihr die Fingernägel einzeln auszureißen und die Ohren abzuschneiden, wenn sie auch nur daran denken würde, seine Steuererklärungen und Investitionen nicht mehr zu erledigen. Er sagte, dass Leon auf *seine* Befehle hin handelte und dass er dafür sorgen musste, dass Chloe bei ihm blieb und weiterhin für die Cosa Nostra arbeitete.

Chloe hatte ihre Lektion in dieser Nacht gelernt – aber sie hatte nicht die Entschlossenheit verloren, von allem wegzukommen, was ihr Bruder repräsentierte.

Also tat sie so, als hätte sie Angst vor ihrem Bruder. Sie aß, was er wollte, trug an Kleidung, was er und Abbie von ihr verlangten, und sie investierte weiterhin sein und das Geld der Mafia.

Aber sie hatte auch einen Plan geschmiedet – einen, den auszuführen einige Zeit in Anspruch nehmen würde, aber in der Zwischenzeit wurde sie wieder gesund und versuchte, so viel wie möglich über die Schwächen ihres Bruders und der Mafia herauszufinden.

Sie richtete auch ein neues Anlagekonto ein, unter einem falschen Namen, und jedes Mal, wenn sie Geld von einem von Leons Konten auf ein anderes transferierte, leitete sie einen winzigen Betrag auf dieses geheime Konto um.

Es war zu wenig, um aufzufallen, falls jemand ihre Arbeit überprüfen sollte. Seit Leon ihre persönlichen Konten leer geräumt hatte, hatte sie buchstäblich kein Geld mehr, das sie benutzen konnte, um von ihm wegzukommen. Sie hatte etwas tun müssen.

Das Geld auf dem Konto hatte sich drei Jahre lang angehäuft. Drei der längsten Jahre in Chloes Leben. Sie hatte so getan, als wäre sie sanftmütig und unterwürfig, aber innerlich war ihre Entschlossenheit nur gewachsen.

Jetzt war es genug. Vielleicht war es noch nicht so viel

Geld, wie sie gehofft hatte, aber ihre Zeit war um. Sie musste fliehen. Heute Nacht noch.

Leon lehnte sich zu ihr und verengte die Augen zu Schlitzen. »Heute Abend wirst du erfahren, wie dein Leben von nun an sein wird, Chloe. Du hattest genügend Zeit, um zuzusehen und zu lernen. Du wirst deine eigenen Kunden in ein Hinterzimmer mitnehmen. Du wirst sie verführen. Ihnen deine Titten zeigen. Du lässt dich von ihnen anfassen, wenn sie das wollen. Du wirst tanzen und sie mit deinem Mund und deinen Händen befriedigen, aber mehr nicht. Sie werden so verzweifelt nach deiner Muschi lechzen, dass sie dafür sterben würden. Morgen Nacht arbeitest du in den Zimmern von der Öffnung bis zur Schließung – und du wirst alles tun, was die zahlenden Kunden wollen. Wenn mein Mitarbeiter, der die Liveübertragung beobachtet, der Meinung ist, dass du einem Kunden nicht sein Geld wert bist, werde ich dich *persönlich* quer durch die Stadt zum Bordell schleifen, und dort kannst du bleiben, bis du deine Lektion gelernt hast, verstanden?«

Sie nickte, denn was hätte sie sonst tun sollen? Chloe senkte den Blick und versteckte ihr Gesicht, da sie sich sicher war, dass man ihr ihre Wut und ihren Hass am Gesicht ablesen konnte.

Leon grinste. »Gut. Mach sie fertig, Abbie«, befahl er, stieg aus dem Wagen und ging zum Hintereingang des Klubs, ohne sich noch einmal umzusehen.

»Dann wollen wir mal«, erklärte Abbie und öffnete die Tür zum Rücksitz. »Wir müssen ein passenderes Outfit für dich finden.«

Chloe wollte sich gar nicht erst vorstellen, was passender war als die kurze Hose und die tief ausgeschnittene Bluse mit dem Push-up-BH, den sie bereits trug.

Sie fühlte sich innerlich kalt und tot und machte sich

immer mehr Sorgen darüber, was sie in dieser Nacht vielleicht tun musste, bevor sie fliehen konnte, und stieg aus dem Wagen. Sie protestierte nicht, als Abbie ihren Oberarm in einen eisernen Griff packte und sie zu der Tür führte, durch die ihr Bruder gerade verschwunden war.

KAPITEL DREI

»Alles in Ordnung?«, fragte Gray Ro, bevor sie das *BJ's* betraten.

Sie hatten beschlossen, dass es besser wäre, wenn sie nur zu dritt im Stripklub auftauchten, um Nachforschungen anzustellen, und nicht gleich alle sechs. Black, Ball und Meat standen auf Abruf bereit, nur für den Notfall. Eigentlich sollte heute Abend nichts Besonderes passieren, doch die anderen hatten trotzdem ihre Hilfe angeboten.

Gray, Ro und Arrow standen neben Grays Audi und unterhielten sich leise, bevor sie sich dem schäbig aussehenden Klub näherten. Hoch über dem Betongebäude prangte ein pinkfarbenes Neonschild mit der Aufschrift *BJ's* und der Parkplatz war voll mit Autos, von alten Schrottkisten bis hin zu hochwertigen Luxusfahrzeugen. Es war ein beliebter Ort, was sowohl gut als auch schlecht war.

»Alles in Ordnung«, erklärte Ro als Antwort auf Grays Frage.

»Hier sind überall Kameras«, warnte Arrow. »Auf diese Weise behalten sie bestimmt die Frauen im Klub im Auge und es ist auch eine großartige Möglichkeit, Aufnahmen zu bekommen, um Kunden zu erpressen. Also passt auf euch auf. Tut nichts, was uns oder die Mountain Mercenaries in eine prekäre Lage bringen könnte.«

Ro und Gray nickten.

»Heute Abend geht es nur darum, die Lage zu sondieren. Wir wollen sehen, ob eine der Frauen aussieht, als wäre sie gezwungen worden, hier zu sein, und wir wollen den Zustand der Tänzerinnen sehen. Mal sehen, ob sie zugekokst oder fit aussehen. Wir erstatten Rex Bericht und lassen ihn entscheiden, ob wir die Sache weiterverfolgen, verstanden?«, fragte Gray.

Arrow nickte, aber Ro zögerte.

»Machst du dir Sorgen, dass seine Schwester da ist?«, wollte Gray wissen.

»Ja. Du hast sie neulich eben nicht gesehen«, erklärte Ro. »Da stimmt irgendwas nicht. Und wenn sie jetzt hier ist, dann stimmt *wirklich* irgendetwas nicht. So ein Laden passt überhaupt nicht zu ihr. Wenn ich raten müsste, würde ich sagen, dass sie niemals einen Fuß in einen zwielichtigen Stripklub wie diesen setzen würde, wenn sie die Wahl hätte.«

»Um das Problem kümmern wir uns, wenn es so weit ist«, erklärte Gray ihm. »Aber sollte sie tatsächlich dort drin sein, reiß dich zusammen, okay?«

»Das kann ich dir nicht versprechen«, erklärte Ro ehrlich.

Gray seufzte. »Aber bitte rede mit uns, bevor du irgendetwas Verrücktes tust, verstanden? Du weißt, dass wir hinter dir stehen.«

»Das werde ich, wenn ich die Möglichkeit habe«, räumte Ro ein.

»Damit müssen wir uns wohl zufriedengeben, was?«, scherzte Arrow. »Kommt, gehen wir rein. Je eher wir es hinter uns bringen, umso schneller können wir wieder von hier verschwinden. Ich kann solche Läden nicht ausstehen.«

»Und warum hast du dich dann freiwillig gemeldet?«, fragte Gray.

Arrow sah seinem Teamkameraden fest in die Augen und erklärte: »Weil es Ro wichtig ist. Ich habe lange nicht mehr gesehen, dass er sich so sehr für etwas engagiert.«

Ro nahm einen tiefen Atemzug. Er hatte sich intensiv bemüht, Informationen über die Familie Harris zu finden. Nach seiner kurzen und denkwürdigen Begegnung mit Chloe konnte er nicht anders. Es überraschte ihn nicht, dass sein Freund bemerkt hatte, dass hinter seinen Nachforschungen mehr steckte als bloße Neugierde. Chloe hatte es ihm angetan. Sie war eine Mischung aus Verletzlichkeit, Mut und Tapferkeit, die etwas in ihm berührte und Gefühle in ihm auslöste, die er schon sehr lange nicht mehr gespürt hatte. Ro war sich nicht sicher, ob er darüber begeistert oder besorgt war.

»Kommt schon«, erklärte er mit Bestimmtheit. »Es wird Zeit.«

Die drei Männer gingen auf die Eingangstür zu und wurden, nachdem sie eingetreten waren, von einem großen Mann empfangen, der als Türsteher fungierte. Er musterte sie von oben bis unten und nickte dann, um sie passieren zu lassen.

Sie gingen einen kurzen, dunklen Gang entlang und schoben einen schwarzen Vorhang beiseite, um in einen großen Raum zu gelangen. Die Musik war mäßig laut und der Klang der Bässe lag schwer in der Luft. Ro konnte spüren, wie es in seiner Brust pochte, als sie sich umsahen.

Im hinteren Teil des Raumes befand sich eine große Bühne, auf der drei Frauen in verschiedenen Stadien der Nacktheit tanzten. Eine Frau war völlig nackt und rekelte sich an einer Stange. Männer hielten Geld in die Höhe, offensichtlich warteten sie darauf, dass sie ihre Nummer beendete und näher an den Rand der Bühne kam, um das Trinkgeld einzusammeln.

Eine andere Frau trug einen Stringtanga, hatte aber bereits ihr Oberteil ausgezogen. Ihre Brüste waren groß, offensichtlich unecht, und sie beugte sich über den Bühnenrand und ließ die Männer Geld in ihr Höschen und in ihr Dekolleté stecken, wozu sie ihre Brüste zusammenpresste.

Die dritte Frau trug Jungenshorts und einen BH. Sie tanzte zur Musik, aber es war offensichtlich, dass sie nicht mit dem Herzen bei der Sache war. Sie drehte dem Publikum den Rücken zu und schwang ihren Hintern, was die Männer zu Beifallsstürmen veranlasste.

Überall waren Tische aufgestellt und Ro konnte mehrere Frauen sehen, die Lapdance machten. An der linken Seite des Raumes erstreckte sich ein Tresen, hinter dem zwei spärlich bekleidete Barkeeperinnen Getränke ausschenkten. Ein Mann stand mit verschränkten Armen am Eingang zu einem Gang neben der Theke und bewachte ihn offensichtlich vor ungebetenen Gästen.

Überall, wohin Ro schaute, sah er Frauen in knapper Kleidung, die den Männern, die den Raum bevölkerten, Alkohol servierten.

Ro blickte sich schnell um und suchte nach Chloe. Er sah sie nicht, was ihn gleichzeitig beunruhigte und beruhigte.

»Kommt. Dort drüben ist ein freier Tisch«, sagte Arrow und zeigte auf einen Tisch in der hinteren Ecke des

Raumes, rechts neben der Tür. Es war offensichtlich, warum dieser Tisch nicht sonderlich beliebt war. Er befand sich zu weit weg von der Bühne und den Sachen, die dort vor sich gingen, und lag ziemlich im Dunkeln.

Aber für die drei Männer, die schnell auf den Tisch zusteuerten, war er perfekt. Sie saßen mit dem Rücken zur Wand, sodass niemand sich von hinten an sie ranschleichen konnte, und konnten den gesamten Raum im Auge behalten, ohne sich umdrehen zu müssen. Und nicht nur das, hier in der Ecke war die Musik auch um einiges gedämpfter, sodass sie sich relativ problemlos unterhalten konnten.

»Wie findet Allye es denn, dass du heute Abend hier bist?«, wollte Arrow von Gray wissen.

Der grinste. »Eigentlich hat sie mich ermutigt herzukommen.«

»Im Ernst?«, fragte Ro. Er konnte sich nicht vorstellen, dass irgendeine Frau zustimmte, dass ihr Mann einen Stripklub besuchte und andere nackte Frauen ansah.

»Ja. Sie hat behauptet, es sei das Äquivalent eines Mädchenabends. Sie hat gesagt, solange ich nur zuschaue und nicht anfasse, würde sie all die Früchte ernten, wenn ich aufgeheizt und geil nach Hause komme, weil ich den ganzen Abend nackte Brüste angeschaut habe.«

»Deine Frau ist wirklich etwas Besonderes«, bemerkte Arrow.

»Das stimmt«, versicherte Gray ihm. »Und wie sieht jetzt der Plan aus?«

»Wir sitzen hier und observieren erst mal eine Zeit lang«, erklärte Ro. Er öffnete den Mund, um noch etwas zu sagen, doch sie wurden von einer Frau unterbrochen, die ein so knappes Bikinioberteil trug, dass ihre Brustwarzen unter dem winzigen Stück Stoff herausschauten. Sie trug sonst nichts außer einem Slip, der so durchsichtig war, dass sich das schwarze Haar darunter klar abzeichnete.

»Was darf ich euch bringen?«, fragte sie mit gleichgültiger Stimme.

Ro verengte die Augen zu Schlitzen. Für jemanden, der so aufreizend angezogen war, schien sie ziemlich unmotiviert zu sein.

»Rum Cola«, bestellte Arrow.

»Ein Bier vom Fass«, erklärte Gray.

»Newcastle Brown Ale«, bestellte Ro. Die Bedienung sah ihn an, als hätte sie ihn nicht verstanden. »Das ist ein Bier aus England, meine Liebe.« Als sie daraufhin nicht antwortete, seufzte Ro. »Whisky mit Eis.«

Die Bedienung sah erleichtert aus und nickte ihm zu. Dann drehte sie sich auf ihren Mörderabsätzen um und ging zur Theke, um ihre Bestellung aufzugeben.

»Worum wollt ihr wetten, dass wir die am stärksten mit Wasser versetzten Getränke bekommen, die uns jemals serviert wurden?«, entgegnete Arrow trocken.

»Das ist nichts, worauf ich wetten würde«, erklärte Gray.

Ro erwiderte daraufhin nichts; er hatte seine Aufmerksamkeit auf die Frauen im Raum gerichtet. Es waren viele, aber die Männer waren immer noch zwei zu eins in der Überzahl. Auf der Bühne hatte die nackte Frau ihren Tanz beendet und die Scheine eingesammelt, die um sie herumlagen. Sie wurde von einer großen, schlanken Asiatin abgelöst, die einen Kimono trug, als sie die Bühne betrat, ihn aber schnell wieder ausgezogen hatte. Sie hatte kleine Aufkleber auf den Brustwarzen und trug ein Tangahöschen. Sie zeigte gerade, wie beweglich sie war, und die Männer jubelten ihr zu und warfen ihr praktisch Geld entgegen.

Die Menge der zur Schau gestellten Haut machte Ro nichts aus. Ihm gefiel der weibliche Körper wie jedem anderen heterosexuellen Mann auch, aber er war nicht zum Vergnügen da. Er hatte Angst, Chloe zu finden, hoffte aber gleichzeitig, dass er sie heute Abend sehen würde. Die Kleidung, die sie vor zwei Wochen getragen hatte, war der einzige Grund, warum er vermutete, dass er sie dort finden könnte. Er konnte sich nicht vorstellen, warum sie sonst das knappe Outfit getragen hatte.

Er beäugte die Kellnerin, die mit ihrer Bestellung zurückkam. Als sie sich über den Tisch beugte, um die Getränke abzustellen, drohten ihre Brüste buchstäblich aus dem Bikinioberteil herauszuspringen, das sie anhatte.

Als sie fertig war, klemmte sie das Tablett unter einen Arm und stützte sich mit den Händen auf dem Tisch ab. Die Position war aufreizend und sexuell und wäre extrem heiß gewesen – wäre da nicht der angespannte Ausdruck in ihrem Gesicht gewesen. »Seid ihr Jungs neu hier?«

»Allerdings, meine Schöne«, erwiderte Arrow für sie alle.

»Willkommen im *BJ's*. Euer Wunsch ist mein Befehl«, sagte sie in beinahe gelangweiltem Ton. »Falls ihr irgendwas wollt, müsst ihr nur fragen. Schaut euch gern um. Die Bedienungen freuen sich genauso sehr über Trinkgelder wie die Tänzerinnen. Im hinteren Bereich gibt es Privatzimmer, wo ihr die Frauen besser kennenlernen könnt. Falls ihr Interesse habt, sprecht das Objekt eurer Begierde einfach an. Sie wird euch dann den Preis für das Gewünschte nennen.«

Dann sah sie über ihre Schulter und Ro konnte nicht anders, als ihrem Blick zu folgen.

Er erstarrte, als er Chloe sah, wie sie einem Mann folgte, der aus dem überwachten Korridor kam.

Sie schaute auf den Boden und schlurfte hinter dem

Mann her, als wäre es ihr peinlich, rieb sich die nackten Arme und runzelte die Stirn.

Ro bewegte sich in seinem Sitz, bereit, aufzustehen und zu ihr hinüberzueilen, aber Gray legte ihm eine Hand auf den Arm und hielt ihn auf.

Die Kellnerin blickte sich wieder zu ihnen um und richtete sich auf. »Eure reguläre Bedienung sollte bald hier sein, um euch zu fragen, ob ihr noch was trinken wollt, aber ich stehe euch gern in einem der Hinterzimmer zur Verfügung, solltet ihr es wünschen.« Und damit zwinkerte sie ihnen zu, drehte sich um und ging direkt auf Chloe zu.

»Was. Zum. Teufel?«, entfuhr es Arrow. »Hat sie uns gerade mitgeteilt, dass wir jede der anwesenden Frauen haben könnten, solange der Preis stimmt?«

»Für mich hat es sich zumindest so angehört«, erklärte Gray.

Ro antwortete nicht, stattdessen behielt er Chloe im Auge. Die Kellnerin ging auf sie zu und neigte den Kopf, um ein kurzes Gespräch mit ihr zu führen. Chloe nickte und ging zum Tresen, um ein Tablett zu holen. Als sie sich umdrehte, warf Ro einen Blick auf das, was sie anhatte. Verglichen mit den meisten Bedienungen war sie geradezu nonnenhaft. Aber das machte sie nur noch faszinierender und er sah, wie mehrere Männer ihr auf den Hintern starrten, als sie sich zum Tresen wandte. Für Ros Geschmack zeigte sie immer noch viel zu viel Haut ... und auch für ihren eigenen, wie es schien.

Ihre Absätze waren höchstens sieben oder acht Zentimeter hoch, während die anderen Frauen zehn bis fünfzehn Zentimeter hohe Absätze trugen. Ro schätzte, dass sie mit den zusätzlichen Zentimetern ungefähr so groß war wie er. Chloe hatte einen kurzen Rock an, der ihr bis zur Mitte der

Oberschenkel reichte. Sie trug ein sehr enges Oberteil, das ihre Taille schmal aussehen ließ, aber ihre Brüste wirkten viel zu groß für ihre Statur. Sie waren hochgedrückt und definitiv gut sichtbar. Sie hatte ihre Schultern angezogen, als versuchte sie, sich vor den Männern zu verstecken, die sie anglotzten, aber es war sinnlos. Es war nicht möglich, ihre üppige Oberweite zu verbergen, die so weit nach oben geschoben wurde.

Sie war viel kurviger als die vorherige Kellnerin; ihr Korsett bedeckte nicht ganz ihren Bauch und ein winziges Bäuchlein war zu sehen, als sie sich widerwillig auf den Weg zu ihrem Tisch machte. Bei jedem Schritt rutschte der Rock, den sie trug, an ihren kurvigen Schenkeln hoch, bis er sie fast völlig den Blicken freigab, als sie an ihrem Tisch ankam.

Sie sah so aus, als würde sie sich unbehaglich und elend fühlen, und Ro hätte sie am liebsten in die Arme genommen, um sie vor den Blicken und der Begierde der Männer im Raum zu schützen und sie wegzubringen.

Er zwang sich, sitzen zu bleiben, und wartete ab, was sie sagen oder tun würde, wenn sie an ihren Tisch kam. Er war gespannt, ob sie so tun würde, als würde sie ihn nicht kennen, oder ob sie zugeben würde, dass sie sich schon einmal getroffen hatten.

Sie ging auf ihn zu und blieb dort stehen, wo ihre vorherige Kellnerin gestanden hatte. Aber sie hielt das Tablett vor sich, als wollte sie sich vor ihren Blicken schützen, wobei sie den Blick auf den Boden gerichtet hielt.

»Willkommen im *BJ's*. Euer Wunsch ist mein Befehl«, erklärte sie mit bebender Stimme. »Ich hoffe, ihr genießt eure Getränke. Falls ihr sonst noch irgendetwas braucht, müsst ihr mich nur fragen. Im hinteren Teil gibt es Privatzimmer und ich würde mich darüber freuen, euch die wunderbare Gastfreundschaft zuteilwerden zu lassen, für die das *BJ's* bekannt ist ... wenn es das ist, was ihr möchtet.«

Sie wartete und Ro hätte schwören können, dass sie dabei den Atem anhielt. Er war wahnsinnig wütend, dass sie und die andere Bedienung sich praktisch wie Prostituierte anboten, doch er hielt seine Verärgerung im Zaum. Das war jetzt weder der richtige Zeitpunkt noch der richtige Ort.

»Chloe?«, fragte er tonlos, wobei er sie am liebsten berührt hätte, doch er wollte sie nicht noch mehr aufregen, als sie es ohnehin schon war.

Beim Klang ihres Namens hob sie den Blick zum ersten Mal und sah ihn mit weit aufgerissenen Augen an. Er konnte sie in der schummrigen Atmosphäre des Klubs kaum sehen, aber er dachte, sie seien dunkelbraun. Sie trug offensichtlich nicht die violetten Kontaktlinsen, die sie bei ihrem ersten Treffen getragen hatte. Ihr Gesicht war stark geschminkt und ihr glattes, schwarzes Haar war zu einem unordentlichen Dutt im Nacken zurückgebunden.

Sie öffnete den Mund, um zu sprechen, schloss ihn aber abrupt wieder.

»Keine Panik«, versicherte Ro ihr schnell. »Meine Freunde und ich sind hier, um dir zu helfen, falls du Hilfe brauchst. Falls du keine Hilfe brauchst, ist alles in Ordnung. Falls du aber gegen deinen Willen hier festgehalten wirst und Hilfe brauchst, musst du es nur sagen und ich werde dafür sorgen, dass du bald in Sicherheit bist.«

Sie sah ihn weiterhin an, ihre Augen so groß wie Untertassen. Er bemerkte, dass sie das Tablett so fest hielt, dass ihre Knöchel weiß wurden. Sie blickte von ihm zu Gray und Arrow, bevor sie den Blick wieder auf ihn richtete. »Warum?«, fragte sie ihn.

»Weil es in meiner Welt überhaupt nicht infrage kommt, dass *irgendjemand* einer Frau wehtut. Frauen dürfen keine faustgroßen blauen Flecke auf dem Rücken haben, und auch nicht in Black Forest ohne Tasche oder Telefon, um Hilfe zu rufen, unterwegs sein, noch dazu in Klamotten, die zu klein sind, und mit Schuhen, die viel zu hoch sind.«

Sie zuckte daraufhin zusammen und atmete tief durch. »Ich ... ich kann nicht ... ich weiß nicht ...«

»Bleib ruhig«, befahl Gray und sie wandte ihm den Blick zu. »Fangen wir ganz von vorn an. Geht es dir gut? Bist du in Sicherheit?«

Chloe fuhr sich mit der Zunge über die Lippen und schaute weg, doch sie nickte nicht und schüttelte auch nicht den Kopf.

»Okay, damit wäre diese Frage beantwortet. Ist es nur dein Bruder, der dich beobachtet?«, wollte Gray wissen.

Daraufhin schüttelte sie ein wenig den Kopf.

»Wann bist du mit der Arbeit fertig?«, fragte Arrow.

»Um drei.«

Ro sah auf die Uhr. Es war halb zwei. Ihre Schicht dauerte noch eineinhalb Stunden. »Musst du ins Hinterzimmer gehen, wenn jemand dich darum bittet?«

Sie nickte.

Ro lehnte sich vor und befahl: »Sieh mich an, Liebes.«

Sie sah ihn an und er war überwältigt von der Hoffnung und der Angst, die er in ihren Augen sah. Er hätte sie am liebsten in die Arme genommen und sie ohne ein weiteres Wort nach draußen geführt. Aber er wusste, dass sie es nie bis zur Tür schaffen würden. Nicht, wenn sie von mehr als nur ihrem Bruder beobachtet wurde. »Du sagst jedem, der fragt, dass ich bereits für die nächste Stunde in einem der Hinterzimmer bezahlt habe.«

Die Hoffnung in ihren Augen erstarb und es blieb nur Angst zurück ... und vielleicht auch eine Spur Wut.

Ro hasste es, die Angst in ihren Augen zu sehen, und er

verstand, warum sie so aufgebracht war, weil sie davon ausging, dass er sie zu irgendetwas zwingen würde, doch er hatte jetzt nicht die Zeit, es ihr zu erklären, da sich die Bedienung von vorher, die ihnen ihre Getränke gebracht hatte, dem Tisch näherte. Sie lehnte sich ganz nahe an Chloe und flüsterte ihr irgendetwas ins Ohr. Ro konnte nicht hören, was es war, doch Chloe presste wütend die Lippen zusammen.

Sie wandte sich an die andere Frau und erwiderte: »Er hat bereits gesagt, dass er ins Hinterzimmer möchte.« Chloe nickte in Ros Richtung.

Die Bedienung nickte. »Ich teile es Abbie mit«, sagte sie kurz angebunden, dann drehte sie sich um und ging zurück zur Theke.

»Die Frau, die mich damals an deinem Haus abgeholt hat, beobachtet mich ebenfalls«, erklärte Chloe leise.

Ro verstand, was das bedeutete. Er war sich nicht sicher, ob diese Abbie ihn in der dunklen Kneipe erkennen würde, aber er zog die alte Schirmmütze, die er im letzten Moment aufgesetzt hatte, vorsichtshalber tiefer in die Stirn. Schließlich wollte er auf keinen Fall, dass Chloe darunter litt, dass sie mit ihm zu tun hatte.

»Also, äh ... die Sonderleistungen fangen bei fünfzig Dollar für einen Lapdance an, und dann gibt es Aufpreise, abhängig davon, was du möchtest«, erklärte Chloe. Wobei sie ihm nicht in die Augen sah, während sie die Preise fürs Hinterzimmer aufzählte.

Die Wut stieg in Ro auf, bis er das Gefühl hatte, vor Wut platzen zu müssen, doch er behielt die Beherrschung. Gerade so. Er hörte, wie Gray leise knurrte, und sah, dass Arrow sich auf dem Stuhl ihm gegenüber aufrichtete. Keiner der Männer der Mountain Mercenaries mochte es, wenn Frauen ausgenutzt oder missbraucht wurden, und sie mochten es *umso weniger*, wenn die Frauen dabei ganz offensichtlich Angst hatten und es nicht wollten, so wie es bei Chloe der Fall war.

Ro nahm seinen Whisky, trank ihn mit einem Schluck aus, stand dann auf und sah seine Teamkameraden an. Er streckte Chloe die Hand hin und erklärte: »Ich will so viel Zeit wie möglich mit dir verbringen, Liebes. Gehen wir.«

KAPITEL VIER

Chloe starrte Ros Hand an und schluckte. Sie hasste sich gerade selbst. Sie hasste ihr Leben. Sie hasste ihren Bruder. Am liebsten hätte sie die Zeit zu dem Zeitpunkt zurückgedreht, als sie noch für die Springs Financial Group arbeitete und relativ glücklich war.

Sie hatte die ganze Nacht wach gelegen und sich das Gehirn zermartert, um einen Plan zu finden, damit sie nicht im Hinterzimmer arbeiten musste und wie sie entkommen konnte, aber ihr war bis jetzt noch nichts eingefallen, was funktionieren würde. Sie wusste, dass Abbie sie mit Adleraugen beobachtete und Leon seine Handlanger überall hatte. Sie würden nicht zulassen, dass sie einfach hinausspazierte und verschwand.

»Chloe?«, fragte Ro.

Sie atmete tief durch und wusste, dass sie keine andere Wahl hatte, also legte sie ihre Hand in seine.

Das Gefühl seiner schwieligen Hand, die sich um ihre schloss, hätte ihr eigentlich ein mulmiges Gefühl in der Magengegend bescheren sollen, wenn man bedachte, was sie im Begriff war zu tun, aber stattdessen fühlte sie sich sofort beschützt. Was einfach nur dumm war in Anbetracht der Tatsache, dass er sie in eines der Hinterzimmer bringen wollte.

Sie hatte während der letzten Wochen viel über ihn nachgedacht und sogar in Erwägung gezogen, ihn anzurufen, ihn vielleicht unter irgendeinem Vorwand zu bitten, ins Haus zu kommen. Sie hätte ihn angefleht, sie da rauszuholen, und natürlich hätte er Ja gesagt, und sie wären in den Sonnenuntergang geritten.

Aber das hier war kein Märchen, und das hätte sowieso nicht funktioniert, denn Leon hätte sie von seinen Handlangern zurückholen lassen und Ro dabei verletzt.

Doch irgendwie stand er hier vor ihr und hielt ihre Hand, als hätte sie ihn heraufbeschworen.

Natürlich hatte er sie nicht über die Schulter geworfen und aus dem Klub geschleppt, wie sie es sich erträumt hatte, sondern er wollte einen der privaten Räume nutzen.

Einen kurzen Moment standen sie Händchen haltend da, und es war, als wäre der Rest des Klubs einfach verschwunden. Dann wurde sie von einem vorbeigehenden Mann angerempelt, und das rüttelte Chloe aus ihrer Benommenheit auf. Sie drehte sich um und ging auf den hinteren Gang zu. Der, aus dem sie gerade herausgekommen war. Der, in dem sie das Gefühl hatte, die alte Chloe hinter sich gelassen zu haben und zu jemandem geworden zu sein, den sie nicht einmal mehr kannte oder mochte. Jemandem, den sie nicht kennen *wollte*.

Der Türsteher am Gang – Chloe glaubte, er hieße Dan – hielt sie an, wie es das Protokoll vorsah. Er war derjenige, der den Zahlungsvorgang abwickelte; die Mädchen durften nie anrühren, was sie verdienten. Natürlich durften sie das nicht. Sie könnten etwas davon stehlen, was es ihnen ermöglichen würde, aus dem Klub und von Leon zu entkommen.

»Die Bezahlung erfolgt vorher«, erklärte Dan Ro in geschäftsmäßigem Ton und hielt die Hand auf.

Chloe versuchte, Ros Hand loszulassen, doch das ließ er nicht zu.

»Kein Problem. Wie viel?«

»Das hängt von der Serviceleistung ab. Was möchtest du denn?«, erwiderte Dan.

»Ich möchte so viel Zeit wie möglich mit ihr verbringen«, erklärte Ro, erneut, ohne Chloe anzusehen.

Es gefiel ihr nicht, dass Dan ihr bestimmte, was sie zu tun und zu lassen hatte, aber es war nicht so, als hätte sie wirklich eine Wahl. Wenn er es nicht tat, war es Abbie. Oder Leon. Ihr Leben war nicht mehr ihr eigenes, und das war scheiße. Und wie.

Dan musterte Ro, dann richtete er seinen lüsternen Blick auf Chloe. Sie zitterte. Als »die Neue« wusste sie, dass viele der Angestellten es auf sie abgesehen hatten. Abbie hatte ach so rücksichtsvoll erklärt, dass die Angestellten normalerweise die Neulinge zuerst bekommen, um sie zu »trainieren«, obwohl Chloe eine Ausnahme war.

»Dreißig Minuten. Höchstens«, erklärte Dan. »Fünfzig Dollar für einen Lapdance von zehn Minuten, ohne anfassen. Wenn du das BJ Special haben möchtest, bekommst du fünfzehn Minuten für hundert. Alles, was darüber hinausgeht, kostet hundert Dollar für jeweils fünf Minuten.«

Ohne mit der Wimper zu zucken oder sich über den Preis zu beschweren, ließ Ro ihre Hand los und griff nach seiner Brieftasche. Er öffnete sie, nahm vier Hundertdollarscheine heraus und gab sie Dan. »Eine halbe Stunde dann bitte.«

Kaum hatte Dan das Geld genommen und er seine

Brieftasche wieder eingesteckt, ergriff Ro erneut Chloes Hand. Ihr war durchaus klar, dass er es nicht aus Zuneigung tat, sondern nur, um sicherzustellen, dass sie ihm nicht davonlief, aber trotzdem fühlte es sich gut an.

Dan steckte sich das Geld in die Tasche und verschränkte dann wieder die Arme vor der Brust. »Zur Sicherheit unserer Angestellten werden alle Räume videoüberwacht.«

Ro nickte. »Was sonst noch?«

»Was meinst du mit: Was sonst noch?«

»Wie lauten die Regeln?«

»Regeln? Es gibt keine Regeln. Außer dass du ein Kondom benutzen solltest. Amüsiere dich gut«, erklärte Dan grinsend. »Raum vier ganz am Ende ist frei.«

Jeder Muskel in Ros Körper schien sich anzuspannen, doch er nickte einfach und kaum war Dan zur Seite gegangen, zog er sie den Gang hinunter, damit sein Gesicht nicht von den Kameras aufgenommen wurde. Er riss die Tür auf und zog Chloe in den Raum, bevor er sie mit einem hörbaren Klicken wieder schloss.

»Es gibt kein Schloss. Wenigstens das«, erklärte er und verzog das Gesicht.

Chloe erschauderte. Daran hatte sie gar nicht gedacht. Wenn ein Kunde übereifrig wurde und sie einsperrte, würde ihr niemand helfen können ... falls Abbie oder die Perversen, die im Videoraum zusahen, es überhaupt versuchen würden.

Als Ro sich nicht bewegte, sah sie ihn an. Er schaute sich im Raum um, nahm alles in sich auf. Es gab nicht viel zu sehen. Ein kleiner zwei mal drei Meter großer Raum, in dessen Mitte ein Ledersessel stand. Keine Teppiche auf dem Boden, keine Bilder an den Wänden. An einer der Wände stand ein kleiner Tisch mit einem Behälter mit Desinfektionstüchern darauf und einem kleinen Mülleimer daneben. Ein winziges Fenster hoch oben an der Decke spendete ein wenig Licht vom Parkplatz.

Die Leuchte, die in der Mitte des Raumes hing, hatte eine extrem schwache Glühbirne, die gerade so viel Licht spendete, dass mithilfe der Kameras Gesichter erkannt und das Geschehen aufgezeichnet werden konnte. Chloe nahm an, dass es beruhigend und romantisch sein sollte, aber stattdessen war es einfach nur gruselig.

Ohne ein Wort zu sagen, ging Ro zum Stuhl, hielt immer noch ihre Hand und drehte sich um. Er begegnete ihrem Blick und setzte sich langsam. Er ließ ihre Hand wieder los und aus irgendeinem Grund fühlte Chloe sich verlassen. Ro spreizte die Beine, streckte die Hand aus und zog sie zu sich. Ihre Schienbeine trafen auf das Leder des Stuhls und sie zuckte zusammen.

Er öffnete den Mund, um etwas zu sagen, als die Musik begann. Sie war auch nicht sanft und verführerisch. Sie war laut und rau. Musik, die eher zu einer Art BDSM-Kerker passte als zu einem privaten Raum in einem Striplub namens *BJ's*.

Ro sah ihr ohne Unterlass in die Augen. Sein Blick war intensiv und eindringlich, und im schummrigen Licht des Raumes wirkten seine Augen dunkler, als sie waren.

»Wo ist die Kamera, Liebes?«, fragte er. »Ich will nicht, dass es so aussieht, als würde ich danach suchen.«

Chloe blinzelte und leckte sich über die Lippen. »Über der Tür«, sagte sie gerade laut genug, dass er sie trotz der Musik hören konnte, sie aber nicht belauscht werden konnte.

»Gut. Dein Kopf ist im Weg, sodass ich sie nicht sehen

kann und ich auch nicht gesehen werden kann«, erklärte Ro nickend und sah ihr in die Augen. Seine Hände lagen auf ihren Hüften, er drückte sie jedoch nicht unangenehm und er befummelte sie auch nicht. Das sah sie bereits als Erfolg.

»Ich muss dafür sorgen, dass du irgendwann komplett auf dem Bild zu sehen bist«, gab sie zu.

»Das hatte ich schon erwartet. Mach dir darüber keine Sorgen«, erklärte er ihr.

Chloe stand unbeholfen zwischen seinen Beinen. Sie wusste, dass sie sich eigentlich im Rhythmus der Musik wiegen sollte, sich ausziehen sollte oder irgend so was, doch sie war von seinem Blick wie hypnotisiert. Am liebsten hätte sie sich in seine Arme geworfen und ihn angefleht, sie von hier fortzuschaffen.

»Tanze, Liebes«, sagte er und drückte sie ein wenig. »Da wir beobachtet werden, solltest du dafür sorgen, dass niemand misstrauisch wird.«

Chloe wusste nicht genau, was er mit dem Wort *misstrauisch* meinte. Sie hatte keine Ahnung, was seine Pläne waren, aber sie wusste, dass er recht hatte. Wenn sie nicht wollte, dass Abbie oder, Gott bewahre, ihr Bruder in den Raum stürmten und sie zumindest in Verlegenheit brachten – und höchstens dazu zwangen, vor ihnen irgendeine Art von Sexualakt zu vollziehen –, dann musste sie sich beeilen.

Ohne eine andere Wahl zu haben, tat Chloe, was Ro befahl. Sie wippte mit den Hüften und fuhr sich mit den Händen durch die Haare, versuchte, verführerisch auszusehen, hatte aber das Gefühl, dass sie stattdessen nur dumm aussah.

Ro wanderte mit den Händen von ihren Hüften nach oben und ließ sie zwischen ihrem Korsett und dem Bund ihres Rocks ruhen, und sie zuckte zusammen. Seine Finger waren kühl auf ihrer überhitzten Haut, und sie zog den Bauch ein und versuchte, das kleine Bäuchlein zu verstecken, von dem sie wusste, dass man es in dem knappen Outfit sehen konnte.

»Entspann dich. Denk nicht nach, sondern beweg dich einfach«, erklärte Ro.

Sich entspannen? Als wäre das möglich. Doch sie tat ihr Bestes, im Rhythmus der Musik zu tanzen, die durch die Lautsprecher hämmerte.

Und während der ganzen Zeit blickte Ro ihr unverwandt in die Augen. Er sah ihr nicht in den Ausschnitt. Er ließ seine Hände nicht über ihren ganzen Körper wandern, wie der letzte Kerl es getan hatte.

»Genau so. Das machst du großartig.« Seine Stimme war tief und rau. Sie war beruhigend. Alles, was er getan hatte, seit sie ihn kennengelernt hatte, war beruhigend gewesen. Er hatte vor ein paar Wochen *gefragt*, ob er ihren Bluterguss sehen dürfe, hatte es nicht *verlangt*. Ja, er hatte ihren Arm festgehalten, aber er hatte ihr nicht wehgetan, nicht wie Abbie, wenn sie sie anfasste, oder wie ihr Bruder, wenn er sie schlug.

Im Klub hatte er ihre Hand sanft gehalten und bis jetzt hatte er ihr nicht an die Brüste gefasst und verlangt, dass sie tanzte, während er sich einen runterholte. Chloe schauderte bei der Erinnerung an ihr letztes Mal in einem Privatzimmer. Zum Glück hatte der Mann das BJ Special nicht gewollt ... aber dafür hatte Ro ja bezahlt.

Sie schluckte schwer bei dem Gedanken und starrte auf den Mann hinunter, der vor ihr saß. Ros Blick blieb weiter auf ihr Gesicht gerichtet, aber Chloe nutzte die Zeit, während sie tanzte, um ihn genauer zu mustern. Er trug eine schwarze Jeans, die an allen richtigen Stellen eng anlag. Er hatte eine ziemlich beeindruckende Ausbeulung zwischen den Beinen, die sie im Moment zu Tode erschreckte. Zu jeder anderen Zeit wäre sie vielleicht fasziniert gewesen, aber wenn man bedachte, dass er gerade vierhundert Dollar bezahlt hatte, um sie dreißig Minuten lang in einem privaten Raum in einem Stripklub für sich allein zu haben, war sie nicht gerade begeistert.

Ein Paar abgewetzte und schmutzige schwarze Stiefel zierten seine Füße. Chloe konnte viel über einen Mann sagen, wenn sie sich seine Schuhe ansah. Leon trug nur schwarze oder braune Slipper. Sie waren stets poliert und gewienert – natürlich von einem der bezahlten Angestellten in seinem Haus. Wenn Schuhe eine Metapher für das Leben waren, war das alles nur Fassade. Die Schuhe ihres Bruders mochten sauber sein, aber das bedeutete nicht, dass er es auch war. Leon war, wie sie herausgefunden hatte, so schmutzig wie nur irgend möglich. Er ließ nur andere die meisten seiner schmutzigen Arbeiten erledigen, auch seine Schuhe zu putzen, damit er es nicht tun musste.

Aber die Schuhe von Ronan Cross waren eingelaufen. Bequem. Sie würde alles verwetten, was sie hatte, dass er nie auch nur auf die Idee gekommen wäre, so etwas Albernes zu tun, wie das abgewetzte Leder zu polieren und zu wienern. Dass er dachte, je eingelaufener seine Schuhe waren, desto bequemer waren sie.

»Bewege deine Hüften ein wenig mehr, Liebes«, sagte Ro und riss sie so aus ihren albernen Gedanken. Sie nickte und gab sich etwas mehr Mühe bei ihrem Tanz, während sie den Mann vor ihr weiter begutachtete. Er trug ein weißes T-Shirt und eine schwarze Lederjacke. Er hatte leichte Bartstoppeln am Kinn und seine Lippen waren im Moment fest aufeinandergepresst. Seine Nase war etwas schief, als wäre sie in der Vergangenheit gebrochen gewesen. Er hatte lange

Wimpern und hohe Wangenknochen, was ihn zu einem hübschen Kerl gemacht hätte, wären da nicht die zu langen hellbraunen Haare gewesen, die ihm unter der Mütze in die Stirn fielen.

Chloe wandte sich wieder seinen Augen zu und entschied, dass sie sein interessantestes Merkmal waren. Sie waren blau, wechselten aber je nach Umgebung die Farbe. Im Moment waren sie wegen der Beleuchtung dunkelblau, aber vor ein paar Wochen waren sie heller gewesen, mehr ein dunkles Himmelblau als das Mitternachtsblau, das sie im Moment zu sein schienen. Sie konnte ein Meer von Emotionen in ihnen erkennen, aber sie konnte nichts von dem, was sie sah, wirklich deuten.

Sie schüttelte den Kopf, weil sie über so einen Blödsinn nachdachte, anstatt darüber, wie sie ihrem persönlichen Albtraum entkommen konnte. Sie schloss die Augen und versuchte zu vergessen, wo sie war. Was sie gerade tat. Nämlich aufreizend zu tanzen, praktisch auf dem Schoß eines Fremden.

»Also, pass auf«, sagte Ro mit leiser Stimme, damit das Mikrofon der Kamera seine Stimme nicht aufzeichnen konnte. »Ich bin heute Abend hierhergekommen, um mich davon zu überzeugen, dass du in Sicherheit bist. Meine Freunde und ich haben ein paar Nachforschungen über deinen Bruder angestellt. Was wir herausgefunden haben, war nicht gerade gut. Ich kann dir helfen, Chloe. Ich kann dir helfen, eine eigene Wohnung zu bekommen und einen Job zu finden, weit weg von hier. Du musst das nicht tun. Nicht für Geld und schon gar nicht für deinen Bruder.«

Chloe schloss die Augen und presste sie fest zusammen, damit sie nicht weinen musste. Am liebsten hätte sie »Ja!« geschrien und Ro direkt aus dem Zimmer und aus der Eingangstür gezerrt. Doch das konnte sie nicht tun. Leon würde nicht zulassen, dass sie ging. Jetzt nicht mehr. Sie wusste zu viel.

»Noch zwanzig Minuten. Jetzt mach schon, Mädchen!«, tönte eine Stimme aus einem Lautsprecher über der Tür.

Chloe erschreckte sich so heftig, dass sie fast hingefallen wäre, hätte Ro sie nicht mit den Händen an der Hüfte festgehalten. Sie erkannte Abbies Stimme, riss die Augen auf und ihre Atmung wurde schneller. Ihr war klar, was von ihr erwartet wurde, doch sie wollte es nicht. Weder jetzt noch sonst irgendwann.

»Komm her«, lockte Ro und zog sie unnachgiebig und kraftvoll an sich.

Chloe hob die Hände und legte sie ihm auf die Schultern, als er sie hoch und auf seinen Schoß zog. Sie hatte keine andere Wahl, als sich rittlings auf ihn zu setzen. Ihre Knie lagen auf dem Kissen neben seinen Oberschenkeln. Ihr Rock war hochgerutscht und Chloe wusste, dass er den knallroten Stringtanga sehen würde, den zu tragen Abbie sie gezwungen hatte, wenn er nach unten sah.

Chloe wurde rot und begann vor Nervosität, schwer zu atmen, während sie zitternd auf Ros Schoß saß.

»Beweg deine Hüften, Liebes«, erklärte Ro und sah ihr dabei immer noch nur ins Gesicht. »Bewege dich auf meinem Schoß, wie du dich gerade beim Tanzen bewegt hast.«

Ohne nachzudenken, tat sie, was er verlangte, und wiegte sich ein wenig steif zur Musik, aber immerhin. Seine Hände halfen dabei, er drückte sie nach unten, bis sie seinen Schoß berührte, zog sie dann hoch und brachte ihre Hüften zum Kreisen.

Chloe zog verwirrt die Augenbrauen hoch. Sie blickte zur Bestätigung auf ihren Schoß hinunter, dann sah sie wieder zu ihm auf. »Du hast gar keinen Steifen.«

Es war eine dämliche Feststellung. Sie wusste, dass Männer ziemlich sensibel waren, was diese Dinge betraf. Sie wollte auf keinen Fall Ro gegen sich aufbringen, besonders deshalb, weil er im Gegensatz zu dem letzten Typen, mit dem sie in einem der Privatzimmer gewesen war, ausgesprochen sanft mit ihr umging. Doch anstatt wütend zu werden, verzog er das Gesicht.

»Wenn du denkst, dass mich so was jetzt anmachen würde, bist du wirklich ein bisschen bescheuert.«

Ihr gefiel sein englischer Akzent, der gelegentlich durchdrang, doch sie war trotzdem immer noch verwirrt.

»Sieh mich nicht so an, Liebes«, entgegnete Ro, während er sie weiterhin auf seinem Schoß festhielt. »Wenn ich auf der Pirsch wäre, würde ich garantiert nicht in einen Stripklub kommen.«

»Auf der Pirsch?«

Seine Mundwinkel verzogen sich zu einem kleinen Lächeln, doch er wurde fast augenblicklich wieder ernst. »Wenn ich auf der Suche nach Sex wäre. Wenn ich Sex will, komme ich garantiert nicht in einen Stripklub – ohne dir zu nahe zu treten. Und ich halte dich zwar für ausgesprochen schön, doch ich werde auf keinen Fall einen Steifen bekommen – nicht bei der Angst, die ich in deinen Augen sehen kann.«

»Oh ...«

»Nimm die Hände hoch zu deinem Kopf und öffne dann dein Haar«, befahl Ro.

Ohne nachzudenken, griff Chloe nach oben, entfernte das Haarband und ließ ihr Haar in Wellen um ihre Schultern fallen. Eigentlich hätte sie sich dadurch besser fühlen sollen, verdeckter, aber es verstärkte nur ihre Nervosität.

Langsam bewegte Ro eine Hand zu ihrem Kopf, packte eine Handvoll Haare und zog ihren Kopf nach hinten. Er beugte sich vor und Chloe atmete scharf ein, als sie seine Lippen an ihrem Hals spürte.

»Ganz ruhig, mehr werde ich nicht tun«, versicherte Ro ihr. »Ich biete denen, die zuschauen, eben nur eine Show. Mehr nicht. Beweg dich einfach weiter.«

Chloe versuchte, sich zu entspannen, konnte es aber nicht. Mechanisch bewegte sie weiter die Hüften auf seinem Schoß und griff nach seinem Bizeps, wobei sie ihre Fingernägel in seine Haut grub, während sie darauf wartete, was er als Nächstes tun würde.

Ro legte seinen Mund an ihr Ohr und sie konnte seinen warmen Atem an ihrer sensiblen Haut dort spüren, sodass sie an den Armen Gänsehaut bekam.

»Ja oder nein – bist du aus freien Stücken hier?«, fragte Ro.

Chloe erstarrte. Sie wollte wahnsinnig gern Nein sagen, aber sie wollte auch nicht, dass der Mann unter ihr verletzt wurde. Leon war zwar nicht ausgesprochen gut in Form, doch er hatte viele Freunde, besonders hier im Klub. Männer, die es nicht wagen würden, sich ihm zu widersetzen, wenn er ihnen befahl, Ro aufzumischen. Sie hatte zwar beschlossen, heute Nacht zu fliehen, doch sie durfte dabei nicht Ros Leben riskieren, indem sie ihn in die Sache mit hineinzog.

Aber wenn sie es nicht tat, würde es ihr dann immer noch aus eigener Kraft gelingen zu fliehen?

Sie hatte so viele Fragen und keine klaren Antworten.

»Ja oder nein, Liebes?«, fragte er, doch Chloe hatte plötzlich einen Kloß im Hals. Sie konnte weder schlucken noch sprechen.

Sie spürte, wie Ro seufzte, aber er hakte nicht nach. Stattdessen sagte er: »Okay, los geht's. Ich werde es jetzt so aussehen lassen, als würde ich dich auf die Knie zwingen.

So bekommt die Kamera ein anständiges Bild von mir. Zieh mir die Hose runter, aber bleib auf deinen Knien, damit niemand sieht, was genau du tust. Ich werde meine Hände auf deinen Kopf legen und du tust so, als würdest du mir einen blasen.«

Chloe zuckte unwillentlich zusammen. Nein, das wollte sie nicht tun. Das *konnte* sie nicht, egal, wie viel er gezahlt hatte.

»Du kannst das, Chloe«, erklärte Ro, als hätte er ihre Gedanken gelesen. »Du musst nur so tun. Mehr nicht. Zieh mir die Hose runter, aber nicht die Unterhose. Es ist alles nur zur Schau, Liebes. Vertrau mir.«

Als sie immer noch zögerte, erklärte er: »Chloe. Entweder machst du das oder du musst es bei einem anderen Mann, der sich einen scheiß für deine Gefühle interessiert, wirklich tun.«

»Und du interessierst dich für meine Gefühle?« Sie stellte die Frage, ohne nachzudenken, aber dann zuckte Chloe zusammen. Wenn sie ihn wütend machte, würde er ihr vielleicht wehtun oder sie dazu bringen, genau das zu tun, was sie nicht tun wollte.

Sie wollte gerade den Mund aufmachen, um sich zu entschuldigen, als der Mann unter ihr zu lächeln begann.

Verdammt noch mal. Sie hatte Ro zuvor noch nie lächeln sehen – und es raubte ihr den Atem. Das Grinsen verwandelte ihn von einem knallharten, etwas Furcht einflößend aussehenden Mann in einen extrem heißen, wenn auch verwegenen Kerl.

»Ja, ich interessiere mich für deine Gefühle«, sagte er kurz darauf. »Das kannst du mir glauben, Liebes.«

Bei seinen Worten atmete Chloe tief durch und nickte. Welche Wahl hatte sie auch? Das war das beste Angebot, das sie bekommen würde. Jeder andere Mann würde sie dazu zwingen, seinen Schwanz in den Mund zu nehmen.

»Du bist wirklich so tapfer«, murmelte Ro. »Dann mal los.«

Und damit spürte sie, wie er seine Faust in ihr Haar krallte und die Kraft in seinem Oberarm nutzte, um sie sanft auf die Knie zwischen seinen Beinen zu drücken. Sie tat, was er verlangte, blieb aufrecht und versperrte seinen Schritt vor der Kamera.

Mit zitternden Händen öffnete sie den Gürtel an seiner Taille, und es brauchte drei Versuche, den Knopf seiner Jeans aufzubekommen, weil sie so heftig zitterte. Aber schließlich schaffte sie es und griff nach dem Reißverschluss.

Sie bekam ihn halb herunter, bevor Ro leise sagte: »Das reicht schon.«

Chloe war sich nicht sicher, wohin sie ihre Hände legen sollte. Sie hatte schon einmal jemandem einen geblasen, aber sie und ihr damaliger Freund waren beide nackt und im Bett gewesen. Ro war ein Fremder und sie war so aus dem Konzept, dass es alles andere als lustig war.

Ohne ein Wort zu sagen, nahm Ro ihre Hände in seine und legte sie auf seine Oberschenkel. Chloe krümmte ihre Finger und hielt sich fest, als sie seine Hände spürte, mit denen er ihren Kopf umfasste.

»Ja oder nein, Liebes?«, fragte Ro.

Da sie wusste, dass er seine frühere Frage nicht vergessen hatte, biss Chloe sich unschlüssig auf die Lippen und starrte auf seinen Schoß. Er war immer noch nicht hart. Sie hatte seine Hose aufgemacht und atmete praktisch auf seinen Schwanz, und er hatte *trotzdem* keine Erektion. Er war gut gebaut, daran gab es keinen Zweifel, aber das, was sie taten, machte ihn wirklich nicht an. Das trug viel dazu bei, ihr Vertrauen in diesen Mann zu stärken.

»Dann mal los«, murmelte Ro und sie spürte, wie er Druck auf ihren Kopf ausübte und sie nach vorn in seinen Schritt presste.

Da ihr klar war, dass ihnen nicht mehr viel Zeit blieb und sie das tun musste, schloss Chloe die Augen und tat so, als würde sie Ro das BJ Special geben.

Sie wippte mit dem Kopf auf und ab, und tat alles, damit es so aussah, als würde sie ihm tatsächlich einen blasen, wobei ihr Haar Ros Schoß verdeckte. Sie hatte noch nie einem Mann auf diese Weise einen geblasen – auf den Knien, während er jede ihrer Bewegungen beobachtete – und war sich nicht sicher, ob sie es gut vortäuschen konnte. Es war ein wenig erschreckend; sie hatte es immer vorgezogen, wenn ihr Partner lag. Aber sie konnte nicht leugnen, dass es etwas fast Ermächtigendes hatte, Ro dabei zu beobachten, wie sie ihn befriedigte, wenn das Ganze echt wäre.

An einem Punkt während des vorgetäuschten Blowjobs spürte sie, wie Ro eine Hand zu ihrem Hintern wandern ließ und ihn drückte. Ihr Rock war immer noch hochgezogen und sie wusste, dass sie dem Perversen hinter der Linse – und Abbie – einen großartigen Blick auf ihren nackten Hintern gewährte, aber das war momentan ehrlich gesagt die geringste ihrer Sorgen. Sie war stolz darauf, dass sie nur einmal zusammenzuckte, als sie Ros schwielige Handfläche auf ihrer nackten Haut spürte, bevor sie versuchte zu ignorieren, wie besitzergreifend sich seine Hand anfühlte.

Nach einigen Minuten murmelte Ro: »Okay, Liebes, jetzt folgt das große Finale.«

Sie hätte gelächelt, hätte sie nicht in dieser Situation gesteckt. Er stieß seine Hüften vor und stöhnte. Ziemlich laut. Er wusste, dass man das Stöhnen auch auf der

Aufnahme hören würde, also hörte Chloe auf, den Kopf zu bewegen. Sie hob die Hand zum Mund und tat so, als würde sie sich den Mund abwischen.

Sie blickte hoch zu Ro und musste blinzeln, als sie sah, mit welch großer Bewunderung er sie anblickte. Es war schon sehr lange her, dass jemand sie mit etwas anderem als Abscheu, Verachtung oder Begierde angesehen hatte.

»Mach meine Hose wieder zu.«

Ohne ihren Blick von seinen Augen abzuwenden, fummelte sie an seiner Jeans und seinem Gürtel herum. Als sie fertig war, legte Ro ihr erneut die Hände auf die Hüften und zog sie vom Boden hoch und wieder auf seinen Schoß. Sie saß jetzt erneut auf ihm, als er ihre Wange streichelte und fragte: »Sind deine Knie okay? Der Boden war bestimmt verdammt hart.«

Chloe runzelte die Stirn und fuhr sich mit der Zunge über die Lippen. »Ja, sie sind okay.«

»Blödsinn. Aber das lasse ich dir durchgehen.« Er hob jetzt auch die andere Hand, sodass er ihr Gesicht zwischen seinen Händen hielt, und strich ihr mit den Daumen eine lose Strähne ihres Haares hinter die Ohren. »Ja oder nein?«, fragte er noch einmal.

Chloe zögerte. Sie hatte keine Ahnung, was Ro tun würde, wenn sie zugab, dass sie nicht aus eigenem Willen dort war. Sie kannte ihren Bruder. Er mochte ein Arsch sein, aber er hatte eine Menge Leute auf seiner Gehaltsliste. Leute in seinem Haushalt, die ihr nicht zu Hilfe kamen, wenn er sie schlug. Leute, denen er eine Menge Geld bezahlte, um sie im Auge zu behalten. Leute, die nicht zögern würden, sie zu fesseln, wenn Leon es ihnen befahl.

Und Leute wie Peter Smaldone und Joseph Carlino, die Ro foltern würden, weil er ihr half. Sie hatte keine Ahnung, wie dieser ... Mechaniker ... ihr helfen sollte.

Aber der Gedanke, jemanden auf ihrer Seite zu haben, der ihr das Gefühl gab, nicht so allein zu sein, war zu verlockend. Sie hatte schon sehr lange niemandem mehr vertraut, aber hatte Ro nicht gerade bewiesen, dass man ihm vertrauen konnte? Wenigstens ein bisschen? Sie wusste, dass er ihr im Moment vielleicht nur Honig ums Maul schmierte, um sie später vor den Bus zu stoßen, aber sie hatte keine andere Wahl.

Chloe schlug alle Vorsicht in den Wind, holte tief Luft und flüsterte: »Nein. Ich bin nicht aus freien Stücken hier.«

Sein Gesichtsausdruck änderte sich nicht. Sie wusste nur, dass er sie gehört hatte, weil er ihren Kopf für den Bruchteil einer Sekunde fester hielt.

Dann senkte er den Kopf und drückte seine Lippen ganz sanft auf die ihren.

Chloe zuckte bei der Berührung seiner Lippen zusammen. Es fühlte sich an, als hätte ein elektrischer Schlag sie durchzuckt. Es war verrückt, denn sein Kuss war leicht und überhaupt nicht sexuell gewesen. Aber in der Sekunde, in der sie seine Berührung spürte, veränderte sich etwas zwischen ihnen.

Er starrte sie an und sie spürte wieder seine rauen Hände an ihren Seiten. Es hätte ihr peinlich sein müssen, dass sie praktisch nackt auf seinem Schoß saß, den Rock bis zur Taille hochgezogen. Aber das war es nicht. Sie fühlte sich … sicher.

»Du riechst so verdammt gut«, flüsterte Ro.

Chloe wusste, dass sie errötete. Männer machten ihr den ganzen Abend lang Komplimente für ihre Titten und ihren Hintern, aber Ros geflüsterte Worte waren das beste Kompliment, das sie je bekommen hatte.

»Flieder. Es ist meine Bodylotion. Meine Mutter hat mir

die erste Flasche davon gekauft, als ich noch ein Teenager war. Der Duft erinnert mich immer an sie.«

Ro schloss die Augen und sie lehnte sich eine Sekunde an ihn. Sie spürte, wie er mit der Nase gegen die empfindliche Haut hinter ihrem Ohr strich, und hörte, wie er die Luft einsog.

Sie erschauderte.

Er löste sich von ihr und seine Lippen öffneten sich, doch bevor er noch etwas sagen konnte, wurden sie unterbrochen.

»Die Zeit ist um«, ertönte Abbies Stimme dröhnend im Raum. »Lassen Sie sie los, Sir, bevor wir Dan reinschicken, um Sie dazu zu zwingen.«

Chloe spürte, wie Ro die Hände von ihrem Körper nahm und sie sinken ließ. Unbeholfen kletterte sie von seinem Schoß und zerrte ihren Rock herunter, als sie vor ihm stand.

Ro stand ebenfalls langsam auf und nickte in Richtung ihres Korsetts. »Du solltest das vielleicht richten, bevor wir wieder da rausgehen.«

Als Chloe an sich herunterschaute, sah sie, dass eine ihrer Brüste schließlich dem Korsett entkommen war. Sie zeigte Ro ihren Busen.

Schnell fuhr sie sich mit einer Hand an die Brust und stopfte sie, so gut es ging, wieder in das Korsett, während sie versuchte, nicht rot zu werden. Als sie wieder zu Ro aufblickte, ging sie davon aus, dass er die ganze Zeit über auf ihr Gesicht geschaut hatte, während sie ihre Kleidung gerichtet hatte.

Jeder andere Mann hätte die kostenlose Peepshow ausgenutzt. Nicht so Ro. Sie hatte das Gefühl, er wollte ihr die Peinlichkeit ersparen, von anderen Männern angestarrt zu werden. Chloe wusste, dass kein anderer ein Wort gesagt, sondern nur genossen hätte, was sie unwissentlich zur Schau stellte.

»Danke«, sagte sie leise.

»Gern geschehen. Komm, es ist Zeit zu gehen.« Dann nahm Ro ihre Hand, führte sie zur Tür, öffnete sie und sie gingen zurück in den Klub. Gemeinsam.

KAPITEL FÜNF

Ro hasste es, ohne ein Wort zu Chloe zu verschwinden, aber er hatte weniger als eine Stunde Zeit, um Rex und die anderen zu erreichen und sich einen Plan zu überlegen. Er schaute noch einmal zurück, bevor er durch den schwarzen Vorhang in den kurzen Flur an der Vorderseite des Klubs ging, und sah, wie sie ihm mit ungläubigen Augen beim Gehen zusah.

Dieser Blick hatte ihn fast fertiggemacht.

Er wollte ihr sagen, dass sie keine weitere Nacht in diesem Höllenloch verbringen müsste, aber er hatte keine Gelegenheit dazu. Sobald sie aus dem Flur aufgetaucht waren, hatte Dan Chloe erzählt, dass der stattfindende Junggesellenabschied eine weitere Bedienung für die letzte Runde brauchte. Sie war verschwunden, bevor Ro sie in irgendeiner Weise trösten konnte.

Er war zurück zu dem Tisch gegangen, an dem Gray und Arrow saßen, und hatte ihnen mitgeteilt, dass es Zeit wäre zu verschwinden. Ohne Fragen zu stellen, standen sie sofort auf und gingen mit ihm hinaus.

Ro verhielt sich ruhig, bis sie Grays Audi erreichten.

Sobald sie drinnen waren, holte er sein Telefon heraus und rief Rex an.

»Was ist los?«, sagte ihr Kontaktmann anstelle einer Begrüßung.

»Es sind definitiv Frauen gegen ihren Willen dort. Und sie bieten mehr als nur Lapdances an. Oberflächlich betrachtet sieht es gut aus, aber ich denke, dass es mit ein wenig Nachforschung leicht sein wird, es als eine Einrichtung des Sexhandels zu entlarven.«

»Du weißt genau, dass das als Beweis nicht reicht«, erklärte Rex. »So gern ich auch da reinplatzen würde, das wird die Sache nicht aus der Welt schaffen. Harris wird einfach für eine Weile die Füße stillhalten und später erneut auftauchen. Wir müssen das Ganze clever angehen.«

»Er zwingt seine eigene Schwester, sich zur Hure zu machen! Sie sagte mir, dass sie gegen ihren Willen dort sei. Wir müssen sie und die anderen da rausholen.«

»Nicht ohne einschlägige Beweise«, wiederholte Rex. »Es ist scheiße, das verstehe ich. Aber ein Arschloch wie Harris verdient nicht so viel Geld nur mit diesem Klub. Wenn wir jetzt handeln, werden wir die Frauen in anderen Etablissements wie diesem Klub – oder schlimmeren – nie retten.«

»Wenn Chloe deine Schwester oder deine Frau wäre, würdest du mir dann dasselbe sagen? Würdest du mir sagen, dass ich geduldig sein soll? Nein, würdest du verdammt noch mal nicht!«

»Das war jetzt unnötig«, sagte Rex mit leiser, wütender Stimme.

Ro atmete tief durch. Er wusste, dass Rex recht hatte, er wollte es nur nicht hören. »Ich entschuldige mich. Aber Rex, ich bin dieser Gruppe beigetreten, um Frauen genau davor zu bewahren. Bis jetzt wurde Chloe noch nicht gezwungen, einen Freier zu bedienen. Morgen um diese Zeit wird das nicht mehr der Fall sein, darauf würde ich alles wetten. Ich verstehe, was du meinst. Das tue ich wirklich. Ich will auf keinen Fall etwas tun, was dem Ruf der Mountain Mercenaries schadet, aber das hier ist persönlich. Chloe ist nicht irgendeine namenlose, gesichtslose, verfolgte und missbrauchte Frau. Sie ist für mich aus Fleisch und Blut, und dem Blick in ihren Augen nach zu urteilen ist sie am Ende ihrer Kräfte angelangt. Ich bin ihre letzte Chance.«

Rex war lange still, bevor er leise sagte: »Falls du die Schwester herausholen kannst, ohne dass Harris seinen gesamten Betrieb einstellen muss, dann unterstütze ich dich. Aber das ist ein großes *Falls*, Ro.«

»Das schaffe ich.«

»Will ich überhaupt wissen, wie du das anstellen möchtest?«

Daraufhin lächelte Ro. »Ich schlage den Mistkerl mit seinen eigenen Waffen. Bald bekommst du weitere Informationen.« Dann legte er auf.

Gray fuhr vom Klub weg und fragte: »Wie lautet der Plan?«

»Unser Plan ist es, den anderen Bescheid zu sagen. Schließlich sind unsere Gesichter überall auf den Überwachungskameras zu sehen.«

»Aber nicht die von Ball, Meat und Black«, schlussfolgerte Arrow.

»Richtig erkannt«, erklärte Ro zufrieden.

Alle drei Männer nickten, als Ro wieder nach unten auf sein Handy blickte und erneut wählte.

Chloe war enttäuscht und wütend zugleich. Sie hatte sich weit aus dem Fenster gelehnt und zugegeben, dass sie Hilfe brauchte. Sie war sich sicher, dass Ro etwas tun würde, um sie aus dem Klub herauszuholen ... was, das wusste sie nicht, aber sicher hätten sie sich beide gemeinsam etwas einfallen lassen können.

Aber stattdessen verließ er den gesperrten Gang und verschwand dann.

Wieder einmal war sie auf sich allein gestellt – woran sie gewöhnt war, aber für eine Sekunde hatte sie die Hoffnung gehabt, dass sie vielleicht, nur vielleicht, einmal jemanden an ihrer Seite haben würde.

Abbie und Leon waren voll des Lobes über ihre erste Nacht in den Privatzimmern und die Art und Weise, wie sie bei dem Kunden »schwer zu kriegen« gespielt hatte. Anscheinend gab es eine Warteliste für ihre Dienste in der nächsten Nacht. Bei dem bloßen Gedanken daran wurde Chloe schlecht ... und sie war verzweifelt.

Vor dem heutigen Abend war sie bereit gewesen, alles zu tun, um von ihrem Bruder und Abbie wegzukommen, aber jetzt wurde ihr klar, dass es um Leben und Tod ging.

Chloe wusste, wenn sie erst einmal zurück im Haus war, waren ihre Chancen zu entkommen gleich null. Selbst wenn Leon und Abbie dachten, dass sie Angst vor ihrem eigenen Schatten hatte und zu unterwürfig wäre, um noch einmal einen Fluchtversuch zu unternehmen, würden sie immer noch auf der Hut sein, nur für den Fall.

Ihr großer Plan vor dieser Nacht war es gewesen, aus ihrem Fenster zu klettern, obwohl es sich im ersten Stock befand, und vorsichtig durch das Gelände, das das Haus umgab, zur Straße zu schleichen. Dort würde sie allen Fahrzeugen ausweichen und zu Fuß in die Stadt gehen. Es war kein guter Plan, aber das Einzige, was ihr einfiel.

Abbie hatte die großartige Idee gehabt, alle ihre Kleider durch nuttige Shorts und Röcke, tief ausgeschnittene

Blusen und Dessous zu ersetzen, aber Chloe hatte ein paar Sachen, darunter einige Jeans und T-Shirts, unter einem losen Brett in ihrem Schrank versteckt. Auf keinen Fall wollte sie sich von Leon oder seiner Freundin vorschreiben lassen, wie sie sich in ihrer Freizeit kleiden durfte. Wenn sie sie nachts einsperrten, zog sie ihren bequemen Pyjama an und schmiedete Pläne.

Leon hatte auch ihren Führerschein zerschnitten, aber zum Glück wusste er nichts von dem Reisepass, den sie ein paar Monate vor ihrem Einzug bei ihm bekommen hatte. Auch den hatte sie bei ihren Kleidern versteckt, weil sie wusste, dass sie ihn brauchen würde, um das Geld zu holen, das sie beiseitegeschafft hatte.

Sie hatte keinen Wagen; ihrer war kaputt gegangen – so schien es zumindest – und Leon hatte versprochen, ihn in die Werkstatt zu bringen, bevor er sein wahres Gesicht gezeigt hatte. Stattdessen hatte er ihr mitgeteilt, dass die Mechaniker es nicht reparieren konnten, und er hatte es ihnen für die Abwrackprämie verkauft.

Chloe war sich bewusst, dass sie sich selbst in diese Situation gebracht hatte. Und ungeachtet Leons Drohungen, die Mafia auf sie zu hetzen, war es an der Zeit, dass sie sich da herausholte. Sie würde besonders vorsichtig sein müssen, um ihre Spuren zu beseitigen, damit niemand sie finden konnte.

Verzweifelt schaute Chloe an sich herunter. Ihr war erlaubt worden, sich wieder die Shorts und die Bluse anzuziehen, die sie getragen hatte, als sie vorhin im Klub angekommen war. Sie wünschte, sie hätte eine ihrer Jeans angezogen, aber ihr Geheimversteck war eigentlich umsonst. Sie konnte es nicht riskieren, zurück zum Haus zu gehen.

Ohne ihren Ausweis wäre es noch schwieriger, aber sie

wurde das überwältigende Gefühl nicht los, dass ihre Chancen zu fliehen besser standen, bevor sie wieder zu Hause eintrafen.

Abbie und ihr Bruder ignorierten sie, diskutierten darüber, wie der Abend gelaufen war und wie viel Geld sie an ihr verdienen würden.

»Hast du gesehen, wie viele Männer auf sie stehen? Mittlerweile hat sie bestimmt zwanzig Männer auf ihrer Warteliste«, freute sich Abbie.

»Morgen kommen wir eine Stunde früher, damit die Mitarbeiter ihren Spaß mit ihr haben können, bevor wir öffnen«, informierte Leon seine Freundin. »Und ändere bitte auch den Standort des Stuhls im Raum. Die Aufnahmen, die wir heute Abend bekommen haben, sind kacke, weil sie die meiste Zeit über mit dem Kopf das Gesicht des Typen verdeckt. Wir brauchen einen besseren Winkel, wenn wir die Videos zur Erpressung benutzen wollen.«

»Alles klar. Ich denke außerdem darüber nach, ihre Preise anzuheben. Sie ist noch neu und nicht so abgenutzt wie die anderen. Das können wir zu unserem Vorteil nutzen«, bemerkte Abbie.

Chloe biss die Zähne zusammen, hielt aber den Kopf gesenkt. Sie wusste, in ein oder zwei Minuten würde Leon abbremsen müssen, um abzubiegen, und das war ihre beste Chance. Aus diesem Grund hatte sie sich absichtlich nicht angeschnallt, als sie das *BJ's* verlassen hatten. Sie war so verzweifelt, dass sie sich aus einem fahrenden Auto werfen wollte, um ihrem bösen Bruder ein für alle Mal zu entkommen.

Das würde übel werden. Es war möglich, dass sie sich einen Knochen brach ... oder zwei. Aber solange sie ihre Beine schützte, damit sie laufen konnte, würde sie jeden Schmerz ertragen, um zu entkommen.

Abbie sprach davon, Chloe für mindestens eine Woche auf BJ Specials zu beschränken, damit sie die Kunden noch ein bisschen ködern konnten, bevor sie ihr erlaubten, »alles zu tun«, als Leon plötzlich ausrief: »Was zum Teufel ist das?«

Chloe spürte, wie er plötzlich aufs Gas drückte und ihr Körper kurzzeitig gegen den Sitz gepresst wurde. Sie war schon angespannt, als sie sich darauf vorbereitet hatte, die Fahrzeugtür aufzureißen und sich aus dem Wagen zu werfen, aber dass Leon schneller wurde, machte ihre Pläne definitiv zunichte. Sie würde es auf keinen Fall überleben, aus dem Wagen zu springen, während er so schnell fuhr, wie es jetzt der Fall war.

Aber sie hatte keine Zeit, sich umzudrehen, um herauszufinden, was Leon gesehen hatte oder was er zu überholen versuchte, da etwas das Heck des Mercedes traf. Chloes Körper wurde nach vorn geschleudert, dann heftig zur Seite, als der Wagen sich drehte. Ihr Kopf schlug so stark gegen die Beifahrerscheibe, dass sie Sterne sah.

Das Fahrzeug drehte sich weiter im Kreis und Chloe hörte, wie Abbie schrie, dann das Knirschen von Metall und das Zerbrechen von Glas.

Der Wagen kam zum Stehen und für einen Moment war alles still. Das Zischen von Dampf, der aus dem Vorderteil des Mercedes aufstieg, wo er gegen einen Baum am Straßenrand geprallt war, war das einzige Geräusch.

Dann fing Abbie wieder an zu schreien.

Bevor Chloe nachsehen konnte, was los war, oder sich aus dem Wagen stürzen und weglaufen konnte, öffnete sich die Tür neben ihr und eine Hand griff ins Fahrzeug und umklammerte ihren Arm. Noch bevor sie ihre Gedanken ordnen konnte, wurde sie hochgezogen und aus dem Wagen gezwungen. Sie erhaschte einen Blick auf einen sehr großen Mann, der eine Maske trug, bevor er sie hoch und über seine Schulter schwang und auf einen riesigen Hummer hinter dem Autowrack ihres Bruders zusteuerte.

Chloe spürte einen starken Arm, der sich um ihre Oberschenkel legte und sie sicher festhielt. Ihr Kopf hing über dem Rücken des Mannes und sie versuchte, ihn zu schütteln, um ihre Sinne zu klären, aber das bewirkte nur, dass ihr Kopf vor Schmerzen dröhnte.

»Wer seid ihr ...«

Leons Stimme brach plötzlich ab und Chloe stützte sich mit einer Hand auf dem extrem harten Hintern des Mannes ab, um aufzuschauen. Sie sah einen weiteren Mann mit einer schwarzen Maske neben der Fahrertür des Mercedes stehen und gerade, als Abbie erneut schrie, steckte ein anderer Mann seine Hand durch die Beifahrertür und schnitt ihr den Schrei ab.

Angst schoss durch Chloe. Wie lautete das Sprichwort? Vom Regen in die Traufe?

Sie wollte nicht mehr mit ihrem Bruder oder Abbie zusammen sein, aber sie kannte die Männer nicht, die ihren Wagen gerammt hatten. Scheiße, was, wenn diese Männer für Carlino oder Smaldone arbeiteten? Vielleicht hatten sie herausgefunden, dass sie Leons Geld auf ein separates Konto abgezweigt hatte, und sie waren hier, um sie dafür zur Rechenschaft zu ziehen.

Panik stieg in ihr auf und sie wand sich verzweifelt hin und her. Warum konnten sie nicht einfach alle in Ruhe lassen? Was hatte sie getan, um dieses Leben zu verdienen?

»Beruhige dich«, sagte der Mann, der sie festhielt, wobei er den Griff um ihre Oberschenkel noch verstärkte.

Aber Chloe konnte sich nicht beruhigen. Sie wusste, wenn diese drei Männer sie in den Hummer brachten, konnte es noch schlimmer für sie werden. Sie drückte sich hoch, wölbte ihren Rücken und versuchte, sich von der Schulter des Mannes zu befreien.

Er fluchte und blieb an der Hecktür des großen Geländewagens stehen.

Als Chloes Zappeln den Mann nicht dazu brachte, seinen Griff zu lösen, drehte sie sich und riss ihm die Maske vom Kopf, wobei sie nur sehen konnte, dass er blondes Haar hatte. Auf ihre Aktion hin ließ er abrupt die Schulter fallen, stellte sie auf die Füße und drehte sie herum, sodass sie dem Hummer gegenüberstand.

Chloe hatte keine Waffen, also benutzte sie, *was* sie hatte. Nämlich ihre Zähne. Sie drehte den Kopf und biss in seinen Arm, wobei sie darauf achtete, so viel Schaden wie möglich anzurichten.

»Autsch!«, beschwerte sich der Mann und lockerte seinen Griff gerade so lange, dass Chloe sich losreißen konnte. Sie landete auf allen vieren auf dem Boden. Ziemlich heftig. Einen Moment lang war ihr schwindelig. Ihr Kopf tat mehr weh als jemals zuvor in ihrem Leben, doch sie versuchte, nicht darauf zu achten. Sie musste fliehen.

»Oh verdammt, greif sie dir, Black!«, rief einer der anderen Männer, als Chloe auf die Beine sprang und versuchte, ihren Verfolgern zu entkommen.

Ein Mann mit Haaren so schwarz wie die Nacht – sie konnte ihn deutlich sehen, jetzt, da er die Maske abgenommen hatte, die er trug – packte sie um die Taille, dann änderte er sofort seinen Griff und legte seine Arme um ihren Oberkörper, wobei er ihre eigenen Arme an den Seiten einklemmte. Er war ungefähr so groß wie sie, jetzt, da sie ihre hohen Schuhe bei dem Handgemenge verloren hatte, etwa einen Meter fünfundsiebzig. Chloe warf sofort den Kopf zurück und versuchte, ihm die Nase zu brechen, damit er sie losließ.

In letzter Sekunde wich der Mann ihrem Manöver aus und fluchte. »Verdammt.«

»Wir müssen von hier verschwinden«, erklärte der dritte Mann.

»Ich weiß«, erwiderte der Kerl, der sie festhielt, Black, grimmig. »Ich arbeite daran. Hätte Ball sie nicht fallen lassen, wären wir schon längst weg.«

Chloe konnte sich nicht daran erinnern, dass Leon jemanden namens Black oder Ball erwähnt hatte, wenn er ihr mit der Mafia gedroht hatte, das bedeutete aber längst noch nicht, dass sie nicht für Carlino und Smaldone arbeiteten.

»Tu ihr nicht weh oder wir stecken in Schwierigkeiten«, warnte der dritte Typ, als er seine eigene Maske vom Kopf nahm und sie in seine Gesäßtasche steckte.

»Ich soll *ihr* nicht wehtun? Sie hat mich gebissen!«, knurrte der erste Typ ganz offensichtlich verärgert.

»Und wenn du mir zu nahe kommst, mache ich es erneut«, drohte Chloe. Sie wurde gezwungen, zum Hummer zurückzukehren. Sie konnte sich nicht aus Blacks Griff befreien. Sie versuchte, ganz schlaff in sich zusammenzusacken, doch das machte es dem Mann nur noch leichter, sie zum Wagen zu tragen.

Chloe war keine Närrin. Sie kannte die Statistiken. Wenn man zu seinen Entführern in den Wagen stieg, sank die Chance, dass man es lebend rausschaffte, exponentiell. Sie hatte nicht die Absicht, mit diesen Entführern in ein Fahrzeug zu steigen. Auf keinen Fall. Kam nicht infrage.

»Die anderen beiden werden nicht lange ohnmächtig sein. Wir haben ihnen nur genug gegeben, um bewusstlos zu bleiben, während wir hier verschwinden. Bist du sicher, dass es hier keine Kameras gibt, Meat?«

Chloe erkannte auch den Namen des dritten Mannes

nicht, Meat ... sie gebot ihrer Vorstellungskraft Einhalt, bevor es dieser gelungen war, sich die schrecklichen Gründe für diese Spitznamen auszumalen.

»Nein. Wir sind auf der sicheren Seite«, erklärte Meat seinem Kollegen.

»Bring sie her«, befahl der Mann, den sie gebissen hatte. Ball. So hieß er. Ball.

Sie sah zu ihm hoch und stellte fest, dass er eine Spritze in der Hand hielt. Als sie das sah, geriet sie sofort in Panik. »Nein, bleib mir damit ja vom Hals!« Sie strampelte mit den Beinen und schüttelte ihren Kopf wild von einer Seite zur anderen, was den Schmerz noch stärker werden ließ, aber sie konnte nicht zulassen, dass ihr das Bewusstsein genommen wurde. Sie wüsste nicht, wo sie landen würde, wenn es ihnen gelang. Was sie mit ihr anstellen würden, wenn sie bewusstlos war.

»Verdammt, sie blutet«, sagte Ball und runzelte besorgt die Stirn.

»Wahrscheinlich hat sie sich den Kopf gestoßen, als wir den Wagen gerammt haben«, mutmaßte Meat. »Ro wird sich darum kümmern. Komm schon, Ball, mach schnell.«

Chloe bekam die Worte kaum mit, so sehr war sie in Panik. Joe? Wer war Joe? Worum würde er sich kümmern? Gehörte er auch zur Mafia? Sie wehrte sich sogar noch heftiger in dem Versuch, sich dem Griff des Mannes zu entziehen.

Meat trat neben seinen Kollegen und legte eine Hand auf ihren Oberarm, und gemeinsam mit Black hielt er sie fest, während Ball mit der Nadel näher kam.

»Es wird nicht wehtun«, versicherte Ball ihr, als er nach ihrem Arm griff.

»Fick dich«, fuhr Chloe ihn an. »Es ist ja nicht *dein* Arm, in den du gleich eine Nadel steckst.«

»Das stimmt auch wieder«, erklärte er grinsend.

Sein Grinsen machte Chloe rasend vor Wut. All die aufgestaute Frustration und Angst, die sie in den letzten Jahren und besonders in den letzten zwei Wochen gefühlt hatte, kam aus ihrem Mund, als sie spürte, wie die Nadel sich in ihre Haut bohrte. »Ich werde nie aufhören zu kämpfen! Wenn du mir zu nahe kommst, beiße ich dir den Schwanz ab, du Arschloch. Ihr entführt die Falsche. Warum können Männer mich nicht einfach nur in Ruhe lassen, verdammt noch mal? Was zum Teufel habe ich euch denn *überhaupt* getan? Gar nichts!«

Der andere Mann namens Ball zog ihr die Nadel aus dem Arm und machte einen Schritt zurück. Er sah schockiert aus, dass sie ihn so anschrie. *Gut.*

»Wer gibt euch das Recht, mich unter Drogen zu setzen? Mich zu entführen?« Sie fühlte sich bereits ein wenig benommen, widersetzte sich aber der Droge, die Ball ihr verabreicht hatte.

»Ich bin es leid, dass mir gesagt wird, was ich tun soll. Was ich anziehen darf. Warum sind Männer solche Tyrannen? Ich werde euch und eure Freunde bei der Mafia der Polizei ausliefern und ihr würdet euch noch wünschen, dass ihr niemals Joes Befehle befolgt hättet ...«

Chloe schloss die Augen und hätte sie gern weiterhin geschlossen gehalten, sie war es einfach so verdammt leid. Sie war es leid, Angst zu haben, sie war es leid, tyrannisiert und herumgestoßen zu werden.

»Wer ist dieser Joe?«, fragte Black hinter ihr.

Auf diese Frage hin öffnete sie die Augen noch einmal, doch alles war verschwommen, da ihre Augen sich nicht fokussieren wollten. Ihre Wut verebbte langsam und übrig blieb nur noch pure, ungefilterte Angst. »Oh verdammt. Bitte lasst mich einfach gehen! Ich werde euch nicht verraten und ich habe nur Spaß gemacht. Ich will einfach nur gehen. Ich hatte eigentlich vor, heute Abend zu fliehen ... einfach zu verschwinden. Ich werde nichts über die Investitionen verraten. Bitte tut das nicht. Ich bitte euch ... ich gebe euch alles, was ich abgezweigt habe, wenn ihr mich freilasst. Alles. Bis auf den letzten Cent!«

Chloe spürte, wie sie nach vorn geschoben wurde. Jemand hatte die Hintertür des Hummers geöffnet und sie wurde in die Arme eines anderen Mannes gehoben und sanft auf den Rücksitz gelegt. Sie wollte auf die andere Seite rutschen, die Tür öffnen und weglaufen, aber sie konnte ihren Körper nicht dazu bringen, den Befehlen ihres Gehirns zu gehorchen.

»Möchtest du ins Haus deines Bruders zurückkehren?«, fragte Black. Obwohl sie nur noch verschwommen sah, wusste sie, dass er es war. Er stand in der offenen Tür, griff über sie und schnallte sie mit dem Sicherheitsgurt an.

»Nein«, antwortete Chloe, ohne zu zögern. »Lasst mich einfach irgendwo am Straßenrand raus. Das war sowieso eigentlich mein Plan. Ich überlege mir dann, wo ich hingehen kann, wenn ich aufwache.«

»Wir werden dich nicht am Straßenrand absetzen, Chloe«, erklärte Meat von der anderen Seite.

Chloe drehte den Kopf zu ihm um. Er saß neben ihr auf dem Rücksitz und als sie ihn ansah, legte er ihr ein gefaltetes Tuch auf die Stirn. Sie schreckte kurz zusammen, weil es so wehtat.

»Bitte entschuldige.«

Chloe runzelte die Stirn. Sie war etwas verwirrt. Warum war er so nett zu ihr? Warum versuchte er, die Blutung an ihrem Kopf zu stoppen? Dann erinnerte sie sich daran, was er gesagt hatte. »Mich einfach rauszulassen wäre besser, als mich zu Joe zu bringen oder zurück zu meinem Bruder, der mich als Nutte arbeiten lässt.«

»Wer ist Joe?«, fragte Ball vom Fahrersitz aus.

»Ich weiß es nicht«, flüsterte Chloe. »Du hast gesagt, Joe würde sich um mich kümmern. Euer Boss. Ich will das nicht. Bitte ...«

»Pssst«, sagte Meat sanft. »Es ist okay. Alles ist okay.«

»Duuuu hassst leicht redeeeen«, lallte sie undeutlich.

Erneut schloss sie die Augen und fühlte sich, als würde sie schweben. Was auch immer sie ihr verabreicht hatten, war ziemlich stark. Sie konnte nicht mehr dagegen ankämpfen.

Verzweiflung legte sich über sie wie eine flauschige Decke, mit der sie sich immer auf ihrer Couch zugedeckt hatte, bevor sie ihren Job verlor. Sie fragte sich, was passiert war.

Doch Sekunden später war sie weggetreten und dachte nichts mehr. Ihr Körper war nach vorn gefallen, sie war bewusstlos und verletzlich und konnte sich nicht mehr gegen das wehren, was die drei Männer mit ihr vorhaben mochten.

<hr>

»Warum zum Teufel hat das so lange gedauert?«, fuhr Ro sie an, als Ball in seiner Einfahrt in Black Forest einbog. Er hatte nicht viel Zeit gehabt, den Plan für die Befreiung von Chloe aus den Klauen ihres Bruders zu entwerfen, aber seine Teamkameraden waren bereit, als er sie vom Klub aus angerufen hatte.

Meat hatte schnell recherchiert und die Route herausgefunden, die Leon wahrscheinlich zurück zu seinem Haus nehmen würde. Er hatte eine Gegend gefunden, in der es keine Überwachungskameras gab. Ball war der beste Fahrer von den dreien und somit die ideale Wahl für das sogenannte PIT-Manöver, bei dem ein anderes Fahrzeug gerammt wurde. Black fuhr mit, um dabei zu helfen, Leon und seine Freundin unschädlich zu machen. Alles in allem hätte die ganze Sache nur ein paar Minuten dauern sollen. Aber der Hummer war etwa zehn Minuten später als geplant eingetroffen. Und in jeder Minute, die verstrichen war, hatte Ro Blut und Wasser geschwitzt.

Er fasste nach dem Griff zum Rücksitz, hielt aber kurz inne, als Ball aus der Fahrerkabine stieg und sagte: »Es gab Komplikationen.«

Ro blickte durch das Fenster und sah, dass Chloe in sich zusammengefallen dasaß und Meat sie festhielt. Was aber noch schlimmer war, er sah, dass der andere Mann ihr ein Tuch an die Stirn hielt, das völlig mit rotem Blut getränkt war.

»Verdammt noch mal«, fluchte Ro und riss die Tür auf. Noch bevor ihm irgendjemand etwas erklären konnte, hatte er Chloes Sicherheitsgurt geöffnet und ging mit ihr auf dem Arm zur Tür. Und er gab ihnen auch nicht die Zeit, es zu erklären, als sie ihm ins Haus folgten.

Arrow hielt ihm die Tür auf, als Ro eintrat. Er ging zum Sofa und legte Chloe vorsichtig darauf. Er ließ den Blick über ihren Körper schweifen, um festzustellen, ob sie irgendwelche Verletzungen hatte. Er hasste das schlecht sitzende Oberteil, das sie trug, und die kurze Hose, die nach oben gerutscht und zu eng war, sodass man die Umrisse ihrer Muschi durch den Stoff sehen konnte.

»Gray, bitte hol mir eine Jogginghose und ein T-Shirt aus meinem Zimmer«, forderte Ro, ohne den Blick von Chloes Oberkörper zu nehmen, der sich sanft mit ihrer Atmung hob und senkte.

»Ich weiß nicht, ob das so eine gute Idee ist«, warnte Gray ihn. »Sie wird nicht gerade glücklich sein, wenn sie aufwacht und feststellt, dass du sie umgezogen hast.«

Ro kniete neben der Couch und behielt eine Hand auf Chloes Arm, als er sich zu seinem Freund umdrehte, da er die Verbindung zu ihr nicht aufgeben wollte. »Glaubst du, sie ist glücklicher, wenn sie in diesen schrecklichen Klamotten aufwacht und das Gefühl hat, wir hätten sie die ganze Zeit über angegafft?«

Gray nickte zustimmend. »Da hast du auch wieder recht.«

»Und trotzdem stehst du noch hier«, erwiderte Ro.

Gray grinste, machte aber brav auf dem Absatz kehrt und verließ das Zimmer.

»Was zum Teufel ist denn passiert?«, fragte Ro niemanden im Speziellen und wandte sich wieder Chloe zu. Sanft hob er das Tuch auf ihrer Stirn hoch und fluchte, als er die Wunde sah, die darunterlag.

»Wir haben den Wagen gerammt, wie es geplant war«, erklärte Ball. »Allerdings ist dieses Arschloch Harris ein ausgesprochen schlechter Fahrer, denn er verfiel in Panik, drückte aufs Gas und riss dann das Steuer herum. Wir glauben, dass er sich dabei den Kopf am Fenster angestoßen hat. Innerhalb von Sekunden waren wir da und haben Harris und seine Freundin überwältigt.«

»Hat er euch gesehen?«, unterbrach Arrow.

»Nein«, erwiderte Black. »Wir haben Masken getragen. Außerdem werden sie sich sowieso nicht allzu klar an das erinnern, was passiert ist, wenn sie aufwachen.«

Meat kam aus der angrenzenden Küche herein und reichte Ro ein sauberes Tuch. Dankend nickend wechselte Ro das blutige Tuch aus und übte Druck auf die Wunde aus, um den Blutfluss zu stoppen. Er glaubte nicht, dass die

Wunde genäht werden musste … vielleicht konnte man mit Wundkleber etwas machen. Er und seine Teamkameraden hatten schon mal einfachen Sekundenkleber verwendet, aber der medizinische Kleber war besser. Kopfwunden bluteten wie verrückt. Vom Verstand her wusste er das, aber es half nichts gegen das Gefühl der Hilflosigkeit, das ihn überkam, als er *Chloe* bluten sah.

»Deine Chloe hat einen wahnsinnigen Kampfgeist«, erklärte Ball. »Ich hatte sie ergriffen und brachte sie gerade zum Hummer, damit wir verschwinden konnten, und da hat sie mich gebissen. Und ziemlich heftig, möchte ich noch hinzufügen.«

Ro starrte seinen Freund ungläubig an. »Sie hat dich *gebissen*?«

»Ja. In den Arm. Das hat mich so sehr erschreckt, dass ich sie losgelassen habe. Sie hat versucht zu fliehen, aber Black hat sie erwischt. Sie hat sogar versucht, ihm mit dem Kopf die Nase zu brechen. Belassen wir es einfach bei der Aussage, dass sie nicht gerade froh darüber war, dass wir sie entführt haben. Sie dachte, wir würden sie zu jemandem namens Joe bringen. Ich weiß, dass wir das eigentlich nicht vorhatten, aber wir mussten sie betäuben, Ro. Sie hatte verdammt noch mal viel zu viel Panik.«

Ro seufzte und blickte wieder zu Chloe. Er sah sie zum ersten Mal nicht ängstlich oder nervös. Sie sah entspannt und gelöst aus, wie sie da so auf seiner Couch lag. Natürlich blutete sie und dachte, sie wäre entführt worden, aber sie war bei ihm und endlich in Sicherheit. Ihr Arschloch von einem Bruder konnte sie in der nächsten Nacht nicht in seinem verdammten Stripklub verhuren. Ro wusste, dass er damit klarkommen musste. Damit, ihr Angst gemacht zu haben.

»Joe?«, fragte er und rief sich ins Gedächtnis, was Ball gesagt hatte.

»Wir waren auch erst verwirrt«, erklärte Meat. »Sie sprach immer wieder von diesem Joe. Sie flehte uns sogar an, sie am Straßenrand rauszulassen, damit sie nicht zu ihrem Bruder zurückkehren musste und damit auch dieser Joe ihr nichts antat, was auch immer das sein mochte. Ich habe ein wenig gebraucht, um darauf zu kommen, weil sie ausgeschaltet und wir auf dem Weg hierher waren, aber mir fiel ein, dass Ball gesagt hatte, du würdest dich um ihre Wunde kümmern. Ich glaube, das hat sie einfach falsch verstanden und sie hat gedacht, ich hätte Joe gesagt.«

»Und wie ich mich darum kümmern werde«, erwiderte Ro leise.

»Hier sind die Klamotten«, sagte Gray, der mit einer von Ros Jogginghosen und einem T-Shirt ins Zimmer kam.

»Brauchst du sonst noch etwas von uns?«, wollte Arrow wissen.

Ro richtete sich auf und sah die fünf besten Freunde an, die er je gehabt hatte. Er war Mitglied des SAS gewesen, Special Air Service, der Eliteeinheit der britischen Armee. Er hatte mit anderen Männern gearbeitet, die er seine Freunde nannte. Er hatte ihnen das Leben gerettet und sie ihm das seine. Aber er hatte seinen Platz erst gefunden, als er von Rex angeheuert wurde und als Mountain Mercenary zu arbeiten begann. Zu helfen, die Welt von Arschlöchern wie Leon Harris zu befreien, die keine Skrupel hatten, Frauen zu missbrauchen, zu manipulieren und zu erpressen, war Ros wahre Berufung.

Während seiner Zeit in der britischen Armee gegen religiöse Eiferer zu kämpfen war eine Sache, aber die meiste Zeit hatten die Dinge, die er für sein Land getan hatte, einen politischen Hintergrund, und er fühlte sich sowohl emotional als auch physisch von den Ergebnissen seiner Handlungen abgekoppelt. Nicht so bei der Rettung von Frauen und Kindern. Er sah aus erster Hand, was sie durchmachten, wie sie behandelt wurden und wie dankbar sie waren, von ihren Peinigern befreit zu werden.

Die Arbeit mit Gray, Arrow, Black, Ball und Meat war anders als die Arbeit mit den Männern in seinem alten Bataillon. Sie *kannten* einander. In- und auswendig. Er hatte keine leiblichen Geschwister, aber diese fünf Männer waren seine Brüder. In jedem Sinne des Wortes.

»Ich brauche nichts weiter«, erklärte Ro Gray.

»Sie wird wirklich sauer sein, wenn sie aufwacht«, warnte Meat ihn vor. »Sie fand es nicht gerade toll, betäubt zu werden. Kein bisschen. Du wirst einiges zu tun haben.«

»Ich habe alles unter Kontrolle«, erklärte Ro mit Bestimmtheit.

»Ich meine es ernst«, warnte Black ihn erneut. »Sie ...«

»Ich will nicht, dass sie einen Haufen Männer sieht, wenn sie aufwacht, die ihr erklären, dass sie nicht von hier weg kann.«

»Okay, aber sie sollte auf keinen Fall versuchen zu fliehen. Ich fürchte jedoch, sie wird genau das tun«, erklärte Ball. »Du hast sie ja vorhin nicht gesehen. Sie ist völlig ausgeflippt. Sogar *mehr* als das. Sie ist am Ende ihrer Kräfte. Verzweifelt. Wenn du ihr den Rücken zudrehst, wird sie abhauen. Das kann ich dir garantieren.«

Ro sah seinen Freund an. »Dann werde ich sie eben davon überzeugen müssen, dass ich auf ihrer Seite bin und ihr niemals wehtun würde.«

Ro und Ball starrten einander ziemlich lange an. Schließlich schüttelte Ball einfach den Kopf. »Aber behaupte dann nicht, ich hätte dich nicht gewarnt«, erklärte er.

»Klar«, erwiderte Ro.

»Möchtest du, dass ich Rex anrufe, um ihm Bescheid zu sagen, was los war?«, fragte Arrow.

»Ja. Aber warte damit bis morgen. Ich möchte erst mit Chloe reden und mich davon überzeugen, dass es ihr gut geht. Dann rufe ich dich an und erzähle dir alle Neuigkeiten. Und *danach* kannst du Rex anrufen. Du weißt doch selbst, dass er so viele Informationen wie möglich haben möchte und wirklich wütend sein wird, wenn wir ihn anrufen und ihm nichts bieten können.«

Arrow lachte leise. »Das stimmt auch wieder.«

»Danke. Ich weiß es zu schätzen«, erklärte Ro ihm.

Arrow tat seinen Dank ab. »Nichts zu danken, Arschloch.«

Ro grinste. »Danke für alles, was ihr heute Abend getan habt, Jungs. Das meine ich ernst.«

Auf seinen Dank reagierten sie, indem sie die Augen verdrehten und ihm den Mittelfinger zeigten. Ja, man konnte auf jeden Fall sagen, dass er diese Männer liebte.

»Wenn wir bis zehn Uhr nichts von dir hören, rufe ich an«, bemerkte Arrow.

»Wenn du möchtest, dass Allye und ich vorbeikommen, sag mir einfach Bescheid«, fügte Gray hinzu.

»Ich werde weitere Nachforschungen über Harris anstellen, um zu sehen, ob ich nicht noch mehr finde, was wir gegen ihn verwenden können«, bot Meat ihm an.

Zum Abschied nickten Black und Ball ihm zu und plötzlich war Ro mit Chloe allein.

Er kniete sich wieder neben sie, beugte sich vor und küsste sie sanft auf das Tuch auf ihrer Stirn. »Es tut mir leid, Liebes«, flüsterte er, »aber jetzt bist du frei. Und ich werde dafür sorgen, dass das auch so bleibt. Er wird dich nie wieder anrühren ... und auch kein anderes Arschloch.«

Dann stand er auf und machte sich auf den Weg ins Bad zu seinem Erste-Hilfe-Kasten.

Das Wichtigste zuerst. Er musste ihre Wunde versorgen. Dann würde er ihre Kleidung wechseln und sie ins Bett bringen. Obwohl er sich im Namen von Chloe geärgert hatte und es ein verdammt langer Abend gewesen war, fühlte Ro sich ruhiger als jemals zuvor. Einfach nur, weil Chloe jetzt da war.

KAPITEL SECHS

Chloe stöhnte und hob eine Hand an ihren Kopf. Es tat weh, aber nicht so sehr, wie es manchmal schmerzte, nachdem Leon sie geschlagen hatte. Sie riss die Augen auf und stellte fest, dass es weit nach der Zeit war, zu der sie normalerweise aufstand. Sie schlief nie so lange. Selbst wenn sie in den frühen Morgenstunden nach Hause kam, nachdem sie im Stripklub ihres Bruders gearbeitet hatte, stand sie früh auf. Das hatte sie sich angewöhnt. Es war sicherer, wach zu sein, bevor Leon aus dem Bett stieg. Das hatte sie auf die harte Tour gelernt. Die paarmal, die er vor ihr aufgewacht war, war er in ihr Zimmer gestürmt, hatte sie gewaltsam aus dem Bett gezerrt, sie eine faule Schlampe genannt und ihr gesagt, sie solle ihren Arsch nach unten bewegen und anfangen zu arbeiten.

Bei diesem Gedanken setzte Chloe sich schnell auf – und bereute es sofort.

Der Raum um sie herum drehte sich wie verrückt und sie musste die Augen schließen, um das Gefühl der Übelkeit zu unterdrücken. Als sie sich wieder unter Kontrolle hatte, machte sie vorsichtig die Augen auf ... und blickte sich erschrocken um.

Wo war sie nur? Sie erkannte den Raum überhaupt nicht wieder. Sie wusste nur, dass es nicht ihr Schlafzimmer war. Als Chloe an sich herunterschaute, stellte sie fest, dass sie Kleidung trug, die auch nicht ihre eigene war. Ihr Herzschlag beschleunigte sich, aber sie zwang sich, nicht in Panik zu geraten. Sie musste herausfinden, wo sie war, bevor sie wie eine Verrückte aus dem Bett sprang.

Stirnrunzelnd versuchte sie, sich daran zu erinnern, wie sie dorthin gekommen war, wo auch immer »dort« sein mochte. Sie hatte ein paar zusammenhanglose Erinnerungen daran, dass sie Angst hatte, nachdem sie im *BJ's* gewesen war, aber mehr auch nicht.

In diesem Moment öffnete sich die Zimmertür und Chloe schaute in diese Richtung. In der Sekunde, in der der Mann durch die Tür trat, fügte sich alles, was letzte Nacht passiert war, zusammen.

Sofort begann sie zu hyperventilieren und rutschte auf die gegenüberliegende Seite des Bettes, um so weit wie möglich von ihm wegzukommen.

Sie hatte keine Ahnung, was vor sich ging. Aber sie erinnerte sich daran, mit diesem Mann im Klub gewesen zu sein, dann war er gegangen, dann saß sie auf dem Rücksitz des Mercedes ihres Bruders und war in einen Autounfall verwickelt. Sie erinnerte sich daran, entführt worden zu sein und dass die Männer sie unter Drogen gesetzt hatten. Jetzt war sie hier. Sie trug Kleider, die ihr zu groß waren, auch wenn sie bequem waren, und lag im Bett eines unbekannten Mannes.

Und sie kannte den Mann, der in der Tür stand. Ronan Cross. Er hatte gesagt, sie solle ihm vertrauen. Dass er ihr helfen würde. Sie wusste auch, dass er irgendwie in die

Geschehnisse der letzten Nacht verwickelt war. War er derjenige gewesen, der ihre Entführung arrangiert hatte? War er auch Mitglied der Mafia? Verdammte Scheiße!

»Es ist alles in Ordnung, Liebes«, sagte er besänftigend. »Atme ruhig, sonst verlierst du noch das Bewusstsein.«

»Wer bist du?«, keuchte sie.

»Du kennst mich doch. Ich bin Ronan. Ro.«

Chloe schüttelte den Kopf. »Nein, wer bist du wirklich? Bist du Joe? Hast du mich entführt? Arbeiten diese anderen Männer für dich? Gehörst du auch zur Mafia? Wenn du ein Problem mit meinem Bruder hast, dann musst du es mit ihm klären.«

»Oh, allerdings habe ich mit dem Schwachmaten ein Hühnchen zu rupfen, aber darum kümmere ich mich später.«

Ros englischer Akzent war unglaublich sexy, aber daran durfte Chloe im Moment nicht denken. Sie schwang ihre Beine aus dem Bett, verdrehte aber dabei den Oberkörper, um Ro im Auge zu behalten.

»Steh nicht auf«, rief Ro schnell. »Du wurdest gestern Abend verletzt.«

»Ach, tatsächlich«, erwiderte Chloe eiskalt. »Als deine Handlanger unseren Wagen gerammt haben.«

»Chloe«, entgegnete Ro streng, trat in den Raum und stellte die Tasse, die er in der Hand gehalten hatte, auf den kleinen Nachttisch neben dem Bett, »tu es nicht.«

Doch seine Warnung kam zu spät. Chloe war bereits aufgestanden und wich von ihm zurück. Sie wusste in der Sekunde, in der sie aufstand, dass sie nicht weit kommen würde. Der Raum drehte sich und ihr Kopf begann sofort wieder zu pochen. Die Ränder ihres Sichtfeldes verschwammen und sie wusste, dass sie zu Boden gehen würde.

Aber bevor das geschah, fing Ro sie mit seinen starken Armen auf. Er hob sie hoch und legte sie zurück auf das Bett. Sie spürte, wie er sich auf Höhe ihrer Hüfte hinsetzte, aber sie weigerte sich, die Augen zu öffnen. Sie spürte, wie die Schluchzer tief in ihr aufstiegen, und sie tat alles, um sie zurückzuhalten, aber es war zwecklos.

Sie war verängstigt, hatte Schmerzen und war verwirrt. Sie wusste nicht, was vor sich ging, wo sie war oder was mit ihr passieren würde.

Bevor sie verarbeiten konnte, was er tat, drehte Ro sie sanft auf die Seite und kuschelte sich hinter sie. Er legte ihr einen Arm in den Nacken, den anderen um ihre Taille und hielt sie an sich gedrückt. Nicht ein einziger Millimeter trennte sie. Sie konnte seine Wärme an ihrem Rücken spüren, und es fühlte sich gut an. Das verwirrte sie nur noch mehr.

Dann weinte sie. Sie konnte ihre Tränen nicht zurückhalten, wenn ihr Leben auf dem Spiel stand. Sie weinte, weil sie in der Nacht zuvor entführt worden war. Sie weinte wegen dem, wozu ihr Bruder und Abbie sie im Klub gezwungen hatten und wozu sie sie in absehbarer Zeit jede Nacht zwingen wollten. Sie weinte, weil sie nur ihre Mom wollte, und das war unmöglich. Sie weinte, weil ihr Bruder ein Arschloch war und seine Freundin eine Schlampe allererster Güte.

Ro hielt sie die ganze Zeit über im Arm, als wäre sie das Wertvollste in seinem Leben. Er unterbrach sie nicht und schimpfte nicht mit ihr, weil sie weinte. Er drückte sie einfach fester an sich und es fühlte sich an, als wären seine Arme das Einzige, was sie zusammenhielt. Dass sie ohne ihn in Millionen Stücke zerbrechen und davonschweben würde.

Schließlich ließ ihr Schluchzen nach, bis sie nur noch

gelegentlich schniefte, und sie lag niedergeschlagen in Ros Armen und fragte sich, was zum Teufel als Nächstes mit ihr passieren würde. Schlimmer konnte es doch nicht mehr werden, oder?

»Ich werde dir nicht wehtun«, erklärte Ro hinter ihr. »Gestern Abend war wirklich schrecklich. Alles, was passiert ist. Ich war im *BJ's*, weil ich dich gesucht habe. Ich hatte eigentlich nicht vor, dich für eines der Hinterzimmer zu buchen, aber es tut mir nicht leid, dass ich es getan habe. Ich weiß nämlich, dass es jemand anderes gewesen wäre, wenn ich es nicht getan hätte, und das hätte ich niemals zugelassen.«

»Warum?«, fragte Chloe. »Warum tust du das alles?«

»Weil du mir seit dem Moment nicht mehr aus dem Kopf gehst, in dem ich dich vor ein paar Wochen mit dem blauen Fleck auf deinem Rücken gesehen habe. Mir gefiel der Gedanke nicht, dass jemand dich schlägt. Abdrücke auf dir hinterlässt. Mein Team und ich haben Nachforschungen über deinen Bruder angestellt.«

»Warum?«, fragte sie erneut und fühlte sich dabei wie eine Zweijährige.

Ro lachte leise und Chloe versuchte zu ignorieren, wie es sich anfühlte, als sein Oberkörper sich an ihrem Rücken bewegte, und wie das leise Lachen ihr direkt in den Unterleib fuhr.

»Weil er kein netter Kerl ist, Liebes. Aber ich glaube nicht, dass das neu ist. Aber es ist noch mehr als das. Ich hatte das Gefühl, dass an der ganzen Situation etwas faul ist.«

»Faul?«

»Ja, ich meine verdächtig. Es hat mir damals nicht gefallen und das tut es jetzt immer noch nicht. Als ich dich gestern Abend gesehen und gemerkt habe, wie viel Angst du hast, war mir sofort klar, dass ich dich da rausholen musste. Aber ich denke, du stimmst mir zu, wenn ich behaupte, wir hätten nicht einfach zur Tür des Stripklubs hinausspazieren können.«

Chloe schüttelte den Kopf. Natürlich nicht, obwohl sie in ihrer Fantasie genau das mit ihm getan hatte. In Wirklichkeit wäre es niemals möglich gewesen.

»Also musste ich mir etwas anderes ausdenken, um dich von deinem Bruder wegzubekommen. Ich muss zugeben, dass die Dinge nicht ganz so gelaufen sind wie geplant. Dein Bruder ist ein wirklich schlechter Fahrer und er hat genau zur falschen Zeit das Steuer herumgerissen; deswegen hast du dir den Kopf am Fenster gestoßen.«

»Ich hatte eigentlich vor, aus dem fahrenden Wagen zu springen, als er hätte bremsen müssen, um die Kurve zu nehmen.«

»Im Ernst? Dabei hättest du dich verletzen können«, rief Ro aufgebracht.

Chloe zuckte mit den Achseln. »Für mich bestand nur die Möglichkeit, in jenem Moment zu fliehen oder überhaupt nicht. Hast du Leon getötet?«, fragte sie, den Blick auf das Fenster auf der anderen Seite des Zimmers gerichtet. Sie wusste nicht, welche Antwort sie auf diese Frage hören wollte, und dadurch fühlte sie sich nur noch schlechter. Was war sie nur für ein Mensch, dass ein Teil von ihr hoffte, er hätte Leon *wirklich* getötet.

»Wie bitte?«

»Hast du ihn und Abbie getötet?«

Chloe spürte, wie Ro sich hinter ihr bewegte, und erstarrte, als er sie auf den Rücken drehte. Sie sah zu ihm hoch – und war überrascht über den Ausdruck auf seinem Gesicht. Sie hätte Wut erwartet, weil sie ihm diese Frage gestellt hatte, vielleicht sogar Entsetzen. Was sie nicht erwartet hätte war Enttäuschung.

»Nein, Liebes. Wir haben sie nicht getötet. Wir sind nicht diese Art von Männern. Ich will nicht leugnen, dass wir in der Vergangenheit Leute getötet haben, aber normalerweise legen wir es nicht darauf an. Ich muss zugeben, dass mir der Gedanke durch den Kopf gegangen ist, als mir klar wurde, dass er vorhatte, dich dazu zu zwingen, mit den Gästen im Klub Sex zu haben, aber er ist am Leben; zumindest war er das, als meine Freunde ihn gestern Abend verlassen haben.«

Chloe zwang sich, sich nicht zu entschuldigen, obwohl ihr die Entschuldigung auf der Zunge lag.

Er seufzte und sprach weiter. »Wir haben sie betäubt. Ich bin davon ausgegangen, dass dein Bruder dich nicht ziehen lassen würde, nur weil er ein netter Kerl ist, denn es ist ziemlich offensichtlich, dass er nicht auch nur ein Quäntchen Mitgefühl in seinem steinharten Herzen trägt. Allerdings hatten wir nicht damit gerechnet, dass du dich wehrst«, erklärte er schmunzelnd. »Ball hat gesagt, du hättest ihm ein ordentliches Stück Fleisch aus dem Arm gebissen.«

Chloe weigerte sich, sich deswegen schlecht zu fühlen. »Schließlich war er dabei, mich zu entführen. Was hätte ich denn sonst tun sollen?«

Ro hob die Hand und strich ihr eine Strähne aus der Stirn. »Ich nehme an, sie dachten, du würdest dankbar sein.«

Seine Fingerspitzen fühlten sich sanft und beruhigend auf ihrer Haut an, doch sie konzentrierte sich stattdessen auf ihr Gespräch. »Dankbar dafür, entführt zu werden?«

Ro verzog das Gesicht und zuckte mit den Achseln. »Wir hatten nicht gerade viel Zeit, uns einen Plan auszudenken,

Liebes. Etwas Besseres ist mir nicht eingefallen. Allerdings sollten sie dich eigentlich nicht betäuben. Das musst du mir glauben.«

»Und warum haben sie es dann getan?«, wollte sie wissen.

»Weil sie von dort verschwinden mussten und genau wussten, dass du nicht aufhören würdest, dich gegen sie zu wehren. Und das finde ich übrigens, wenn ich ganz ehrlich bin, auch richtig so. Du hast nicht aufgegeben, und das beweist, wie unglaublich stark du bist. Und nur für den Fall, dass du dich das fragst, ich bewundere Frauen, die auf sich selbst aufpassen können. Ach, und außerdem hast du geblutet.«

Chloe hob eine Hand, doch Ro hielt sie fest, bevor sie den Verband um ihren Kopf anfassen konnte. »Ich habe Wundkleber verwendet, um die Wunde zu schließen. Es wird wohl eine kleine Narbe geben, aber nichts Großartiges. Ich bin mir sicher, dass es immer noch wehtut, und deswegen habe ich dir ein paar Schmerztabletten zusammen mit deinem Kaffee gebracht. Du darfst die Wunde ein paar Tage lang nicht nass werden lassen, weil sich dann der Klebstoff auflöst, aber wenn du möchtest, kann ich dir dabei helfen, deine Haare zu waschen.«

Chloe starrte ungläubig zu ihm hoch. »Ich muss jetzt los«, flüsterte sie.

»Und wohin willst du gehen? Wieder zu *ihm*?«

Sie schüttelte so wild den Kopf, dass sie von den Schmerzen, die ihr das verursachte, zusammenzuckte. »Nein. Ich würde niemals freiwillig zu ihm zurückkehren. Aber es gibt ein paar Sachen, die ich gern aus seinem Haus hätte. Meinen Pass, Erinnerungsstücke an meine Eltern, doch wenn das bedeutet, dass die Chance besteht, dass Leon mich erneut erwischt, kann ich auch gut darauf verzichten. Aber ich muss verschwinden. Die Stadt verlassen. Vielleicht den Staat. Einfach *verschwinden*!«

Ro schüttelte sofort den Kopf. »Du gehst nirgendwohin«, sagte er.

»Also bin ich deine Gefangene?«

»Nein. Gestern Abend hast du mir gesagt, dass du nicht aus freien Stücken im *BJ's* warst. Und du hast recht, wenn du zurück zum Haus deines Bruders gehst, wirst du wahrscheinlich keine weitere Chance zur Flucht bekommen. Aber du kannst auch nicht einfach ohne irgendeinen Identitätsnachweis herumstolzieren. Und was ist mit Geld? Ohne kommst du nicht weit.«

Chloes Augen füllten sich mit Tränen und diesmal versuchte sie nicht einmal, sie zurückzuhalten, sodass sie ihre Wangen hinunter und in ihr Haar liefen. Mann, wie sehr sie es hasste zu weinen, aber sie wurde so von ihren Gefühlen übermannt, dass sie die Tränen einfach nicht aufhalten konnte. Sie musste ihre Emotionen rauslassen. »Ich habe Geld. Also, irgendwie zumindest. Ich weiß nur nicht, wie ich ohne meinen Pass drankommen soll.«

»Ich werde dir helfen, Chloe. Und ich helfe dir jetzt«, sagte Ro leise. »Ich schwöre bei Gott, dass dir nichts zustoßen wird, solange du bei mir bist. Dein Bruder ist ein verdammter Wichser und ich will ihn nie wieder in deiner Nähe sehen. Ihm ist es egal, wem er wehtut und wen er benutzt. Aber momentan habe ich mehr Fragen als Antworten.«

»Wie zum Beispiel?«, fragte Chloe.

»Wie zum Beispiel: Warum bist du überhaupt bei ihm eingezogen? Er hatte doch bereits einen Buchhalter für seine Steuererklärungen, weswegen hat er also dich gebraucht? Er arbeitet mit den Familien Carlino und Smaldone aus Denver zusammen. Wissen sie von dem Klub, den er betreibt? Das gehört nämlich normalerweise gar nicht zu ihren geschäftlichen Aktivitäten. Außerdem verdient dein Bruder ziemlich viel Geld, und wenn man dem glauben darf, was Meat bis jetzt herausgefunden hat, stammt nicht alles davon aus dem *BJ's*. Woher kommt es also? Wir reden hier von Zehntausenden von Dollar jeden Monat, Liebes, nicht ein paar zusätzlichen Tausendern. Und warum ausgerechnet du?«

»Warum ausgerechnet ich, was?« Chloe stellte sich so ziemlich die gleichen Fragen wie Ro, aber das wollte sie zum jetzigen Zeitpunkt noch nicht zugeben. Sie wollte ihm vertrauen. Ihm glauben, dass sie in Sicherheit war, aber es fiel ihr wirklich schwer, jemandem zu vertrauen. Um der Wahrheit die Ehre zu geben, Ro hatte ihr nicht wehgetan. Na gut, er steckte zwar hinter ihrer Entführung, aber sie war sowieso im Begriff gewesen, aus einem fahrenden Fahrzeug zu springen, verdammt noch mal. Er hatte ihr mit der Entführung fast einen Gefallen getan. Sie brauchte Hilfe und hier war er und versprach ihr, alles dafür zu tun, damit sie in Sicherheit war.

Irgendwem musste sie ja schließlich vertrauen. Doch nach gestern Abend war sie sich einfach nicht mehr sicher, ob diese Person Ronan Cross war.

»Warum sollte ein Bruder es darauf anlegen, seine eigene Schwester zur Prostituierten zu machen? Warum hat er ausgerechnet *dich* dazu gezwungen, in seinem Klub zu arbeiten, wenn es so viele andere Frauen gibt, die er dazu hätte einstellen können? Es ergibt einfach keinen Sinn. Und Dinge, die keinen Sinn ergeben, gehen mir nicht aus dem Kopf.«

Ro legte langsam seine Hand an ihre Wange und strich ihr mit dem Daumen die Tränen vom Gesicht. »Du bist hier keine Gefangene, Chloe. Aber es ist trotzdem keine gute Idee, wenn du jetzt schon von hier fortgehst.«

Sie zuckte zusammen und wandte den Kopf ab, sodass sie sich von seinen Fingern entfernte und den Blickkontakt abbrach. Doch das ließ er nicht zu. Er zwang sie dazu, wieder zu ihm aufzusehen. »Du bist mir alles andere als egal«, gab er leise zu. »Ich weiß auch nicht warum, aber so ist es eben. Bitte versprich mir, dass du nicht versuchst, aus meinem Fenster zu springen, zur Straße zu laufen und irgendwohin per Anhalter zu fahren. Gib mir und meinen Freunden einfach ein paar Tage Zeit, um weitere Informationen zu sammeln. Alles, was wir über deinen Bruder herausfinden, werde ich an dich weitergeben. Und wenn du dich dann dazu entschließt, nicht zu bleiben, obwohl du alle Fakten kennst, fahre ich dich dorthin, wo auch immer du hinwillst.«

Es war schon so lange her, dass jemand sie mit etwas anderem als Verachtung angesehen hatte, und sie saugte es auf wie ein Schwamm. »Okay.«

Er lächelte, doch es war kein glückliches Lächeln. »Stimmst du mir jetzt nur zu, um zuzustimmen?«

»Nein. Ich will dir wirklich vertrauen, an dich glauben. Aber das fällt mir ziemlich schwer nach den letzten paar Jahren und allem, was ich durchgemacht habe.«

»Das verstehe ich«, sagte Ro, setzte sich aufrecht auf das Bett und gab ihr dabei den Raum, den sie so sehr benötigte. »Nimm die Tabletten, Chloe, dann hören deine Kopfschmerzen auf. Ich rufe später Allye an. Sie ist die Frau meines Freundes. Sie kann dir etwas zum Anziehen vorbeibringen. Ich denke, dass es dir helfen könnte, wenn du eine andere Frau hast, mit der du dich unterhalten kannst.«

»Glaubst du wirklich?«

»Etwa nicht?«

Chloe starrte Ro lange an. Sie konnte nichts Bedrohliches in seinem Blick lesen, aber das bedeutete auch nicht, dass sie ihm hundertprozentig vertraute. Heute Morgen trug er eine andere Jeans und ein graues T-Shirt. Auf der Vorderseite war das Logo einer Billardkneipe zu sehen. Er trug keine Schuhe und der Anblick seiner nackten Füße wirkte extrem intim auf sie. Sie richtete sich langsam auf und lehnte sich mit dem Rücken an das Kopfteil. Sie zog ihre Knie an und umklammerte sie fest, indem sie die Arme darum schlang.

»Das Gleiche habe ich früher auch über Abbie gedacht«, erklärte Chloe, als Ro nichts weiter sagte, sondern einfach geduldig darauf wartete, dass sie ihren Kommentar erklärte. »Und da habe ich mich wirklich ganz schön geirrt.«

Ro sah ihr in die Augen und erwiderte: »Vor ein paar Monaten wurde Allye Martin in San Francisco von der Straße entführt. Sie sollte zu einem Mann gebracht werden, der sie gekauft hatte, weil ihm ihre einzigartigen Haare und Augen gefielen. Um es kurz zu machen, der Mann hatte keinen Erfolg und wir konnten sie vor diesem Schicksal bewahren. Sie ist der letzte Mensch, vor dem du Angst haben musst, Chloe. Sie hat zwar etwas anderes erlebt als du, aber sie ist genauso durch die Hölle gegangen.«

»Ich hatte mich eigentlich gefreut, als Leon mir erzählt hat, dass er seine Freundin zu uns ins Haus holt«, vertraute Chloe ihm an. »Ich dachte, mein Bruder würde lockerer werden, wenn noch eine andere Frau im Haus ist, weniger ... übellaunig. Aber dann hat sich herausgestellt, dass Abbie sogar noch schlimmer war als Leon. Natürlich bin ich erst dahintergekommen, dass ich ihr nicht vertrauen kann, nachdem ich schon ausgeplaudert hatte, dass ich es kaum erwarten konnte, das Haus zu verlassen. Natürlich ist sie sofort zu Leon gelaufen und hat es ihm erzählt, sodass er seine Wachsamkeit mir gegenüber, die ohnehin schon an eine Obsession grenzte, noch verstärkte. Und ich glaube auch, dass es Abbie war, die überhaupt erst auf die Idee gekommen ist, mich im *BJ's* arbeiten zu lassen.«

Ro machte wieder einen Schritt auf das Bett zu, doch als Chloe zusammenzuckte, hielt er sofort an und machte sogar einen Schritt zurück, um ihr mehr Raum zu geben. »Allye ist nicht so, Liebes. Es ist mir natürlich klar, dass mein Wort allein dich nicht davon überzeugen wird, denn das kann nur die Zeit tun, aber ich sage es dir noch einmal. Du bist hier *keine* Gefangene. Allye ist durchaus vertrauenswürdig und eine gute Frau und würde dir nie im Leben wehtun.«

Chloe wollte ihm glauben, konnte es aber nicht. Während der letzten fünf Jahre war sie einfach zu oft verletzt worden, um jemanden beim Wort zu nehmen. Es würde dauern, bis sie ihm vertraute.

Ro seufzte und nickte dann in Richtung der Kaffeetasse. »Nimm die Tabletten, Chloe. Das Badezimmer ist dort drüben«, diesmal nickte er in Richtung einer Tür neben sich, »und ich bin unten und warte auf Allye und Gray, die bald kommen sollten. Lass dir ruhig Zeit und sorge dafür, dass du kein Wasser in die Wunde auf deinem Kopf bekommst.« Und damit drehte er sich um und ging, wobei er die Tür leise hinter sich schloss.

Chloe stieß einen Seufzer der Erleichterung aus. Es war nicht so, dass sie dachte, Ro würde anfangen, sie zu schlagen oder so, aber er hatte etwas an sich, das ihr die Luft zum Atmen nahm.

Sie saß einige Minuten auf dem Bett und ließ sich alles, was er ihr an diesem Morgen gesagt hatte, noch einmal durch den Kopf gehen. Langsam erinnerte sie sich auch an mehr und mehr Details vom Vorabend. Am meisten erinnerte sie sich daran, dass Ro, als er mit ihr im Hinterzimmer war, die ganze Zeit über keine Erektion bekommen hatte, obwohl sie auf seinem Schoß saß und praktisch nackt war. Nicht ein einziges Mal. Selbst als sie vor ihm auf den Knien war und ihn an seinem Schwanz gestreift hatte, als sie seine Hose aufgemacht hatte, hatte er keine Erektion bekommen.

Das konnte bedeuten, dass er schwul war, aber sie glaubte es nicht. Chloe hatte ihm geglaubt, als er ihr gesagt hatte, dass er auf keinen Fall einen hochkriegen würde, weil es offensichtlich war, dass sie eine Heidenangst hatte.

Ein kleiner Hoffnungsschimmer flammte in ihrem Bauch auf, aber sie verdrängte ihn rigoros. Sie wusste nicht annähernd genug über Ro oder seine Freunde, um ihnen blind zu vertrauen. Ihr Bruder hatte diese Fähigkeit in ihr getötet. Sie hatte geplant, auf eigene Faust zu fliehen, und vielleicht war das immer noch die beste Strategie, die sie hatte.

Sie schwang ihre Beine über die Bettkante, stand vorsichtig auf und schwankte einen Moment, bevor sie ihr Gleichgewicht wiederfand. Ihr Kopf pochte, als sie um das große Bett herumging, wobei sie ihre Hand auf der Matratze hielt, um sicherzugehen, dass sie nicht fiel. Sie hob die Tasse mit dem Kaffee an und roch vorsichtig daran. Es roch nach … Kaffee. Nicht dass sie wüsste, wie eine mit Betäubungsmittel versetzte Tasse Kaffee überhaupt roch.

Sie ignorierte die Tabletten, die er auf den Beistelltisch gelegt hatte, und schlurfte in Richtung Badezimmer. Wenn sie sich später mit einer fremden Frau unterhalten sollte, musste sie erst einmal ihre Blase entleeren und mit eigenen Augen sehen, wie schlimm die Wunde an ihrem Kopf war. Sie musste mit ihrem Leben weitermachen und sich dem stellen, was sie erwartete. Was auch immer es sein mochte, es war mit Sicherheit besser, als Männer gegen ihren Willen im *BJ's* zu bedienen. Oder nicht?

KAPITEL SIEBEN

»Danke, dass ihr gekommen seid«, sagte Ro, als er Gray und Allye die Tür öffnete. Erstaunlicherweise stand auch Arrow auf seiner Schwelle.

»Gern geschehen«, erwiderte Gray.

»Ich fasse es nicht, dass du mich gestern Abend nicht angerufen hast«, beschwerte sich Allye und kam ins Haus.

»Wie geht es ihr?«, wollte Arrow wissen.

Ro schloss die Tür hinter seinen Freunden und folgte ihnen in den großen Wohnbereich. Als er dieses Haus zum ersten Mal betreten hatte, hatte er sich sofort verliebt. Es war nicht riesig, aber der Wohnbereich hatte raumhohe Fenster. Die Aussicht bestand nur aus Bäumen, und das war der Grund, warum er es so sehr liebte. Das Haus war von Kiefern umgeben und er genoss es, im Herbst und Frühling die Türen und Fenster zu öffnen und den Duft der Kiefern in den Raum zu lassen.

Es gab drei Schlafzimmer im oberen Stockwerk des Hauses, aber es waren die Aussicht und das riesige Nebengebäude, das er in eine Werkstatt verwandeln konnte, die ihn überzeugt hatten. Die Arbeit an Motoren beruhigte ihn.

Sie ließ ihn die Dinge vergessen, die er in der Vergangenheit getan hatte, ließ ihn einige der schrecklichen Dinge vergessen, die Menschen sich gegenseitig antun konnten. Wenn er bis zum Ellbogen in einem Motor steckte und versuchte herauszufinden, wie man ihn wieder zusammensetzen konnte, musste er an nichts anderes sonst denken.

Gray ging in die Wohnküche und direkt zur Kaffeemaschine. Arrow ließ sich auf der Couch nieder. Allye stand mit verschränkten Armen vor ihm und klopfte ungeduldig mit einem ihrer kleinen Füße auf den Hartholzboden.

»Es geht ihr gut«, erwiderte Ro als Antwort auf Arrows Frage. »Ich habe sie während der Nacht eine Zeit lang etwa jede Stunde aufgeweckt. Sie ist jetzt ungefähr seit einer halben Stunde wach, wir haben uns unterhalten und jetzt macht sie ihre Morgenroutine«, erklärte Ro seinen Freunden. Er sagte ihnen jedoch nicht, dass er sich solche Sorgen um sie gemacht hatte, dass er die ganze Nacht neben ihrem Bett auf einem Stuhl gesessen und ihr beim Schlafen zugesehen hatte. Jedes Mal wenn sie während der Nacht gestöhnt hatte, hatte er sie gestreichelt und sie hatte sich sofort beruhigt. Er erzählte ihnen nicht, dass die Kleidung, die sie getragen hatte, auf dem Boden seines Mülleimers lag, der neben dem Haus stand.

Er gab nicht zu, dass ihr Misstrauen ihm gegenüber heute Morgen ein Schlag war, von dem er sich nicht so schnell erholen würde, oder dass die zehn Minuten, in denen er sie in seinen Armen gehalten hatte, die innigste Verbundenheit war, die er mit einem anderen Menschen in seinem gesamten Erwachsenenleben empfunden hatte.

»Und wie geht es ihrem Kopf?«, wollte Arrow wissen.

»Einigermaßen. Sie wird einen ziemlichen blauen Fleck bekommen, doch der Wundkleber hält ... solange sie sich nicht dazu entschließt, meinen Rat zu ignorieren und die

Wunde heute Morgen nass macht«, erklärte Ro seinem Freund.

»Ich gehe da jetzt hoch«, verkündete Allye.

Gray griff nach ihrem Arm und hielt sie damit auf ihrem Weg zur Treppe auf. »Moment mal, Schatz. Woran erinnert sie sich?«, fragte Gray Ro.

»Nicht gerade viel«, gab Ro zu. »Sie ist immer noch ein wenig wackelig auf den Beinen heute Morgen. Sie war nicht gerade glücklich, also habe ich ihr erst mal noch nichts von uns erzählt. Ich wollte, dass sie sich hier erst ein bisschen einlebt, damit sie später besser zuhört.«

Allye seufzte und verdrehte die Augen. »*Männer!* Jetzt passt mal auf, sie kennt keinen von euch und wacht in einem fremden Haus auf, ohne zu wissen, was los ist. Sie wird sich nicht einleben. Wenn ich sie wäre, würde ich mir jetzt gerade überlegen, wie ich am schnellsten von hier verschwinden kann.«

Ro blickte zur Treppe und machte tatsächlich einen Schritt darauf zu. Der Drang, nach Chloe zu sehen und sich zu vergewissern, dass sie noch da war, überkam ihn, als Arrow ihn mit der Hand am Arm packte. Der andere Mann war von der Couch aufgestanden und auf ihn zugekommen, ohne dass Ro es bemerkt hatte. Er war so darauf konzentriert gewesen, zu Chloe zu gelangen, dass er nicht einmal gehört hatte, wie sein Freund an ihn herangetreten war.

»Allye hat recht«, erklärte Arrow. »Sie hat keinen Grund, dir zu vertrauen. Oder uns. Gib ihr ein wenig Freiraum. Lass Allye mit ihr reden.«

Ro gefiel das zwar nicht, doch er wusste, dass seine Freunde recht hatten. »Die Freundin ihres Bruders war wirklich schrecklich zu ihr«, warnte er Allye. »Sie war der Spion ihres Bruders. Es ist ziemlich unwahrscheinlich, dass sie dir vertraut, nur weil du eine Frau bist.«

Allye presste die Lippen zusammen, nickte aber. »Okay. Danke.« Sie wandte sich an Gray. »Könntest du mir bitte zwei Tassen Kaffee machen? Vielleicht läuft es besser, wenn ich mit Koffein komme.«

»Ich habe ihr bereits eine Tasse gebracht«, bemerkte Ro, als Gray wieder in die Küche gehen wollte.

»Das ist schon in Ordnung, aber vielleicht braucht sie noch mehr«, lautete Allyes Antwort.

»Geh vorsichtig mit ihr um«, sagte Ro leise. »Sie hatte es in letzter Zeit ziemlich schwer.«

Allye nickte. »Das werde ich. Weiß sie über die Mountain Mercenaries Bescheid?«

Ro schüttelte den Kopf.

»Darf ich es ihr erzählen?«

Allyes Frage hatte eine größere Bedeutung, als ihr vielleicht bewusst war. Als er sie angeheuert hatte, hatte Rex ihnen eingebläut, dass sie nicht herumlaufen und jedem erzählen sollten, für wen sie arbeiteten und was sie taten. Natürlich hatten sie alle »normale« Jobs, aber das hatte Rex nicht gemeint. Er stellte klar, dass sie einer Frau nur dann sagen durften, wer und was sie waren, wenn sie sich in einer ernsthaften, festen Beziehung befanden.

Ro und die anderen hatten sich das zu Herzen genommen und soweit er wusste, war Allye die erste Frau, die Näheres über die Mountain Mercenaries erfahren hatte. Dass sie mehr waren als eine Gruppe von Freunden, die in einer Billardkneipe abhingen und sich die Kante gaben.

In diesem Moment kam Gray mit zwei Bechern dampfenden Kaffees in den Händen auf Allye zu. Ohne zu zögern, sagte Ro: »Ja. Vielleicht ist es besser, wenn sie von dir von unserem Team erfährt und nicht von mir.«

Er wusste, dass er damit gegenüber Arrow und Gray zugab, dass er ein tieferes Interesse an Chloe hatte, als ihr einfach nur helfen zu wollen, aus der missbräuchlichen Situation, in der sie sich befand, herauszukommen, aber Ro war das scheißegal.

»Danke«, sagte Allye zu ihm und Gray gleichzeitig. Gray reichte ihr die Tassen und küsste sie auf die Stirn, bevor sie sich auf den Weg zur Treppe machte.

Die drei Männer beobachteten Allye, wie sie die Treppe hinaufging – vorsichtig, damit sie keinen Kaffee verschüttete. Als sie aus ihrem Blickfeld verschwand, sagte Gray leise: »Da hast du dir ja einiges vorgenommen, mein Freund.«

»Ich weiß«, erklärte Ro ihm. »Aber ich habe das Gefühl, dass es das am Ende wert ist.«

Arrow klopfte ihm freundschaftlich auf den Rücken. »Kommt. Wir müssen uns darüber unterhalten, was gestern Abend passiert ist und was wir als Nächstes tun sollen.«

»Ich habe Meat angerufen, bevor wir hergekommen sind; er hat mir gesagt, er würde noch ein paar Sachen überprüfen, will sich aber später im *The Pit* mit uns treffen«, sagte Gray.

»Teambesprechung?«, fragte Arrow.

»Ja.«

Ro antwortete nicht, sondern folgte seinen Freunden einfach ins Wohnzimmer. Seine Gedanken waren weder bei den Details der vergangenen Nacht noch bei Grays und Arrows Gespräch über Leon Harris. Er fragte sich, wie es Chloe ging und ob die Tatsache, dass Allye in seinem Schlafzimmer aufgetaucht war, sie erschreckt hatte.

***

Chloe hatte kaum mehr getan, als auf die Toilette zu gehen, sich die Zähne zu putzen und sich im Spiegel über dem

Waschbecken anzustarren. Ihr glattes Haar hatte mehr Knoten als jemals zuvor. Sie hatte Make-up im Gesicht, das vom Weinen verschmiert war, und natürlich war da der große Bluterguss seitlich auf ihrer Stirn. Sie hatte den weißen Verband entfernt und war überrascht, wie gut die Wunde aussah. Genau wie er gesagt hatte, hatte Ro eine Art Kleber darauf verwendet und auch ein kleines Pflaster darauf geklebt.

Sie hatte getrocknetes Blut in ihren Haaren, aber keins auf ihrer Haut. Sie fragte sich, ob Ro sie gesäubert hatte. Chloe sah an sich herunter und fragte sich auch, wo ihre eigenen Kleider geblieben waren. Sie fühlte sich in dem T-Shirt und der Jogginghose sicherlich wohler als in den billigen Klamotten, die Abbie sie zu tragen gezwungen hatte, aber der Gedanke, wie sie in die Klamotten gekommen war, war etwas beunruhigend und etwas, das sie verdrängte. Sie konnte darüber jetzt nicht nachdenken.

Chloe ließ den Kopf sinken und stützte sich mit den Händen auf dem Waschbecken ab. Sie wollte Ro vertrauen; sie war sich nur nicht sicher, ob sie es konnte. Er war größer, kräftiger und hatte offensichtlich mehr Beziehungen als sie. Aber mit ihm zusammen zu sein musste besser sein, als mit Leon und Abbie in ihrem Haus zu leben. Eine gefühlte Ewigkeit hatte sie auf diesen Moment hingearbeitet, ihrem Bruder zu entkommen, und jetzt, wo sie es geschafft hatte, wusste sie nicht, was sie als Nächstes tun sollte. Nichts hatte so funktioniert, wie sie es geplant hatte. War sie jetzt nur die Gefangene eines anderen?

Erschöpft stand Chloe vor dem Spiegel und fühlte sich, als wäre sie achtundneunzig Jahre alt statt vierunddreißig.

»Hallo?«, rief eine weibliche Stimme und gleichzeitig ertönte ein Klopfen an der Badezimmertür.

Chloe erschrak so heftig, dass sie zurückschreckte und

natürlich sofort über ihre eigenen Füße stolperte. Sie schrie, als sie hinfiel und mit den Armen ruderte, um ihr Gleichgewicht wiederzuerlangen. Doch das schaffte sie nicht – sie landete auf ihrem Hintern und könnte nicht verhindern, dass ihr ein »Autsch« entfuhr.

Die Badezimmertür öffnete sich und eine hübsche Frau mit braunem Haar blickte in das kleine Zimmer. »Oh mein Gott! Geht es dir gut? Es tut mir so leid. Ich wollte dich nicht erschrecken.«

Chloe blieb auf dem Boden liegen und rutschte auf ihrem wunden Hintern so weit nach hinten, bis sie mit dem Rücken an den Rand der Wanne stieß. Sie zog die Knie an und schlang ihre Arme schützend um ihre Beine.

Die Frau stellte die Tassen, die sie in einer Hand gehalten hatte, auf den Rand des Waschbeckens und kniete sich vor Chloe auf den Boden. Man musste ihr zugutehalten, dass sie nicht nach ihr griff oder sie bedrängte.

»Ich bin eine solche Idiotin«, sagte sie. »Ich hätte dich nicht erschrecken dürfen. Hast du dir wehgetan? Soll ich Ro holen?«

Chloe schüttelte nachdrücklich, aber vorsichtig den Kopf. Die Kopfschmerzen, mit denen sie aufgewacht war, waren noch immer da, da sie sich geweigert hatte, die Tabletten zu nehmen, die Ro für sie dagelassen hatte.

»Ich bin Allye. Wie die Straße mit den vielen Bäumen, nur mit einem *y* statt dem ersten *e*«, erklärte die Frau auf eine Art, bei der Chloe sofort klar war, dass sie schon oft erklärt hatte, wie man ihren Namen schrieb. Dann ließ sich die Frau ebenfalls auf den Hintern fallen, lehnte sich an den Waschtischschrank unter dem Spülbecken und zog genau wie Chloe die Knie an und schlang die Arme um die Beine.

Chloe betrachtete sie kritisch. Ihr erster Eindruck sollte sich als richtig erweisen – sie war hübsch. Sie hatte braunes

Haar, das von einer auffälligen weißen Strähne durchzogen war, die von den Haarwurzeln bis zu den Spitzen reichte. Ihre Augen hatten zwei verschiedene Farben, wodurch sie nur noch einzigartiger wurde. Sie schien ein kleines bisschen kleiner zu sein als Chloe, war aber um einiges dünner, als Chloe es je gewesen war. Die Frau bewegte sich mit einer Geschmeidigkeit und Eleganz, die Chloe an einige der Tänzerinnen im Klub erinnerte.

»Ich bin Grays Freundin. Du erinnerst dich vielleicht noch an ihn von gestern Abend. Er hat gesagt, er hätte dich im *BJ's* kennengelernt.«

Chloe starrte Allye verwirrt an. »Du wusstest also, dass er gestern Abend in einen Stripklub geht, und hattest nichts dagegen?«

Allye lachte leise, aber es war kein gemeines Lachen, wie sie es mittlerweile von Abbie und Leon kannte, sondern ihr Lachen war offen und freundlich. »Oh, natürlich nicht. Erst mal waren sie geschäftlich da. Er war nur da, weil Ro nach dir suchen wollte. Und zweitens vertraue ich ihm. Er würde mich nie betrügen.«

»Das behaupten sie alle«, erklärte Chloe verbittert.

Plötzlich war alle Belustigung aus Allyes Gesicht verschwunden, doch sie wandte den Blick nicht von Chloe ab. »Das würde er wirklich nicht. Gray ist der ehrenhafteste Mann, den ich je getroffen habe. Aus irgendeinem seltsamen Grund liebt er mich, und es vergeht kein Tag, an dem er mich nicht daran erinnert. Ich bin keine Närrin, ich weiß, dass Männer fremdgehen. Sie tun es ständig ... aber nicht Gray. Er würde mit mir Schluss machen, wenn er wirklich so sehr mit einer anderen Frau zusammen sein wollte. Es liegt nicht in seinen Genen, unehrlich zu sein.«

»Das hört sich fast zu gut an, um wahr zu sein«, erklärte

Chloe und war ein bisschen eifersüchtig auf die andere Frau.

Allye lächelte. »Oh, er ist alles andere als perfekt, das kannst du mir glauben. Ich könnte dir alles Mögliche über unordentliche Küchen, die Tatsache, dass er spricht, bevor er nachdenkt, und noch ein paar andere seiner nervigen Gewohnheiten aufzählen, aber letztendlich vertraue ich ihm einfach. Voll und ganz. Und das kannst du auch.«

»Ich kenne ihn doch nicht mal«, erwiderte Chloe verwirrt. Sie fühlte sich unbehaglich, als sie mit Allye sprach. Früher hätte sie nicht gezögert, sich mit der warmherzigen, offensichtlich freundlichen Frau anzufreunden, doch sie hatte ihre Lektion mit Abbie auf die harte Tour gelernt.

»Das kommt schon noch«, erklärte Allye leichthin. »Ich freue mich jedenfalls wahnsinnig, dich kennenzulernen. Ich dachte schon, Gray wäre für eine echt lange Zeit der Einzige, der überhaupt eine Frau finden würde.«

Chloe starrte Allye ausdruckslos an und hatte keine Ahnung, was sie damit meinte.

Allye griff hoch zum Rand des Waschbeckens und nahm sich einen der Becher, die sie mit ins Badezimmer gebracht hatte. Sie hielt ihn Chloe hin. »Kaffee? Ich war mir nicht sicher, wie du ihn trinkst, also habe ich ihn einfach schwarz gelassen, aber ich kann Gray bitten, dir Zucker und Milch hochzubringen, wenn du möchtest.«

Chloe hatte die erste Tasse, die Ro ihr hingestellt hatte, ausgetrunken und griff sofort nach dem Becher. Sie liebte Kaffee. Sie trank jeden Morgen mindestens drei Tassen, und da es viel später war, als sie normalerweise aufstand, lechzte ihr Körper nach dem Koffein. »Schwarz ist okay«, erklärte sie Allye. Vorsichtig nahm sie einen Schluck.

Allye griff erneut nach oben, holte den anderen Becher

und nahm selbst ebenfalls einen Schluck. »Hmmmm. Ich schwöre, ich habe keine Ahnung, wie Ro das hinbekommt. Sein Kaffee schmeckt immer viel besser als das Zeug, das ich zusammenbraue. Er behauptet, dass er alles ganz normal machen würde, aber ich glaube, dass er irgendeine besondere Zutat unter die Bohnen mischt oder so was.«

Chloe musste ihr zustimmen. Sie hatte die erste Tasse Kaffee so schnell heruntergeschüttet, dass sie sie kaum geschmeckt hatte, doch nun, da sie darüber nachdachte, schmeckte der Kaffee tatsächlich anders als normal. Besser.

Die beiden Frauen tranken schweigend ihren Kaffee. Als die Stille sich zu lange hinzog, begann Chloe, nervös zu werden. Sie sollte aufstehen. Sollte etwas sagen. Aber sie war wie gelähmt und fragte sich, warum Allye wirklich hier war.

Nach einer Weile sagte die andere Frau: »Also, ich muss dir etwas sagen.«

Jetzt kam's. Chloe erstarrte. Hatte sie es doch *gewusst,* dass die Frau wahrscheinlich mit den Entführern zusammenarbeitete. Sie hatte gewusst, dass sie keinem von ihnen vertrauen konnte. Wahrscheinlich schuldete Leon ihnen Geld und sie hielten sie so lange als Geisel, bis er bezahlte oder so was. Oder vielleicht gehörten sie ebenfalls zur Mafia und würden sie töten, um damit irgendein Exempel zu statuieren, oder –

»Ro und die anderen gehören zu einer Gruppe namens Mountain Mercenaries«, erklärte Allye.

Chloe blinzelte. Ihr Gedankengang war von Allyes Erklärung unterbrochen worden, aber sie hatte nicht das gesagt, was sie erwartet hatte, und so wusste Chloe nicht, wovon die andere Frau sprach. »Was?«

»Mein Freund Gray und Ro und all die anderen gehören zu einer Gruppe namens Mountain Mercenaries. Sie haben einen Chef namens Rex, der sie anruft und ihnen sagt, wann und wo sie einen Einsatz haben. Und dann ziehen sie los. Sie gehören zu den Guten, Chloe, glaub mir.«

»Aber ... Söldner gehören doch normalerweise nicht zu den *Guten*«, stammelte Chloe. »Werden sie nicht für gewöhnlich angeheuert, um für jemand anderen die Drecksarbeit zu erledigen? Indem sie zum Beispiel Menschen töten?«

Überraschenderweise kicherte Allye daraufhin. Sie hatte sich eine Hand vor den Mund gelegt und lachte, bis Chloe ein wenig verärgert war.

»Es tut mir leid«, erklärte Allye schließlich. »Ich lache dich nicht aus. Ich habe nur genau das Gleiche zu Gray gesagt, als er mir von sich und seinen Freunden erzählt hat. Der Name ist ziemlich cool, das gebe ich zu, aber er passt eigentlich nicht zu ihnen. Sie sind eher so was wie Selbst-justizler. Du weißt schon, wie wenn ein Vater einen Mann konfrontiert, der seine kleine Tochter vergewaltigt hat und ihn wegpustet? Sie tun vielleicht Dinge, die nicht ganz legal sind, aber sie tun es, weil es das Richtige ist. Sie kämpfen für die Unterlegenen. Für Leute, die nicht für sich selbst kämpfen können. Rex konzentriert sich auf den Missbrauch von Frauen und Kindern. Aus irgendeinem Grund kann er das nicht ertragen. Die Jungs gehen überall hin, wo sie gebraucht werden, sowohl im Inland als auch im Ausland. Es spielt keine Rolle. Sie tun, was immer nötig ist, um entführten, missbrauchten und verfolgten Frauen zu helfen. Es ist ihre Berufung.«

Chloe hatte den Kaffee in ihrer Hand ganz vergessen und starrte Allye ungläubig an, doch das schien der anderen Frau gar nicht aufzufallen.

»Deswegen ist es Ro auch nicht mehr aus dem Kopf gegangen, als du hier vor ein paar Wochen aufgetaucht bist.

Er hat den blauen Fleck an deinem Rücken gesehen und getan, was er konnte, um mehr über deine Situation herauszufinden. Und dann war er im *BJ's*, um mehr zu erfahren. Gray hat mir erzählt, wie sehr Ro gehofft hat, dich dort nicht vorzufinden. Aber ganz offensichtlich warst du ja da. Für ihn war es nur der logische nächste Schritt, dich aus dieser schrecklichen Situation herauszuholen.«

»Er hat mich entführen lassen«, erklärte Chloe.

Allye starrte sie an. »Tatsächlich?«

Chloe nickte.

Allye schüttelte den Kopf. »Nein, das kann nicht sein.«

»Ein riesiger Hummer hat den Mercedes meines Bruders gerammt, und bevor mir überhaupt klar war, was los war, hat mich ein riesiger Kerl über seine Schulter geworfen, mir eine Nadel in den Arm gesteckt, mich in einen Wagen geworfen und ist davongefahren. Und jetzt bin ich hier in diesem Haus und weiß nicht einmal, wo ich bin. Ich trage die Kleidung von jemand anderem und habe keine Ahnung, was los ist.«

Allye streckte die Hand nach Chloe aus, doch die schreckte instinktiv zurück. Die andere Frau erstarrte und zog ihre Hand langsam wieder weg.

»Es tut mir wirklich leid, wie das alles abgelaufen ist«, erklärte Allye leise, »aber wahrscheinlich war das die einzige Möglichkeit, dich in Sicherheit zu bringen.«

Wahrscheinlich hatte Allye im Großen und Ganzen recht damit, aber Chloe war nicht bereit, das zuzugeben. Die Tatsache, dass sie entführt worden war, hatte sie nämlich tatsächlich davon abgehalten, selbst aus einem fahrenden Wagen springen zu müssen, wobei sie sich hätte verletzen können, wenn nicht sogar Schlimmeres. Sie schüttelte den Kopf. »Ich habe ihm gesagt, dass ich gehen will, aber er hat mich nicht gelassen. Ich werde gegen meinen

Willen festgehalten und ich habe Angst. Wirst du mir helfen?«

Allye sah sie lange an und Chloe hatte keine Ahnung, was ihr durch den Kopf ging. »Ich lernte Gray kennen, als er in der Tür des Bootes auftauchte, auf dem ich festgehalten wurde. Ich wurde in San Francisco auf der Straße entführt und in ein Boot gesteckt, das mich mitten auf den Pazifik hinausbrachte. Okay, es war nicht mittendrin, aber es fühlte sich so an. Ich wurde von einem Typen gekauft, der mich zu seiner persönlichen Unterhaltung benutzen wollte. Das Boot sank und Gray und ich mussten kilometerweit schwimmen, bis Black uns fand und aufsammelte. Ich wäre damals gestorben, aber Gray hat es nicht zugelassen. Er hat nicht zugelassen, dass ich aufgebe.

Dann, einen Monat später, wurde ich wieder entführt. Aber dieses Mal hätte ich es fast nicht rausgeschafft. Wären Gray, Black, Ro und die anderen nicht gewesen, wäre ich in der Statistik gelandet. Gezwungen, für einen psychotischen, verrückten, perversen Mann zu tanzen, mit ihm Sex zu haben und ihm für den Rest meines Lebens zu dienen, oder bis er meiner überdrüssig geworden wäre und mich an jemand anderen verkauft hätte, der dasselbe getan hätte. Ro ist ein guter Mann, Chloe. Du musst ihm nur die Chance geben, es dir zu beweisen.«

Chloes Hoffnung sank. Allye schien ziemlich nett zu sein, doch ganz offensichtlich war sie einer Gehirnwäsche unterzogen worden. Sie konnte das Schlechte in ihrem Freund nicht sehen. Sie wollte nicht zugeben, dass er und seine Freunde keine Engel waren, wie sie glaubte.

»Du glaubst mir nicht«, stellte Allye seufzend fest. »Ich kann dir keinen Vorwurf daraus machen.« Dann stand sie langsam auf, anstatt weiter zu versuchen, sie zu überzeugen.

Chloe sah zu ihr hoch und hatte Angst vor dem, was als

Nächstes kommen würde. Sie stellte ihre leere Kaffeetasse neben sich auf die Fliesen und umschlang ihre Beine fester.

»Ich hoffe, wir können uns später noch mal unterhalten, Chloe«, sagte Allye. Dann drehte sie sich um und verließ das Bad, wobei sie die Tür mit einem leisen Klicken hinter sich schloss.

Chloe starrte ungläubig auf die Tür und rührte sich nicht. Sie dachte, es wäre ein Trick und dass Allye mit Verstärkung zurückkommen würde. Aber als eine Minute verging und sie niemand anderen hörte, der das Schlafzimmer betrat, tastete Chloe sich langsam vor und griff nach dem Türknauf. Sie schloss die Tür ab und nahm ihre Position auf dem Boden neben der Badewanne wieder ein.

Sie wusste, dass das Schloss Ro nicht lange zurückhalten würde, nicht bei seiner Statur, aber es könnte ihr etwas Zeit verschaffen, um sich zu schützen, wenn er versuchte, die Tür aufzudrücken.

Ro wandte sich zur Treppe um, als er hörte, wie jemand herunterstieg. Allye tauchte auf – und sie schien wahnsinnig aufgebracht zu sein.

»Was ist denn los?«, fragte Gray und sprang auf, als er sie sah.

Allye schob Grays Hände weg und ging direkt zu Ro. Er war zusammen mit Gray aufgesprungen, und obwohl sie mehr als einen Kopf kleiner war als er, zögerte Allye nicht, ihm mit dem Zeigefinger in die Brust zu piksen. »Du hast ein Problem, Ro.«

»Ich? Wieso?«

»Die Frau ist zu Tode verängstigt! Sie denkt, ihr habt sie entführt und haltet sie hier gegen ihren Willen fest.«

Ro seufzte. »Ich weiß. Ich habe ihr gesagt, dass ich es zu ihrem eigenen Besten getan habe.«

»Aber das glaubt sie dir nicht.«

»Ich weiß«, wiederholte Ro. »Deswegen habe ich ja *dich* raufgeschickt. Um sie zu beruhigen. Um sie davon zu überzeugen, dass ich sie vor ihrem Bruder gerettet habe.«

Allye wandte sich an Gray und sagte ungehalten: »Sie war über die Tatsache schockiert, dass ich dir genug vertraue, um in diesen schrecklichen Stripklub zu gehen und tatsächlich deinen Schwanz in der Hose zu behalten.«

Gray zuckte daraufhin einfach nur mit den Achseln. »Daraus kann man ihr keinen Vorwurf machen. Es gibt nicht viele Frauen, denen es gefällt, wenn ihr Mann in einen Stripklub geht.«

Allye seufzte genervt und dann dachte die Gruppe schweigend für ein paar angespannte Minuten über ihr Problem nach, bevor Allye sich wieder an Ro wandte. »Du musst ihr beweisen, dass sie hier nicht gegen ihren Willen festgehalten wird.«

»Das würde ich tun, wenn ich nur wüsste wie. Sie glaubt mir einfach kein Wort«, beschwerte sich Ro.

»Dann musst du es ihr eben zeigen«, mischte Arrow sich ein. »Taten sagen mehr als Worte.«

Ro wandte sich zu seinem Freund um, die Hände an den Seiten zu Fäusten geballt. »Sie wird fliehen.«

Arrow zuckte mit den Achseln. »Das mag sein. Aber wenn du ihr nicht beweisen kannst, dass sie hier keine Gefangene ist, wird sie sowieso bei der ersten Gelegenheit verschwinden.«

Ro fuhr sich mit der Hand durchs Haar und begann, nervös auf und ab zu gehen. »Ihr habt sie gestern Abend ja nicht gesehen«, erklärte er seinen Freunden gereizt. »Sie war total verängstigt. Sie wollte nicht einmal in die Nähe dieses verdammten Hinterzimmers gehen. Aber sie wusste, dass sie keine andere Wahl hatte. Ich tat mein Bestes, den Blick auf ihr Gesicht und nicht auf ihren Körper zu richten, um ihr zu zeigen, dass sie mir vertrauen konnte. Als die Zeit um war, ging ich davon aus, dass sie mir vertrauen würde. Black und die anderen sollten nur den Wagen anhalten und sie diesen Arschlöchern wegnehmen. Es war nie geplant, dass *sie* dabei verletzt wird und schon gar nicht betäubt.«

»Aber das wurde sie. Und jetzt müsst ihr mit dem Ergebnis fertigwerden. Die Dinge laufen eben nicht immer so, wie wir es wollen – das weißt du doch ganz genau, Ro. Warum bist du jetzt so wütend darüber?«, wollte Arrow wissen.

Ro wandte sich aufgebracht zu Arrow um und machte sogar drohend einen Schritt auf ihn zu, bevor ihm klar wurde, was er da tat, und er sich zusammenriss. »Führe mich nicht in Versuchung, dir den Hintern zu versohlen«, warnte Ro ihn.

»Das schaffst du gar nicht«, erwiderte Arrow. »Außerdem willst du nicht mir in den Arsch treten, sondern dir selbst, weil du nicht tust, was die Frau da oben braucht, damit sie dir vertrauen kann.« Seine Stimme wurde sanfter. »Das ist der einzige Weg, Mann. Du kannst nicht rund um die Uhr um sie herum sein, um dafür zu sorgen, dass sie nicht abhaut, und sie kann dir nicht völlig vertrauen, bis du ihr zeigst, dass sie es kann. Dass sie keine Gefangene ist. Worte sind wertlos, und das weißt du ganz genau.«

Ro knurrte tief in seiner Kehle und wollte auf etwas einschlagen. Aber er hielt sich zurück – mit Mühe und Not. Er sah Arrow in die Augen und gab zu: »Ich mag sie. Sie hat einfach etwas an sich, das mich sofort gepackt hat, als ich sie zum ersten Mal sah, und es lässt mich nicht mehr los. Sie hatte letzte Nacht Angst, keine Frage, aber sie war auch wütend. Ich konnte ihre Stärke spüren, selbst bei dem wenigen, was ich von ihr gesehen habe, und ich wollte sie nur von ihrem Bruder befreien, damit sie die Frau sein kann, die sie sein will. Ich habe aus der ganzen Situation einen riesigen Bockmist gemacht, aber ich habe es getan, damit sie *sie selbst* sein kann.«

»Wenn man jemanden liebt, muss man ihn frei sein lassen, sonst wird er nie zurückkommen«, erklärte Allye leise.

Gray lachte leise neben ihr und legte ihr einen Arm um die Schultern. »So geht das Sprichwort eigentlich nicht«, erklärte er seiner Freundin.

Allye schüttelte seinen Arm ab und erklärte: »Das ist mir egal. Ro weiß schon, was ich meine. Schau mal, sie ist nicht dumm. Wenn das stimmt, was du behauptest, und ihr Bruder sie tatsächlich dazu gezwungen hat, in diesem schrecklichen Stripklub all diese Dinge zu tun, wird sie sicher nicht zu ihm zurücklaufen. Aber je länger du sie hier festhältst, desto mehr wird sie *glauben*, dass sie eine Gefangene ist. Und umso schwerer wird es dir fallen, sie dazu zu bringen, dir zu vertrauen.«

Ro wusste, dass seine Freunde recht hatten, aber der Gedanke, aus der Tür zu gehen und Chloe schutzlos zurückzulassen, brachte ihn um. Er wollte, dass sie in Sicherheit war. Um dafür zu sorgen, dass ihr Bruder sie nicht wieder in die Finger bekam. Und das konnte er nicht tun, wenn sie allein in der Stadt herumlief.

Ro neigte den Kopf, rieb sich den Nacken und seufzte. »Okay. Die anderen gehen noch heute alle ins *The Pit*, richtig?«

»Ja. Ich glaube, Meat wollte sich dort um die Mittagszeit mit allen treffen.«

Ro sah auf die Uhr. Dann blieben ihnen rund dreißig

Minuten Zeit, dorthin zu gelangen. »Gray, kann ich bei dir mitfahren?«

»Selbstverständlich.«

»Wartet bitte draußen auf mich. Ich komme gleich«, erklärte Ro seinen Freunden.

Arrow und Gray nickten und Allye umarmte ihn herzlich. Sie gingen ohne ein weiteres Wort, da sie wussten, dass das, was er im Begriff war zu tun, extrem schwierig für ihn werden würde.

Ro atmete tief durch und bereitete sich darauf vor, Chloe zu zeigen, dass sie ihm vertrauen konnte, auch wenn es gegen alles ging, dem er sein Leben in den letzten fünf Jahren gewidmet hatte.

KAPITEL ACHT

Chloe lief schnell zurück in das Zimmer, in dem sie aufgewacht war, und schloss leise die Tür. Sie setzte sich auf die Bettkante und wartete auf das, was als Nächstes passieren würde.

Ihr Herz raste. Sie hatte während ihrer Zeit im Haus ihres Bruders gelernt, dass der beste Weg, an Informationen zu kommen, darin bestand, ihn auszuspionieren. Es war ja schließlich nicht so, dass er ihr etwas verraten würde, und in den meisten Fällen war das Risiko die Strafe wert, wenn sie erwischt wurde. Sie hatte gelernt, sich in seiner Nähe ängstlich und unterwürfig zu verhalten, denn das war es, was er von ihr wollte. Es hatte auch funktioniert, um Leon zu täuschen, aber sie war sich nicht sicher, ob es bei Ronan funktionieren würde.

Nachdem Allye das Bad verlassen hatte, war Chloe nur ein oder zwei Minuten in dem verschlossenen Zimmer geblieben, bevor sie sich gezwungen hatte, aufzustehen und auf Zehenspitzen zur Schlafzimmertür zu schleichen. Sie war überrascht, dass sie unverschlossen war, nutzte aber schnell diesen Patzer aus und trat leise in den Flur. Sie hatte gehört, wie die anderen sich im Wohnzimmer unterhielten, und hatte sich außer Sichtweite auf die oberste Treppenstufe gesetzt und das Ende des Gesprächs mitgehört.

»Bitte, bitte, bitte«, flehte sie innerlich, »lasst mich allein, damit ich so schnell wie möglich von hier verschwinden kann.« Sie wusste nicht, was sie wegen ihres Reisepasses tun sollte, oder um Kleidung zu bekommen, die passte, aber darüber würde sie später nachdenken. Das Wichtigste war es, zu fliehen. Ihr Ziel war das gleiche, auch wenn sie jetzt aus Ronans Haus fliehen musste, statt aus Leons.

Nach ein paar Minuten hörte sie schwere Schritte auf der Treppe.

Chloe tat, was sie konnte, um ihren Gesichtsausdruck möglichst neutral zu halten. Schließlich wollte sie auf keinen Fall, dass Ro erriet, dass sie ihn und seine Freunde ausspioniert hatte.

Es klopfte an der Tür, und Chloe runzelte die Stirn und fragte sich, warum er nicht einfach hereinkam. Es war sein Haus, er hatte jedes Recht dazu.

Als er wieder klopfte, sagte Chloe: »Herein.«

Der Türknopf drehte sich und dann stand Ro da. Er blieb allerdings im Türrahmen stehen und kam nicht auf sie zu. Er gab ihr Raum. »Ich muss das Haus eine Zeit lang verlassen«, erklärte er ihr.

Ja!

Chloe wäre am liebsten vor Freude auf und ab gesprungen, doch sie nickte einfach nur.

»Ich weiß, dass du mir nicht vertraust, aber du bist hier *keine* Gefangene. Du befindest dich in meinem Haus. In demselben, über das du vor ein paar Wochen zufällig gestolpert bist. Das Haus ist ziemlich weit abgelegen, aber beide Nachbarn in der Nähe sind ausgesprochen freundlich.«

Chloe zog die Augenbrauen hoch. Warum erzählte er ihr von seinen Nachbarn?

»Als du gestern Nacht hier angekommen bist, hattest du keine Schuhe. Sie sind wahrscheinlich irgendwo auf dem Weg vom Wagen deines Bruders zum Hummer abhandengekommen. Meine Schuhe werden dir nicht passen, aber ich habe Socken in die Spitzen meiner Stiefel gesteckt, damit du sie im Notfall benutzen kannst, falls es sein muss, zumindest so lange, bis du welche hast, die dir passen. Ich fahre jetzt in die Stadt, um mich mit ein paar meiner Teamkameraden zu treffen. Wir werden uns über deinen Bruder unterhalten und was zum Teufel da los ist. Du bist hier in Sicherheit, Chloe. Er weiß nicht, wo du bist – zumindest glauben wir das. Ich hatte gestern Abend nicht viel Zeit, großartige Pläne zu schmieden, und ich möchte mich dafür entschuldigen, wie alles abgelaufen ist. Ich wollte dir keine Angst einjagen, aber mir war auch klar, dass wir warten mussten, bis du aus dem Klub draußen und außerhalb der Reichweite von Harris' Handlangern bist, damit wir dich retten konnten. Hätte ich mehr Zeit gehabt, wäre mir bestimmt etwas eingefallen, das dir nicht so viel Angst eingejagt hätte. Ich habe unten ein paar Sachen für dich hingelegt. Ich ...« Er zögerte und Chloe stellte fest, dass sie sich nach vorn gelehnt hatte und am liebsten aufgestanden wäre, um ihn irgendwie zu trösten, was einfach verrückt war.

»Ich hoffe wirklich, dass du dich dazu entschließen kannst, mir zu vertrauen. Ich meine es ernst mit dem, was ich sage. Ich werde dir niemals wehtun und ich werde alles in meiner Macht Stehende tun, um alle anderen ebenfalls davon abzuhalten, dir wehzutun. Aber wie meine Freunde mir unten erklärt haben, kann man Vertrauen nicht erzwingen. Du musst es mir von alleine schenken. Ich hoffe, du nutzt die Zeit, um dich ein wenig zu entspannen. Nimm ein paar von den Schmerztabletten.« Er blickte zu den Tabletten, die er auf den Nachttisch gelegt hatte. »In meiner Hausapotheke findest du eine ganze Reihe von Medikamenten in ihren Originalverpackungen; du kannst dir aussuchen, was dir am liebsten ist. Mach dir etwas zu essen, sieh fern, mach, was du willst. Ich komme später wieder und werde dich auf den neuesten Stand bringen in Bezug auf das, was Meat über deinen Bruder herausgefunden hat. Dann können wir besprechen, was unsere nächsten Schritte sein könnten.«

Und mit einem langen, letzten Blick auf sie, einem Blick, den sie nicht deuten konnte, schloss Ro die Tür.

Das Klicken des Schnappers klang laut in dem stillen Raum und Chloe hielt den Atem an in der Erwartung zu hören, wie er von außen abschloss. Als nichts geschah, ging sie vorsichtig hinüber und drehte den Knauf. Die Tür öffnete sich sofort. Verwirrt runzelte sie die Stirn.

Sie hörte, wie Ro im Erdgeschoss herumlief, dann das Klicken einer anderen Tür, dann Stille.

Chloe ging zurück zum Bett und setzte sich. Sie wartete. Worauf, das wusste sie nicht. Aber sie nahm an, dass dies eine Falle war. Auf keinen Fall würde Ro sie allein in seinem Haus lassen, besonders nicht, wenn seine Freunde ihn darauf aufmerksam gemacht hatten, dass sie ihm nicht traute.

Als sie draußen ein Motorengeräusch hörte, ging sie schnell zum Fenster und schaute hinaus. Sie sah, wie ein schwarzer Audi die Auffahrt hinunterfuhr, und dicht dahinter einen alten, ramponierten Pritschenwagen.

Es dauerte weitere zehn Minuten, in denen nichts als Stille herrschte, bis Chloe den Mut aufbrachte, das Schlafzimmer zu verlassen. Sie ging so leise wie möglich zum oberen Ende der Treppe und lauschte auf jedes Anzeichen dafür, dass Ro oder einer seiner Freunde zurückgeblieben war, um zu sehen, ob sie versuchen würde zu fliehen. Um sie auf frischer Tat zu ertappen und sie zu bestrafen. Als sie nichts und niemanden hörte, ging sie langsam die Treppe hinunter.

Unten angekommen sah sie sich um. Das Wohnzimmer war leer. Ebenso die Küche. Sie wollte gerade zur Eingangstür gehen, als ihr etwas ins Auge fiel. Chloe drehte sich um und starrte auf den Esszimmertisch. Oder besser gesagt auf das, was *auf* dem Tisch lag.

Als sie sich noch einmal umschaute, aber niemanden sah, ging Chloe auf den Tisch zu. Dort lag ein Zettel neben verschiedenen Gegenständen. Sie hob ihn auf und las:

Chloe,

ich wünschte, mein Wort wäre gut genug, um dich dazu zu bringen, mir zu vertrauen, aber wie mein Freund Arrow mir sagte, muss ich mir dein Vertrauen verdienen, anstatt es zu erzwingen. Ich verstehe, dass du dich unwohl fühlst, und ich würde mich auch unwohl fühlen, wenn ich an deiner Stelle wäre. Nur damit das klar ist, ich will, dass du bleibst. Du bist hier bei mir sicherer als auf dich allein gestellt. Ich möchte dafür sorgen, dass dein Bruder dich nicht noch einmal in die Finger bekommt. Aber ich verstehe, wenn du mir nicht glaubst. Wenn du abhauen willst.

Ich habe die Schlüssel zu meinem McLaren für dich hinterlegt. Nimm ihn. Er ist eine Menge Geld wert, wenn du ihn verkaufst, was dir helfen würde, aus der Stadt zu fliehen. Es ist ein 650S. Nimm nicht weniger als hunderttausend Dollar dafür. Ich habe ihn für mehr als das gekauft, aber das ist das Mindeste, was du dafür bekommen solltest. Ich empfehle dir, zu Bob's Auto Sales zu gehen. Ich weiß, es ist ein lächerlicher Name, aber Bob ist ein Freund von mir und er will den McLaren schon seit Jahren haben. Er wird dir entgegenkommen und in bar bezahlen.

Ich gebe allerdings zu, dass der Wagen nicht gerade unauffällig ist; wenn es dir lieber ist, kannst du dir eines der anderen beiden Fahrzeuge aussuchen, die in meiner Garage stehen und mit denen ich gerade fertig geworden bin. Ein Accord und ein Kia. Die Schlüssel hängen an Haken neben dem Garagentor. Nimm einen von beiden. Ich werde mit den Besitzern sprechen und ihnen sagen, dass der Wagen gestohlen wurde, aber du solltest genügend Zeit haben, um aus der Stadt zu verschwinden und die Kennzeichen auszutauschen, bevor das passiert.

Ich lasse auch alles Bargeld hier, das ich zur Verfügung habe. Es tut mir leid, dass es nicht mehr ist.

Ich habe keine Klamotten, die dir passen, aber nimm ruhig, was du von mir gebrauchen kannst. T-Shirts, Boxershorts, egal.

Ich habe erst vor ein paar Tagen eingekauft, also habe ich genügend Lebensmittel im Haus. Im vorderen Schrank im Flur ist eine Tasche, die du benutzen kannst. Da passt eine Menge rein, bis du an einem sicheren Ort bist.

Ich habe auch ein paar Wegwerfhandys dagelassen, die nicht zurückverfolgt werden können. Ich benutze sie für die Arbeit; manchmal brauchen die Frauen, denen wir helfen, eine Möglichkeit, für eine Weile unentdeckt zu bleiben, um von ihren Peinigern wegzukommen. Nimm sie.

Dies ist weder ein Scherz noch ein Trick. Ich wollte immer nur, dass du in Sicherheit bist. Solltest du nicht mehr hier sein, wenn ich zurückkomme, wünsche ich dir viel Glück. Aber wenn du jemals meine Hilfe brauchst, bin ich für dich da. Du kannst mich anrufen und ich komme zu dir, egal, wo du bist.

Ich hoffe, wir sehen uns bald wieder.

Ro

PS: Ich weiß, du warst vorhin auf der Treppe, und falls du

Allyes Anspielung nicht verstanden hast, hier ist der ganze Spruch:

Wenn du etwas liebst, lass es frei.

Wenn es zurückkommt, gehört es dir.

Wenn nicht, war es nie für dich bestimmt.

Chloe starrte den Zettel noch einen Moment länger an, dann ließ sie ihn sinken, um den Stapel von Sachen auf dem Tisch zu betrachten. Drei Telefone, noch in ihrer Verpackung, ein Satz Autoschlüssel und ein Haufen Bargeld.

Ohne etwas davon anzufassen, sah sie sich um und ging auf eine Tür zu. Als sie eine Speisekammer entdeckte, die bis zum Rand mit Lebensmitteln gefüllt war, schloss sie sie und ging zur nächsten Tür.

Sie brauchte drei Anläufe, aber schließlich fand sie, was sie suchte. Die Garage.

Sie öffnete die Tür und starrte auf den schicken, schnittigen Sportwagen, der dort stand. Er war schwarz und sah definitiv teuer aus. Sie hatte noch nie etwas von einem McLaren gehört, aber wenn sie sich das Fahrzeug ansah, konnte sie sich vorstellen, dass es mindestens die Hunderttausend wert war, von denen Ro behauptete, dass Bob sie dafür bezahlen würde. Hunderttausend Dollar würden ihr eine wirklich lange Zeit reichen. Und sie könnte damit weit weg von Colorado Springs und ihrem Bruder kommen.

Doch anstatt zurück ins Haus zu eilen, um die Schlüssel zu holen und abzuhauen, drückte sie auf den Knopf, um die automatische Tür zu öffnen, und zuckte zusammen, weil der Motor so laut war. Chloe blinzelte in die helle Sonne Colorados, ging nach draußen und schaute zu ihrer Linken. Sie erinnerte sich, dass sie diese Einfahrt vor ein paar Wochen gefunden hatte, nachdem Leon sie zur Strafe gezwungen hatte, aus seinem Wagen auszusteigen. Sie war fast zwei Kilometer die leere Straße entlanggelaufen, bevor sie auf Ros Einfahrt gestoßen war. Links neben dem Haus stand ein weiteres Gebäude. Die Autowerkstatt. Sie ging darauf zu und fand, genau wie er gesagt hatte, einen Honda Accord und einen Kia in der Garage vor. An einer der Wände hing auch eine Stecktafel mit zwei Schlüsselsätzen. Er hatte nicht gelogen.

Schwer schluckend ging Chloe durch die Garage zurück ins Haus und drückte den Knopf, um sie zu schließen. Sie ging zurück ins Esszimmer und starrte auf das Geld, die Schlüssel und die Telefone.

Mit dem Zettel immer noch in der Hand ging sie ins Wohnzimmer, setzte sich auf die Couch, faltete die Beine unter sich zusammen und versuchte nachzudenken.

Sie hatte keine Ahnung, wie lange Ro weg sein würde. Sie sollte das Zeug in eine der Taschen stopfen, die er erwähnt hatte, und von dort verschwinden. Aber ...

Sie ließ den Blick wieder zu dem Zettel wandern. Zu dem Postskriptum.

Wenn du etwas liebst, lass es frei.

Sie wusste, dass Ro sie nicht hatte allein lassen wollen.

Sie wusste, er wollte nicht, dass *sie* ging.

Aber ihm zu vertrauen erforderte enorme Überwindung und einen Vertrauensvorschuss, den sie sich nicht zutraute. Nicht seit der Mensch, dem sie am meisten auf dieser Welt hätte vertrauen sollen, ihr eigen Fleisch und Blut, sie verraten und verkauft hatte. Buchstäblich.

Aber alles, was Ro seit dem Tag, an dem sie ihn kennengelernt hatte, getan hatte, war zu ihrem Besten gewesen.

Er hatte ihr sein Telefon geliehen. Er war besorgt wegen des Blutergusses auf ihrem Rücken. Er hatte sie im Klub aufgesucht, nachdem er herausgefunden hatte, dass er ihrem Bruder gehörte. Er hatte Dan vierhundert Dollar gegeben, um sie in ein Separee zu bringen, damit sie nicht jemand anderen bedienen musste. Er ließ sie von seinen Freunden direkt unter der Nase ihres Bruders entführen. Er hatte ihre Kopfwunde verarztet. Er hatte noch mehr Freunde eingeladen, damit sie sich besser fühlte.

Und schließlich hatte er sie allein gelassen. Er gab ihr alles, was sie brauchte, um aus Colorado Springs und von ihrem Bruder wegzukommen, ein für alle Mal.

Er wusste, dass sie wahrscheinlich weg sein würde, wenn er zurückkam, aber er hatte es trotzdem getan.

Nur um ihr zu beweisen, dass sie ihm vertrauen konnte.

Tränen traten ihr in die Augen, aber sie hielt sie hartnäckig zurück.

Sie wollte nicht gehen. Es war lange her, dass sie jemanden an ihrer Seite gehabt hatte. Und sie merkte, dass es ihr gefiel. Und zwar sehr.

Der Gedanke, abzuhauen und auf sich allein gestellt zu sein, war nicht angenehm. Natürlich war das von Anfang an ihr Plan gewesen, aber nachdem sie die Zuwendung von Ro und seinen Freunden erfahren hatte, war sie plötzlich nicht mehr so wild darauf, allein in die große böse Welt hinauszuziehen.

Und der Gedanke, dass Leon sie irgendwie finden und zu seinem Haus oder zurück ins *BJ's* schleppen könnte, machte ihr Angst. Chloe wusste, dass viele der Frauen, die in dem Stripklub arbeiteten, nicht freiwillig dort waren. Sie hatte die trostlosen und verzweifelten Blicke in ihren Augen gesehen. Es war offensichtlich, dass Leon etwas gegen sie in der Hand hatte. Er hatte sie irgendwie dazu gezwungen, das zu tun, was er wollte.

Chloe dachte an das Bordell, das er angeblich leitete.

Zum ersten Mal fragte sie sich, ob diese Frauen aus freiem Willen dort waren. Sie bezweifelte es.

Plötzlich wurde ihr übel, sie beugte sich vor und atmete tief ein, um sich nicht zu übergeben. Wollte sie so enden wie sie? Auf keinen Fall.

Als sie sich daran erinnerte, wie offen und freundlich Allye gewesen war, gestand Chloe sich widerwillig ein, dass sie nicht wie die Frauen im Klub war. Sie wurde nicht von ihrem Freund genötigt. Oder von Ro. Chloe wollte ihr vertrauen. Wollte darauf vertrauen, dass die Mountain Mercenaries eine reale Sache waren. Sie erinnerte sich daran, wie die drei Männer letzte Nacht versucht hatten, sie während der Entführung nicht zu verletzen. Selbst nachdem sie den Mann gebissen hatte, der sie festhielt, hatte er sie nicht geschlagen. Er hatte nicht zurückgeschlagen. Chloe wusste, wenn sie das Leon oder einem seiner Schläger angetan hätte, hätten sie sie windelweich geprügelt.

Sie öffnete die Augen und setzte sich auf. Chloe sah sich in Ros Haus um. Er hatte einen teuren Fernseher und das Sofa unter ihr war von guter Qualität, aber nichts war protzig. Ro selbst war behutsam und locker mit ihr umgegangen. Er hatte sie nicht angeschrien. Er hatte sie zu nichts gezwungen, nicht einmal dazu, die Tabletten zu nehmen, die er für sie hingelegt hatte.

Die Erinnerung daran, wie sanft er sie gehalten hatte, als sie geweint hatte, gab den Ausschlag. Ro hatte sich weder über sie lustig gemacht noch war er ungeduldig gewesen angesichts ihrer Tränen. Leon spottete immer über sie, wenn sie aufgebracht war. Er sagte ihr, sie solle sich zusammenreißen und aufhören, sich wie ein Baby zu benehmen.

Sie würde ihre Entscheidung vielleicht bereuen. Vielleicht würde sie sich im Nachhinein selbst in den Arsch treten wollen. Aber sie würde bleiben und versuchen, Ro und seinen Freunden zu vertrauen. Sie würde später verschwinden, wenn sie glaubte, dass Ro mit ihr spielte.

Die Entscheidung war gefallen und Chloe fühlte sich, als wäre ihr eine zehn Tonnen schwere Last von den Schultern genommen worden. Sie konnte plötzlich leichter atmen und das Leben schien nicht mehr so hoffnungslos wie noch vor zwanzig Minuten.

Das war Ro zu verdanken. Indem er sie allein ließ, ihr vertraute in Bezug auf sein Haus und seine Sachen. Indem er darauf vertraute, dass sie nicht aufstand und abhaute, sobald er ihr den Rücken zukehrte.

Als sie den Entschluss gefasst hatte zu bleiben, wurde ihr bewusst, was Allye ihr erzählt hatte. Mountain Mercenaries. Es war ein einprägsamer, charmanter Name für eine Gruppe von Männern, die nicht im Entferntesten etwas Nettes tat. Wenn das stimmte, was Allye gesagt hatte, hatten sie sie vor einem Leben als Sexsklavin bewahrt. Und wer wusste schon, wie viele andere Frauen sie ebenfalls gerettet hatten. Sie sollte ihrem Glücksstern danken, dass sie in Ros Garage gelandet war. Wenn das nicht der Fall gewesen wäre ...

Nein. Sie wollte nicht einmal daran denken.

Jetzt war sie in Sicherheit.

Zum ersten Mal seit langer Zeit entspannte Chloe sich. Völlig. Sie musste sich keine Sorgen machen, wer sie beobachtete und was sie ihrem Bruder berichten würden. Sie musste sich keine Sorgen machen, dass Leon ins Büro stürmte und Rechenschaft darüber verlangte, wie sie jede Minute der letzten Stunde verbracht hatte ... oder ihr wehtat, wenn ihm die Antwort nicht gefiel. Sie musste sich keine Sorgen machen, dass er irgendwelche Männer mit nach Hause brachte und ihr vorschrieb, mit ihnen auszugehen. Musste sich keine Sorgen um Buchhaltung, Geld oder die Mafia machen.

Sie konnte einfach nur sie selbst sein.

Mit diesem Gedanken zog Chloe die Decke von der Rückenlehne der Couch und machte es sich auf der Seite auf den extrem bequemen Kissen gemütlich. Sie starrte aus den großen Panoramafenstern, beobachtete die Bäume, die sich in der leichten Brise wiegten, und fiel zum ersten Mal seit langer Zeit in einen tiefen, entspannten Schlaf.

Zwei Stunden später stand Ro vor seiner Haustür und hatte Angst einzutreten. Und er war ein Mann, der sich vor nichts fürchtete. Er hatte sich Schlägern mit Messern und Pistolen entgegengestellt, sogar Terroristen mit Bomben. Aber dort zu stehen und sich zu fragen, ob er ein leeres Haus betreten würde, war beängstigend.

Er holte tief Luft, stieß die Tür auf und schloss sie leise hinter sich.

Als Erstes warf er einen Blick auf den Esszimmertisch. Das Geld und die anderen Dinge, die er für sie zurückgelassen hatte, lagen immer noch dort.

Ro schloss erleichtert die Augen und atmete aus, obwohl ihm gar nicht aufgefallen war, dass er die Luft angehalten hatte.

»Chloe?«, rief er.

Er bekam keine Antwort, also ging er sofort zur Treppe und hinauf in sein Schlafzimmer. Die Tür stand einen Spalt offen und er spähte hinein. Keine Chloe. Die Badezimmertür war ebenfalls offen und das Licht war aus. Er stand einen langen Moment vollkommen verwirrt in der Tür.

Plötzlich war er sich nicht mehr so sicher, ob sie sich

entschieden hatte zu bleiben. Ro drehte sich um und ging die Treppe wieder hinunter. Er ging direkt zur Tür zur Garage und öffnete sie. Er starrte auf seinen geliebten McLaren, der immer noch an seinem Platz stand. Er drückte auf den Knopf, um das Garagentor zu öffnen, und wartete ungeduldig darauf, dass es sich hob. Sobald es weit genug oben war, duckte er sich und schritt auf seine Einfahrt hinaus. Arrow war bereits weg, aber sein Freund war ihm im Moment egal.

Er schaute in Richtung seiner Werkstatt – und runzelte verwirrt die Stirn, als er die beiden Fahrzeuge, an denen er gearbeitet hatte, noch dort sah.

Wenn Chloe weder sein Geld noch seine Fahrzeuge mitgenommen hatte, wo war sie dann?

Ro ging zurück in sein Haus und holte sein Telefon heraus, um Verstärkung zu rufen. Er hatte gesagt, er würde sie gehen lassen, aber er konnte nicht damit leben, dass sie ohne Geld und Telefon in seinen Schlabberklamotten herumlief. Sie wäre eine leichte Beute für ihren Bruder, sollte er sie erwischen.

Gerade als er Rex' Nummer wählen wollte, hielt er inne und starrte auf seine Couch.

Chloe war da. Sie lag zusammengekauert unter der Decke, die er normalerweise auf die Rückenlehne seiner Couch warf. Er konnte nur ein bisschen von ihrem dunklen Haar sehen.

Er ließ sein Handy sinken und steckte es zurück in seine Tasche, ließ sich dann in den Sessel neben dem Sofa fallen und starrte seinen Gast einfach nur erleichtert an.

Sie war nicht fortgegangen.

Und nicht nur das, sie schlief sogar.

Sie schlief.

Er wusste besser als die meisten, dass Frauen, die auf

der Flucht waren oder missbraucht wurden, selten ruhig schliefen. Sie waren nervös und gereizt, was einen tiefen Schlaf unmöglich machte.

Aber die Tatsache, dass Chloe weitergeschlafen hatte, obwohl er ihren Namen gerufen und mit Türen geklappert hatte und generell nicht sonderlich leise gewesen war, als er sein Haus nach ihr durchsucht hatte, sagte eine Menge.

Wie lange er dort saß und ihr beim Schlafen zusah, konnte Ro nicht sagen. Es war das Klingeln seines Handys, das ihn schließlich dazu brachte, sich zu bewegen. Er angelte es schnell aus seiner Tasche, aber nicht schnell genug, um zu vermeiden, dass es Chloe störte.

Noch während er das Gerät an sein Ohr hielt, zog sie die Decke herunter und schlug die Augen auf. Sie wachte nicht auf, wie die meisten Menschen es taten ... langsam und etwas verwirrt. Sie wachte nervös und aufmerksam auf.

Das war ihm vertraut. Nur allzu vertraut.

»Hallo?«, sagte Ro ins Handy, ohne den Blickkontakt mit Chloe abzubrechen.

»Leon Harris ist verdammt wütend auf dich«, begrüßte ihn Rex. Das Programm, das er benutzte, um seine Stimme zu verstellen, ließ sie ein wenig wie ein Computer klingen, aber trotzdem war leicht zu erkennen, welche Emotionen er hatte. Und sein Kontaktmann war nicht glücklich.

Ro zuckte zusammen und löste seinen Blick von Chloes. »Rex«, sagte er als Begrüßung.

Er hatte nicht die Möglichkeit, sonst noch etwas zu sagen. »Ich bin froh darüber, dass es euch gelungen ist, seine Schwester dort rauszuholen, aber hast du die Nachrichten gesehen? Jeder verdammte Reporter der ganzen Stadt befindet sich vor seinem Haus und in zehn Minuten wird er live zu sehen sein, denn es wird eine Eilmeldung gesendet, für die er interviewt wird.«

»Weiß er, wo sie ist?«, fragte Ro, dem alles andere momentan egal war. Er sah, wie Chloe bei seiner Frage die Augen weit aufriss und sich schnell aufsetzte, wobei sie sich die Decke bis zum Kinn zog, als könnte sie das vor ihrem Bruder beschützen. Und das machte Ro wahnsinnig wütend.

»Ich weiß es wirklich nicht. Meine Informanten berichten mir, dass er momentan jeden überprüfen lässt, der gestern Abend mit seiner Schwester gesprochen hat, um herauszufinden, ob er eine Verbindung zwischen ihrem Verschwinden und dem Klub feststellen kann. Es ist klar, dass es ihn nicht kaltlässt, dass sie entführt wurde, allerdings sieht es eher so aus, als wäre er wütend und nicht besorgt.«

Ro hatte Rex schon lange nicht mehr so aufgebracht erlebt. »Das überrascht mich nicht. Ich habe nicht mit Chloe über alles gesprochen, was sie durchgemacht hat, aber ich habe das Gefühl, dass ihr Bruder ihr das Leben zur Hölle gemacht hat. Meat hat sich davon überzeugt, dass es keine Überwachungskameras am Ort der Übernahme gab«, erklärte er seinem Kontaktmann. »Irgendwann wird er vielleicht herausfinden, wer ich bin, aber es gibt keine Beweise dafür, dass die Mountain Mercenaries irgendetwas damit zu tun haben.«

»Er wird die Sache nicht einfach so auf sich beruhen lassen«, erklärte Rex. »Und wenn er dich schließlich von deiner Privatsession mit Chloe wiedererkennt, wird er als Erstes dein Haus aufsuchen. Seine Freundin *war* sogar schon vor deinem Haus. Wenn sie die Verbindung herstellen, kannst du nicht dortbleiben. Und wenn sie dich im Visier haben, dann auch das Team, was nicht gut ist. Wir können nur tun, was wir tun, weil wir unter dem Deckmantel der Verschwiegenheit arbeiten. Wenn ein Sexvideo mit einem meiner Leute im Internet kursiert und er als Verdächtiger bei einer Entführung auftaucht, ist das nicht gut für die Mountain Mercenaries.«

Ro beugte sich vor, griff nach der Fernbedienung und schaltete den Fernseher ein. Er fühlte sich mies, weil Rex sich aufregte, obwohl Chloe letztlich die Wichtige in dieser Sache war. Aber wenn er das Team verlassen musste, damit sie weiterhin bestehen konnten, würde er es tun.

Kaum war ihm der Gedanke durch den Kopf gegangen, verstummte Ro. Würde er das Team wirklich wegen einer Frau verlassen?

Er schaute zu Chloe hinüber. Sie starrte ihn mit großen braunen Augen an. Der blaue Fleck an der Seite ihrer Stirn sah auf ihrer blassen Haut regelrecht obszön aus. Sie wirkte besorgt, aber er konnte gleichzeitig das Feuer in ihren Augen sehen. Die Entschlossenheit, nicht wieder der Gnade ihres Bruders ausgeliefert zu sein.

In diesem Moment wurde ihm klar: Ja, er würde es tun. Er würde für sie bei den Mountain Mercenaries aufhören. Sie verdiente ein Leben, in dem sie sich um nichts anderes kümmern musste als um lästige Autofahrer, darum, pünktlich zur Arbeit zu kommen, darum, was es zum Abendessen geben sollte, und um andere normale, alltägliche Unannehmlichkeiten.

Er war nicht in sie verliebt und sie nicht in ihn ... aber das änderte nichts an der Tatsache, dass da etwas an ihr war, das ihn dazu brachte, für sie alle ihre Drachen töten zu wollen. Ro kam plötzlich der Gedanke, dass sie für ihn die Eine sein könnte. Falls er jemals jemanden lieben sollte und diesen Menschen in all die Scheiße einweihen würde, die er in seinem Leben getan und gesehen hatte, könnte das Chloe sein.

»Es war dunkel im Klub und ich habe versucht, die

ganze Zeit über mein Gesicht im Schatten zu halten. Wenn ich erkannt werde, werde ich Vorbereitungen treffen, dass wir woanders unterkommen. Hey, das Liveinterview geht los. Ich rufe dich zurück«, erklärte er Rex und legte dann ohne ein weiteres Wort auf. Ro wusste, dass er später dafür zahlen würde, aber er wollte hören, was Harris zu sagen hatte. Mit wem er sich da anlegte.

Ro setzte sich neben Chloe auf die Couch und achtete darauf, ein paar Zentimeter Abstand zwischen ihnen zu halten. Er hätte sie gern an sich gezogen und ihr versichert, dass sie in Sicherheit war, aber er hatte sie für einen Tag genug bedrängt. Ro wollte ihr auch dafür danken, dass sie geblieben war. Dafür, dass sie ihm vertraute. Aber es gab im Moment andere Dinge, um die sie sich kümmern mussten. Außerdem wäre es vielleicht besser, es sein zu lassen. Sie hatte sich entschieden zu bleiben; er musste annehmen, das bedeutete, dass sie ihm vertraute. Wenigstens ein bisschen. Damit konnte er umgehen.

»Was ist denn los?«, fragte sie leise.

Ro fand einen Sender, auf dem ein Reporter vor dem Haus von Leon Harris stand, und hörte auf, nach dem angekündigten Interview zu suchen. Er wandte sich an Chloe. »So wie es aussieht, ist dein Bruder alles andere als erfreut darüber, dass du verschwunden bist. Er benutzt die Medien, um dich zu finden.«

Chloe wurde ganz bleich und biss die Zähne zusammen. Ro hätte sich am liebsten selbst in den Hintern getreten. Er wagte es, ihr eine Hand auf das mit der Decke bedeckte Knie zu legen. »Er wird dich nicht bekommen.«

Sie schüttelte den Kopf. »Aber er wird alles versuchen. Du kennst ihn nicht.«

»Aber ich kenne Arschlöcher wie ihn. Und eins kann ich dir sagen, Liebes, zusammen mit meinen Freunden sind wir schlauer als er und werden dafür sorgen, dass du in Sicherheit bist.«

»Vielleicht vorläufig«, gab sie zu. »Aber was ist in einer Woche? Einem Monat? Einem Jahr? Ich kann mich schließlich nicht für immer hier in deinem Haus verstecken. Und er ist nachtragend. Ich muss die Stadt verlassen, wie ich es vorhatte. Vielleicht nach Mexiko auswandern oder besser noch nach Timbuktu.«

Ro runzelte die Stirn. Sie hatte recht. Kurzfristig konnte er sie versteckt halten, aber Harris lebte in Colorado Springs. Wenn Chloe bleiben wollte, wäre sie immer noch seiner Gnade ausgeliefert. Jedes Mal wenn sie zum Lebensmittelladen oder zum Friseur ging oder sogar zu dem Job, den sie irgendwann finden würde, müsste sie sich immer Sorgen darüber machen, ob ihr Bruder sie beobachtete und darauf wartete, sie zu schnappen. Am besten wäre es, wenn sie umzöge, vielleicht in ein Zeugenschutzprogramm käme.

Der Gedanke, sie nie wiederzusehen, gefiel Ro überhaupt nicht.

Ohne auf ihren Kommentar zu antworten, weil er keine passende Antwort für sie hatte, wandte Ro sich wieder dem Fernseher zu. Eine hübsche blonde Reporterin lächelte in die Kamera. Ihr Haar wehte in der leichten Brise und sie sah aus, als stünde sie auf einer Wohltätigkeitsveranstaltung und nicht vor dem Haus eines Mannes, der sich Sorgen um seine vermisste Schwester machte.

»Danke, dass Sie eingeschaltet haben. Wie Sie wahrscheinlich wissen, wird Chloe Harris, die Schwester des Unternehmers und Philanthropen Leon Harris, seit fast zwölf Stunden vermisst. Der Polizeichef wird gleich das Wort ergreifen und uns darüber informieren, was getan wird, um Miss Harris zu finden, aber zuerst sprechen wir mit Mr. Harris selbst.«

Ro kniff die Augen zusammen, als Chloes Bruder aus der Vordertür seiner Villa kam und mit seiner Freundin Abbie oben auf der Treppe stehen blieb. Er sah tadellos aus, trug einen grauen Anzug mit weißem Hemd und grauer Krawatte. Sein Haar war nach hinten gekämmt und er sah so lässig und weltmännisch aus wie immer ... nicht wie ein trauernder Bruder. Abbie stand an seiner Seite und trug ein tief ausgeschnittenes weißes Kleid. Ihr Haar war perfekt frisiert und sie trug etwas zu viel Make-up. Sie hielten sich an den Händen, als Leon zu sprechen begann.

»Meine Schwester wird vermisst. Wir waren gestern Abend auf dem Heimweg von einem Ausflug und hatten einen Autounfall. Als wir wieder zu Bewusstsein kamen, war Chloe nirgends zu sehen. Ihre Handtasche lag im Wagen und es schien Anzeichen eines Kampfes gegeben zu haben. Wir haben jedes Krankenhaus in der Gegend und sogar einige in Denver kontaktiert, aber ohne Erfolg. Ich glaube, jemand hat uns absichtlich in einen Unfall verwickelt und meine Schwester entführt. Ich kann nicht glauben, dass das passiert ist, und ich habe solche Angst um sie. Ich habe persönlich eine Belohnung von fünfzigtausend Dollar für Informationen ausgesetzt, die entweder zu ihrer sicheren Rückkehr oder zur Ergreifung desjenigen führen, der sie von ihrer besorgten Familie entführt hat.«

Dann blickte Leon in die Kamera und Ro spürte, wie Chloe neben ihm zu zittern begann. Ohne nachzudenken, rückte er näher und legte seinen Arm um ihre Schultern. Sie schien unbewusst mit ihm zu verschmelzen und packte sein Hemd fest mit ihrer Faust. Ihre Aufmerksamkeit war auf den Bildschirm gerichtet, aber sie hielt sich an ihm fest, als wäre er das Einzige, was zwischen ihr und dem Monster vor ihr stand ... und das war er wahrscheinlich auch.

»Falls Sie meine Schwester in Ihrer Gewalt haben,

lassen Sie sie bitte nach Hause kommen. Ich möchte einfach nur meine Chloe zurückhaben. Sie ist ein wichtiger Teil dieser Familie und wir vermissen sie sehr. Sie ist ziemlich verletzlich und in letzter Zeit gesundheitlich angeschlagen. Sie braucht ihre Familie und ihre Medikamente. Ich würde alles dafür tun, damit sie nach Hause zurückkehrt, wo sie hingehört. Vielen Dank.«

Ro betrachtete Chloe. »Du brauchst Medikamente?«, fragte er sie. Er hatte nicht einmal daran gedacht, dass sie irgendeine Krankheit oder ein gesundheitliches Problem haben könnte.

Sie schüttelte den Kopf. »Nein. Das ist Blödsinn. Er lügt.«

Er zweifelte nicht eine Sekunde lang an ihr. Sie antwortete ihm automatisch. Er schaltete die Sendung aus, denn er wusste, dass Rex und die anderen ihn über alle Informationen, die die Polizei hatte, auf dem Laufenden halten würden. Für den Moment war er zuversichtlich, dass es nicht viel war. Black, Ball und Meat waren am Tatort vorsichtig gewesen, da war er sich sicher. Auch wenn Chloe sich gegen sie gewehrt hatte, wären nur wenige Beweise zu finden gewesen.

»Was jetzt?«, fragte Chloe und sah ihn an.

»Informationen«, erwiderte Ro, ohne zu zögern.

»Was?«

»Informationen. Die brauchen wir jetzt. Denn sonst können wir Harris nicht finden.« Ro hatte, nachdem er sie getröstet hatte, seinen Arm nicht wieder von ihrer Schulter genommen, und er stellte jetzt fest, dass er es genoss, sie in der Nähe zu haben. »Die Pressekonferenz deines Bruders zwingt uns dazu, schnell zu handeln. Das Team und ich müssen so viele Informationen wie möglich über deinen Bruder zusammentragen.«

Sie machte den Mund auf, um etwas zu sagen, doch er fiel ihr ins Wort.

»Aber heute nicht mehr. Du wirst heute nichts weiter tun, als dich zu entspannen. Wenn du ein Schläfchen halten möchtest, kein Problem. Du bist doch sicher hungrig. Ich mache uns später etwas. Ich möchte, dass du dich bei mir wohlfühlst. Und ich hatte bis jetzt noch keine Zeit, es dir zu sagen, aber ... Danke.«

»Wofür?«, wollte sie wissen.

»Dafür, dass du geblieben bist. Ich weiß, dass es sicher keine leichte Entscheidung war, und ich werde alles in meiner Macht Stehende tun, damit du deine Entscheidung nicht bereust.«

Er sah, dass sie schwer schluckte, doch sie erwiderte nichts.

»Ich glaube, dass Allye später noch mal vorbeikommt ... das hat sie mir zumindest vorhin gesagt. Außerdem hat sie mir gesagt, dass du nicht für den Rest deines Lebens meine Kleidung tragen kannst, und damit hat sie recht. Ich habe ihr Geld gegeben und sie geht für dich einkaufen, damit du erst mal was zum Anziehen hast. Wenn du dazu bereit bist, kannst du meinen Laptop benutzen und ein paar Sachen online bestellen. Wir können auch in den Laden gehen und dir ein paar Sachen kaufen, die du brauchst, aber ich halte es vorläufig für das Beste, wenn wir uns bedeckt halten, besonders weil die ganze Stadt nach dir suchen wird. Hoffentlich kannst du dieses Fliedershampoo, oder was auch immer du benutzt, online bestellen, und wir lassen es uns per Express schicken. Ich kann dir später auch beim Haarewaschen helfen, wenn du möchtest, aber vorläufig wirst du wohl mein Shampoo benutzen müssen.«

Ro hielt den Mund, als er feststellte, dass er brabbelte.

Und er brabbelte nie. »Wenn dir das recht ist«, endete er lahm.

»Das Fliedershampoo?«, fragte sie, als er aufgehört hatte zu reden.

Ro zuckte ein wenig verlegen mit den Achseln und sagte: »Ja, das war etwas, das ich sofort an dir bemerkt habe. Dass du nach Flieder riechst.«

»Oh stimmt, ich erinnere mich daran, dass du meine Creme bemerkt hast. Meine Mutter hat mir eine Flasche davon geschenkt, als ich sechzehn war. Und seitdem benutze ich nichts anderes mehr.«

»Ich mag den Duft«, erklärte Ro ihr und sah fasziniert dabei zu, wie sich eine leichte Röte in ihre Wangen schlich. Da er ihre Verlegenheit ein wenig lindern wollte, sprach Ro weiter. »Also lassen wir es heute ruhig angehen. Ich sehe, dass dein Kopf immer noch wehtut, weil du die Augen zusammenkneifst. Ich kann dir das Team noch ein wenig vom Hals halten, aber morgen werden wir uns wahrscheinlich mit den anderen treffen müssen, um einen Plan zu entwerfen.«

»Ich lehne mich mit dir für meine Verhältnisse schon ziemlich weit aus dem Fenster«, erklärte sie ihm. »Ich versuche bereits seit Jahren, von meinem Bruder zu fliehen. Ich habe darauf gewartet, genügend Geld zusammenzubekommen. Ich habe auf den perfekten Moment gewartet. Gestern Abend ist mir klar geworden, dass meine Zeit um ist, und ich hatte vor, alles zu tun, um so schnell wie möglich selbst zu entkommen. Aber dann bist du aufgetaucht und hast mir deine Hilfe angeboten. Ich muss zugeben, ich habe angenommen, dass du entschieden hättest, es sei unmöglich, als du ohne ein weiteres Wort abgehauen bist. Dann war ich traurig und verärgert, weil ich davon ausgegangen bin, dass ich von einem Gefängnis entkommen bin, nur um im nächsten zu landen, aber ... ich versuche wirklich, dir zu vertrauen. Dir zu glauben, dass du nicht für die Mafia arbeitest und mich einfach nur verarschst. Aber für den Fall, dass du ein doppeltes Spiel spielst, solltest du wissen, dass ich Geld beiseitegeschafft habe, an das ich irgendwann herankommen werde, und dann verschwinde ich sofort von hier, verstanden?«

»Verstanden«, erklärte Ro und unterdrückte ein Lächeln. »Aber ich verarsche dich nicht. Es tut mir wirklich leid, dass du auch nur eine Sekunde lang geglaubt hast, dass ich dir Hilfe angeboten, aber dann mein Wort nicht gehalten habe.«

»Na gut. Als Gegenleistung dafür, dass du mir hilfst, aus diesem Schlamassel herauszukommen, versuche ich, dir möglichst viele Informationen über meinen Bruder zu geben.«

»Abgemacht.« Ro nahm langsam seinen Arm von ihrer Schulter und stand auf. »Aber nicht jetzt sofort. Ich koche uns jetzt erst mal irgendwas. Hast du Appetit auf etwas Bestimmtes?«

Chloe biss sich auf die Lippe, atmete tief durch und fragte: »Vielleicht einen Hamburger?«

Ro gefiel es, dass sie ihm in die Augen schaute, als sie das sagte. Die meisten Menschen würden nicht zweimal über die Bitte nachdenken, aber er wusste, dass es wahrscheinlich nicht einfach war, um das zu bitten, was sie haben wollte. Die meisten Frauen, die er kannte und die missbraucht und geschlagen worden waren, hatten sich nicht getraut, einem Mitglied des Teams in die Augen zu sehen, nachdem sie gerettet oder in einen sicheren Unterschlupf gebracht worden waren. Sie waren verstört und zu Tode verängstigt gewesen. Aber Chloe hatte die Kraft gefunden, ihm in die Augen zu sehen, und lernte, ihre Bedürfnisse ehrlich zu äußern. Sie faszinierte und beeindruckte ihn immer wieder.

»Kommt sofort, Liebes. Ein amerikanischer Hamburger.« Er wollte sie berühren. So sehr, dass seine Hand tatsächlich zuckte, aber er hielt sich zurück. Stattdessen nickte er ihr zu, drehte sich dann um und ging in die Küche. Auf dem Weg dorthin sammelte er seine Autoschlüssel, die Telefone und das Bargeld ein, das er für sie hinterlassen hatte, und legte alles in die dekorative Schale in der Mitte des Tisches. Er wollte nicht, dass sie diese Dinge benutzte, aber er wollte auch nicht, dass sie sich eingesperrt fühlte.

Er wollte nicht, dass sie sich jemals wieder eingesperrt fühlte.

Er wusste, dass er mit Rex zu einer Einigung kommen musste. Und mit Meat und den anderen ein Treffen für den nächsten Tag vereinbaren musste. Sie hatten sich heute unterhalten, waren aber nicht sehr weit gekommen, weil sie nur Fragen und keine Antworten hatten. Hoffentlich würde Chloe einige der Fragen beantworten können.

KAPITEL NEUN

Chloe wischte sich den Mund ab und lehnte sich mit einem Seufzer auf ihrem Stuhl zurück. Der Burger, den Ro zubereitet hatte, war absolut köstlich. Sie war satt, aber sie hatte sich gezwungen, jeden Bissen zu essen. Abbies neueste Masche war, ihr weder Kohlenhydrate noch Zucker zu erlauben. Sie hatte nur noch Salat und gegrilltes Hähnchen gegessen.

Abbie hatte sich regelmäßig einen Spaß daraus gemacht, Chloe zu sagen, dass sie eine fette Kuh sei und dass sie abnehmen müsse. Sie hatte behauptet, sie würde ihr helfen, damit sie einen Mann finden und heiraten konnte, aber Chloe wusste, dass sie und ihr Bruder sich für ihr Aussehen schämten.

Bis Abbie in das Leben ihres Bruders getreten war, hatte Chloe kein einziges Mal über ihr Gewicht nachgedacht. Oh, sie wusste, dass sie nicht gerade dünn war, aber sie war zufrieden mit ihrem Körper. Ihre Mutter war genauso gebaut gewesen wie sie selbst und Chloe liebte es, dass sie jedes Mal, wenn sie in den Spiegel sah, die Gesichtszüge und die Sanduhrfigur ihrer Mutter erblickte.

Sie trainierte mindestens dreimal pro Woche und ging gern mit ihren Freundinnen in den Bergen wandern. Nun, mit den Freundinnen, die sie hatte, bevor sie von ihrem Job gefeuert worden war. Unterm Strich galt sie zwar nicht als schlank im Sinne der gesellschaftlichen Norm, aber Chloe hatte nie ein Problem mit ihrem Körper gehabt.

Bis sie angefangen hatte, im *BJ's* zu arbeiten und ihr Bruder ständig versuchte, sie mit seinen Freunden zu verkuppeln. Er sagte ihr, sie hätten mehr Interesse, wenn sie abnehmen würde. Wenn sie mehr wie die Tänzerinnen im Klub aussähe. Dann fing Abbie an, sich mit ihr zu beschäftigen. Als das nicht klappte, begannen sie, ihr Nahrungsmittel vorzuenthalten. Die Köchin bereitete köstlich aussehende Nudelgerichte für Leon zu, aber sie musste sich mit immer den gleichen Salaten begnügen.

Darum war es ein tolles Gefühl, um einen großen, saftigen Hamburger zu bitten. Sie musste nicht heimlich essen, was sie wollte. Und die Art, wie Ro sie ansah, als wäre sie perfekt, so wie sie war, trug viel dazu bei, dass sie sich wieder wie ihr normales Ich fühlte.

»Lecker?«, fragte Ro.

»Sagenhaft«, erwiderte Chloe und gähnte.

Leise lachend stand Ro auf, räumte die Teller ab und ging zur Küche. »Warum legst du dich nicht ein wenig hin?«, fragte er sie.

»Ich weiß auch nicht, was mit mir los ist. Normalerweise schlafe ich nicht länger als vier oder fünf Stunden pro Nacht. Letzte Nacht habe ich viel länger geschlafen. Ich sollte eigentlich hellwach sein.«

Als Ro wieder ins Esszimmer kam, erklärte er ihr: »Das ist der Stress, der fordert seinen Tribut. Möchtest du nach oben gehen oder hier auf der Couch schlafen?«

»Was dir lieber ist«, antwortete sie.

»So nicht«, entgegnete Ro. »Die Zeiten, in denen du aufpassen musstest, was du sagst, was du tust und was du isst, sind vorbei. Du sagst mir einfach, was *du* willst, und ich werde mich dir anpassen.«

Chloe dachte einen Moment lang über seine Worte nach. Er hatte recht. Sie hatte ihm vielleicht gesagt, was sie zu essen haben wollte, aber dann war sie wieder in alte Verhaltensmuster verfallen, als er sie gefragt hatte, wo sie schlafen wollte. Sie hatte sich so sehr daran gewöhnt, Leon und Abbie nachzugeben, damit sie weniger misstrauisch waren, was sie und ihre geplante Flucht anging. Sie passte sich automatisch den anderen an, wenn ihr eine Frage gestellt wurde.

»Dann möchte ich auf der Couch schlafen«, erklärte sie nachdrücklich.

»Braves Mädchen«, erwiderte Ro.

Die Tatsache, dass er sie lobte, fühlte sich fast lächerlich gut an.

Zum ersten Mal, seit sie aufgewacht war, erkannte Chloe, dass sie in Schwierigkeiten anderer Art stecken könnte. Sie hatte angefangen, Ronan wirklich zu mögen. Er war das komplette Gegenteil von ihrem Bruder, Gott sei Dank. Er hatte ein paar Ecken und Kanten; unter den Fingernägeln hatte er Schmierfett, er trug Stiefel und Jeans und er war alles andere als der gepflegte, smarte Gentleman, den ihr Bruder nach außen hin zur Schau stellte. Aber er war zehnmal – nein, hundertmal – der Mann, der ihr Bruder war.

In weniger als vierundzwanzig Stunden hatte er es geschafft, ihren Glauben an die Menschheit wiederherzustellen, etwas, das sie sich niemals hätte vorstellen können. Er hatte ihr geholfen, sie aus einem Leben als Sexsklavin zu befreien, ihre Wunde versorgt, ihr einen Fluchtweg gezeigt, hätte sie einen haben wollen, ihr zu essen gegeben und versprochen, sich um ihre Sicherheit zu kümmern. Das war mehr, als sie seit Langem bekommen hatte.

»Soll ich dir deine Decke und ein Kissen von oben holen?«, fragte er.

Chloe schüttelte den Kopf. »Nein danke. Die Decke auf der Couch reicht mir.«

»Okay, aber wenn dir kalt wird, sag mir Bescheid. Allye sollte in ein paar Stunden hier auftauchen. Sieh dir an, was sie mitgebracht hat, und falls du dann noch etwas brauchst, kannst du es dir online bestellen oder du kannst eine Liste machen und ich schicke morgen Arrow oder jemand anderen los, der dir alles besorgt.«

»Okay.« Chloe war zu überwältigt, um sonst noch etwas zu sagen.

»Ach, und bevor du dich hinlegst ... kannst du mir bitte den Namen deiner Fliederlotion aufschreiben? Ich möchte Allye fragen, ob sie sie besorgen und mitbringen kann, wenn sie herkommt.«

»Ist schon okay. Ich kann auch etwas anderes benutzen«, sagte sie zaghaft. »Ihr müsst euch nicht solche Mühe machen.«

Ro machte einen Schritt auf sie zu und der intensive Blick in seinen Augen ließ sie fast einen Schritt zurücktreten, aber in letzter Sekunde blieb sie stehen.

Er streckte eine Hand aus und strich ihr das Haar aus dem Gesicht. Sie erschauderte, als sie seine rauen Finger an ihrer Wange spürte.

»Ich würde gern sagen, dass ich das für dich tue ... aber das wäre eine Lüge.«

Chloe schluckte und starrte lange zu Ro hoch. Ihr gefiel seine sanfte Berührung. Schließlich nickte sie.

»Vielen Dank«, sagte Ro. Dann drehte er sich um, griff

nach einem Block mit Haftnotizen und einem Stift und hielt ihn ihr hin. Sie schrieb schnell den Namen der Lotion auf, die sie schon fast ihr ganzes Leben lang benutzte, und reichte ihn zurück. Als sie die Zufriedenheit in seinen Augen sah, wurde ihr ganz warm und gefühlsduselig zumute. Sie hatte schon lange nicht mehr solche Schmetterlinge im Bauch gespürt wie in dieser Sekunde.

»Also los, Liebes, mach dein Nickerchen«, schlug Ro ihr vor. »Ich bin draußen in der Werkstatt, wenn du mich brauchst. Ich erwarte in ungefähr einer Stunde eine Abgabe.«

»Eine Abgabe?«

»Jemand, der mir seinen Wagen zur Reparatur vorbeibringt.«

»Oh. Okay.«

»Danke, dass du geblieben bist«, erklärte Ro leise und schaute sie mit einem intensiven Blick an.

»Danke, dass ich bleiben darf.«

Und damit ging Ro rückwärts von ihr weg. Er hielt mit ihr Blickkontakt, bis er um die Ecke und damit verschwunden war.

Sie atmete die Luft aus, von der sie gar nicht gewusst hatte, dass sie sie angehalten hatte, und flüsterte: »Verlieb dich *auf keinen Fall* in ihn, Chloe. Tu es einfach nicht.«

Dann drehte sie sich um und ging zu der Couch, auf der sie vor nicht allzu langer Zeit aufgewacht war. Chloe versuchte, das Interview und die Schauspielerei ihres Bruders zu verdrängen, legte sich hin und schloss die Augen. Innerhalb weniger Minuten war sie tief und fest eingeschlafen.

Chloe wachte auf, als jemand ihr die Hand auf die Schulter legte. Ohne nachzudenken, sprang sie aus ihrem Bett auf, zumindest dachte sie, dass es ihr Bett wäre, und wich vor demjenigen zurück, der sie geweckt hatte.

»Immer mit der Ruhe, Liebes«, hörte sie eine ruhige Stimme.

Sie blinzelte und plötzlich wurde ihr klar, wo sie war. Sie atmete tief durch und versuchte dann zu überspielen, dass sie gerade wahnsinnig überreagiert hatte. »Oh, hi, Ro.«

»Ich werde dir nicht wehtun«, sagte er. »Du bist hier in Sicherheit. Und ich werde es dir so oft sagen, wie du es hören musst, damit du es endlich glaubst.«

Chloe war überrascht, als sie feststellte, dass sie seine Gefühle verletzt hatte. »Es tut mir leid«, sagte sie leise. »Jedes Mal wenn Leon oder Abbie mich aufgeweckt haben, hat das nichts Gutes für mich bedeutet.«

Ro seufzte und fuhr sich mit der Hand durch sein braunes Haar, wobei er es noch unordentlicher machte, als es ohnehin schon war. »Nein, *mir* tut es leid. Eigentlich sollte mir klar sein, dass ich dich nicht so anfassen darf, wenn ich dich aufwecke. Ich habe das einmal mit Arrow gemacht und er hätte mich fast umgebracht.«

»Im Ernst?«

»Ja. Er hat ein Messer gezogen und meine Halsschlagader um ein paar Zentimeter verfehlt. Zum Glück habe ich schnelle Reflexe.«

»Wow.«

»Jedenfalls tut es mir leid, dass ich dich aufwecken muss, aber du hast jetzt drei Stunden geschlafen und Gray und Allye sind auf dem Weg hierher. Ich dachte, du möchtest dich vielleicht frisch machen, bevor sie ankommen.«

»Drei Stunden?«, fragte Chloe ungläubig. »Verdammt noch mal.«

Ro lachte leise und das Geräusch ging ihm durch Mark und Bein. »Wie schon gesagt, Stress kann ziemlich anstrengend sein.«

»Sieht wohl so aus.«

»Ich wollte dich fragen, ob du willst, dass ich dir beim Haarewaschen helfe. Deine Wunde darf nämlich immer noch nicht nass werden. Der Hautkleber braucht mindestens noch eine Nacht, um die Wunde ordentlich zu verschließen.«

»Oh, äh ... ja, warum nicht. Aber ich bin mir nicht sicher, wie ...«

»Ich habe einen Stuhl auf der Terrasse, der geeignet ist. Es ist nicht zu kühl draußen, also dachte ich, wir könnten es dort erledigen. Ich kann nicht versprechen, dass ich keine Sauerei mache, also ist es draußen wahrscheinlich einfacher.«

»Das klingt logisch.« Chloe blickte auf das viel zu große T-Shirt, das sie trug. »Soll ich das anlassen?«

Sie versuchte, nicht zu erröten, als Ro den Blick zu ihrer Brust wandern ließ. Sie war ziemlich gut ausgestattet und trug momentan kein Korsett wie gestern im Klub, sodass man nicht gerade behaupten konnte, ihre Brüste würden stehen. Aber sie hätte eigentlich wissen müssen, dass Ro sie niemals in Verlegenheit bringen würde.

»Ja, ich glaube, das ist in Ordnung. Allye wäre übrigens schon hier, wenn sie nicht darauf bestanden hätte, noch im Einkaufszentrum zu halten, um noch ein paar weitere Dinge zu besorgen.« Ro zuckte mit den Achseln. »Ich hatte sie eigentlich nur gebeten, ein paar ihrer eigenen Klamotten vorbeizubringen, aber aus irgendeinem Grund hat sie das abgelehnt.«

Chloe starrte Ro verwirrt an. »Ihre eigenen Klamotten?«

»Ja. Sie ist Tänzerin und Gray hat mir erzählt, dass sie

schubladenweise Leggings und Trägerhemden und lauter so Kram hat. Ich weiß auch nicht, warum sie nicht einfach ein paar von den Sachen mitgebracht hat, damit du etwas hast, bevor du dir selbst etwas aussuchen kannst. Schließlich seid ihr ja beide ungefähr gleich groß und so.«

Chloe wusste nicht, ob Ro absichtlich begriffsstutzig war oder ob er wirklich dachte, dass sie in die Kleidung der schlanken Frau passen würde. Er gab ihr keine Gelegenheit zu einem weiteren Kommentar.

»Wie auch immer, sie wird wahrscheinlich etwas haben, das besser ist als mein T-Shirt, aber ich nehme an, du möchtest das durchziehen, also werden wir uns damit begnügen. Komm schon, machen wir es.«

Chloe folgte Ro und versuchte, nicht darauf zu achten, wie gut sein Hintern in den engen Jeans aussah, als er sie auf die Veranda an der Rückseite des Hauses hinausführte. Sie überblickte eine kleine Lichtung mit Gras und weiteren Bäumen, so weit das Auge reichte. Sie atmete tief ein und genoss den Geruch der Kiefern und der frischen, sauberen Luft.

Sie setzte sich auf den Platz, den er ihr wies, und lehnte sich zurück.

»Richte dich ganz auf«, bat Ro und Chloe tat, wie geheißen. Sie legte ihre Haare über die Lehne des Stuhls und legte ihren Kopf obendrauf. Ro setzte sich auf einen Hocker, den er offensichtlich schon vorher an das Kopfende der Liege gestellt hatte.

»Mach die Augen zu.«

Das tat sie. Er goss langsam warmes Wasser aus einem Eimer über ihr Haar und es fühlte sich himmlisch an.

Die nächsten zehn Minuten waren die erstaunlichsten und lebensverändernsten Momente, die sie je erlebt hatte. Sie hatte noch nie jemanden gehabt, der so etwas für sie getan hatte. Bevor sie mit Leon zusammengezogen war, hatte sie Verabredungen gehabt. Sie hatte sogar schon einmal mit einem festen Freund geduscht, aber er hatte sich nicht die Zeit genommen, ihr die Haare zu waschen.

Ros Hände zu spüren, die sanft ihre Kopfhaut massierten und das Shampoo in ihrem Haar verteilten, fühlte sich seltsam, aber gleichzeitig auch richtig an. Er nahm sich Zeit; er schüttete nicht zu viel Wasser auf sie. Es lief ihr nicht in die Augen und sie konnte sehen, dass er sehr vorsichtig mit der Wunde an ihrem Kopf umging.

»Warum hast du eigentlich lilafarbene Kontaktlinsen getragen, als wir uns das erste Mal begegnet sind?«, fragte Ro, während er ihr die Haare ausspülte.

»Abbie fand, dass ich dadurch exotisch aussehe.« Sie zuckte mit den Achseln. »Aber sie haben wie verrückt gebrannt, also habe ich so getan, als hätte ich eine davon verloren. Die Tatsache, sie nicht tragen zu müssen, hat sich gelohnt, auch wenn es bedeutete, dass ich für eineinhalb Tage nichts zu essen bekommen habe.« Das Letztere hatte sie hinzugefügt, ohne nachzudenken, und erst als sie merkte, dass Ro innehielt und seine Finger sich nicht mehr bewegten, öffnete sie die Augen und sah zu ihm hoch.

Er sah wirklich wütend aus. Als stünde er kurz vor dem Explodieren.

»Ist schon in Ordnung, Ro«, erklärte Chloe leise. »So schlimm war es nicht. Mir war es lieber, auf diese Art bestraft zu werden als mit Schlägen. Außerdem war ich ja nicht gerade dem Verhungern nahe. Ich habe haufenweise Fettreserven.« Sie klopfte sich auf den Oberschenkel, als sie das sagte, da sie ihm ein Lächeln entlocken wollte.

Doch er lächelte nicht.

»Es ist überhaupt nicht in Ordnung«, erklärte er statt-dessen. »Ich hasse es, dass sie es überhaupt gewagt haben, die Hand gegen dich zu heben. Du bist perfekt, genau so, wie du bist. Jeder, der etwas anderes behauptet, ist ein Arschloch.«

Chloe wusste nicht, was sie sagen sollte. Das war ein verdammt großes Kompliment.

Einen Moment später atmete Ro tief durch und konzentrierte sich wieder darauf, ihr das Shampoo aus den Haaren zu waschen. Ein paar Minuten später sagte er: »Okay, Liebes, ich glaube, wir sind fertig.«

Chloe öffnete die Augen und bevor sie Zeit hatte, sich selbstständig aufzurichten, half er ihr, indem er ihr eine Hand auf den Rücken legte. Er hatte auch ein Handtuch um ihre nassen Haare geschlungen, damit es ihr nicht auf den Rücken tropfte.

»Danke«, erklärte Chloe ihm, als sie sich aufgerichtet hatte.

»Gern geschehen.«

Chloe drehte den Kopf zum ersten Mal, um Ro anzusehen – und bei seinem Anblick blieb ihr der Mund offen stehen. Er war völlig durchnässt. Von seinem Oberkörper bis zu den Knien völlig durchweicht. »Oh mein Gott, das tut mir so leid!«, rief sie.

»Was tut dir leid?«, fragte er und runzelte verwirrt die Stirn.

»Die Tatsache, dass du so nass geworden bist.«

Er grinste und Chloes Herz überschlug sich fast in ihrer Brust. Das Lächeln veränderte sein Gesicht völlig. Normalerweise war er ernst und eindringlich, aber das kleine Lächeln, das seine Mundwinkel umspielte, ließ ihn unbeschwerter und irgendwie zugänglicher erscheinen.

»Es ist nicht deine Schuld, Liebes. Ich habe meine Fähigkeit, dir die Haare zu waschen und gleichzeitig trocken zu bleiben, eben einfach überschätzt. Aber das war es wert.«

Bei der Art, wie er diese letzten Worte sagte, wurde Chloe aus irgendeinem Grund rot. Wieder einmal starrte er ihr direkt in die Augen und ließ den Blick nicht von ihr weichen. Es erinnerte sie an die Nacht zuvor, als sie praktisch nackt auf seinem Schoß lag und er ihr genügend Respekt entgegenbrachte, um sein Bestes zu tun, sie nicht in Verlegenheit zu bringen.

Unbewusst leckte sie sich über die Lippen und Chloe sah den ersten Knacks in der eisernen Kontrolle, die er in ihrer Nähe immer zu haben schien. Sein Blick fiel auf ihre Lippen und sie bemerkte, wie sich seine Nasenflügel beim Einatmen blähten. Genauso schnell, wie er seinen Blick von ihr gelöst hatte, kehrte er zurück, aber diesmal waren seine Pupillen ein wenig weiter als zuvor und sie konnte irgendeine Art von Emotion in seinen Augen erkennen.

Der Bann zwischen ihnen wurde gebrochen, als die Uhr an Ros Handgelenk vibrierte. Er brach den Blickkontakt ab und schaute darauf hinunter. »Allye und Gray sind da«, teilte er ihr mit. »Geh ruhig schon mal rauf. Ich schicke Allye zu dir hoch und dann könnt ihr beiden die Klamotten durchsehen, okay?«

Chloe war wieder einmal ziemlich durcheinander und nickte einfach. Sie verstand nicht, was zwischen ihnen beiden vor sich ging. Sie kannten sich erst seit kurzer Zeit. Sie sollte sich nicht so sehr zu Ro hingezogen fühlen, wie es der Fall war. Und es war mehr als sein sexy Akzent – es war die Art und Weise, wie er sie behandelte. Mit Respekt. Mit Fürsorge. Als wäre sie ihm wirklich wichtig.

Vielleicht lag es daran, dass sie so lange nur wie eine Angestellte behandelt worden war, eine unerwünschte noch dazu. Vielleicht lag es an ihrer Situation. Aber was auch immer es war, Chloe wusste, dass sie vorsichtig sein musste. Sie wollte sich auf keinen Fall in Ro verlieben. Er machte nur einen Job. Das war's. Er fühlte sich vielleicht zu ihr hingezogen, aber das war eine situationsbedingte Sache. Das war alles.

Chloe stand auf und fluchte leise, als sie ins Schwanken geriet und Ro ihren Ellbogen festhielt, um sie zu stützen. An der Stelle, an der er sie festhielt, bildete sich eine Gänsehaut und sie lehnte sich tatsächlich zu ihm hin, bevor sie sich fangen konnte.

»Danke«, sagte sie leise und ohne ihn anzusehen, bevor sie sich umdrehte und ins Haus ging.

Als Allye mit mehreren Tüten in der Hand sein Haus betrat, versuchte Ro, sich unter Kontrolle zu bekommen.

Chloes Haare zu waschen war ein Fehler von ihm gewesen, aber er hatte nicht widerstehen können. Er wollte ihr Haar anfassen und selbst herausfinden, ob es so seidig war, wie er es in Erinnerung hatte. Das war es gewesen. Die Wahrheit war, dass er nicht einmal das Wasser bemerkt hatte, das auf seinen Oberschenkel tropfte, als er ihr Haar ausspülte, weil er auf ihr Gesicht gestarrt hatte.

Chloe hatte die Augen geschlossen und ein kleines Lächeln auf den Lippen gehabt. Sie hatte heiter und entspannt ausgesehen, etwas, das er bei ihr nicht mehr gesehen hatte, seit er sie kennengelernt hatte. Dann war sein Blick von ihr abgewichen. Seit sie sich das erste Mal begegnet waren, zwang er sich so oft wie möglich, ihren Körper nicht direkt anzuschauen. Im Stripklub war es eine Frage des Respekts gewesen. Sie war praktisch nackt gewesen, aber da sie nicht dort sein wollte, kam es fast einer Vergewaltigung gleich, das anzugaffen, was sie nicht freiwillig anbot.

In der Nacht zuvor, als sie bewusstlos gewesen war, hatte er ihr die Kleider ausgezogen und sie in seine Sachen gesteckt, aber auch hier hatte er versucht, seine Berührungen klinisch zu halten, und sein Bestes getan, um ihre Privatsphäre nicht zu verletzen.

Aber als Chloe in dem Liegestuhl auf seiner Terrasse lag, den Kopf zurückgelegt, entspannt und glücklich, konnte er sich nicht davon abhalten, sie zu betrachten. Sie hatte genau die Art von Körper, die er liebte. Üppig und kurvenreich. Warum ihr Bruder meinte, sie müsste abnehmen, war ihm schleierhaft. Ihre Brüste waren groß und der Stoff spannte sich trotz des übergroßen T-Shirts darüber. Ihre Brustwarzen hatten sich aufgerichtet, als er ihr Wasser über das Haar gegossen hatte, und Ro hatte sich sofort vorgestellt, wie er mit seinen nassen, eingeseiften Händen über ihre Brust fuhr und in diese Brustwarzen kniff, damit sie sich noch mehr aufrichteten.

Es war verdammt unpassend – und zum ersten Mal war sein Schwanz in ihrer Nähe hart geworden. Sie verschlimmerte das Ganze noch, als sie stöhnte, als er ihre Kopfhaut massierte, während er das Shampoo in ihr Haar einarbeitete.

Es war nicht zu leugnen. Ro wollte Chloe. Sie war schön, ja, aber es war mehr als das. Es war ihre Stärke. Ihre Entschlossenheit. Ihr Vertrauen. Diese Eigenschaften überzeugten ihn jedes Mal weitaus mehr als ihre Schönheit allein.

»Dich hat es ganz schön erwischt«, bemerkte Gray und klopfte Ro auf die Schulter.

Ro erschrak. Er hatte ganz vergessen, dass sein Freund überhaupt da war, und so was passierte ihm normalerweise *nie*.

»Ach, vergiss es«, knurrte er. »Ich denke nur darüber nach, was zum Teufel hier vor sich geht.«

Das freche Grinsen wich nicht von Grays Gesicht. »Ja, klar. Genau wie ich Allye nur einen Unterschlupf gewährt habe, während wir versucht haben, dieses Arschloch Nightingale zu erwischen.«

»Und ich gehe jetzt besser nach oben«, bemerkte Allye grinsend. »Ist das okay?«

»Natürlich. Sie ist gerade erst hochgegangen. Mach ihr keine Angst«, schärfte Ro ihr ein.

Allye verdrehte die Augen. »Das werde ich nicht. Ich habe meine Lektion schon beim ersten Mal gelernt.«

»Brauchst du Hilfe mit den Taschen?«, fragte Gray.

Allye schüttelte den Kopf. »Nein. Ist schon in Ordnung, danke.« Sie drehte sich auf dem Absatz um und ging auf die Treppe zu. Ihre Arme waren voll mit Tüten aus verschiedenen Geschäften. Ro hoffte, dass sie die nach Flieder duftende Lotion gefunden hatte, die zu kaufen er sie gebeten hatte. Es war seltsam, wie sehr ihn der Geruch von Chloe faszinierte, aber er bekam ihn nicht aus dem Kopf.

Er zwang sich, an etwas anderes zu denken als an Chloe, die nackt war und sich umzog oder ihren Körper mit Lotion einschmierte, und Ro drehte sich um und ging zur Couch. Er hob die Decke hoch, die Chloe benutzt hatte, und faltete sie zusammen. Der schwache Duft von Flieder ließ ihn darauf brennen, sie wiederzusehen.

Er hasste es, wie besessen er von ihr wurde, und fragte barsch: »Hat in letzter Zeit jemand von euch mit Rex gesprochen?«

Er wusste, dass Gray ihn gern noch weiter aufziehen wollte, doch er ließ das Thema der neuen Frau in seinem Haus fallen und sagte stattdessen: »Ja. Meat.«

»Ist er immer noch wütend?«

»Ja. Aber Meat hat ihn beruhigt, sodass er uns bis morgen Zeit gegeben hat, uns mit einem Plan bei ihm zu melden.«

»Mit einem Plan«, entgegnete Ro gedankenverloren. »*Haben* wir denn einen Plan?«

Gray verzog das Gesicht. »Ich hatte gehofft, du hättest eine Idee, was wir als Nächstes tun sollten.«

»Ich habe heute Nachmittag drei Stunden lang über diese Situation nachgedacht ...«

»Draußen in der Werkstatt?«, fragte Gray.

Ro nickte. »Du weißt, dass ich am besten nachdenken kann, wenn ich an einem Motor arbeite. Wie gesagt, ich habe den ganzen Nachmittag darüber nachgedacht und wir übersehen etwas. Etwas Großes. Es muss einen Grund geben, warum Leon seine Schwester so sehr hasst, wie es der Fall ist. Es ist einfach nicht natürlich. Die meisten Männer tun alles, um ihre Schwester zu beschützen. Natürlich kommen nicht alle Geschwister miteinander aus, aber warum hasst Leon Chloe so sehr?«

»Hmmm«, erwiderte Gray. »Wir werden uns morgen etwas einfallen lassen müssen, damit Chloe uns alle Informationen gibt, die sie hat.«

»Es gefällt mir nicht, dass ich ihr das zumuten muss«, erklärte Ro. »Für sie ist es wirklich schlimm, die Zeit, die sie mit diesem Arschloch verbracht hat, noch einmal durchleben zu müssen.«

»Ich weiß, aber wenn wir es jetzt nicht regeln, wird sie für immer angreifbar bleiben«, erwiderte Gray. »Ganz zu schweigen davon, dass sie in der Sekunde, in der sie das Haus verlässt, erkannt wird, und jeder, der mit ihr zusammen ist, aufs Polizeirevier geschleppt wird und Fragen beantworten muss. Harris hat jeden davon überzeugt, dass seine Schwester entführt wurde. Damit müssen wir uns auch befassen. Das ist im Moment Rex' Hauptsorge.«

Ro fuhr sich aufgebracht mit der Hand durchs Haar. Seine Hose und sein T-Shirt waren noch immer nass, doch er wollte die Frauen oben in seinem Zimmer nicht stören, indem er sich frische Klamotten holte. »Ich weiß. Sie kann nicht nach Hause zurückkehren, aber irgendwie müssen wir der Welt zeigen, dass es ihr gut geht und sie nicht in Gefahr schwebt.«

»Du siehst so aus, als könntest du einen Drink vertragen«, erklärte Gray ihm.

»Eher eine ganze Flasche«, erwiderte Ro.

Gray klopfte ihm auf die Schulter und ging dann in Richtung Küche.

Chloe starrte auf all die Klamotten auf dem Bett. Allye war mit Dutzenden von Tüten aufgetaucht und hatte ihr gesagt, dass sie ihr »ein paar Sachen« besorgt hatte.

»Ein paar Sachen?«, fragte Chloe ungläubig.

Allye lachte. »Ro sagte, dass Geld keine Rolle spielt, und er wollte, dass du genügend Sachen hast, damit du eine Auswahl hast und nicht jeden Abend Wäsche waschen musst. Ich musste bei deiner Größe raten, aber ich habe ein paar Sachen mit Gummizug besorgt, nur für den Fall, dass ich mit meinen Schätzungen falschlag.« Und damit legte die andere Frau die Tüten ab und zeigte ihr, was sie gekauft hatte.

Allye verzog die Lippen zu einem kleinen Lächeln, als ihr die Bedeutung der Worte klar wurde. Die Tatsache, dass Ro keine Ausgaben scheute, damit sie sich wohlfühlte, sorgte dafür, dass Chloe sich gut fühlte. Richtig gut.

Allye erwiderte ihr Lächeln und sagte: »Ro muss dich nicht hier wohnen lassen, Chloe.«

»Was meinst du damit?«

»Rex hat eine Menge Kontakte. Und ich meine eine *Menge*. Das ist die Aufgabe der Mountain Mercenaries. Sie helfen Frauen, sich aus prekären Situationen zu befreien. Ro hätte Rex bitten können, dich mit einer seiner Untergrundressourcen zu versorgen. Du weißt schon, ein sicheres Haus. Dort wärst du genauso sicher wie hier. Aber aus irgendeinem Grund hat Ro sich geweigert, das auch nur in Betracht zu ziehen. Ich weiß genau, dass Gray es ihm vorgeschlagen hat. Aber du bist immer noch hier. Er hat mir sein eigenes Geld gegeben, um dir Sachen zum Anziehen zu besorgen. Und er hat darauf bestanden, dass ich das hier für dich finde.« Allye zog eine Flasche aus einer kleinen Tasche, die sie in der Hand hielt.

Chloe erkannte die Marke der Lotion, die sie immer benutzte.

»Ich werde es nur einmal sagen und dann nie wieder erwähnen ... aber ich finde, dass ich es tun muss.«

Chloe erstarrte.

»Tu ihm nicht weh«, sagte Allye. »Diese Typen ... sie sind wirklich harte Kerle. Berufssoldaten. Sie können unvorstellbare Dinge tun. Sie begeben sich in Situationen, in die sich keiner sonst trauen würde. Sie gehen Risiken ein und sie tun alles, um Frauen zu retten. Die anderen Jungs kenne ich noch nicht *so* gut, aber ich kenne Gray und ich habe das Gefühl, dass sie tief in sich drin jeder auf die eine oder andere Art verletzt wurden. Sie haben sich alle dazu verschrieben, Frauen und Kinder vor den Gefahren der Welt zu beschützen, und es gibt sicher einen tieferen Grund, als nur das Richtige zu tun. Und wenn Ro wie Gray ist, wird er sich *richtig* auf dich einlassen, wenn er sich einmal entschließt, sich überhaupt auf dich einzulassen. Er wird Himmel und Hölle in Bewegung setzen, um dafür zu sorgen, dass du zufrieden und in Sicherheit bist. Zumindest ist Gray bei mir so. Ich bin mir völlig sicher, dass Gray mich niemals betrügen wird, und er gibt sich wirklich Mühe, mich zufriedenzustellen ... in *jeder* erdenklichen Hinsicht, wenn du weißt, was ich meine.«

Chloe starrte Allye mit großen Augen an, als diese weitersprach.

»Ro scheint mir die gleiche Art von Mann zu sein. Ich lerne die Jungs im Team gerade erst kennen, aber ich habe das Gefühl, dass sie sich nicht so nahestehen würden, wenn sie nicht die gleichen Werte und Überzeugungen hätten. Ro verhält sich oft wie der unnahbare Brite, aber er hat so tiefgehende Gefühle wie jeder andere. Er mag dich, Chloe. Ich war überrascht, als er dich hier tatsächlich allein gelassen hat. Er dachte, du würdest abhauen. Verdammt, *ich* dachte, du würdest abhauen. Aber das bist du nicht. Und das bedeutet Ro sehr viel.

Ich will damit nur sagen, wenn du seine Hilfe in Anspruch nimmst, nur um von deinem Bruder wegzukommen, mache ich dir keinen Vorwurf daraus ... aber du solltest ihm nichts vormachen. Frag ihn, ob du ins Zeugenschutzprogramm aufgenommen werden könntest. Oder in das geheime Schutzprogramm, das die Mountain Mercenaries eingerichtet haben. Bleib nicht hier und lass ihn glauben, dass da etwas zwischen euch ist, wenn es nicht der Fall ist.«

Es war eine ziemlich lange Rede von der anderen Frau und Chloe spürte wieder die Schmetterlinge in ihrem Bauch. Sie hatte nicht viel darüber nachgedacht, wie es Ro ging, weil sie selbst so unsicher war und das Gefühl hatte, keine Kontrolle über ihr Leben zu haben. Aber die Vorstellung, dass Ro sie aus einem persönlichen Grund in ihrer Nähe behielt, war verlockend. Mehr als verlockend. Sie dachte daran, wie er ihr das Haar gewaschen hatte, wie sich seine Hände auf ihrer Kopfhaut angefühlt hatten. Ein Mann, der einfach nur eine weitere Frau aus einer Notlage rettete, würde so etwas nicht tun, oder?

Allye räusperte sich und Chloe merkte, dass sie darauf wartete, dass sie etwas sagte.

»Ich werde ihm nichts vormachen«, erklärte Chloe schnell. Sie hatte eigentlich vermutet, dass sie lange keinen Freund mehr würde haben wollen, nachdem sie so lange nach der Pfeife ihres Bruders tanzen musste, doch Ro war völlig anders als Leon. Er war herrisch und neigte dazu, Dinge zu tun, ohne sie zu fragen, aber Chloe wusste irgendwie, dass Ro ihr zuhören und flexibel sein würde, wenn sie Einwände hatte oder sich sträubte.

»Cool«, sagte Allye und atmete erleichtert auf. »Sollen wir uns jetzt der Aufgabe widmen herauszufinden, was dir von all diesen Sachen gefällt und was du behalten möchtest?«

Chloe lächelte die andere Frau vorsichtig an. »Ja. Danke.«

»Gern geschehen. Ich habe das Gefühl, dass wir gute Freundinnen sein werden«, bemerkte Allye, drückte Chloe die Flasche mit der Bodylotion in die Hand und wandte sich wieder dem Bett zu.

Chloe sah dabei zu, wie sie anfing, die Kleider zu durchwühlen und sie irgendwie zu ordnen, und hielt sich dabei an der kleinen Plastikflasche fest. Allye konnte nicht wissen, wie viel Chloe ihre Worte bedeuteten. Es war lange her, dass sie eine Freundin gehabt hatte. Eine echte Freundin.

»Was dauert denn da so lange?«, sagte Ro grummelnd zu Gray. Es war bereits etwa eine Dreiviertelstunde her, dass Allye im oberen Stockwerk verschwunden war. »Wie lange kann es schon dauern, ein paar Klamotten durchzusehen?«

Gray lachte leise. »Oh, du hast ja keine Ahnung, mein Freund«, erwiderte er. »Glaub mir, wenn ich dir sage: Du solltest dich schon mal daran gewöhnen. Falls ihr irgendwo einen Termin habt, solltest du Chloe auf jeden Fall sagen, dass er dreißig Minuten früher beginnt, als es tatsächlich der Fall ist, damit ihr nicht zu spät kommt.«

»Im Ernst?«, fragte Ro.

»Ja, im Ernst.«

»Aber du und Allye, ihr kommt nie zu spät.«

Gray grinste. »Eben.«

Ro schüttelte den Kopf. Erst dann wurde ihm klar, was Gray da andeutete. Und er sagte genau das Gleiche, was Chloe zuvor schon gesagt hatte. »Sie kann nicht für immer hierbleiben.«

»Warum nicht?«, entgegnete Gray.

»Darum«, erwiderte Ro.

»Das ist keine Antwort«, stellte Gray fest. »Schau, ich verstehe dich ja. Du bist verwirrt und es ist schwer, deine Gefühle zu ordnen. Ich habe das schon durchgemacht, Mann. Ernsthaft, mir ging es genauso mit Allye. Ich ließ sie bei mir wohnen und redete mir ein, es sei zu ihrem eigenen Schutz. Und obwohl das so war, steckte so viel mehr dahinter. Der Gedanke, dass sie gehen könnte, war mir unerträglich. Ich wollte derjenige sein, der dafür sorgt, dass dieses Arschloch sie nicht in die Finger bekommt. Aber du musst herausfinden, was du willst, bevor es zu spät ist. Ich habe es versaut und hätte Allye dadurch fast verloren. Lerne aus meinen Fehlern, Ro.«

»Aber ... ich ... es ist doch erst ein Tag. Wir sind nicht ...

verdammt«, fluchte Ro, frustriert von der Tatsache, dass es ihm nicht gelang, seine Gefühle in Worte zu packen.

Gray legte seinem Freund eine Hand auf die Schulter. »Ein Tag. Eine Woche. Zehn verdammte Jahre. Wenn du es weißt, weißt du es. Ich behaupte ja nicht, dass du ihr jetzt und hier einen Heiratsantrag machen musst. Aber du solltest dir eingestehen, dass du Gefühle für sie hast. Unsere Art zu leben, all die Dinge, die wir tun, dafür verdienen wir eine Belohnung. Und genau so sehe ich Allye. Sie ist meine Belohnung. Als wir uns zum ersten Mal gesehen haben, war da sofort ein Funke. Und je besser ich sie kennengelernt habe, desto mehr mochte ich sie. Es gefiel mir nicht, sie alleine in San Francisco zurückzulassen, und als ich meine zweite Chance bekommen habe, habe ich sie ergriffen. Es ist mir egal, was die Gesellschaft für einen angemessenen Zeitraum hält, um zusammenzukommen und sich zu verlieben. Wenn die Liebe da ist, ist sie da. Und nur damit du es weißt ... sie ist da, mein Freund. Oder etwa nicht?«

Ro dachte einen Moment lang über Grays Worte nach. Er hatte recht. Er hatte im Laufe der Jahre nie solche Gefühle für eine andere Frau gehabt, auch nicht für die, die er gerettet hatte. Das hier war etwas Besonderes und er wollte herausfinden, wohin es führen könnte. Vielleicht nirgendwohin, aber er musste es selbst herausfinden.

»Du hast nicht unrecht«, erklärte er Gray.

Gray nickte. »Natürlich habe ich das nicht.«

Sie wandten beide den Kopf, als sie Schritte auf der Treppe hörten. Ro blickte erwartungsvoll hoch, als zuerst Allye und hinter ihr endlich Chloe erschien.

Er war wie von ihr hypnotisiert. Es war völlig lächerlich, wie aufgeregt er war, sie zu sehen, wenn er erst vor Kurzem mit ihr zusammen gewesen war, aber von dem Moment an, in dem sie die Treppe hinauf verschwunden war, hatte er sich darauf gefreut, sie wiederzusehen.

Ro hatte es gefallen, sie in seiner Jogginghose und seinem T-Shirt zu sehen; irgendetwas daran, dass sie Dinge trug, die er selbst am Körper getragen hatte, hatte ihn angetörnt. Aber sie in Kleidung zu sehen, die ihr passte, war noch besser. Sie hatte marineblaue Leggings an, die sich an jede Kurve ihrer Beine schmiegten. Ihre Waden sahen einfach winzig aus, aber ihre Oberschenkel waren prall und kurvig. Der Gedanke, diese Beine um seine Hüften zu haben, während er dazwischenlag und in sie stieß, war fast mehr, als er ertragen konnte.

Er zwang sich, den Rest von ihr zu betrachten, und atmete bei dem Oberteil, das sie trug, heftig ein. Es bedeckte viel mehr als das Korsett, das sie im Klub getragen hatte, aber genau das machte es so viel sexyer. Das weiße Hemd war durchsichtig und darunter trug sie eine Art Mieder. Er konnte die Spitze durch das Hemd sehen. Sie war gut bestückt, und als sie sein T-Shirt getragen hatte, hatte es die Rundungen ihrer Brüste ein wenig verdeckt, aber das Mieder war figurbetont und stellte ihre Vorzüge auf eine Weise zur Schau, die sexy und zugleich unschuldig war. Allye ging direkt zu Gray und er legte ihr einen Arm um die Schultern. Chloe stand am Fuß der Treppe und rang nervös die Hände.

Um sie zu beruhigen, stellte Ro sich vor sie. »Du siehst toll aus«, sagte er leise.

Chloe senkte den Blick zum Boden. Dann sah er, wie sie tief durchatmete und dann den Blick wieder hob und ihn ansah. »Danke. Allye wollte mir nicht sagen, wie viel alles gekostet hat, damit ich dir das Geld zurückgeben kann.«

Ro schüttelte den Kopf. »Du schuldest mir gar nichts«, sagte er unbeschwert.

»Aber ...«

»Kein Aber«, fiel er ihr ins Wort. Und dann, weil er einfach nicht dagegen ankämpfen konnte, nahm er eine ihrer Hände und hob sie sich an die Lippen. Ganz vorsichtig gab er ihr einen Kuss auf den Handrücken, drehte ihre Hand dann um und roch an ihrem Handgelenk. Lächelnd sah er ihr dann wieder in die Augen. »Wie ich sehe, hast du die Lotion bekommen«, erklärte er zufrieden.

Chloe nickte. »Vielen Dank.«

»Gern geschehen.«

»Und ... wie sieht der Plan für morgen aus?«, fragte Gray.

Widerwillig zwang Ro sich, Chloes Handgelenk loszulassen. Er wollte sie in die Arme nehmen und seine Nase zwischen ihre Schulter und ihren Hals stecken, aber er hielt sich zurück.

»Das kommt auf Chloe an«, sagte er.

»Auf mich?«, fragte sie.

Ro nickte. »Es scheint mir, als hättest du viel zu viele Leute gehabt, die Entscheidungen für dich getroffen haben, und nicht genügend Gelegenheiten, deine eigenen zu treffen, zumindest öffentlich. Ich habe dir gesagt, dass wir uns unterhalten müssen. Dass wir alles über deinen Bruder erfahren müssen und was du über seine Geschäfte weißt und was seine Beweggründe sein könnten, aber im Gegenzug solltest du auch über alles informiert werden, was wir wissen. Zusammen gelingt es uns vielleicht, einen Zusammenhang zu erkennen.«

»Okay. Und?«, fragte Chloe.

»Ich dachte, ich gebe dir noch ein bisschen mehr Zeit.«

»Zeit wofür?«

»Mir zu vertrauen. Insofern, dass ich dich nicht einfach nur ausnutze, um an Informationen zu gelangen, was dann dazu führt, dass deine Situation hinterher noch schlimmer ist.«

Chloe biss sich auf die Lippe und Ro hatte das Gefühl, dass sie irgendwann genau dasselbe gedacht hatte. Er war zwar enttäuscht, versuchte aber, darüber hinwegzukommen. »Aber wenn Harris zur Polizei und den Medien geht und behauptet, dass du entführt wurdest, sind unsere Möglichkeiten begrenzt, und wir müssen so schnell wie möglich etwas unternehmen.«

»Es macht mir nichts aus, mich mit deinem Team zu treffen«, erklärte Chloe leise. »Solange du auch dabei bist«, fügte sie hastig hinzu.

Ro konnte nicht umhin, erneut nach ihrer Hand zu greifen. »Warum sollte ich nicht da sein?«

Sie zuckte mit den Achseln. »Ich weiß auch nicht. Ich meine ... es verunsichert mich einfach, dass ich die Männer treffen muss, die mich gestern geraubt haben.«

»Du meinst wohl entführt«, entgegnete Allye mit einer Spur Belustigung in der Stimme.

»Halt die Klappe, Allye«, schalt Gray sie.

»Warum? Ich kann genauso gut sagen, wie es wirklich ist«, erwiderte sie.

Chloes Mundwinkel verzogen sich zu einem Lächeln.

Ro seufzte. »Ihr werdet wohl niemals aufhören, mich damit aufzuziehen, was?«

»Dass du Chloe entführen musstest, um sie von ihrem Bruder wegzuholen? Nein«, bestätigte Allye. »Ich meine, normalerweise seid ihr diejenigen, die die Frauen *retten*, wenn sie entführt wurden. Dass du so weit gegangen bist, selbst ein Mädchen zu entführen, ist irgendwie zum Totlachen.«

Gray sah Chloe ernst an. »Black, Ball und Meat würden dir nie etwas tun.«

Sie nickte, doch Ro konnte immer noch die Unsicherheit in ihren Augen erkennen.

»Sie erinnern mich an ein paar von den Leibwächtern meines Bruders«, erklärte Chloe. »Einmal – bevor mir klar wurde, dass ich nicht mehr tun und lassen konnte, was ich wollte – war ich mit ein paar Freundinnen beim Mittagessen. Ich war noch keine zwanzig Minuten im Restaurant, bevor zwei von ihnen hereinstürmten und mich nach draußen zerrten. Es war peinlich und demütigend. Sie haben mir nie wehgetan, wenn andere dabei waren, doch kaum waren wir im Wagen, packte derjenige, der nicht fuhr, meinen Arm so fest, dass ich eine Woche lang einen blauen Fleck in der Form seiner Hand auf dem Arm hatte. Als ich mich bei Leon darüber beschwerte, machte er Ausflüchte und sagte, dass der Typ sich seiner eigenen Stärke wahrscheinlich gar nicht bewusst gewesen war, und wäre ich nicht so ein Schwächling und hätte ihm mitgeteilt, wo ich hinginge, wäre das alles sowieso nicht passiert.«

»Jetzt pass mal auf«, erklärte Ro mit Nachdruck, »meine Freunde und ich sind *nicht* wie sie. Wir würden uns lieber selbst in den Hintern treten, als dir wehzutun. Und die Tatsache, dass dein Bruder auch noch versucht hat, dir selbst die Schuld dafür zu geben, ist wirklich Blödsinn. *Nichts* von alledem, was passiert ist, ist deine Schuld.« Er sprach mit sanfterer Stimme weiter. »Wenn du dich dabei unwohl fühlst, dich mit dem Team zu treffen, kannst du einfach hierbleiben und wir überlegen uns etwas anderes.«

»Vielleicht könnte sie einfach mit euch telefonieren oder skypen«, schlug Allye vor. »Ich könnte mit ihr hierbleiben, während ihr euch trefft.«

»Oder wir könnten alle herkommen«, bemerkte Gray. »Anstatt uns im *The Pit* zu treffen.«

»Ich möchte sie nur ungern alleine lassen«, entgegnete

Ro, ohne dabei den Blickkontakt zu Chloe abzubrechen. »Und das liegt nicht daran, dass ich dir nicht vertraue«, erklärte er ihr. »Nun, da Harris sich an die Öffentlichkeit gewandt hat, was dein Verschwinden betrifft, will ich es nicht riskieren, dass er vielleicht schon herausgefunden hat, wer ich bin. Oder wo ich wohne.«

»Bringt meine Anwesenheit hier dich in Gefahr?«, wollte Chloe plötzlich wissen.

»Nein. Und auch nichts von dem, was in Zukunft passiert, ist deine Schuld«, erklärte Ro ihr noch einmal mit Nachdruck. »Nichts davon, verstanden?«

Als sie das nicht bestätigte, seufzte Ro. Er wandte sich an Gray. »Ich melde mich später bei dir und sage Bescheid, wozu wir uns entschlossen haben.«

Gray nickte. »Komm, Allye, gehen wir.«

Allye nickte, trat aber noch einmal zu Ro und Chloe hinüber. Ohne Vorwarnung legte sie die Arme um Chloe und drückte sie fest.

Ro sah, wie Chloe zusammenzuckte, doch dann entspannte sie sich und erwiderte die Umarmung. Allye ließ sie los und betrachtete Ro. »Pass gut auf sie auf«, befahl sie ihm. »Und sie hat jetzt ziemlich viel zu waschen. Niemand möchte Unterwäsche direkt aus dem Laden tragen.«

Ro wandte sich zu Chloe um und starrte sie an. Bedeutete das etwa, dass sie unter ihrer Kleidung keine Unterwäsche trug? Ohne nachzudenken, ließ er den Blick zu ihrer Brust wandern und nun, da er wusste, dass sie unter ihrem Oberteil keinen BH trug, hätte er schwören können, dass er ihre Brustwarzen sehen konnte. Und genauso schnell konnte er sich vorstellen, wie er vor ihr auf die Knie ging, ihr die Leggings herunterzog und sein Gesicht zwischen ihren Beinen vergrub.

Er schluckte schwer, wandte sich von der Versuchung,

die Chloe darstellte, ab und nickte Allye zu. »Kein Problem.«

»Ro, lass uns das später besprechen. Und Chloe, du hast vom Rest unseres Teams nichts zu befürchten. Wir werden alles in unserer Macht Stehende tun, um dich zu beschützen. Das ist so sicher wie das Amen in der Kirche«, erklärte Gray, bevor er sich umdrehte und mit Allye das Haus verließ.

Und bevor er blinzeln konnte, war Ro allein mit Chloe. Der Gedanke, dass sie nackt unter ihrer Kleidung war, ging ihm nicht aus dem Kopf. Es war albern, wirklich. Er hatte ihr am Abend zuvor das Korsett ausgezogen, also wusste er, dass sie unter seinem T-Shirt nichts angehabt hatte, aber er hatte den winzigen Tanga an Ort und Stelle gelassen, als er sie ausgezogen hatte.

Es war nicht so, dass dieses kleine Stück Baumwolle viel dazu beitrug, sie vor seinen Blicken zu schützen, aber irgendwie ließ ihn das Wissen, dass sie unter ihrer neuen Kleidung nackt war, um Selbstbeherrschung ringen.

Sie standen da und starrten unbeholfen auf irgendetwas anderes als aufeinander, bevor Ro leise lachte und das Schweigen brach. »Komm schon, ich zeige dir, wo die Waschmaschine und der Trockner stehen, und dann kannst du anfangen.«

»Danke«, sagte sie leise.

Eine halbe Stunde später hatte Ro sich dazu gezwungen, an etwas anderes als Unterwäsche, Hemdchen und Brüste zu denken. Chloe und er saßen im Wohnzimmer.

»Möchtest du etwas spielen?«, fragte er, nachdem sie ihm bereits mitgeteilt hatte, dass sie keine Lust hatte fernzusehen.

»Was denn für ein Spiel?«, fragte sie misstrauisch.

»*Tod und Leben.*«

»Was?«

»*Tod und Leben*. Kennst du das Spiel nicht?«

Sie runzelte die Stirn, stimmte aber schließlich zu, es zu versuchen.

Ro stand von der Couch auf und schnappte sich ein Kartenspiel. Er kam wieder zu ihr zurück und zog den Couchtisch vom Sofa weg. Er setzte sich ihr gegenüber auf der anderen Seite des Tisches auf den Boden und mischte die Karten.

Grinsend rutschte sie auf den Boden und setzte sich im Schneidersitz mit dem Rücken gegen die Couch, wobei sie den Tisch zwischen sich hatten.

»Die Regeln sind einfach. Die höhere Karte gewinnt. Sind beide Karten gleich hoch, legen wir drei Karten mit dem Bild nach unten und eine mit dem Bild nach oben. Und auch hier gilt wieder: die höchste Karte gewinnt.«

»Zählen Asse als eins oder als elf?«, fragte sie ihn.

Ro lächelte sie an. »Als elf.« Es ging nicht so sehr darum, dass er ein Spiel spielen wollte, aber er wollte sie von alledem ablenken, was ihr in letzter Zeit widerfahren war. Nachdem sie sich entspannt hatte, würde er ihr auf den Zahn fühlen und sehen, was sie wirklich über das Treffen mit dem Team dachte. Er hatte nicht vor, sie allein zu Hause zu lassen – nicht weil er befürchtete, sie würde weglaufen, sondern weil er diesem verdammten Wichser Harris nicht traute. Ro würde es sich nie verzeihen, wenn ihr Bruder herausfand, wo sie sich versteckte, und sie ins *BJ's* zurückschleppte oder, schlimmer noch, sich ihrer komplett entledigte.

Er teilte geduldig die Karten aus und legte die erste Karte ab, um das Spiel in Gang zu bringen.

Ihre Acht schlug seine Zwei. Und damit hatte das Spiel begonnen.

KAPITEL ZEHN

Chloe hätte nie gedacht, dass sie einmal mit jemandem wie Ro auf dem Boden sitzen und *Tod und Leben* spielen würde. Er war nicht die Art von Mann, die sie für geduldig genug gehalten hätte, stundenlang auf dem Boden zu sitzen und das eintönige und etwas langweilige Spiel zu spielen. Aber irgendwie war es nicht langweilig, mit Ro zu spielen.

Sie hatte in dieser kurzen Zeit mehr gelacht als während der letzten drei Jahre. Ro war ein schlechter Verlierer, und als er nur noch sieben Karten hatte, hatte er erst diese und dann sie missmutig angeschaut und geschmollt. Aber dann hatten sie ein Unentschieden gelegt und er hatte ein Ass von ihr zurückgewonnen, und somit hatte er schnell die meisten der Karten zurückgewonnen, die er gerade verloren hatte.

In der Vergangenheit wäre sie mehr als nur ein wenig misstrauisch gewesen, wenn jemand sie so böse angeschaut hätte, wie Ro es getan hatte, aber stattdessen hatte sie ihn verspottet und gehänselt, weil er ein schlechter Verlierer war. Und bemerkenswerterweise hatte er ihre Hänseleien klaglos hingenommen und dann gejubelt, als er wieder zu gewinnen begann.

Chloe wusste, was er vorhatte, und es machte ihr nichts aus. Sie wusste, dass er versuchte, sie dazu zu bringen, sich zu entspannen, sie dazu zu bringen, nicht mehr so sehr an ihren Bruder zu denken und an das, was passiert war. Sie wusste seine Bemühungen sogar zu schätzen. Sie war wahrlich am Ende ihrer Kräfte angelangt. Heute Morgen war sie aufgewacht und war sich sicher gewesen, dass sie in einer weiteren schrecklichen Situation gelandet war, und als die Sonne unterging, war sie völlig entspannt.

Manche würden sagen, sie wäre nicht besonders klug gewesen, aber Chloe wusste es besser. Ro war nicht wie ihr Bruder oder seine Freunde. Sie war lange genug bei ihm gewesen, um den Unterschied zu erkennen. Sie war vielleicht am Morgen etwas ausgeflippt, aber sie hatte das Gefühl, dass sie einen guten Grund dafür gehabt hatte. Sie allein zu lassen und ihr die Mittel zu geben, um abzuhauen, wenn sie es wollte, hatte genau das bewirkt, was Ro sich erhofft hatte. Es hatte sie dazu gebracht, ihm zu vertrauen.

Chloe lachte, als er ein weiteres Stechen verlor und sie eines der beiden Asse zurückgewann, die er in seinem Stapel hatte.

»Verdammt noch mal«, fluchte er leise, während sie grinsend die Karten einsammelte.

Sie hörte den Trockner im Hintergrund summen und errötete erneut. Sie musste wirklich aufhören, sich für das Wäschewaschen zu schämen, aber es war offensichtlich, dass Ro nicht darüber nachgedacht hatte, dass sie nichts unter ihren neuen Kleidern trug, bis Allye erwähnt hatte, dass sie die Waschmaschine und den Trockner benutzen würde. Sie hatte gesehen, wie sein Blick auf ihre Brust und ihre Hüften gefallen war, bevor er weggesehen hatte.

Anstatt sich zu schämen oder sich zu erschrecken, weil er sie ansah, hatte es sie erregt. Das schockierte Chloe zutiefst. Wie war es möglich, dass sie nach dem Empfinden, sich völlig von ihrem Körper abgekapselt zu fühlen und keinen Mann in ihrer Nähe haben zu wollen, jetzt den Wunsch hegte, von Ro berührt zu werden? Überall?

Chloe stand auf und sagte: »Ich kümmere mich mal um die Wäsche.« Sie nickte in Richtung Waschküche.

»Willst du wirklich deine Karten mitnehmen?«, fragte Ro.

Sie sah ihn gespielt böse an. »Äh, allerdings. Als ich das letzte Mal aufgestanden bin, hast du mir ein Ass aus meinem Kartenstapel gestohlen«, schalt sie ihn.

»So was würde ich doch niemals tun«, erklärte Ro mit großen, unschuldigen Augen.

Chloes Mundwinkel zuckten. Er war wirklich kein besonders guter Lügner. Zumindest *gab er vor*, kein besonders guter Lügner zu sein. »Na klar«, entgegnete sie und ging zum Trockner.

»Möchtest du etwas essen?«, rief Ro ihr nach.

Chloe drehte sich um. Es war schon ziemlich spät. Sie hatten aufgehört zu spielen und zum Abendessen ein paar Sandwiches gegessen, doch jetzt hatte sie schon wieder Hunger. Draußen war es dunkel und sie war noch vom Stripklub daran gewöhnt, bis weit nach Mitternacht wach zu bleiben. Sie wollte noch nicht zu Bett gehen; außerdem war sie schon wieder dabei, das Spiel zu gewinnen. »Hast du irgendwelches Junkfood?«, fragte sie etwas verlegen. Ja, ihr war durchaus klar, dass sie nicht zu viele Snacks essen sollte, aber sie hatte sich schon so lange nichts mehr gegönnt.

»Ich bin mir sicher, dass sich da etwas finden lässt«, erklärte Ro trocken. »Geh und kümmere dich um deine

Klamotten. Aber lass dir nicht zu viel Zeit. Diesmal werde ich gewinnen, das spüre ich.«

Chloe konnte nicht anders, als zu lachen, und sie vermutete, dass er es genau darauf angelegt hatte.

Als sie die warme, trockene Unterwäsche und andere verschiedene Kleidungsstücke, die Allye für sie gekauft hatte, zusammenlegte, stachen ihr plötzlich Tränen in die Augen. Als sie vor der Maschine stand und ein schwarzes Spitzenhöschen in der Hand hielt, versuchte Chloe, sich zu erinnern, wann sie sich das letzte Mal so normal gefühlt hatte. Und es gelang ihr nicht.

In Leons Haus war es ihr nicht erlaubt gewesen, ihre eigene Wäsche zu waschen. Dafür hatten sie Personal. Sie durfte nicht essen, was sie wollte. Niemand hatte sie gefragt, ob sie hungrig war – es wurde einfach gekocht, was Leon oder Abbie vorschrieben, und es wurde nach einem festen Zeitplan zubereitet. Die Kleidung, die sie tragen sollte, wurde jeden Morgen von Abbie ausgesucht. Sie hatte ihr Bestes getan, um sich zu widersetzen, aber sie musste vorsichtig sein. Alles andere hätte eine weitere Tracht Prügel bedeutet. Sie hatte zwar versucht, sich von ihrem Bruder nicht einschüchtern zu lassen, aber sie hatte trotzdem die meiste Zeit getan, was er wollte, um den Anschein zu wahren, dass er sie vollständig unter Kontrolle hatte.

Es fühlte sich so gut an, sich nicht mehr verstecken zu müssen. In der Lage zu sein, zu tun, was sie wollte, wann sie wollte. Zu essen, was sie wollte. Ihre eigene Wäsche zu waschen. Sie wusste, dass die meisten Leute ihre Freude über solch einfache Vergnügen nicht verstehen würden, aber sie hatte so lange eine Rolle gespielt, dass es sich wunderbar anfühlte, ihre Deckung aufgeben zu können und einfach sie selbst zu sein.

Mit einem Blick auf die Uhr, die Allye ihr besorgt hatte,

stellte Chloe fest, dass sie und Ro seit fünf Stunden das gleiche Spiel spielten. *Fünf* Stunden. Und sie war noch nie so glücklich gewesen.

»Alles in Ordnung?«

Ros tiefe Stimme überraschte sie, sodass Chloe das Höschen fallen ließ, dass sie in der Hand gehabt hatte, und sich sofort mit dem Rücken zur Wand zur Seite warf, bereit, sich zu verteidigen.

»Mist«, fluchte Ro und trat einen Schritt von ihr weg, wobei er die Hände hob, um ihr zu zeigen, dass er unbewaffnet war. »Es tut mir leid, Liebes. *Wieder mal.* Ich wollte dich nicht erschrecken.«

Chloe schüttelte den Kopf und legte eine Hand auf ihre Brust, direkt über ihr wild klopfendes Herz. »Nein, mir tut es leid. Ich sollte nicht so schreckhaft sein.«

»Blödsinn«, erwiderte er sofort. »Du hast jedes Recht dazu, schreckhaft zu sein. Ich hätte auf meinem Weg hierher mehr Lärm machen sollen. Ich werde daran arbeiten. Kann ich dir irgendwas helfen?«

Chloe ließ die Hand sinken und schüttelte den Kopf. »Ich bin fast fertig.«

Ro trat vor und hob das Höschen auf, das sie fallen gelassen hatte. Er starrte es lange an, bevor er es hochhielt, um es besser betrachten zu können. Sie sah, wie er schluckte und ihr dann in die Augen schaute.

Das glühende Verlangen, das aus seinem Blick sprach, hätte sie fast verschlungen. In dem Moment hätte sie sich nicht bewegen können, selbst wenn ihr Leben davon abhinge. Sie leckte sich über die Lippen und wusste nicht, was sie sagen sollte.

»Nur damit du es weißt, das Höschen hier ist um einiges sexyer als der Stringtanga, den du gestern Abend anhattest«, erklärte Ro ruhig. Er ließ den Blick von ihrem Gesicht zu ihrer Brust wandern und sie sah, wie seine Lippen sich sinnlich öffneten. »Genau wie das da«, sagte er und zeigte mit einem Kopfnicken in Richtung ihrer Brust. Dann räusperte er sich, faltete behutsam das Höschen, das er in der Hand gehalten hatte, und legte es auf den Trockner. »Lass dir ruhig Zeit. Ich warte im Wohnzimmer darauf, dich bei *Tod und Leben* vernichtend zu schlagen, wenn du fertig bist.« Dann drehte er sich um und verließ die kleine Waschküche.

Chloe stand lange stocksteif da. Dann schaute sie langsam nach unten und atmete ein, als sie sich selbst sah.

Sie war unsicher gewesen, ob sie das dünne weiße Oberteil mit dem Spitzenmieder darunter tragen sollte, aber Allye hatte ihr versichert, dass es vollkommen angemessen war und dass es mit den marineblauen Leggings süß aussah. Aber als Chloe sich jetzt ansah, wurde ihr klar, dass sie zwar vorher ganz sittsam gewesen sein mochte, aber durch Ros Anwesenheit war sie erregt worden und ihre Brustwarzen waren hart geworden.

Und sie taten ihr Bestes, um sowohl durch den Baumwollstoff des Mieders als auch durch die seidige Bluse zu stechen.

Sie verstand, was Ro meinte, laut und deutlich, und stimmte zu. Natürlich hatte sie schon nackte Männer gesehen, aber irgendwie machte sie der leidenschaftliche Blick in Ros Augen mehr an als nackte Haut. Und kurz bevor er sich umgedreht hatte, um die Waschküche zu verlassen, hatte sie die Erektion in seiner Hose gesehen.

Er fühlte sich zu ihr hingezogen. Zu ihrem *wahren* Ich. Und das fühlte sich unglaublich an.

Ros Erektion war eine Verlockung, die noch erregender war, als hätte er seine Hose heruntergelassen. Sie waren definitiv auf derselben Wellenlänge, was Erotik und Sex anging, das stand fest.

Die Frage war nur, wie es weitergehen sollte.

Er hatte ihr versprochen, dass sie ihr Kartenspiel dort fortsetzen würden, wo sie aufgehört hatten, sobald sie zurück ins Wohnzimmer ging, aber würden die Dinge zwischen ihnen unbehaglich werden? Würde er mehr von ihr erwarten, als sie bereit war, ihm zu geben?

Und plötzlich kamen ihre Nervosität und ihr Misstrauen mit voller Wucht zurück. Was tat sie da eigentlich? Sie war allein in Ros Haus und konnte nirgendwohin. Er konnte mit ihr machen, was er wollte, und sie würde ihn nicht aufhalten können. Er war größer und stärker.

Sie brauchte weitere zehn Minuten, in denen sie langsam den Rest ihrer Sachen zusammenlegte, um sich davon abzuhalten auszuflippen. Als sie die Waschküche mit einem Korb voller frisch gewaschener und gefalteter Wäsche verließ, war sie viel vorsichtiger als beim Betreten.

Sie stellte den Korb auf dem Boden neben der Treppe ab und betrat das Wohnzimmer – und erstarrte.

Ro saß wieder an dem Platz, an dem er während der letzten Stunden gesessen hatte. Auf dem Couchtisch standen Schüsseln mit Snacks: Brezeln, Schokobonbons, Popcorn, Tortilla-Chips, geschmolzener Käse, Salsa, Nüsse – und sogar ein paar Minisalamis, die noch verpackt waren.

Chloe trat behutsam vor.

»Was ist das hier alles?«, fragte sie und trat näher, als sie sah, was Ro alles auf dem Tisch, an dem sie Karten spielten, angerichtet hatte.

»Du hast doch gesagt, dass du Snacks willst«, erklärte Ro achselzuckend. »Also habe ich dir Snacks gebracht.«

Chloe setzte sich auf ihren Platz und starrte einfach nur auf die Schälchen. »Ro, das sind so viele Snacks, damit könnte man eine Armee versorgen«, protestierte sie. Doch beim Anblick all des Junkfoods lief ihr das Wasser im Mund zusammen. Es war schon so lange her, dass sie so etwas gegessen hatte. Und sie hatte Appetit darauf. Und wie.

»Ja, immerhin spielen wir *Tod und Leben*, und da brauchen wir ausreichend Verpflegung«, entgegnete er. »Ich glaube, du bist dran«, sagte er und nickte in Richtung der Karten, die sie fest in der Hand hielt.

Chloe entspannte sich. Sie versuchte, sich einzureden, dass sie den Blick in Ros Augen falsch gedeutet hatte, aber sie wusste, dass sie sich selbst belog. Die Chemie zwischen ihnen stimmte, aber er verhielt sich ihr gegenüber so zuvorkommend wie möglich, und das wusste sie zu schätzen.

Aber ein kleiner Teil von ihr fragte sich, wie er reagieren würde, wenn sie den ersten Schritt machte. Was würde er tun, wenn sie auf ihn zukäme und sich auf seinen Schoß sinken ließe, so wie in der vergangenen Nacht? Würde er sie wegstoßen, würde er den Blick auf ihr Gesicht richten, wie er es zuvor getan hatte, oder würde er ihre Hüften fest umklammern und sie auf seinem Schoß nach unten drücken?

Sie erinnerte sich an die Ausbeulung hinter seinem Reißverschluss, als er in der Waschküche gestanden und ihre erigierten Brustwarzen betrachtet hatte, und fragte sich, wie sie sich zwischen ihren Beinen anfühlen würde.

»Konzentriere dich mal, Chloe«, befahl Ro. »Du bist dran.«

Sie wäre beleidigt gewesen, hätte sie nicht in diesem Moment aufgeschaut und ihn dabei erwischt, wie er auf ihre Brüste starrte.

Chloe lächelte vor sich hin und beschloss in diesem Augenblick, sich einfach treiben zu lassen. Sie griff nach einer Handvoll Schokolade und drehte mit der anderen Hand eine Karte um. Das Spiel war wieder im Gange. Alles andere würde so passieren, wie es passierte.

Ro bemühte sich sehr, seine Gedanken aus der Gosse und auf das Spiel zu richten. Aber es war schwer. Und er hatte eine Erektion. Und zwar schon, seit er diesen überaus sexy Slip gesehen hatte, den Chloe fallen gelassen hatte, als er sie erschreckt hatte.

Dann hatte er sie angesehen und bemerkt, wie ihre Brustwarzen durch den Stoff ihres Mieders und ihres Oberteils guckten. Er hätte sie am liebsten gegen die Wand gedrückt, sie hochgehoben, sodass sein Kopf auf gleicher Höhe mit diesen Prachtstücken war, und sie in den Mund genommen. Um zu spüren, wie sie sich an ihn schmiegte, während er an ihren Brüsten saugte und leicht hineinbiss.

Selbst der Anblick, wie sie genüsslich die Snacks aß, die er ihr hingestellt hatte, machte ihn an.

Sie hatten noch weitere dreißig Minuten gespielt, als er vorsichtig das Thema des kommenden Tages ansprach. Er musste herausfinden, was zu tun war, und jetzt, wo sie wieder entspannt war, war es an der Zeit.

»Ich möchte, dass du morgen mitkommst«, sagte er, während er eine Karte auf den Tisch legte. »Das *The Pit* ist eine Billardkneipe, die meine Freunde und ich als Stützpunkt benutzen, könnte man sagen. Du bist dort in Sicherheit.«

Chloe legte eine ihrer Karten ab und lächelte, als sie mit einem Buben gegen seine Zehn gewann. »Okay«, sagte sie, als sie eine weitere Karte aufdeckte und nach einem Tortilla-Chip griff, den sie in den geschmolzenen Käse tunkte.

»Okay?«, fragte er, während er eine weitere Karte aufdeckte. Diesmal gewann er mit seiner Drei gegen ihre Zwei.

»Ja. Okay.«

»Chloe«, sagte er geduldig, »du musst das nicht tun.«

Daraufhin sah sie zu ihm hoch. »Doch, muss ich. Du willst nicht, dass ich alleine hierbleibe, für den Fall, dass Leon hier auftaucht. Ich will *auf keinen Fall*, dass er mich findet. Also gehe ich dorthin, wo du hingehst. Und wenn du dich mit den anderen aus deinem Team triffst, tue ich das eben auch. Außerdem muss ich ihnen all die Informationen über meinen Bruder geben, die ich habe.«

Ro schluckte schwer. Er war überrascht, wie viel ihr Vertrauen ihm bedeutete. »Wie Allye schon gesagt hat, können wir beiden hierbleiben und einen Videoanruf machen oder die anderen einfach alle herbitten.«

Sie starrte ihn an, ihre Augen voller Verständnis für die Situation. Sie war intelligent. Ausgesprochen intelligent, und selbst das machte Ro an. »Es wäre das Beste, wenn du und deine Freunde einfach das tut, was ihr immer tut. Und wenn das bedeutet, dass wir in diese Kneipe, oder wie auch immer du es nennen möchtest, gehen müssen, dann sollten wir das tun. Ich will auf keinen Fall, dass mein Bruder Verdacht schöpft.«

»Du bist wirklich großartig«, erklärte Ro leise.

Sie zuckte mit den Achseln. »Ich bin eben verzweifelt«, erwiderte sie genauso leise. »Und ich weiß nicht mehr weiter, Ro. Ich habe keine Ahnung, was mit dem Bruder geschehen ist, den ich früher kannte. Ich habe immer und immer wieder darüber nachgedacht, bis mir der Schädel brummte. Und ich kann mir einfach keinen Reim darauf machen, wie er zu dem schrecklichen Menschen geworden ist, der er jetzt ist. Warum hasst er mich so sehr? Und nachdem mein Vater gestorben war, ist alles nur noch schlimmer geworden. Ich will wissen warum, und ich will ihn ein für alle Mal vom Hals haben. Und ich würde alles dafür tun, das zu erreichen. Ich möchte mich mit deinen Freunden treffen. Ich möchte ihnen alles erzählen, was ich weiß, weil es ihnen, wie du schon sagtest, vielleicht helfen könnte, einen Zusammenhang mit *euren* Informationen herzustellen. Wenn ich jetzt nicht die Zähne zusammenbeiße und das durchziehe, werden die Dinge auf lange Sicht nur schlimmer.«

Ohne nachzudenken, kniete Ro sich aufrecht hin und lehnte sich über den Tisch. Chloe hatte gerade ein paar Chips in der einen und ihre Karten in der anderen Hand. Er legte ihr die Hand in den Nacken und zog sie zu sich. Sie machte es ihm nach und ging ebenfalls auf die Knie, wobei sie erstaunt keuchte, doch er konnte keine Spur von Angst in ihren Augen erkennen.

»Wir werden eine Lösung finden. Zusammen«, sagte er leise.

Sie nickte.

»Also kommst du morgen mit mir ins *The Pit*?«

Sie nickte erneut.

»Und du hast keine Angst vor Black, Ball und Meat?«

»Wirst du die ganze Zeit über da sein?«, fragte sie.

»Selbstverständlich.«

»Dann werde ich keine Angst vor deinen Freunden haben«, erklärte sie nüchtern.

»Verdammt noch mal«, erklärte Ro flüsternd, »es tut mir wirklich leid.«

»Was tut dir leid?«

»Das hier.«

Und dann küsste er sie. Und es war auch nicht nur ein kleiner Kuss auf die Lippen. Er verschlang ihren Mund wie ein Verhungernder ein Festmahl. Ro ließ seine Zunge über ihre Lippen streichen und knurrte zufrieden, als sie ihren Mund sofort öffnete. Als er spürte, wie ihre Zunge sich scheu nach vorn wagte, schob er sie zurück und übernahm die Kontrolle über den Kuss. Er verstärkte seinen Griff um ihren Nacken und hielt sie, so still er konnte, als er sich nahm, wovon er schon träumte, seit er sie zum ersten Mal in seiner Auffahrt gesehen hatte.

Und Chloe protestierte nicht. Sie zog sich nicht zurück, sondern öffnete ihren Mund stattdessen weiter und neigte den Kopf, damit er sich nehmen konnte, was er haben wollte.

Widerwillig ließ Ro schließlich von ihr ab und er hatte Angst vor dem, was sie sagen und was sie als Nächstes tun würde.

Vorsichtig beobachtete er sie und war erleichtert, als er sah, wie sie sich sinnlich mit der Zunge über die Lippen fuhr, ihn aber weder anfuhr noch sich aus seinem Griff befreite.

Er hielt sie noch einen Moment länger am Nacken fest, dann zwang er sich dazu, sie loszulassen und sich aufzurichten. Sie blieb nach vorn über den Wohnzimmertisch gelehnt sitzen, bevor sie sich ebenfalls wieder auf den Boden sinken ließ. Dann lächelte sie. »Okay«, sagte sie leise. Sie aß den Tortilla-Chip, den sie in der Hand gehalten hatte, und legte eine Karte auf den Tisch. »Du bist dran.«

Ro erwiderte ihr Lächeln, rückte seinen Schwanz in der Hose zurecht, damit er nicht gegen den Reißverschluss drückte, und drehte eine Karte von seinem Stapel um. Er war sich nicht sicher, wie es weitergehen würde, aber für den Moment war er zufrieden damit, bei ihr zu sitzen, Karten zu spielen und ihr dabei zuzusehen, wie sie aß, was ihr Herz begehrte. Es war immerhin ein Anfang.

KAPITEL ELF

Chloe war nervös, aber sie tat ihr Bestes, diese Tatsache vor Ro zu verbergen. Sie glaubte nicht, dass es ihr gelungen war, ihn an diesem Morgen zu täuschen, aber er war so freundlich, es nicht zu erwähnen.

Sie war nervös, aber nicht verängstigt.

Und der Unterschied war gewaltig. Während der letzten Jahre war sie wütend gewesen, aber oft auch verängstigt. Sie hatte Angst, in der Nähe von Leon und Abbie zu sein. Angst, wenn er einem seiner Leibwächter befahl, auf sie aufzupassen. Angst, dass ihr Bruder herausfinden könnte, dass sie Gelder abzweigte. Angst, dass er herausfinden könnte, dass sie ihre Flucht plante. Angst, dass die Mafia eines Tages auftauchen und sie verschleppen würde, um sie zu foltern. Sie hatte Angst, wenn sie im Klub arbeitete.

Aber Ro machte ihr keine Angst. Er machte sie lediglich nervös. Wahrscheinlich weil sie etwas für ihn empfand ... auf eine Weise, wie sie es schon lange nicht mehr getan hatte. Die vergangene Nacht hatte ihr die Augen geöffnet. Zu sehen, wie er sie anblickte, und das Verlangen in seinen Augen zu erkennen, hatten ihr das Gefühl gegeben, begehrenswert und weiblich zu sein. Nicht wie ein Objekt, das man haben oder kontrollieren kann, wie sie sich bei den Männern gefühlt hatte, mit denen Leon sie hatte verkuppeln wollen.

Und dieser Kuss.

Chloe musste sich bei der Erinnerung daran Luft zufächeln.

Seine Hand in ihrem Nacken hatte sich wie ein Brandzeichen angefühlt, aber statt Panik auszulösen, hatte er sie dazu gebracht, sich näher an ihn zu lehnen. Er hatte sie geküsst, wie sie noch nie geküsst worden war. Er hatte die Kontrolle übernommen, was nicht überraschend war, aber er war sanft dabei gewesen. Einer der letzten Männer, mit denen sie auf Leons Drängen hin ausgegangen war, hatte sie am Ende des Abends geküsst, aber sein Kuss war ganz anders gewesen. Bei ihm ging es um Kontrolle und Macht.

Chloe wusste, dass Ro losgelassen hätte, wenn sie protestiert und versucht hätte, sich zurückzuziehen, oder ihm anderweitig das Gefühl gegeben hätte, dass sie nicht geküsst werden wollte.

Aber sie hatte nicht gewollt, dass er sie losließ. Die Art, wie er sie in Besitz genommen hatte, war heiß gewesen. Weil er sich auf *ihr* Verlangen konzentriert hatte, nicht auf sein eigenes. Warum sie sich dessen so sicher war, wusste Chloe nicht, aber es war ihr klar. Seitdem konnte sie nur noch daran denken, wie es sich anfühlen würde, wenn er sie am ganzen Körper küsste. Sie mit seinen Händen berührte, während er ihren Mund einnahm.

Sie hatten das blöde Kartenspiel bis tief in die Nacht gespielt. Gegen halb eins hatte er schließlich Feierabend gemacht. Sie hatte gewonnen und er sagte, er würde ihre Karten beiseitelegen, damit sie es später weiterspielen könnten.

Er hatte ihr gesagt, sie solle nach oben gehen und sich schlafen legen, da sie am nächsten Morgen wahrscheinlich früh aufbrechen würden. Sie hatte nicht darüber nachgedacht, dass sie in seinem Zimmer schlief, bis sie in dem neuen Pyjama, den Allye ihr gekauft hatte, eingekuschelt unter der Decke lag.

Sein erdiger, maskuliner Duft durchdrang alles. Das Kopfkissen roch nach ihm. Die Bettwäsche roch nach ihm. Chloe hatte ein Kissen an ihre Brust gepresst und sich auf die Seite gedreht, um seinen beruhigenden Duft einzuatmen.

Dann hatte sie sich aufgesetzt. Sie konnte nicht sein Bett übernehmen. Er musste ein Gästezimmer im Haus haben, es war schließlich ziemlich groß. Wenn nicht, konnte sie unten auf der Couch schlafen, wie sie es an diesem Nachmittag getan hatte, als sie ein Nickerchen gemacht hatte.

Sie war nach unten gegangen, um Ro zu sagen, dass sie ihm auf keinen Fall sein Bett wegnehmen würde, aber er hatte alle ihre Argumente mit einem Satz zerschlagen.

Wenn ich nicht an deiner Seite sein kann, kann ich dich besser beschützen, wenn ich mich hier unten aufhalte.

Dann erzählte er ihr von den Alarmanlagen an den Fenstern, sodass niemand sich in ein Zimmer schleichen konnte, ohne sie auszulösen. Von den Alarmen an seiner Auffahrt, damit niemand dort unbemerkt entlangfahren konnte. Und sogar über die Alarme, die er um das Haus herum installiert hatte, damit sich niemand zu Fuß um sein Grundstück schleichen konnte.

Aber all das verblasste angesichts seiner ersten Worte: *Er könnte sie besser beschützen, wenn er unten wäre und sie in seinem Bett läge.*

Sie hatte nicht gewusst, was sie sagen sollte. Wie sollte sie einem Mann, der seinen Lebensunterhalt damit verdiente, Frauen zu beschützen und zu retten, sagen, dass sich schon seit sehr, sehr langer Zeit niemand mehr genug für sie interessiert hatte, um für ihre Sicherheit zu sorgen?

Heute Morgen war sie aufgewacht und hatte sich aufgesetzt, und Ro stand in der Tür. Er lehnte am Türpfosten, die Arme verschränkt, die Muskeln wölbten sich in dem schwarzen T-Shirt, das er trug, unter der Jeans zeichneten sich seine muskulösen Beine und die beeindruckende Beule im Schritt ab, er war barfuß und beobachtete sie.

»Äh, guten Morgen«, hatte sie leise gesagt. »Habe ich verschlafen?«

Er hatte den Kopf geschüttelt. »Nein, Liebes. Du bist genau rechtzeitig aufgewacht.«

Sie hatten einander einen kurzen Moment lang angestarrt, bevor sie ihn gefragt hatte: »Ist alles in Ordnung?«

Er hatte sich vom Türpfosten abgestoßen und aufgerichtet. Dann war er langsam auf sie zugegangen, bis er neben ihrem Bett gestanden hatte. Dann hatte er sich vorgebeugt und sie auf die Haare geküsst. Dort war er eine Weile geblieben, bevor er hörbar eingeatmet hatte.

»Ro?«

»Ich liebe Flieder. Zumindest an dir«, hatte er gesagt und sich wieder aufgerichtet. »Ich habe unten Frühstück für dich gemacht. Es wäre gut, wenn du heute noch durchhalten könntest, ohne deine Wunde nass zu machen. Morgen wird sie wahrscheinlich gut genug verheilt sein, sodass du wieder ganz normal duschen kannst. Falls du irgendetwas brauchst, sag mir Bescheid.«

Und damit hatte er ihr zugenickt und sie allein in seinem Schlafzimmer gelassen.

Er hatte ein großes Frühstück zubereitet, komplett mit Eiern, Speck, Brötchen und frischem Obst, und sie hatte von allem ein bisschen gegessen. Er hatte Black angerufen und sie hatten sich eine Stunde später in der Kneipe verabredet. Black hatte sich offenbar bereit erklärt, den anderen telefonisch Bescheid zu geben.

Und nun war sie hier.

Sie saßen in seinem McLaren vor dem heruntergekommenen Gebäude namens *The Pit*.

»Geht es dir gut?«, fragte Ro.

Chloe nickte.

Er legte ihr eine Hand aufs Knie. »Du wirst sehen, es ist alles in Ordnung«, versicherte er ihr.

»Bist du dir da sicher?« Sie konnte nicht umhin, ihn zu fragen. »Du kennst Leon nicht. Er wird die Sache nicht einfach auf sich beruhen lassen. Deswegen hatte ich auch vorgehabt, so weit wie möglich vor ihm zu fliehen.«

»Ich bin auch nicht davon ausgegangen, dass er die Sache auf sich beruhen lassen würde«, entgegnete Ro.

»Und was sollen wir jetzt machen?«, fragte sie.

»Wir gehen jetzt da rein, dann stelle ich dich meinen Freunden vor und wir werden uns unterhalten. Wir werden uns einen Plan einfallen lassen. Falls dieser Plan nicht funktioniert, probieren wir es mit Plan B. Und falls der auch nicht funktioniert, gehen wir zu Plan C über. Wir werden alles in unserer Macht Stehende tun, um dafür zu sorgen, dass du in Sicherheit bist und nicht mehr unter der Fuchtel deines Bruders stehst. Mein Ziel ist es sicherzustellen, dass du tun kannst, was immer du willst, und dorthin gehen kannst, wohin du willst. Wenn du nach London ziehen willst, um von allem wegzukommen, werde ich das mit den Kontakten, die ich dort noch habe, für dich möglich machen. Wenn du nach New York City oder ins beschissene Idaho ziehen willst, werde ich dir auch dabei helfen. Aber wenn du dich entscheidest, dass es dir hier in Colorado Springs gefällt und du hierbleiben willst, dann bin ich auch dafür zu haben, und ich werde mir den Arsch aufreißen, um das zu ermöglichen, das kannst du mir glauben.«

»Ro«, sagte Chloe mit erstickter Stimme, da sie verstanden hatte, was er damit ausdrücken wollte, ohne dass er es sagen musste. Er wollte, dass sie hierblieb. Bei ihm. Aber wie immer setzte er sie nicht unter Druck. Er gab ihr nur die Möglichkeit.

»Komm schon, Liebes. Gehen wir rein, bevor jemand dich sieht und die Polizei hier auftaucht.«

Das sorgte dafür, dass sie sich in Bewegung setzte. Chloe nickte und bevor sie wusste, wie ihr geschah, gingen sie zügigen Schrittes Hand in Hand auf die Eingangstür zu.

»Hat dieser Laden um diese Zeit überhaupt geöffnet?«, fragte sie, als sie sich dem Eingang näherten.

Ro lachte leise. »Dieser Laden ist fast rund um die Uhr geöffnet. Die Stammkunden kommen normalerweise so um zehn und die Unersättlichen gehen nicht vor drei Uhr morgens.«

»Wow. Und ich dachte, die Typen im *BJ's* wären krass«, erwiderte Chloe trocken und Ro hielt ihr die dicke Holztür auf.

»Die Männer, die hierherkommen, sind in der Regel nette Kerle. Sie spielen gern Billard, trinken gern Bier und mögen Rock- oder Countrymusik. Ich will damit ja gar nicht behaupten, dass es hier immer friedlich zugeht, aber die meiste Zeit über bleiben die Männer unter sich und machen keinen Ärger. Viele von ihnen sind Veteranen, die einen Ort brauchen, dem sie sich zugehörig fühlen und an dem sie eine Zeit lang ihren Erinnerungen entkommen können.«

Chloe nickte und sah sich in der schummrigen Kneipe um, als Ro die Tür hinter ihnen zumachte. Es sah nicht viel anders aus, als sie es sich vorgestellt hatte. Zu ihrer Rechten befand sich ein langer Tresen mit ein paar Gästen, die ein Bier tranken. In einer Ecke zu ihrer Linken stand eine Jukebox und im ganzen Raum waren Tische aufgestellt. Ein Gang führte zu dem, was sie für die Toiletten hielt. Eine Tür in der hinteren Mitte des Raumes führte zu einem weiteren Raum, in dem Billardtische standen.

Ro gab ihr keine Zeit, sich weiter umzusehen, stattdessen legte er ihr eine Hand auf den Rücken und führte sie direkt zum Tresen. Ein großer Mann stand dahinter und trocknete ein Glas mit einem Handtuch ab. Er war auffallend hochgewachsen – natürlich war er das; anscheinend waren alle Freunde von Ro groß, außer Black –, aber noch dazu war er kräftig. Seine Arme waren riesig, als wäre er ein Bodybuilder oder so etwas. Er hatte eine breite Brust und sogar seine Hände waren groß. Er hatte einen buschigen, braunen Bart mit grauen Strähnen und Chloe konnte eine Narbe erkennen, die an der Seite seines Halses herunterlief und im Kragen seines Hemdes verschwand, weil die Haare von seinem Bart nicht auf dem Narbengewebe wuchsen. Er war braun gebrannt und beide Arme waren mit schwarzen Tattoos bedeckt.

Chloe hätte sich umgedreht und wäre so weit von dem Mann weggelaufen, wie sie nur konnte, wenn Ro nicht direkt neben ihr gestanden und sie mit seiner Hand nach vorn geschoben hätte. Dieser Mann erinnerte sie viel zu sehr an die Leibwächter, die für Leon arbeiteten. Sie wusste, sollte er sie mit einer seiner riesigen Hände schlagen, würde sie sofort bewusstlos werden.

»Hey, Dave«, begrüßte Ro ihn leichthin, als sie vor der hölzernen Theke, die schon ziemlich abgenutzt war, stehen blieben.

Dave sah düster drein, was Chloe nur umso mehr verunsicherte. »Ist sie der Grund dafür, dass ihr Jungs heute schon so früh da seid?« Er hatte einen ziemlich heftigen Südstaatenakzent und sprach mit leiser Stimme.

»Leider ja«, erwiderte Ro.

Dave warf ihr einen Blick aus seinen stechenden braunen Augen zu und am liebsten hätte Chloe sich versteckt, doch sie zwang sich dazu, seinem Blick zu begegnen. Sie straffte die Schultern und sagte sich, dass sie in Sicherheit war, solange Ro bei ihr war.

Er sah sie lange an und lächelte dann, als er sich wieder Ro zuwandte. »Für mich sieht sie nicht so aus, als wäre sie entführt worden.«

Und ohne darauf zu warten, dass Ro das Wort ergriff, antwortete sie: »Ich wurde auch nicht entführt. Mein Bruder ist ein Arsch, der es nur schwer erträgt, wenn er nicht bekommt, was er haben möchte.«

Daves Lächeln wurde breiter und Chloe war erstaunt, wie viel weicher es seinen ganzen Ausdruck machte. »Damit wäre das dann wohl geklärt«, erwiderte der Barkeeper und nickte Ro zu. »Schön, das zu hören, Süße«, erklärte er Chloe. »Bevor ihr rüber an den Tisch geht und anfangt, wichtige Dinge zu besprechen ... was möchtest du trinken? Wasser? Saft? Einen Mimosa? Ein Gläschen Jack Daniel's? Oder eines dieser schicken englischen Biere, die Ro so gern mag? Sag mir, was du möchtest, und ich besorge es dir.«

Chloe blinzelte und sah zu Ro hoch. »Meint er das ernst?«

»Äh ... klar«, erwiderte Ro offensichtlich verwirrt.

»Er hat wohl mein Bild überall in den Nachrichten gesehen und glaubt, dass ich entführt wurde. Er weiß, dass mein Bruder nach mir sucht. Doch all das interessiert ihn gar nicht und stattdessen fragt er mich, was ich trinken möchte?«

Aber diesmal war es nicht Ro, der antwortete, sondern

Dave. Er lehnte sich über die Theke, näher zu ihr, und sagte mit leiser, ernster Stimme: »Die Typen dahinten sind gute Männer. Sie nehmen ihre Aufgabe, Frauen zu beschützen, sehr ernst. Wenn du behauptest, du wärst nicht entführt worden, dann glaube ich dir, dass du nicht entführt wurdest. Also werde ich nicht die verdammte Polizei anrufen und dich verraten, nur weil ich dein Gesicht im Fernsehen gesehen habe. Ich vertraue darauf, dass Ro und die anderen deine Situation einschätzen können und dann das Richtige tun. Also sag mir bitte, was du trinken möchtest.«

»Nur Wasser bitte«, erwiderte Chloe sofort, da sie sich nicht sicher war, ob sie immer noch Angst vor dem riesigen Barkeeper hatte oder nicht.

Dave richtete sich wieder auf und nickte. Er nahm eine Flasche Wasser aus dem Kühlschrank hinter sich und fragte: »Soll ich sie dir aufschrauben?«

Chloe nickte.

Mit einer Drehung seines Handgelenks hörte sie, wie das Siegel brach, dann überreichte er ihr die Flasche, ohne den Deckel völlig abzunehmen. Wie ferngesteuert griff Chloe nach der Flasche und hielt sich daran fest, als Ro sie sanft beim Arm nahm und vom Tresen wegführte.

»Danke, Dave«, sagte er noch, bevor sie gingen. »Ich melde mich, wenn wir sonst noch etwas brauchen.«

»Tu das«, erwiderte Dave und wandte sich dann ab, um einer seiner Aufgaben hinter der Theke nachzugehen.

Ro brachte sie zu dem Gang in der Mitte der rückseitigen Wand. Chloe konnte hinter der Tür die Billardtische sehen.

»Dieser Kerl ist ziemlich eindrucksvoll«, flüsterte sie Ro zu.

Er lächelte. »Nein, er ist völlig harmlos.«

»Harmlos, nie im Leben«, erwiderte Chloe und äffte

dabei Ros englischen Akzent nach.

Als sie gerade durch die Tür traten, warf Ro den Kopf in den Nacken und lachte laut über ihre Antwort. Dann wandte er sie nach rechts um – und Chloe musste schwer schlucken.

Ros Lachen hatte die Aufmerksamkeit von fünf Männern erregt, die dort an einem Tisch saßen. Sie starrten sie alle an, als sie sich dem Tisch näherten, als hätten sie noch nie zuvor einen Mann lachen sehen.

»Guten Morgen, Jungs«, begrüßte Ro sie und führte Chloe an einen Platz, an dem sie mit dem Rücken zum Raum saß.

»Was ist denn so lustig?«, wollte Arrow wissen.

»Ja, was für einen Grund hast *du* schon zu lachen?«, fragte der Mann, den Chloe als Black erkannte.

»Ich glaube, ich habe dich noch nie zuvor lachen sehen«, erwiderte Meat nachdenklich.

Chloe wusste, dass sie rot geworden war, doch sie versuchte, nicht darauf zu achten, und nahm stattdessen einen Schluck von dem Wasser, das sie immer noch mit einem Todesgriff umschlungen hielt.

Ro setzte sich und rutschte mit seinem Stuhl neben ihren, bis ihre Oberschenkel sich beinahe berührten. Es war ein wenig merkwürdig, wenn man bedachte, wie viel Platz zwischen den anderen Männern jeweils herrschte, aber sie machte keine Bemerkung darüber, denn sie fühlte sich besser, wenn sie ihn in ihrer Nähe wusste.

»Chloes englischer Akzent ist ganz fantastisch«, erklärte er seinen Freunden. »Sie hat mich nachgemacht und es dabei ziemlich gut getroffen, wenn ich das so sagen darf.«

Der große blonde Mann, der mit am Tisch saß, beachtete das Gespräch gar nicht, sondern beugte sich stattdessen vor und streckte seine Hand aus. »Ich bin Ball«, sagte er ernst. »Und das, was neulich passiert ist, als wir dich von deinem Bruder weggeholt haben, tut mir wirklich leid.«

»Wie geht es deinem Arm?«, fragte sie ihn. Nun, da sie mit den Männern beisammensaß, konnte sie sehen, dass sie sich wirklich Sorgen um sie machten. Es gab keinen Zweifel daran, dass sie stark und dominant waren, doch man konnte ihnen auch ihr Mitgefühl und ihre Sorge an den Augen ablesen.

»Es geht ihm gut«, versicherte Ball ihr. »Und auch wenn ich nicht besonders glücklich darüber bin, dass es mein Arm war, in den du deine Zähne geschlagen hast, bin ich stolz auf dich, dass du dich gewehrt hast. Nicht viele Frauen in deiner Lage bringen die Kraft dazu auf.«

»Ich hatte Angst«, gab Chloe zu. »Und ich war verzweifelt.«

»Ich weiß. Und trotzdem hast du alles getan, um uns zu entkommen. Viele Frauen geben einfach so auf. Sie nehmen das, was mit ihnen geschieht, einfach so hin. Du hast dich bis zum bitteren Ende gegen uns gewehrt und mit uns verhandelt.«

Chloe blickte hinab zu der Flasche, die vor ihr auf dem Tisch stand. »Ich erinnere mich nicht mehr besonders gut an das, was am Ende passiert ist.«

»Das liegt an dem Betäubungsmittel«, erklärte Black ihr nüchtern. »Wir haben dich zu Ro gebracht; er hat die Platzwunde an deinem Kopf verarztet und dich ins Bett gebracht. Mehr nicht.«

Chloe wusste die kurze und ehrliche Information zu schätzen, auch wenn sie das Gefühl nicht loswurde, dass das nicht wirklich alles war, was passiert ist. Doch sie ließ es auf sich beruhen. Es gab wichtigere Dinge, um die sie sich kümmern mussten. »Okay ... und wie geht es jetzt weiter?«, wollte sie wissen.

»Tja, dein Bruder ist also so weit gegangen, die nationalen Medien über dein Verschwinden zu unterrichten und es als Entführung hinzustellen«, informierte Meat sie. »CNN, die *TODAY*-Show, sogar Fox News haben darüber berichtet. Er betont, dass du psychisch krank bist und dass deine Situation ziemlich schlimm ist, weil du deine Medikamente nicht eingenommen hast.«

Chloe erbleichte. »Er hatte schon in der Vergangenheit damit gedroht, mich in die psychiatrische Anstalt einliefern zu lassen, wenn ich nicht tue, was er will«, gab sie zu. »Das gehörte zu einer seiner schlimmeren Drohungen. Und wenn er tatsächlich damit davonkäme, würde er mich mit Drogen vollpumpen und mich irgendwo in einer psychiatrischen Anstalt verrotten lassen, dessen bin ich mir sicher«, sagte sie. »Und anscheinend versucht er jetzt schon, das Gerücht zu verbreiten, damit er genau das tun kann, wenn er mich zurückbekommt, sodass niemand es infrage stellt.«

»*Falls* er dich überhaupt jemals zurückbekommt«, entgegnete Gray, der sich zum ersten Mal zu Wort meldete.

»Wie bitte?«, fragte Chloe.

»Du hast gesagt, *wenn er dich zurückbekommt*. Aber du meinst natürlich, *falls er dich jemals zurückbekommt.*«

»Oh. Ja. Das meine ich natürlich«, erwiderte Chloe lahm und wusste sehr wohl, dass sie sich falsch ausgedrückt hatte.

»Warum erzählst du uns nicht alles von Anfang an?«, schlug Ro vor. »Du hast mir erzählt, dass du nicht immer mit deinem Bruder zusammengelebt hast, richtig? Erzähle uns alles von seiner Familie.«

Chloe nahm noch einen Schluck von ihrem Wasser und sah sich am Tisch um. Die Männer sahen alle seriös und ernst aus. Meat hatte seinen Laptop herausgeholt und sie konnte sein unordentliches braunes Haar darüber sehen.

Arrows Haar war dunkel, aber sie konnte nicht genau sagen, welche Farbe es hatte, weil es in einem Kurzhaarschnitt sehr dicht an seinem Kopf geschoren war. Die anderen starrten sie alle mit einer Mischung aus Neugierde und Geduld an. Keiner von ihnen schien irritiert. Chloe wusste nicht, ob es an ihrem Hintergrund als Soldaten lag oder ob sie einfach von Natur aus so waren.

Sie spürte eine Hand auf ihrem Bein und schaute zu Ro hinüber. »Fang an, wo du möchtest«, sagte er. »Denk nicht darüber nach, was du sagst. Sprich einfach. Lass uns entscheiden, was sachdienlich sein könnte und was nicht.«

»Das fällt mir ziemlich schwer«, erklärte sie ihm und versuchte, die anderen zu ignorieren.

»Ich weiß. Aber du hältst dich sehr tapfer. Ich wünschte, du könntest verstehen, wie unfassbar stark du bist. Wenn du die anderen Frauen sehen könntest, die wir aus Situationen wie deiner herausgeholt haben, und wie verängstigt sie waren, mit jemandem zu reden, würdest du es verstehen. Sprich mit mir, wenn du dich dann besser fühlst. Beachte die anderen nicht und sag es einfach *mir*.«

»Wenn wir ein Kartenspiel hätten und *Tod und Leben* spielen könnten, wäre das vielleicht noch einfacher«, witzelte Chloe.

Ro lächelte nicht einmal über ihren Scherz. »Dafür kann ich sorgen, Liebes«, versicherte er ihr.

Chloe seufzte und schüttelte den Kopf. »Ich habe nur Spaß gemacht.«

»Ich nicht«, erwiderte er.

Chloe atmete tief durch. Ro hatte behauptet, sie sei stark, doch momentan fühlte sie sich überhaupt nicht so. Aber er hatte ja auch gesagt, sie könne anfangen, wo sie wolle, also beschloss sie, einfach ganz am Anfang zu beginnen.

KAPITEL ZWÖLF

Ro wollte Chloe am liebsten nehmen und sie von dort wegbringen, aber er wusste, dass er das nicht konnte. Sie brauchten mehr Informationen und Chloe war die Einzige, die sie ihnen geben konnte. Sie hielt sich an der Wasserflasche vor ihr fest, als wäre es das Einzige, was sie bei Verstand hielt, und er konnte sehen, wie der Puls in ihrer Kehle wild schlug. Er legte eine Hand auf ihr Knie und drückte es leicht, um ihr zu zeigen, dass sie in Sicherheit war. Dass alles in Ordnung war.

Er war sich nicht sicher, was er von ihr erwartet hatte, aber als sie eine Hand von der Flasche nahm und seine fest umklammerte, schmolz er dahin. Ihre Hand war kalt und feucht von der Kondensation der Flasche. Sie hatte die Hand nach ihm ausgestreckt. *Sie* hatte die Hand nach *ihm* ausgestreckt. Es war ein großer Schritt und einer, den er nicht als selbstverständlich ansah.

Er drehte seine Hand um, sodass ihre Handflächen aneinander lagen, und verschränkte ihre Finger mit seinen. Er hielt sie fest und versuchte, sie zu erden und ihr Halt zu geben, als sie zu sprechen begann.

Ihre Stimme zitterte, aber je mehr sie sprach, desto mehr beruhigte sie sich.

»Ich dachte immer, wir wären eine typische Familie. Ich bin fünf Jahre älter als Leon und fand es toll, einen kleinen Bruder zu haben. Ich spielte mit ihm nach der Schule und wir liefen wie verrückt in unserem Garten herum, unter dem wachsamen Auge unseres Kindermädchens. Mein Vater arbeitete lange, aber er versuchte immer, nach Hause zu kommen und mit uns zu Abend zu essen. Meine Mutter war großartig. Sie hatte keinen Vollzeitjob, aber sie arbeitete viel ehrenamtlich – daher das Kindermädchen.

Als ich in der Highschool war, habe ich nicht mehr so viel Zeit mit Leon verbracht, weil, na ja … ich war ein Teenager. Meine Freundinnen waren mir wichtiger als ein nerviger kleiner Bruder, der sich in meine Angelegenheiten einmischte und mich ärgerte. Ich glaube, das war der Zeitpunkt, an dem wir anfingen, uns auseinanderzuleben. Ich ging aufs College und machte meinen Abschluss in Rechnungswesen. Ich habe ein oder zwei Jahre bei einer Steuerberaterkanzlei gearbeitet, aber es hat mir nicht wirklich Spaß gemacht. Es war langweilig und den Kunden war nur wichtig, dass sie weniger Steuern zahlen mussten, als sie sollten. Eines Tages lernte ich einen Mann kennen, der für die Springs Financial Group arbeitete, und ich glaube, er sah etwas in mir und war beeindruckt. Er lud mich ein, mich dort vorzustellen. Ich bekam den Job, machte eine Reihe von Schulungen, belegte einige Kurse und wurde schließlich Finanzberaterin. Meine Mutter starb etwa zu der Zeit, als ich den Job bekam«, erläuterte Chloe. »Sie wurde eines Morgens auf dem Weg zu einer ihrer ehrenamtlichen Tätigkeiten erschossen.«

Ro zuckte bei dieser Information zusammen. Er hatte

gewusst, dass Chloes Eltern tot waren, aber nicht, dass ihre Mutter ermordet worden war.

»Wie hieß sie?«, wollte Meat wissen.

»Louise.«

»Wurde der Täter gefasst?« Diesmal war es Ball, der die Frage stellte.

Chloe zuckte mit den Achseln. »Leider nicht. Das war vor zehn Jahren und zu jener Zeit waren die Banden ein ziemlich großes Problem. Sie war auf dem Weg in einen üblen Stadtteil, um beim Bau eines Hauses für Obdachlose zu helfen. Sie stand an einer Ampel. Jemand ging auf ihren Wagen zu, schoss durch das Fenster auf sie und stahl dann ihre Handtasche.«

»Aber nicht ihren Wagen?«, fragte Arrow.

»Nein. Die Ermittler denken, es ging nur um das schnelle Geld für Drogen oder so. Sie haben eine Menge Leute befragt und es gab damals weniger Überwachungskameras, also hatten sie keine wirklichen Beweise, außer dass die Patronenhülse zu einer gestohlenen Waffe zurückverfolgt wurde, die sie nie gefunden haben.«

»Das ist wirklich schlimm«, bemerkte Ro und drückte ihre Hand.

»Ja«, pflichtete Chloe ihm bei, »das war es.«

Sie atmete tief durch und sprach dann weiter. »Wie auch immer, ich fing also meinen neuen Job an und sah meinen Vater und Bruder nicht oft. Ich war beschäftigt. Sie waren beschäftigt. Ich habe versucht, mich mindestens einmal pro Woche mit meinem Vater zu treffen, aber er schien zu versuchen, sich von mir zu distanzieren. Ich bin mir nicht sicher, ob es ihn an meine Mutter erinnerte, wenn er mich sah, oder so was.«

»Das ist hart«, erklärte Ro. Seine Familienverhältnisse waren ein wenig anders als ihre, doch er hatte Verständnis für eine komplizierte Familiendynamik. Er hatte ihr noch nicht von seiner Familie erzählt, doch das würde er bald nachholen. Er hatte das Gefühl, dass sie es besser verstehen würde als die meisten.

»Und was taten dein Bruder und dein Vater während dieser Zeit?«, warf Gray ein.

Chloe zuckte mit den Achseln. »Ich nehme an, das Gleiche, was sie getan haben, während ich auf dem College war«, sagte sie. »Mein Vater arbeitete wie ein Verrückter und Leon ging dann ebenfalls aufs College.«

»Auf welches College?«, wollte Meat wissen, der für diese Frage sogar eine Pause von seinem Computer machte.

»Er begann an der University of Southern California, aber nach seinem ersten Studienjahr kehrte er nach Hause zurück und besuchte dann die University of Denver.«

»Warum?«, fragte Black.

»Warum was?«

»Warum hat er die Uni gewechselt?«

Chloe zuckte mit den Achseln. »Ich weiß nicht. Ich habe ihn nie gefragt. Ich bin einfach davon ausgegangen, dass er näher an seinem Zuhause sein wollte.«

»Hmmm«, murmelte Black. »Okay. Entschuldige, dass ich dich unterbrochen habe. Sprich weiter.«

»Also, ich arbeitete für die Springs Financial Group und die Dinge liefen gut. Ich hatte ein paar große Kunden und half ihnen, ihre Portfolios aufzubauen. Ich fand heraus, wo sie investieren sollten, und gab ihnen Ratschläge für langfristige Investitionen, Lebensversicherungen und solche Dinge. Ich war dort etwa fünf Jahre oder so. Ich hatte meine eigene Wohnung in der Innenstadt und viele Freundinnen.«

Sie machte eine Pause und nahm einen Schluck Wasser.

»Und was ist dann passiert?«, wollte Ro wissen.

»Dann brach mein ganzes Leben auseinander«, erklärte

Chloe traurig. »Leon rief mich eines Tages an und erzählte mir, dass Dad bei einem Einbruch getötet worden sei. Er sagte mir, dass er mit ein paar Freunden unterwegs gewesen, aber jemand ins Haus eingebrochen wäre und ihn überrascht hätte. Er hatte sich im Arbeitszimmer aufgehalten und anscheinend war jemand hereingekommen und hatte ihn erschossen. Es wurde nicht einmal etwas gestohlen. Der Täter hat ihn einfach nur erschossen und ist geflohen. Ich war völlig durch den Wind. Leon hatte im Monat zuvor gerade sein Studium beendet und er war vollkommen untröstlich. Er schwor, dass er herausfinden würde, wer das getan hatte, und ihn dafür bezahlen lassen würde, aber soweit ich weiß, wurde der Täter bis heute nicht gefasst und der Fall ist ungeklärt.«

»Hm. Ich wusste, dass Ray Harris getötet wurde, aber so wie es aussieht, muss ich mir diesen Polizeibericht mal genauer anschauen«, murmelte Meat leise.

Ro bemerkte, wie Chloe Meat anblickte, und er streckte sanft einen Finger aus und sorgte dafür, dass sie wieder ihn ansah. »Sprich weiter, Liebes. Was passierte, nachdem dein Vater gestorben war?«

Sie seufzte und sagte: »Alles ging den Bach runter.«

»Erzähl mir davon«, bat Ro.

»Plötzlich gab es Probleme bei der Arbeit. Kunden, mit denen ich jahrelang gearbeitet hatte, verlangten plötzlich einen anderen Berater. Ich fehlte im Büro wegen rechtlicher Dinge, mit denen Leon und ich fertigwerden mussten. Es schien eine Sache nach der anderen zu sein, und schon bald wurde ich in das Büro meines Chefs gerufen und mir wurde gesagt, dass es nicht mehr funktionieren würde. Ich wurde gefeuert. Ich war am Boden zerstört und wusste nicht, was ich tun sollte. Ich versuchte, einen anderen Job zu finden, aber die Finanzgemeinde in Colorado Springs ist nicht so groß. Ich bekam ein paar Vorstellungsgespräche und einige davon sahen wirklich vielversprechend aus, aber keines war erfolgreich.

Es wurde sogar so schlimm, dass ich wusste, dass ich an meine Ersparnisse würde gehen müssen, und das wollte ich wirklich nicht. Dann bot Leon an, dass ich wieder nach Hause ziehen könnte. Er hatte das Haus geerbt, als Vater starb. Ich ergriff die Chance, nicht nur mietfrei zu wohnen, sondern mich auch meinem Bruder wieder anzunähern. Ich bedauerte es, dass wir uns auseinandergelebt hatten.« Sie schnaubte. »Aber ich hätte alles besser durchdenken sollen. Leon war einfach zu großzügig; mir hätte klar sein müssen, dass er etwas als Gegenleistung erwartete.«

»Und was hat er als Gegenleistung verlangt?«, wollte Arrow wissen.

»Er wollte, dass ich mich um die finanziellen Aspekte des Unternehmens kümmere. Zuerst war ich gern bereit, das zu tun. Es beschäftigte mich und lenkte mich von der Tatsache ab, dass ich keinen anderen Job finden konnte. Ich begann damit, die Rechnungen für den Haushalt und das Personal zu bezahlen, aber bald fing ich an, Leon Ratschläge zu Investitionen, Steuern und Abzügen zu geben. Ich weiß noch, wie er zu mir kam und mir mitteilte, dass er das Gebäude kaufen wollte, in dem sich jetzt das *BJ's* befindet. Er war so aufgeregt und erzählte mir alles darüber, wie er es zu einem Gentleman's Klub machen wollte und dass es die erste Anlaufstelle für Männer in Colorado Springs sein würde, die ein bisschen Spaß haben wollten. Ich habe ihm gesagt, dass das eine schlechte Idee ist, aber er hat mich natürlich ignoriert. Ich half ihm, das Geschäft aufzubauen, weil ich immer noch der Meinung war, ich sollte ihn unterstützen, da er mein Bruder war. Er übertrug mir die Verantwortung für die gesamte Buchhaltung und den Papierkram für den Klub. Es war nicht das, was ich mir für mich vorgestellt hatte, aber ich tat es trotzdem. Für meinen Bruder.

Etwa zu dieser Zeit bat er mich auch, einen Blick auf die Investitionen einiger seiner Freunde zu werfen. Ich tat es, weil ich gern helfen wollte. Mir war damals nicht klar, wer seine Freunde waren, weil sie Pseudonyme benutzten ... sonst hätte ich Nein gesagt.

Wie auch immer, nach einigen Monaten wollte ich etwas anderes mit meinem Leben anfangen. Mir eine eigene Wohnung suchen, einen anderen Job. Aber jedes Mal, wenn ich es Leon gegenüber erwähnte, hatte er einen Grund, warum ich warten sollte. Er war sehr überzeugend und ich dachte wirklich, er braucht mich. Aber als er herausfand, dass ich ein paar Termine gemacht hatte, um mir tatsächlich Wohnungen anzusehen, verlor er den Verstand.«

Chloe machte eine Pause bei ihrer Geschichte und fasste Ro so fest bei der Hand, dass ihm klar war, dass er die Abdrücke ihrer Fingernägel auf dem Handrücken haben würde. Er sagte jedoch nichts, sondern hielt sie einfach nur fest, um sie spüren zu lassen, dass er da war und dass er sie nicht verurteilte.

»Er verbot mir auszuziehen, und als ich ihn ignorierte und trotzdem ging, schleifte er mich nach Hause – und schlug mich zum ersten Mal. Und er erzählte mir von seinen kriminellen Verbindungen, sagte, wenn ich gehen würde, würde mich die Mafia ganz sicher umbringen. Als ich ein zweites Mal versuchte zu fliehen und beschloss, das Risiko mit der Mafia einzugehen, brachte er mich in einen Raum und sah zu, wie seine Handlanger mich verprügelten. Ich werde nie vergessen, wie er einfach dastand ... und lächelte, während sie es taten. Sie brachen mir ein paar Rippen und mit meinem Knie war auch etwas nicht in

Ordnung. Ich konnte eine ganze Weile nicht aus dem Bett aufstehen und Leon besuchte mich in meinem Zimmer. Er erzählte mir, dass die ›Freunde‹, an deren Investitionen ich gearbeitet hatte, in Wirklichkeit Joseph Carlino und Peter Smaldone waren. Diese großen Mafia-Bosse oben in Denver. Leon sagte mir, sie würden mich langsam umbringen, wenn ich mich weigerte, ihre Bücher zu führen. Er sagte, er wolle mich beschützen. Ich wusste, dass er log, als er sagte, er wolle mich beschützen, aber ich glaubte ihm das mit der Mafia. Leon machte mir Angst, aber die Mafia machte mir mehr Angst.«

»Ich kann nicht behaupten, dass ich dir einen Vorwurf daraus mache«, erklärte Arrow sanft.

»Selbst wenn ich hätte aufhören wollen, ich saß fest«, erklärte Chloe niedergeschlagen. »Leon brachte mich in diese Welt der Korruption und des Betrugs und es war ihm egal, als ich ihn deshalb zur Rede stellte. Er machte sich über mich lustig; sagte mir, ich sei eine Harris und es sei an der Zeit, mich wie eine zu verhalten. Er behauptete, Dad hätte jahrelang mit den Familien Carlino und Smaldone zusammengearbeitet. Dass *sie* diejenigen waren, die Dad beigebracht hatten, wie man Leute und Unternehmen erpresst und damit Geld verdient. Leon sagte, Dad habe die Familiengeheimnisse an ihn weitergegeben und es sei an der Zeit, dass ich nicht nur dem Namen nach ins Geschäft einsteige. Er sagte, er habe getan, was er tun musste, um für mich da zu sein. Und jetzt müsste ich zu meiner eigenen Sicherheit bei ihm bleiben. Ich hatte Leon noch nie so außer Kontrolle erlebt. Er war wütend, dass ich aussteigen wollte, und sagte, wenn ich ginge, könne er mich nicht vor der Mafia beschützen. Das glaubte ich tatsächlich – bis zu einem gewissen Punkt. Also stimmte ich zu, weiter mit ihm zu arbeiten, begann aber insgeheim zu planen, was ich tun konnte, um zu entkommen.« Chloe lachte bitter auf. »Ich hatte vor, meine Ersparnisse dafür zu verwenden, aber er und Abbie hatten sie ohne mein Wissen geplündert. Ich war mittellos, und weil er mich so auf Trab hielt und ich das Haus nicht verlassen durfte, hatte ich den Kontakt zu den Freundinnen verloren, die ich gehabt hatte, bevor ich bei ihm eingezogen war. Ich hatte kein Auto, Leon hatte mir den Führerschein abgenommen und ich war in jeder Hinsicht von ihm abhängig.

Also beschloss ich, dass es für mich sicherer war mitzuspielen. Ich wollte auf keinen Fall eine weitere Tracht Prügel wie die, die er und seine Handlanger mir verpasst hatten. Ich tat so, als würde ich alles mitmachen, was er wollte. Ich brauchte Zeit. Zeit, um einen Plan zu machen, um zu entkommen. Zeit, um herauszufinden, wie ich mich vor der Mafia verstecken konnte. Zeit, um genügend Geld zu beschaffen, um zu entkommen.«

»Und wie?«, fragte Gray.

»Sehr langsam. Zu langsam. Ich war sowohl für Leons Geld als auch für das von Carlino und Smaldone zuständig. Ich eröffnete ein neues Konto und begann, Geld darauf zu überweisen. Immer nur ein bisschen, damit niemand Verdacht schöpfte. Und nur von Leons Konten. Ein Dollar hier. Fünf Dollar dort. Ich war dabei extrem vorsichtig und riskierte nie, etwas abzuzweigen, das man vermissen würde, sondern schöpfte das Geld hauptsächlich aus den Zinsen, die die Konten einbrachten. Deshalb blieb ich so lange bei ihm, weil es ewig dauerte, das Konto aufzubauen. Ich hatte immer noch nicht so viel darauf, dass ich mich wohl damit fühlte zu verschwinden – aber dann wurde es *wirklich* heftig.«

»Was ist an dem Tag passiert, an dem ich dich zum ersten Mal gesehen habe?«, fragte Ro. Das war das, was er sich bereits fragte, seit er die Rücklichter von Abbies Mercedes in der Ferne hatte verschwinden sehen.

Chloe seufzte. »Leon wollte mich mit einem seiner Freunde verkuppeln. Einem Mann, von dem er behauptete, er sei perfekt für mich. Das hatte er in den vergangenen Jahren immer wieder getan. Aus irgendeinem Grund schien er fast verzweifelt zu versuchen, mich unter die Haube zu bringen. Ich wollte das nicht, doch er ließ kein Nein als Antwort gelten, und mir war klar, dass ich meine Deckung als unterwürfige Schwester, die ich schon so lange spielte, auffliegen lassen würde, wenn ich mich weiter widersetzte. Und natürlich bestand auch immer noch die Möglichkeit, dass er mich wieder verprügeln lassen würde. Also ging ich zu der Verabredung. Sagen wir einfach, es lief nicht besonders gut.«

»Was ist passiert?«, wollte Ball wissen.

»Der Mann war achtundfünfzig und schon zweimal geschieden. Er konnte den Blick während des gesamten Mittagessens nicht von meinen Brüsten abwenden. Wir saßen an einem Tisch im hinteren Teil des Restaurants und er versuchte, mich zu befummeln. Das nahm ich ihm übel und wies ihn zurecht. Er rief Leon an. Sagte ihm, er solle mich abholen und dass er eine kalte Schlampe wie mich nicht heiraten würde, egal wie viel Geld im Spiel sei.«

»Was soll das denn heißen?«, wollte Black wissen. »Dein Bruder wollte ihn bezahlen, damit er dich heiratet?«

»Ich habe keine Ahnung«, erklärte Chloe. »Leon war allerdings stinksauer. Aber ich war genauso sauer. Anstatt das zu tun, was er von mir wollte, wie ich es jahrelang getan hatte, machte ich den Fehler und sagte ihm, dass dieser Typ ein Idiot sei und dass ich nicht mit irgendwelchen seiner Freunde verkuppelt werden wolle. Er wurde so wütend, dass er mich *buchstäblich* aus dem Wagen schmiss. Ein paar

Tage zuvor hatte er mich geschlagen und diesmal erwischte er mich mit einem Tritt genau an derselben Stelle, als er mich aus dem Wagen warf. Ich begann zu gehen ... und den Rest kennst du ja«, schloss sie und sah Ro an.

»Und warum hast du Abbie angerufen, damit sie dich abholt?«, fragte Ro kopfschüttelnd. »Du hättest mir einfach sagen können, was los ist, und ich hätte dir geholfen.«

Chloe lächelte traurig. »Ich wusste einfach nicht, was ich sonst tun sollte«, erklärte sie. »Vielleicht hätte ich das tun sollen. Aber ich hatte keinen Pass. Und ohne kam ich nicht an das Geld, das ich beiseitegeschafft hatte. Ich dachte mir, wenn ich nur meinen Pass und ein paar andere Dinge holen könnte, die ich in meinem Schrank versteckt hatte, könnte ich fliehen. Das war eine wirklich schlechte Entscheidung meinerseits«, sagte sie finster. »An jenem Abend hatte er angefangen, mich für den Job in den Hinterzimmern des *BJ's* einzuarbeiten.«

Für einen langen Moment herrschte Stille am Tisch. Ro hielt Chloes Hand und tat sein Bestes, um die Fassung zu bewahren. Er wäre am liebsten sofort losgelaufen und hätte Leon eine Lektion erteilt, aber er musste ruhig bleiben. Für sie.

»Aber irgendetwas an der Geschichte ergibt keinen Sinn«, stellte Meat nach einer Weile fest.

»Was?«, fragte Arrow.

»Wenn Leon das Haus zusammen mit dem gesamten Geld seines Vaters geerbt hat, warum hätte er dann Chloe überhaupt nach Hause holen sollen? Wenn er sie so sehr hasst, warum hat er sich dann nicht einfach alles unter den Nagel gerissen und sie aus seinem Leben gestrichen?«

»Was stand denn im Testament?«, fragte Ball Chloe.

Sie zuckte mit den Achseln. »Dass mein Vater alles seinem erstgeborenen Sohn hinterlässt?«

»Ist das eine Frage oder eine Feststellung?«, wollte Black wissen.

»Ich habe das Testament nie gesehen«, gestand Chloe. »Ein Anwalt kam zum Haus und erklärte uns alles. Er sagte, dass Leon das Haus und alles andere geerbt hätte. Er sagte, dass Dad hoffte, Leon würde sich um mich kümmern, wenn ich es bräuchte. Zu der Zeit war das noch *nicht* nötig. Ich hatte einen Job, eine Wohnung – es ging mir gut. Als Leon mich einlud, bei ihm einzuziehen, sagte er, dass Dad es so gewollt hätte. Ich habe nicht weiter darüber nachgedacht.«

»Du hast das Testament nicht angefochten?«, wollte Arrow wissen.

Chloe schüttelte den Kopf. »Nein. Ich brauchte das Geld meines Vaters nicht. Ich wusste, dass er reich war. Ich meine, das war auch schwer zu übersehen mit dem Haus und allem, aber ich wäre nie auf die Idee gekommen, meinen Bruder zu verklagen. Ich hatte meine Ersparnisse, einen Job, Freunde ... ich brauchte das Geld nicht.«

»Meat, könntest du ...«

»Bin schon dabei«, erwiderte Meat, bevor Gray seinen Gedanken aussprechen konnte.

»Wobei?«, fragte Chloe.

»Was, wenn Harris *nicht* alles geerbt hat?«, fragte Ro leise. »Was, wenn das Geld hätte geteilt werden sollen?«

»Aber der Anwalt hat doch gesagt ...«

»Kanntest du den Anwalt?«, unterbrach Ro sie.

Chloe schüttelte langsam den Kopf. »Ich hatte ihn noch nie zuvor gesehen. Der Typ, den Dad fast sein ganzes Leben lang benutzt hatte, starb kurz nach ihm. An einem Herzinfarkt.«

»Verdammt noch mal«, murmelte Meat und ließ die Finger über die Tastatur fliegen.

Chloe sah von Meat zu Ro, dann sah sie die anderen

Männer am Tisch an, bevor sie den Blick wieder auf Ro richtete. »Glaubst du wirklich, bei alledem geht es nur um *Geld*?«

»Liebes, es gibt Menschen, die würden für mickrige fünftausend Dollar töten. Und dein Vater war extrem reich. Wirklich *extrem* reich. Geld macht merkwürdige Sachen mit den Menschen. Es ist schwer zu sagen, wie weit dein Bruder für das Geld gehen würde, sollte er wirklich das gesamte Geld deiner Eltern für sich behalten wollen.«

»Verdammt noch mal«, flüsterte Chloe. »Leon trifft sich regelmäßig mit ein paar Polizisten zum Mittagessen«, fügte sie hinzu.

Meat hielt mit dem Tippen inne und sah zu ihr hoch. »Verdammt.«

»Mit wem sonst noch?«, wollte Ro wissen.

»Politiker, Firmenchefs, Universitätsprofessoren ... haufenweise Leute«, erwiderte Chloe.

»Scheiße, scheiße, scheiße«, entgegnete Meat und blickte wieder hinab auf seine Tastatur. »Okay, in diesem Fall brauchen wir vielleicht Verstärkung. Aber ich kümmere mich darum ... auch wenn es vielleicht ein bisschen länger dauert als geplant. Ich muss ins Dark Web gehen und hinter den Kulissen arbeiten, um Infos zu bekommen.«

Meat murmelte weiter leise, als Arrow fragte: »Und was wollen wir wegen der Entführungsgeschichte unternehmen? Wenn Harris Freunde in hohen Positionen hat, ist es nur eine Frage der Zeit, bis er herausfindet, wer wir sind, und uns die Polizei auf den Hals hetzt – und wahrscheinlich auch Rex ...«

»Wir sollten unsere Kontakte nutzen und Chloe unbemerkt aus der Stadt schaffen«, schlug Ball vor.

»Wir könnten sagen, dass sie eine misshandelte Ehefrau

ist, die für eine Weile untertauchen muss, und Ro ist ihr Leibwächter«, fügte Black hinzu.

»Das würde nicht funktionieren, weil sie überall in den Nachrichten zu sehen war. Außerdem ist sie nicht verheiratet, und das weiß auch jeder«, sagte Gray.

»Wir könnten einfach bei mir bleiben, bis Gras über die ganze Sache gewachsen ist«, schlug Ro vor.

»Eine Pressekonferenz«, platzte Chloe heraus – und alle starrten sie ungläubig an. Sogar Meat hörte auf zu tippen und betrachtete sie mit offenem Mund.

»Leon wird nicht einfach aufgeben. Er wird auch weiterhin jede Gelegenheit wahrnehmen, um im Fernsehen aufzutreten. Er wird alle gegen mich aufbringen und sie dazu bringen zu glauben, dass ich mental nicht auf der Höhe bin, und wenn er mich dann erneut in die Finger bekommt, wird er mich für immer wegsperren lassen und behaupten, ich hätte eine Posttraumatische Belastungsstörung oder so was und dass ich zu meinem eigenen Besten in die psychiatrische Abteilung gehöre.«

Ro schluckte. Sie hatte recht. Absolut recht – und das stank zum Himmel. Allerdings wusste er nicht genau, worauf sie hinauswollte. »Also möchtest du, dass jemand der Öffentlichkeit mitteilt, dass du gesund und in Sicherheit bist und nicht entführt wurdest?«

»Nein«, sagte sie und Ro entspannte sich ein wenig. Was er und vor allem auch Rex nämlich auf keinen Fall gebrauchen konnten, war die Aufmerksamkeit der Öffentlichkeit.

»Nicht irgendjemand. *Ich* will eine Pressekonferenz einberufen und die Welt wissen lassen, dass ich nicht entführt wurde und es mir ausgesprochen gut geht.«

»Nein«, protestierte Ro sofort. »Kommt überhaupt nicht infrage.«

»Es ist die einzige Möglichkeit«, entgegnete Chloe ruhig, »und das weißt du auch.«

»Nein«, erwiderte Ro erneut, aber diesmal war es Arrow, der sich einmischte.

»Sie hat recht. Es ist eine brillante Idee.«

»Das ist eine schreckliche Idee!«, rief Ro und ließ zum ersten Mal ihre Hand los. Er schob den Stuhl zurück und begann, neben dem Tisch auf und ab zu gehen. »Die Presse wird sie bei lebendigem Leib auffressen! Die Journalisten werden wissen wollen, wo sie gesteckt hat, warum sie ihren Bruder nicht kontaktiert hat und was nach dem Autounfall passiert ist ... und so wird es immer weitergehen. Die Fragen werden kein Ende nehmen.«

»Deswegen müssen wir uns ja auch vorher überlegen, was sie sagen soll, bevor sie mit der Presse spricht«, erklärte Arrow.

»Kommt überhaupt nicht infrage«, erklärte Ro. »Und das ist mein letztes Wort.«

Drei Stunden später sah Ro zu, wie Chloe auf der Treppe des Bezirksgerichts in der Innenstadt von Colorado Springs stand und zur Presse sprach. Sie sah wunderschön und souverän aus. Nur er konnte erkennen, dass sie panische Angst hatte.

Allye stand neben ihr, hielt ihre Hand und gab ihr Rückhalt. Sie hatten beschlossen, dass es besser war, wenn Chloe bei einer Frau stand, um der Presse nicht noch mehr Futter für Klatsch und Tratsch zu geben. Wenn er mit ihr dort oben gestanden hätte, hätte das sowohl ihn als auch sie ins Rampenlicht gerückt, und das konnten die Mountain Mercenaries nun wirklich nicht gebrauchen.

Der Polizeichef sprach zu der kleinen Menge von Menschen, von denen die meisten Nachrichtenreporter waren, bevor er sagte: »Ich weiß, dass wir alle froh sind, Miss Harris gesund und munter zu sehen, und sie möchte einige Dinge sagen, bevor sie Fragen beantworten wird.«

Ro schwitzte Blut und Wasser. Sie hatten eine kurze und knappe Erklärung für Chloe vorbereitet, vage im Detail, aber sie wussten alle, dass es die Fragen waren, die darüber entscheiden würden, ob ihre Geschichte glaubwürdig war oder nicht. Sie hatte bereits mit einem Kriminalbeamten der Polizeibehörde gesprochen. Sie konnten nicht wissen, ob er einer der Männer war, die Leon in der Tasche hatte oder nicht, aber nach einer angespannten Stunde hinter verschlossenen Türen hatte sie den Raum verlassen und Ro ein verstohlenes Nicken geschenkt, um ihn wissen zu lassen, dass ihre Geschichte, soweit sie es beurteilen konnte, der ersten Überprüfung durch die Polizei standgehalten hatte.

Sie war direkt von der Polizeiwache zum Gerichtsgebäude gegangen, und nun umringten Ro und die anderen Mercenaries die Menge. Sie hielten besonders Ausschau nach verdächtigen Personen und bisher hatten sie Glück, dass sie außer den Reportern niemanden gesehen hatten.

»Vielen Dank, dass Sie heute alle hier erschienen sind und dass Sie sich Sorgen um mich gemacht haben«, erklärte Chloe mit sicherer, klarer Stimme. »Es ist tröstlich zu wissen, dass es gute Menschen wie Sie alle gibt, die sich kümmern und die Person nach Hause bringen wollen, wenn jemand verschwindet. Wie Sie sehen können, geht es mir gut. Ich wurde nie entführt und es tut mir leid, dass mein Bruder das auch nur eine Sekunde lang dachte. Ich habe mir bei dem Unfall den Kopf angeschlagen und bin offenbar Hilfe suchend vom Unfallort weggelaufen. Ich brach zusammen und wurde von meiner Freundin Allye

Martin gefunden. Als ich aufwachte und merkte, was los war, war es zu spät, und mein Bruder hatte bereits Panik bekommen und Alarm geschlagen, dass ich entführt wurde. Aber wie gesagt, mir geht es gut. Ich bin in Sicherheit und gesund.«

Kaum hatte sie ihre kleine Rede beendet, drehten die Reporter durch und riefen ihr Fragen zu.

»Warum dachte Ihr Bruder, Sie seien entführt worden?«

»Wo haben Sie die ganze Zeit über gesteckt?«

»Warum haben Sie nicht angerufen?«

»Werden Sie von irgendjemandem dazu genötigt, vor uns zu sprechen?«

»Nehmen Sie bereits Ihre Medikamente wieder?«

All die Fragen, die sie erwartet hatten, wurden gestellt. Und Chloe ging mit jeder einzelnen Frage wie ein Profi um. Sie schwankte nicht bei ihren Antworten und versicherte allen immer wieder, dass sie glücklich und gesund und alles nur ein großes Missverständnis gewesen sei.

Sie lächelte die Frage nach ihrer geistigen Gesundheit fort, indem sie erklärte, dass sie lediglich Vitamine und Verhütungsmittel einnehme und dass ihr Bruder ihre monatlichen Stimmungsschwankungen offensichtlich für etwas anderes gehalten habe. Sie wurde sogar rot, als sie das sagte, was ihrer Vorstellung Glaubwürdigkeit verlieh.

Gerade als Ro sich entspannte und dachte, dass sie es geschafft hätten und sie sich in der Stadt zeigen könnte, ohne sich Sorgen machen zu müssen, dass jemand sie für ein Entführungsopfer halten könnte, eilte eine Limousine herbei und bremste unweit der Reporterschar.

Sofort in Alarmbereitschaft ging Ro darauf zu.

Ihm kribbelte der Bauch, denn er wusste genau, wer da aussteigen würde. Und er sollte recht behalten. Sie hatten über die Möglichkeit gesprochen, dass ihr Bruder auftauchen könnte. Sie hofften nur, dass sie die Pressekonferenz hinter sich bringen und Chloe wegbringen konnten, bevor er eintraf.

Leon Harris stieg aus dem Auto und die Reporter teilten sich wie das Rote Meer, als er die Treppe zu seiner Schwester hinaufging.

Ro ballte die Hände zu Fäusten und jeder Muskel in seinem Körper war in Alarmbereitschaft. Wenn Leon Chloe etwas antat, würde er dafür bezahlen. Selbst wenn es dem Ruf der Mountain Mercenaries schaden würde. Das Einzige, was Ro davon abhielt, zu Chloe zu gehen, war die Tatsache, dass Allye bei ihr war. Und außerdem wollte Leon aus irgendeinem Grund, dass seine Schwester am Leben blieb.

Sie hatten noch nicht herausgefunden warum, aber er hatte über die Jahre viele Gelegenheiten gehabt, sie zu töten, und hatte es nicht getan. Er glaubte nicht, dass Leon sein zuvorkommendes Verhalten vor all den laufenden Kameras ablegen würde.

In dem Moment, in dem Harris bei Chloe ankam, schlang er seine Arme um sie, drückte sie fest an sich und drängte sie ein paar Schritte zurück vom Mikrofon weg. Ro schaute genau hin und sah, wie Chloe einen Arm hochnahm und ihn um den Rücken ihres Bruders schlang. Für alle Anwesenden sah es wie eine zärtliche Wiedersehensszene aus, aber Ro kannte Chloe, auch wenn er sie erst vor ein paar Tagen zum ersten Mal getroffen hatte. Er konnte sehen, dass sie völlig aufgelöst war.

Sie hatte Allyes Hand nicht losgelassen und man muss der anderen Frau zugutehalten, dass sie sich nicht von dem Geschwisterpaar entfernte, als es einander umarmte. Leon umarmte Chloe einen Hauch länger, als es sich für Geschwister gehörte, und als er sich zurückzog, sah Ro für den Bruchteil einer Sekunde das Grinsen auf seinem Gesicht, bevor er sich zu ihrem Publikum umdrehte.

»Ich danke Ihnen allen für Ihre Sorge und Hilfe bei der Suche nach Chloe. Ich bin so froh, dass es ihr gut geht und sie wieder da ist, wo sie hingehört. Ohne Sie hätte ich das nicht geschafft. Ich danke Ihnen.« Und damit versuchte er, die Treppe hinunterzusteigen, wobei er immer noch die Hand seiner Schwester festhielt.

Aber Chloe rührte sich nicht.

Leon stand einen Moment lang unbeholfen mit ausgestrecktem Arm da, dann ließ er schließlich seine Hand sinken. Er unterhielt sich kurz mit Chloe dort auf der Treppe und Ro bemerkte, wie sie mehrmals den Kopf schüttelte. Sie umklammerte Allyes Hand fester und setzte ein falsches Lächeln auf.

Offensichtlich wollte er vor den Kameras nichts tun, was falsch verstanden werden könnte. Leon drehte seiner Schwester langsam den Rücken zu und bahnte sich seinen Weg durch die Gruppe der Reporter, wobei er Fragen beantwortete.

Kurz bevor Leon wieder in den Wagen stieg, mit dem er gekommen war, trat Ro einen Schritt hinter dem Baum auf dem Rasen des Gerichtsgebäudes hervor und stellte sicher, dass Leon ihn gut sehen konnte.

Die beiden Männer starrten sich gegenseitig an. Ro sah Leon warnend an, aber der andere Mann ignorierte entweder die Warnung oder bekam sie nicht mit, denn er drehte sich einfach um und stieg auf den Rücksitz. Die Limousine fuhr viel langsamer weg, als sie angekommen war, und die Reporter begannen, sich zu zerstreuen, da sie das unbearbeitete Filmmaterial so schnell wie möglich zu ihren Nachrichtensendern bringen wollten, damit es in den Abendnachrichten gezeigt werden konnte.

Wie geplant machten Chloe und Allye sich auf den Weg zu Grays Audi, nachdem sie dem Polizeichef und allen anderen, die noch herumstanden, die Hand geschüttelt hatten. Ro rührte sich nicht, bis beide Frauen sicher im Fahrzeug waren, dann lief er zu Meats Hummer. Ball saß am Steuer, da Meat in seinem eigenen Haus im Keller vor seinen Computern saß.

Arrow und Black fuhren in Arrows Pritschenwagen vor Grays Audi und machten sich auf den Weg zu Ros Haus, wobei sie den langen Weg nahmen, um sicherzugehen, dass sie nicht von Leons Handlangern oder neugierigen Reportern verfolgt wurden.

In der Sekunde, in der Ball den Hummer anhielt, stieg Ro aus und ging auf Grays Fahrzeug zu. Er hatte die Tür geöffnet und Chloe in seinen Armen, bevor er überhaupt darüber nachgedacht hatte. Er machte sich nicht die Mühe, sich nach Gefahren umzusehen oder das Grundstück zu überprüfen. Seine einzige Sorge war es, zu Chloe zu gelangen und sich davon zu überzeugen, dass es ihr gut ging.

In der Sekunde, in der er sie in die Arme schloss und ihre Fliederlotion roch, entspannte er sich. Ro merkte gar nicht, wie gestresst er während der letzten Stunden gewesen war, bis er Chloe im Arm hielt.

»Geht es dir gut?«, fragte er.

Sie nickte, hob aber nicht den Kopf.

Das reichte ihm. Fürs Erste.

KAPITEL DREIZEHN

Zwei Tage später hatte Ro genug. Nach der Pressekonferenz hatte Chloe dichtgemacht. Sie war höflich und freundlich gewesen, aber jedes Mal, wenn er ihren Bruder erwähnte und das, was er auf den Stufen des Gerichtsgebäudes zu ihr gesagt hatte, hatte sie das Thema gewechselt und sich eine Ausrede ausgedacht, um den Raum zu verlassen.

Ro war es leid, um das Thema herumzureden.

Es gefiel ihm nicht, dass Chloe nervös war, und es gefiel ihm wirklich nicht, dass sie offensichtlich Angst hatte und das vor ihm zu verbergen versuchte. Sie sprang bei jedem kleinen Geräusch auf und wenn sein Telefon klingelte, starrte sie ihn so ängstlich an, während er mit demjenigen seiner Freunde sprach, der am anderen Ende der Leitung war, dass ihm das Herz wehtat.

Sie ging viel zu früh ins Bett, besonders für jemanden, der es gewohnt war, bis in die frühen Morgenstunden aufzubleiben. Das eine Mal, als er nach ihr sehen wollte, hatte sie die Schlafzimmertür abgeschlossen.

Sie zog sich von ihm zurück, körperlich und mental, und Ro war es leid.

Nach dem Abendessen half Chloe ihm wie immer beim Abwasch, sagte ihm dann leise gute Nacht und dass sie ins Bett gehen würde. Sie hatte sich sogar noch vor dem Abendessen ihren Schlafanzug angezogen – Schlafshorts und ein kurzärmeliges Hemd, das dazu passte.

Ro hielt sie mit einer Hand auf ihrem Arm auf und schüttelte den Kopf. »Es wird langsam mal Zeit, dass wir unser Kartenspiel zu Ende spielen«, erklärte er ihr.

»Oh, dafür bin ich heute Abend zu müde«, erwiderte Chloe und versuchte, sich von ihm loszumachen.

»Dumm gelaufen«, entgegnete Ro trocken. Er ignorierte ihre Proteste, ging mit ihr ins Wohnzimmer und pflanzte ihren Hintern auf die Couch. »Setz dich hin. Ich hole die Karten.«

»Aber ...«

»Nein, Liebes.«

Ro wusste, dass sie ihn anstarrte, als er zum Bücherregal und den beiden Kartenstapeln hinüberging, die er dorthin gelegt hatte, nachdem sie neulich Abend schließlich aufgehört hatten. Er wusste auch, dass er sein Glück herausforderte, aber als sie nicht aufstand, beschloss er, das als einen Sieg zu verbuchen.

Anstatt sich dieses Mal auf die andere Seite des Couchtisches zu setzen, setzte er sich neben Chloe und ließ einen Meter Platz zwischen ihnen. Er reichte ihr den Kartenstapel, dann drehte er eine seiner eigenen Karten auf dem Kissen zwischen ihnen um.

Einen Moment lang glaubte er, dass sie nicht nachgeben würde. Aber nachdem sie einen resignierten Seufzer ausgestoßen hatte, drehte sie ohne ein Wort eine ihrer Karten um.

Sie spielten eine Weile schweigend. Sie gewann ein paar Runden, genau wie er. Nach einer Weile begann Ro, über Belangloses zu reden.

Er sprach über das Wetter, über die letzten beiden Fahrzeuge, an denen er in seiner Werkstatt gearbeitet hatte, sogar über die streunende Katze, die er fütterte, wie sie wusste. Er erwähnte weder ihren Bruder noch ihre Situation, um das Gespräch möglichst ungezwungen zu halten.

Schließlich wurde er belohnt, als Chloe begann, auf seine Gesprächsversuche einzugehen. Sie verdrehte die Augen, als er sie nach den Kleidern fragte, die am Vortag geliefert worden waren. »Allye ist verrückt«, murmelte sie. »Sie hat es mit der Online-Bestellung von Klamotten ziemlich übertrieben. Ich kann ihr das Geld erst zurückzahlen, sobald ich Zugriff auf das Konto habe, das ich eingerichtet habe, aber ich bin mir ziemlich sicher, dass es im Moment keine besonders gute Idee ist.«

Ro lachte leise.

Chloe starrte ihn an. »Was ist denn?«

»Nichts.«

Sie hielt inne und weigerte sich, eine weitere Karte abzulegen. »Im Ernst, was ist los?«

Ro sah ihr in die Augen und seufzte innerlich, erleichtert über die Irritation, die er in ihrer Stimme hören konnte. Seit sie nach der Pressekonferenz wieder im Haus angekommen waren, hatte sie alle Emotionen außer ihrer Angst unterdrückt, also war es ein Fortschritt, ihr überhaupt eine Reaktion zu entlocken, angesichts der Art und Weise, wie sie sich vorher verhalten hatte. »Erstens, wenn die Zeit reif ist, wird Meat dafür sorgen, dass du dein Geld bekommst. Das ist die geringste deiner Sorgen.«

»Aber ich habe meinen Pass nicht und auch sonst keine Möglichkeit, mich auszuweisen.«

»Darum wird er sich auch kümmern.«

Chloe atmete mit einem unverbindlichen Seufzer aus. »Und zweitens?«

»Was zweitens?«

»Du hast gesagt *erstens*, und das bedeutet, dass es auch ein *zweitens* gibt«, erklärte Chloe ihm.

»Oh, richtig. Und zweitens, es war nicht Allye, die für all die Dinge gezahlt hat, die sie online bestellt hat.«

»Was? Hat sie nicht?«

Ro sah sie mit neutralem Gesichtsausdruck an.

»Oh, verdammt noch mal. Du hast alles bezahlt? Du kannst mir doch nicht für den Rest meines Lebens Klamotten kaufen, Ro.«

»Und warum nicht?«

»Darum!«

Er lachte erneut. »Das ist kein Grund.«

»Weil«, versuchte sie es erneut, »du schon so viel für mich getan hast. Und ich schulde den Leuten nicht gern etwas. Und ich weiß, dass sie teuer waren, und außerdem sind es viel zu viele. Ich werde das meiste davon wohl zurückschicken. Es ist ...«

»Und ich habe das Gefühl, nicht genug getan zu haben«, unterbrach Ro sie. »Wie du schon öfter erwähnt hast, habe ich dich entführen lassen. Dir wurde wehgetan und du wurdest betäubt. Und jetzt sitzt du hier in meinem Haus fest, weil Harris immer noch irgendwo dort draußen ist. Du willst mir nicht erzählen, was er zu dir gesagt hat, und das macht mich völlig fertig, weil ich es für dich regeln würde. Was mich angeht, habe ich das Gefühl, nicht mal *annähernd* genug getan zu haben.«

»Ro, was du getan hast ...«

»Und du schuldest mir gar nichts, verdammt. Dies ist keine Situation, in der ich eine Gegenleistung erwarte. Was das Geld angeht, du hast den McLaren gesehen, oder? Ich habe Geld, Liebes. Zu viel davon. Ich stelle es nicht zur Schau und niemand weiß genau, wie viel Geld ich habe, weil ich es genau so will. Es reicht, wenn ich sage, dass die Kleidung, die ich für dich gekauft habe, kein bisschen ins Gewicht schlägt. Du wirst nichts zurückschicken, denn wenn du es tust, werde ich dir doppelt so viele Sachen besorgen, und sie werden wahrscheinlich nicht passen und schrecklich unmodisch sein, weil ich dieses Mal keine Allye haben werde, die mir hilft.«

Sie starrten einander einen Moment lang an. Ro war sauer, dass sie es überhaupt in Erwägung zog, ein paar der Klamotten zurückzuschicken, die er für sie besorgt hatte, aber er konnte auch sehen, dass sie genauso wütend auf ihn war.

Zwischen zweimal blinzeln passierte allerdings etwas mit ihrem Blick. Ihre Wut wandelte sich in Nachgiebigkeit.

»Du hast Geld?«, fragte sie ihn.

Ro nickte und biss die Zähne zusammen.

»Ich wusste gar nicht, dass Rex euch so gut bezahlt.«

Ro wollte bereuen, dass er es überhaupt angesprochen hatte – denn über seine Finanzen zu sprechen bedeutete, über seine Vergangenheit zu sprechen und darüber, wie er das Geld erhalten hatte –, aber er konnte es nicht. Er wollte Chloe mehr über sein Leben erzählen. Aber es war schon so lange her, dass er über das, was ihm passiert war, gesprochen hatte, dass er nicht sicher war, wo er anfangen sollte oder ob er es überhaupt tun konnte.

Er schaute auf die Karten in seiner Hand und legte eine davon mit der Bildseite nach oben auf das Kissen zwischen ihnen. Er konnte sehen, dass sie ihn anstarrte, aber schließlich setzte sie das Spiel fort.

»Ich war früher in der SAS, einer Spezialeinheit der britischen Armee«, erklärte Ro, als er die Acht einsammelte, die sie an seine Königin verloren hatte. »Schon als kleiner Junge wollte ich immer nur Soldat werden. Mein Vater war fassungslos, weil er ein Geschäftsmann war, der kein Fünkchen Aggressivität in sich hatte. Aber er unterstützte mich. Wenn ich auf Urlaub nach Hause kam, sprachen wir stundenlang über meinen Job, die Einsätze, die ich absolviert hatte, und die neuesten und besten Technologien, die wir verwendeten.«

»Und was ist mit deiner Mutter?«, fragte Chloe leise.

Ro dachte nicht gern an seine Mutter, aber wer A sagt, muss auch B sagen. »Meine Mutter hat meinen Vater nur des Geldes wegen geheiratet. Ich glaube, dass mein Vater dachte, er könne sie dazu bringen, ihn so sehr zu lieben, wie er sie liebte, doch nach mehreren Jahren Ehe stellte er schließlich fest, dass das nicht passieren würde.«

»Haben sie sich scheiden lassen?«

Ro lachte leise, doch es lag kein Humor in seiner Stimme. »Nein. Er hätte niemals sein Ehegelübde gebrochen. Er nahm es ernst. Sie hatte ihm einen Sohn geschenkt und er hatte sich dazu verpflichtet, für sie zu sorgen, solange sie beide lebten.«

»Es tut mir leid.«

Ro zuckte mit den Achseln. »Wie schon gesagt, meinem Vater mangelte es ein wenig an Durchsetzungskraft. Meine Mutter überrollte ihn einfach und er tat, was immer sie wollte. Er ignorierte die Affären, die sie hatte, und tat so, als wäre alles in Ordnung.«

Sie legten beide zehn Karten ab und er legte die drei Karten nach dem Zufallsprinzip aus, dann drehte er die Stichkarte um. Chloe hatte einen König, der gegen seine Fünf stand. Seufzend sah er zu, wie sie die Karten einsammelte, einschließlich seines letzten Asses. Es war nur eine Frage der Zeit, bis sie das Spiel gewinnen würde. Er hätte sich darüber aufregen sollen, aber er konnte es im Moment nicht.

»Ich war auf einer Gemeinschaftsmission mit einer Gruppe von Marines. Wir benutzten eine brandneue Waffe. Sie war angeblich ausgiebig getestet und für sicher befunden worden. Meine Einheit wurde ausgewählt, im Panzer zu sitzen und die Waffe abzufeuern. Es war eine Ehre, ausgewählt worden zu sein.« Ro erschauderte und brauchte einen Moment, bis er bemerkte, dass Chloe ihm die Hand auf den Arm gelegt hatte.

»Wenn du nicht willst, musst du es mir nicht erzählen«, sagte sie leise.

»Lange Rede, kurzer Sinn: Irgendetwas ging schief und der Sprengstoff hatte eine Fehlfunktion im Inneren des Laufs. Er explodierte, und Flammen schossen am falschen Ende heraus und erfüllten das Innere des Panzers mit tödlichen Gasen. Ich griff einen meiner Kameraden und schirmte die Hauptlast der Flammen mit meinem Rücken ab. Die Marines erkannten sofort, was passiert war, und taten ihr Bestes, um die Luke zu öffnen und uns herauszuholen. Es dauerte zu lange.«

Ro sah zu Chloe hoch. »Zwei meiner Kollegen wurden getötet. Ihre Lunge wurde verbrannt, als das Gas sich entzündete. Und ich selbst lag drei Monate lang im Krankenhaus, bevor meine Lunge wieder soweit in Ordnung war, dass ich nach Hause zurückkehren konnte.«

»Und der Kollege, den du mit deinem Körper geschützt hast?«, fragte Chloe leise.

»Ihm ging es gut.«

»Gott sei Dank. Ich bin froh, dass es dir wieder gut geht.«

»Mein Vater besuchte mich, so oft er konnte. Kaum wurde ich entlassen, hat er mich nach Hause geholt, damit ich weiter genesen konnte. Er war wirklich toll.«

»Und was ist mit deiner Mutter?«, wollte Chloe wissen,

da sie anscheinend schon vermutete, welche Richtung seine Geschichte annehmen würde.

»Sie war nicht glücklich darüber, dass ich dort war – bis sie herausfand, dass die Regierung eine ordentliche Summe für den Schmerz und das Leid, das meine Teamkameraden und ich durchgemacht hatten, auszahlen würde. Aber das war nicht genug für sie. Sie heuerte einen teuren Anwalt an, natürlich auf Kosten meines Vaters, und sie verklagten hinter meinem Rücken die Regierung auf eine obszön hohe Summe in meinem Namen.«

»Konnten sie das tun?«, fragte Chloe. »Aber du warst doch nicht mehr minderjährig, hättest du sie nicht *persönlich* verklagen müssen?«

Ro zuckte mit den Achseln. »Das habe ich auch gedacht. Aber anscheinend wollte die Regierung die Sache so schnell wie möglich hinter sich bringen. Es war ein ziemlicher Imageschaden für sie. Sie hat bezahlt. Zwanzig Millionen Pfund wurden auf mein Konto überwiesen. Schweigegeld. Es war von Anfang an schmutziges Geld und ich wollte nichts damit zu tun haben.«

»Deine Mutter hingegen schon.«

Ro nickte. »Mein Leben war die Hölle, als ich bei meinen Eltern lebte, und ich zog aus, sobald ich dazu in der Lage war. Aber Mom brachte meinen Vater dazu, mich wegen des Geldes unter Druck zu setzen. Sie war der Meinung, dass ihr zumindest die Hälfte zustehe, da sie die ganze Arbeit gemacht hatte, um den Prozess in Gang zu bringen. Ich wusste, dass Pop nicht für sich selbst sprach, sondern nur tat, was seine Frau ihm befahl, aber er hatte nicht den Mumm, ihr zu sagen, sie solle sich verpissen. Als er zum letzten Mal in meine Wohnung kam, war ich schrecklich zu ihm. Ich sagte Dinge, die ich bis heute bereue. Ich habe ihm an den Kopf geworfen, dass Mom eine intrigante Schlampe sei und er sich endlich von ihr scheiden lassen solle. Ich sagte ihm, ich wolle ihn nicht wiedersehen, bis er sie losgeworden sei. Er ist nicht laut geworden, hat nicht diskutiert. Er sagte mir einfach, er sei sehr angetan, dass ich sein Sohn sei, und ging.«

»Sehr angetan?«, fragte Chloe.

»Ja, eben glücklich. Er sagte mir, er sei stolz auf mich. Und das war das Letzte, was ich je von ihm gehört oder gesehen habe. Dann fuhr er nach Hause und erhängte sich.«

»Ronan!«, rief Chloe. Sie beugte sich vor, legte ihre Karten auf den Wohnzimmertisch, nahm Ro seine Karten aus der Hand und rutschte zu ihm, sodass sie praktisch auf seinem Schoß saß. »Es tut mir so leid.«

»Mir auch«, erklärte Ro. »Meiner Mutter hingegen war es fast völlig egal. Sie warf mir vor, es sei meine Schuld, und wenn ich ihnen ein wenig Geld von meiner Entschädigung gegeben hätte, hätte mein Vater sich sicher nicht umgebracht.«

»Du weißt, dass das Blödsinn ist, richtig?«, fragte Chloe, legte ihre Hände auf seine Wangen und zwang ihn, sie anzusehen.

Ro sah in ihre braunen Augen und gestand ihr dann etwas, das er noch nie laut ausgesprochen hatte. »Das ist kein Blödsinn. Ich wollte das Geld nicht. Hätte ich es ihnen gegeben, wäre mein Vater jetzt noch am Leben.«

»Verdammt noch mal«, erklärte Chloe mit Nachdruck. Dann setzte sie sich rittlings auf seinen Schoß.

Ro bewegte wie automatisch die Hände zu ihrer Hüfte, um sie festzuhalten, damit sie nicht von seinem Schoß fiel. Sie lehnte sich zu ihm, bis ihre Nase seine Nase berührte, und sagte mit leiser, nachdrücklicher Stimme: »Es tut mir leid, aber deine Mutter ist eine geldgierige Schlampe. Dein

Vater war stolz auf dich für alles, was du beim Militär getan hast, aber auch weil du der Mann geworden bist, der du bist. Du hast dich nicht von ihr unterkriegen lassen und ich weiß, wenn er noch leben würde, würde er dasselbe sagen.«

»Er hat sich meinetwegen umgebracht. Und meine letzten Worte an ihn waren, dass ich ihn nie wiedersehen will.«

»Für mich hört es sich so an, als hätte dein Vater ganz andere Probleme gehabt, von denen du wahrscheinlich überhaupt nichts wusstest. Wie du selbst gesagt hast, war er nie sonderlich durchsetzungsstark. Wahrscheinlich hat er viele Dinge einfach verdrängt ... die typisch englische Duldung, du weißt schon.« Sie schenkte ihm ein kleines, trauriges Lächeln. »Er hat dich geliebt, Ro. Du darfst dir seinen Tod nicht anlasten. Leider bringen sich tagtäglich Menschen um und meistens denken sie nur daran, wie viel Schmerzen *sie* ertragen müssen. Sie denken nicht an die Menschen, die sie lieben. Sie denken nicht daran, was sie anderen damit antun. Sie konzentrieren sich nur auf ihre eigenen Gefühle und wie verzweifelt sie sich wünschen, dass der Schmerz endlich aufhört. Ich nehme an, dass es kein kurzfristiger Entschluss für ihn war.«

Ro schluckte. »Die Kreditkartenabrechnung belegte, dass er das Seil schon drei Wochen vorher gekauft hatte.«

»Siehst du.« Chloe legte ihre Hände zwischen die Couch und seinen Rücken. Sie wand sich ein wenig, bis ihre Oberkörper sich berührten. Ihre Beine waren geöffnet und ihr Unterleib drückte gegen seinen Schritt. Sie vergrub ihr Gesicht an seinem Hals und sagte leise: »Dein Vater hat dich geliebt, Ro. Es tut mir so leid, dass du das durchmachen musstest. Es tut mir leid, dass du das Gefühl hast, dein Geld sei schmutzig. Das ist wirklich schrecklich.«

Das war es wirklich, doch eine anschmiegsame, weiche

Chloe in den Armen zu halten war alles andere als schrecklich.

»Also behältst du die Klamotten?«, fragte er.

Er fühlte das leise Lachen, das aus ihrer Kehle drang er, als er es hörte. »Ja, Ro, ich werde sie behalten. Danke.«

»Arrow war einer der Marinesoldaten, die mir aus dem Panzer geholfen haben«, erklärte er ihr.

Sie hob den Kopf und sah ihn überrascht an. »Tatsächlich?«

»Ja. Er blieb während meiner gesamten Genesungsphase und der Reha in Kontakt. Als ich dann offiziell aus der britischen Armee entlassen wurde, kontaktierte er mich und teilte mir mit, dass jemand ein Jobangebot für mich hätte.«

»Rex«, folgerte Chloe.

»Rex«, bestätigte Ro. »Ich kam rüber in die Staaten und betrat diese heruntergekommene alte Billardkneipe. Als Rex nicht auftauchte, dachte ich, es sei alles ein verdammter Scherz gewesen. Ich und die anderen haben eine Weile über das falsche Jobangebot gemeckert und dann beschlossen, dass wir genauso gut bleiben und ein paar Runden Billard spielen könnten. Wir haben uns besoffen ... und ein paar Stunden später rief Rex jeden von uns an, einen nach dem anderen, und bot uns einen Job bei den Mountain Mercenaries an.«

»Darüber bin ich froh«, erklärte Chloe und legte ihren Kopf an seine Schulter.

Ro spürte ihren warmen Atem an seinem Hals. Aber er wurde davon nicht scharf; stattdessen fühlte er sich behaglich und entspannt mit ihr in seinen Armen. Er war außerdem erleichtert, weil er ihr seine Geschichte erzählt hatte. Nicht viele Menschen kannten sie. Nur Rex und natürlich Arrow, aber er glaubte nicht, dass sonst noch jemand wusste, wie viel Geld er auf der Bank hatte. Abgesehen von dem McLaren stellte er seinen Reichtum nicht zur Schau. Er arbeitete als Mechaniker und hatte ein schönes Haus, das allerdings nicht gerade pompös war. Er führte ein stinknormales Leben.

»Hast du sie seitdem gesehen?«, wollte Chloe wissen.

Ro wusste, dass sie damit seine Mutter meinte, und nickte. »Ein einziges Mal. Ich bin nach England zurückgekehrt, um mit ihr zu reden. Um Informationen zu bekommen. Um herauszufinden, ob sie wusste, dass mein Vater so unglücklich war. Sie kam in einem Louis Vuitton Kleid und Manolo Blahnik Schuhen an die Tür und es war offensichtlich, dass sie sich ein paar Schönheitsoperationen unterzogen hatte. Hinter ihr tauchte ein Mann auf, der ungefähr zwanzig Jahre jünger war, und fragte mich, wer ich sei. Ich drehte mich um und ging ohne ein weiteres Wort weg. Wenn du mich fragst, bin ich ein Waisenkind.«

»Ich werde dich adoptieren«, erklärte Chloe.

»Abgemacht«, erwiderte Ro sofort.

»Ich habe nur Spaß gemacht«, erklärte sie.

»Ich nicht.«

So saßen sie lange Zeit beieinander. Ro dachte schon, Chloe sei eingeschlafen. Ihre Oberkörper hoben und senkten sich, als sie gemeinsam atmeten. Er spürte ihren warmen Atem an seinem Hals und spielte mit der Hand auf ihrem Rücken mit den Strähnen ihres langen, schwarzen Haares. Er hatte sich in seinem ganzen Leben noch nie so wohlgefühlt.

»Er hat gesagt, er würde zurückkommen«, flüsterte Chloe so leise, dass Ro es nicht gehört hätte, hätte sich ihr Mund nicht direkt neben seinem Ohr befunden. »Er hat mich umarmt und mir gesagt, ich sei ungezogen gewesen und dass er alle und jeden umbringen würde, die mir geholfen haben, wenn ich nicht bis zum Wochenende in sein Haus zurückkehren würde. Ich glaube, weil ich mich ihm gegenüber immer so unterwürfig verhalten habe, glaubt er wirklich, dass ich schnell nach Hause zurückkehre, nur um ihn nicht wütend zu machen.«

Ros Muskeln spannten sich sofort an und das gelöste Gefühl, das er gehabt hatte, wurde durch eines der totalen Wut ersetzt. Er schaffte es, seine Berührung auf ihrem Rücken und ihrer Taille leicht und ruhig zu halten. »Und was sonst noch?«, fragte er. »Erzähl mir alles.«

»Er sagte, er hätte einen besonderen Abend für meine erste Nacht zurück im *BJ's* geplant, und dann würde er mich in sein Bordell bringen, wo er genügend Männer für einen Monat versammelt hätte, um mir eine Lektion zu erteilen. Danach würde er mich an Smaldone und Carlino übergeben, damit sie mit mir machen können, was sie wollen.«

»Und was hat er gesagt, als er gegangen ist? Als er versucht hat, dich dazu zu bringen, mit ihm zu kommen?«, fragte Ro.

»Bis bald«, flüsterte Chloe.

Ro führte seine Hände an ihren Hals, legte seine Daumen an ihren Kiefer und hob ihren Kopf von seiner Schulter. Er spürte, wie sie ihre Fingernägel in seinen Rücken grub, weil sie so aufgebracht war. Er begegnete ihrem besorgten Blick mit seinem ruhigen.

»Ich könnte es nicht ertragen, wenn dir oder Allye oder einem der anderen etwas zustoßen würde«, gab Chloe zu. »Als ich vorhatte, selbst zu fliehen, war es nicht so Furcht einflößend. Da war ich allein. Aber jetzt … wenn er herausfindet, dass du mir geholfen hast, wird er nicht ruhen, bis er dir auch wehgetan hat. Es geht nicht mehr nur um mich.«

Ro lächelte. Und es war auch kein unbeschwertes Lächeln. Es war ein Lächeln voller Entschlossenheit und

Bösartigkeit. »Dieses Arschloch wird nicht gewinnen, Liebes. Das werde ich nicht zulassen.«

Zum ersten Mal seit der Pressekonferenz traten ihr Tränen in die Augen – zumindest soweit er wusste. »Das kannst du nicht garantieren.«

»Das kann ich und das werde ich«, erklärte Ro mit Nachdruck. »Bis jetzt haben wir deinen Bruder mit Samthandschuhen angefasst, doch damit ist jetzt Schluss.«

»Was hast du vor?«

»Ehrlich? Ich weiß es noch nicht. Und einiges hängt davon ab, was Meat bei seinen Nachforschungen herausfindet. Er ist zwar ausgesprochen gut, aber er hat nach ein paar Schwierigkeiten einen Freund gefragt, ob er ihm helfen kann.«

»Ein Freund?«

»Ja, ein Typ, der anscheinend jeden kennt und irgendwie sogar das Unmögliche rausfinden kann.«

»Hört sich nach jemandem an, den wir gern auf unserer Seite haben«, scherzte Chloe, die ganz offensichtlich versuchte, ihre Tränen zurückzuhalten.

Ro führte seine Hände langsam zu ihrem Gesicht hinauf und wischte die verirrten Tränen weg. Dann beugte er sich vor und küsste jede Wange, wobei der leichte Geschmack von Salz auf seiner Zunge explodierte. Er küsste sanft ihren Mund und verweilte dort, als sie seufzte und ihre Lippen für ihn öffnete. Ro fuhr mit seiner Zungenspitze über ihre Unterlippe und nahm sie dann zwischen die Zähne. Er biss leicht hinein, und als sie stöhnte und sich auf seinem Schoß wand, ließ er los.

»Geh nicht«, bat er sie. »Ich weiß, dass die Dinge im Moment ziemlich düster und unmöglich aussehen, aber geh nicht.«

Sie erwiderte daraufhin nichts.

»Wenn du gehst, werde ich Himmel und Hölle in Bewegung setzen, um dich zurückzuholen. Es gibt keinen Ort auf der Welt, an dem Harris dich verstecken könnte, wo ich dich nicht finden würde. Und ich werde niemals aufgeben. Ich werde jeden einzelnen Cent meines Geldes ausgeben, um dich zu finden, Liebes. Du weißt, dass ich das tun werde.«

»Ich bin es nicht wert.«

»Blödsinn«, erwiderte Ro daraufhin umgehend. »Du bist so verdammt viel mehr wert, als du denkst. Irgendetwas ist da zwischen uns, Chloe. Sag mir, dass du es auch spürst. Sag mir, dass ich nicht der Einzige bin«, befahl er ihr.

Er hätte nicht gedacht, dass sie es zugeben würde. Sie saß auf seinem Schoß und sah ihn mehrere Minuten lang an. Ro weigerte sich, die Stille zu durchbrechen. Sie war stur, doch er war sturer.

»Du bist nicht der Einzige«, erwiderte sie schüchtern.

»Wusste ich es doch.«

Sie kicherte.

»Was ist?«

»Hättest du nicht sagen müssen *Wusste ich es doch, verdammt*? Weil die Briten so viel fluchen?«

Er grinste. »Ja, aber das hört sich ein bisschen merkwürdig an.«

Sie lachte erneut und das Geräusch fuhr ihm direkt zwischen die Beine. Er zog sie fester an sich und ließ sie spüren, welche Wirkung sie auf ihn hatte.

In der Sekunde, in der ihr klar wurde, was sie da zwischen ihren Beinen spürte, erstarrte sie. »Du hast eine Erektion«, hauchte sie.

»Die habe ich«, versicherte Ro ihr und zog sie näher an sich, als sie versuchte, nach hinten zurückzuweichen.

»Aber ... neulich im *BJ's*, als ich genauso auf dir gesessen habe ...«

»Da hast du es nicht aus freien Stücken getan«, erklärte Ro ihr. Dann ließ er ihre Taille los und legte seine Arme auf die Lehne der Couch. »Aber bitte schön, du kannst tun und lassen, was du willst. Aber dich lachen zu hören und zu wissen, dass ich dafür verantwortlich bin – dass es mir gelungen ist, dich all deine Sorgen für einen Moment lang vergessen zu lassen und wirklich zu lachen –, ja, das macht mich höllisch an.«

Er ging davon aus, dass sie wahrscheinlich von ihm wegrutschen würde. Dass sie durch seine offensichtliche Erregung verunsichert wäre, doch sie überraschte ihn, indem sie mit der Hüfte näher heranrutschte und sich ein wenig zurücklehnte, damit sie ihn sogar noch besser spüren konnte.

»Es gefällt mir.«

»Es?«, fragte er frech.

Sie errötete und sagte: »Ja. Es. Die Tatsache, dass du eine Erektion hast. Dich unter mir zu spüren. Dass ich dich erregen kann. *Es.*«

»Es gefällt mir auch«, entgegnete Ro. Dann schob er seine Hände unter ihren Hintern und stand in einer flüssigen Bewegung auf.

Chloe kreischte, schlang ihm aber die Arme um den Hals, als er auf die Treppe zuging. Sie fragte ihn nicht, wohin sie gingen, sondern hielt sich einfach nur fest. Das erregte Ro noch mehr.

Er brachte sie die Treppe hinauf und direkt in sein Schlafzimmer. In dem Moment, in dem er die Tür öffnete, stöhnte er.

»Was ist?«, fragte sie und hob den Kopf.

»Hier drin riecht es nach dir«, erklärte er ihr. »Nach Flieder. Mist, jetzt werde ich nie wieder Flieder riechen können, ohne einen Ständer zu bekommen.«

Sie kicherte und wieder einmal spürte Ro, wie sein Schwanz in der Hose zuckte. Warum er bei ihrem Lachen einen Steifen bekam, wusste er nicht. Nein, das war eine Lüge. Er wusste es. Er liebte es, sie glücklich zu machen. Es war viel zu offensichtlich, dass es in den letzten Jahren nicht viel Glück in ihrem Leben gegeben hatte.

Er schritt auf das Bett zu und ließ sie kurzerhand fallen. Chloe kreischte, als sie auf die Matratze plumpste. Dann lachte sie noch mehr und rutschte nach hinten. Sie sah nicht im Geringsten verängstigt aus, Gott sei Dank.

Ro kam ihr nach, drehte sie energisch auf die Seite und kuschelte sich dann hinter sie. Er sagte kein Wort, vergrub einfach seine Nase in ihrem Haar und hielt sich fest.

»Äh ... geht es dir gut?«, fragte Chloe vorsichtig.

»Während der letzten zwei Nächte habe ich immer daran gedacht, dass du hier oben alleine schläfst, in meinem Bett, und es hat mich fertiggemacht. Ich wusste, dass du verärgert warst und dass du nicht mit mir über Harris reden wolltest. Ich hätte am liebsten die verschlossene Tür aufgebrochen und dich in die Arme genommen, einfach so. Kannst du mir heute Abend den Gefallen tun? Ich weiß, es ist noch früh, aber vielleicht für eine Weile? Dann gehe ich wieder nach unten und du kannst etwas schlafen.«

»Es ist nicht zu früh«, entgegnete Chloe. »Und du weißt ja nicht, wie oft ich mir gewünscht habe, nach unten zu gehen und mich unten auf der Couch in deine Arme zu kuscheln, genau so, damit du mich tröstest und mir sagst, dass alles wieder gut wird.«

»Es *wird* alles wieder gut«, erwiderte Ro sofort.

Er spürte, dass Chloe seufzte und, falls es überhaupt möglich war, noch enger mit ihm verschmolz.

»Das hoffe ich.«

»Ich weiß es genau«, entgegnete Ro.

Nach etwa einer weiteren Minute sagte Chloe: »Entführt zu werden ist das Beste, was mir jemals passiert ist.«

Ro lachte leise. »Na ja, lassen wir es besser nicht zur Gewohnheit werden, was?«

»Das tue ich nicht, wenn du es auch nicht tust«, erwiderte sie frech.

»Abgemacht.« Er schloss die Augen und zog Chloe fester an sich. Er hatte in diesem Bett noch nie eine Frau gehabt. Und jetzt roch es nach ihr. Die Decke, das Kissen, sogar der Überwurf roch schwach nach Flieder. Er wollte, dass es auch in jede Pore seines Körpers getragen wurde, wollte ihren Duft überall mit sich hintragen. Ro hatte so was noch nie empfunden. Niemals.

Er war glücklicher, sie einfach nur im Arm zu halten und mit ihr einzuschlafen, als er es jemals mit jemand anderem gewesen war.

KAPITEL VIERZEHN

Chloe wachte langsam auf, nachdem sie so fantastisch wie noch nie zuvor geschlafen hatte. Sie hatte immer noch ihren Schlafanzug an und es sah nicht so aus, als hätten sie und Ro sich über Nacht auch nur einen Zentimeter bewegt, nachdem er einmal kurz aufgestanden war, um sich eine Jogginghose anzuziehen. Sie lag auf der Seite, in der gleichen Position, in der sie eingeschlafen war, und er hatte immer noch seinen Arm um sie gelegt.

In der Sekunde, in der sie sich bewegte, bewegte er sich auch. Sie drehte sich auf den Rücken und er beugte sich mit einem kleinen Lächeln im Gesicht über sie.

»Was ist?«

»Du bist wunderschön.«

Sie verdrehte die Augen. »Mein Haar ist wahrscheinlich vollkommen zerzaust. Ich habe mich seit Tagen nicht mehr geschminkt, meine Klamotten sind zerknittert und ich wiege wahrscheinlich rund fünfzehn Kilo mehr, als es der Fall sein sollte.«

Ro erwiderte darauf sofort: »Dein Haar ist zerzaust und es

gefällt mir wahnsinnig gut, weil ich weiß, dass es so ist, weil du die ganze Nacht in meinem Bett geschlafen hast. Und du brauchst kein Make-up – du siehst auch so toll aus. Deine Klamotten sind mir egal und außerdem ist dein Körper *perfekt*.« Er ließ seine Hand von ihrem Oberarm, wo sie gelegen hatte, über ihren Bauch zu ihrer Taille und dann ihren Oberschenkel hinabgleiten. Er legte sich auf den Rücken und zog Chloe dann auf sich, sodass sie auf ihm saß. Er drückte sie so, dass ihre Muschi direkt auf seinen Schwanz drückte. Und zwar einen ausgesprochen harten und eindrucksvollen Schwanz.

»Ich liebe deine Figur«, sagte er und ließ den Blick frei und voller Verlangen über ihren Körper schweifen. Als sie sein Verlangen darin sah, wurde sie ganz feucht zwischen den Beinen. Die Männer im *BJ's* hatten ihren Körper ebenfalls angesehen, aber bei Ro war es irgendwie etwas anderes. Sein Blick war fast ehrfürchtig.

Mit einer Hand an ihrer Taille, mit der er sie an sich drückte, benutzte er die Finger seiner anderen Hand, um sie verrückt zu machen. Während er sprach, ließ er sie mit federleichten Berührungen an ihrem Körper auf und ab huschen. »Deine Brüste sind wunderschön. Voll und schwer. Deine Brustwarzen betteln um meine Berührung. Deine Arme sind durchtrainiert und stark, sodass du dich abstützen kannst, wenn ich dich von hinten nehme. Dein Bauch ist weich, genau wie er sein sollte. Ich kann dich hart nehmen und werde dir nicht wehtun. Deine Schenkel werden sich so süß und warm um mich herum anfühlen, wenn wir Sex miteinander haben.«

Chloe wusste, dass sie furchtbar errötete, aber sie unterbrach weder seine Worte noch seine sanften Berührungen. Langsam spreizte er seine Beine unter ihr und zwang ihre Beine dabei weiter auseinander. Sie saß mit weit gespreizten

Beinen auf ihm und der Großteil ihres Gewichts ruhte auf seinem Schritt.

Sie stützte sich auf seiner Brust ab und keuchte schwer, während sie auf Ro hinunterstarrte. Sie wollte ihn. Sie kannte ihn erst seit ein paar Tagen, aber sie fühlte sich ihm näher als jedem anderen Mann, den sie je getroffen hatte. Und das nicht nur wegen der aktuellen Situation mit ihrem Bruder. Hätten sie sich vor fünf Jahren kennengelernt, bevor alles anfing, hätte sie wahrscheinlich genauso empfunden wie in diesem Moment. Dass sie irgendwie füreinander bestimmt waren.

»Bist du feucht, Liebes?«

Chloe leckte sich die Lippen und nickte, wobei sie versuchte, sich nicht zu schämen. Schließlich handelte es sich hier um Ro. Bei ihm sollte sie sich für nichts schämen.

»Darf ich nachschauen?«

Sie zögerte und fragte sich, ob sie es vielleicht zu schnell angehen ließen, obwohl sie sich zu ihm hingezogen fühlte, und antwortete nicht sofort.

Ro strich mit den Fingerspitzen ihre Arme hinauf und hinab, sodass sie eine Gänsehaut bekam. »Mehr möchte ich momentan nicht tun. Ich weiß, dass es schnell geht, aber irgendwie kann ich mich nicht beherrschen.«

Sie sah die Unsicherheit in seinen Augen und wollte ihm versichern, dass sie ganz bei ihm war. »Bitte«, sagte sie.

Die leichte Arroganz kehrte sofort in seinen Blick zurück. Auch die Leidenschaft kehrte zurück. Eine Hand führte er zu ihrem Hintern und streichelte ihre Pobacke, mit der anderen drückte er gegen ihre Muschi.

Sie zuckte überrascht zusammen. Aus irgendeinem Grund hatte sie gedacht, er würde es langsam angehen. Er würde sie mit seinen Berührungen necken. Aber er neckte sie nicht. Er ließ seine Hand nach unten gleiten, bedeckte ihre Muschi und knurrte besitzergreifend in seiner Kehle. Ihr Pyjama war in der Nacht zuvor völlig angemessen gewesen. Sie hatte nicht zweimal darüber nachgedacht, ihn in seiner Nähe zu tragen, weil sie sich mit Ro wohlfühlte, aber jetzt, da sie mit weit gespreizten Beinen auf ihm saß, fühlte sie sich fast nackt.

Chloe versuchte, sich zu bewegen, aber er hielt sie mit eisernem Griff fest.

Ro ließ seine Finger leicht über ihren Oberschenkel gleiten, ließ sie dann unter die Baumwollshorts gleiten und fuhr damit wieder nach oben.

»Ro«, protestierte sie.

Er hielt inne. »Bitte, Liebes. Lass mich das für dich tun. Ich möchte dir diese Freude machen.«

Wie hätte sie dazu Nein sagen sollen? Sie konnte es nicht. Und sie wollte es auch gar nicht.

Chloe nickte und hielt den Blick auf sein Gesicht gerichtet, da sie einfach noch nicht ganz bereit dazu war, seine Hand auf ihrem Körper zu sehen.

Er hingegen hatte solche Skrupel nicht; sein Blick war zwischen ihren Beinen gefangen.

Als er endlich seine Finger an ihrem feuchten Höschen entlanggleiten ließ, schrak Chloe zusammen und sah, wie er sich über die Lippen leckte.

»Völlig durchweicht«, stellte er fest. Und ohne zu zögern, schob er ihr das Höschen zur Seite und fing an, sie zu berühren.

»Oh mein Gott«, stöhnte Chloe, als er seinen Daumen sofort zu ihrer Klitoris wandern ließ und begann, sie zu streicheln, während er mit zwei Fingern tief in ihren Körper eindrang.

Er sagte nichts, während er sich darauf konzentrierte herauszufinden, was ihr gefiel. Als er fest auf ihre Klitoris drückte, wich sie vor seiner Berührung zurück, aber wenn er seinen Finger leicht und rhythmisch über ihre Lustknospe gleiten ließ, wölbte sie sich ihm entgegen.

»Mmmm«, murmelte er.

»Ro«, sagte sie, war sich allerdings nicht sicher, worum sie ihn bitten wollte.

»Ja?«

»Ich will mehr«, bat sie ihn.

Sofort bewegte er seinen Daumen schneller und rieb ihre Klitoris immer wieder mit zunehmendem Druck. Bevor sie wusste, was sie tat, begann Chloe, gegen seine Hand zu stoßen. Das Gefühl seiner großen, schwieligen Finger in ihr fühlte sich besser an als alles, was sie in der Vergangenheit mit sich selbst angestellt hatte.

Er hörte ganz auf, seine Finger zu bewegen, und sie stöhnte aus Protest auf.

»Nimm dir, was du brauchst, Liebes«, erklärte Ro ihr. »Fick meine Hand.«

Wenn sie klarer gedacht hätte, wäre es Chloe vielleicht peinlich gewesen, aber er hatte sie so nahe an den Rand ihres Orgasmus gebracht, dass sie nicht zögerte. Ihre Hüften bewegte sie auf ihm auf und ab und hin und her, sie strebte verzweifelt nach dem Höhepunkt, der unerreichbar schien.

Wimmernd griff sie nach seinem Bizeps und bettelte: »Bitte hilf mir.«

Ohne sie zweimal bitten zu lassen, benutzte Ro seine Hand an ihrer Hüfte, um sie ruhig zu halten, und begann, die andere, die Hand tief in ihrem Körper, zu bewegen. Mit den Fingern stieß er in ihre feuchte Spalte hinein und wieder heraus, und jedes Mal, wenn er eindrang, strich er mit dem Daumen über ihre Klitoris.

»Genau so, Liebes. Verdammt, du bist wunderschön,

entspann dich. Lass dich gehen und vertraue mir, dass ich dich zum Orgasmus bringe.«

Chloe hörte die Worte kaum; sie war so sehr in ihre eigenen Emotionen versunken.

Dann drehte er seine Hand leicht, sodass seine Finger nach vorn gerichtet waren, und krümmte sie beim nächsten Druck in ihrem Inneren.

»Ro!«, rief sie und zog sich um ihn herum zusammen.

»Das ist der richtige Punkt«, sagte er eher zu sich selbst als zu ihr. »Halt dich gut fest, Liebes. Jetzt geht es rund.«

Sie hatte keine Zeit nachzufragen, als er seine Finger immer schneller in sie hineinstieß, wobei er jedes Mal eine Stelle traf, die sie dazu brachte, sich fester gegen ihn zu drücken und sich gleichzeitig am liebsten zurückzuziehen. Dann, mit einem letzten Stoß, ließ er seine Finger dort und strich immer wieder über die hochempfindliche Stelle in ihr, während er mit dem Daumen fest ihre Klitoris rieb.

Dann war es um sie geschehen. Mit einem Schrei kam sie zum Höhepunkt, ohne zu wissen oder sich dafür zu interessieren, wo sie war oder was sonst um sie herum geschah. Ro behielt seine Finger an Ort und Stelle und verlängerte ihren Orgasmus um einige Takte, bevor er seine Finger sanft herauszog. Er richtete ihr Höschen, behielt aber seine Hand auf ihr.

Schließlich sank Chloe völlig entkräftet auf Ros Oberkörper und keuchte schwer, als wäre sie gerade einen Marathon gelaufen. Sie rührte sich nicht, bis sie spürte, wie er seine Hand zwischen ihren Beinen wegzog. Aus dem Augenwinkel sah sie, wie er sie zu seinem Mund führte und sich zwei Finger in den Mund steckte.

»Oh mein Gott«, sagte sie und kniff die Augen zusammen.

»Lecker«, sagte er ehrfürchtig.

Chloe wand sich, weil sie feststellte, dass sie schon wieder Lust bekam und immer noch auf ihm saß, wobei er noch immer einen Ständer hatte.

»Möchtest du, dass ich ...«

»Ja«, unterbrach Ro sie. »Wahnsinnig gern. Aber nicht jetzt. Ruh dich einfach aus.«

»Aber es ist nicht fair.«

»Ich halte dich in meinen Armen, gesättigt und entspannt, Chloe. Meine Finger riechen und schmecken nach dir. Ich habe deinen Fliederduft überall an mir und meiner Bettwäsche. Ich bin so erregt wie nie zuvor in meinem Leben, aber ich habe weder die Lust noch die Kraft, mich zu bewegen. Später, Liebes. Wir haben alle Zeit der Welt.«

»Okay«, murmelte sie.

Sie lagen noch etwa dreißig Minuten so da, erholten sich und dösten. Seine Erektion flaute schließlich etwas ab, obwohl sie nie ganz erschlaffte. Irgendwann seufzte er und sagte: »Wir sollten wahrscheinlich aufstehen. Ich habe einige Male gehört, wie mein Handy vibrierte, und ich weiß, dass du dich wahrscheinlich frisch machen willst.«

Jetzt, wo er es erwähnte, fühlte es sich tatsächlich irgendwie unbehaglich zwischen ihren Beinen an. Chloe richtete sich auf und zwang sich, seinem Blick zu begegnen. »Vielen Dank.«

»Gern geschehen«, erwiderte Ro, ohne zu zögern. »Und ich möchte nicht, dass du dich jemals wieder selbst runtermachst, verstanden?«

Sie lächelte zu ihm herab. »Falls es heißt, dass ich mehr davon bekomme, ist es das vielleicht wert.«

»Verzogene Göre«, sagte Ro und setzte sich problemlos mit ihr auf dem Schoß auf. »Komm schon. Hoch mit dir. Du kannst das Bad zuerst benutzen, während ich mein Handy überprüfe.«

»Wusstest du, dass deine Mutter Multimillionärin war?«

Die Frage war so lächerlich, dass Chloe beinahe laut aufgelacht hätte. Aber als sie feststellte, dass Meat anscheinend nicht scherzte, fragte sie: »Wie bitte?«

Als Ro an jenem Morgen schließlich sein Telefon überprüft hatte, stellte er fest, dass Meat mehrmals versucht hatte, ihn anzurufen. Er wollte rüberkommen, um »sich zu unterhalten«.

Er war zusammen mit Arrow angekommen, nachdem Ro und sie gefrühstückt hatten, und sie saßen nun am Esstisch und unterhielten sich.

»Sie hatte vierhundertsiebenundsechzig Millionen Dollar auf ihren Konten, als sie starb«, informierte Meat Ro und sie.

Chloe schüttelte den Kopf. »Nein. Das stimmt nicht. Mein Vater war derjenige mit dem Geld. Nicht meine Mutter.«

»Das ist nicht richtig«, widersprach Meat und drückte ein paar Knöpfe auf seinem Laptop. »Oh, versteh mich nicht falsch, dein Vater hatte auch Geld, aber eher so was wie zehn Millionen in Investitionen, als er starb, nicht die knappe halbe Milliarde, die deine Mutter besaß.«

Chloe starrte Meat ungläubig an.

»Du wusstest es nicht«, stellte Arrow unnötigerweise fest.

Chloe schüttelte trotzdem den Kopf. »Nein. Ich hatte keine Ahnung, aber mein Vater hat das alles bekommen, als sie starb, richtig?«

»Eigentlich nicht«, erwiderte Meat.

»Ich verstehe es nicht«, bemerkte Chloe.

Meat hob den Blick von seinem Laptop und traf mit seinen dunkelgrauen Augen ihren Blick. »Soweit ich weiß, ging das Geld nach dem Tod deiner Mutter nicht auf das Konto deines Vaters. Ich bin mir nicht sicher warum. Es liegt immer noch auf denselben Konten und wird verzinst. Es gibt ein Konto, auf das ich noch nicht zugreifen konnte, um es zu überprüfen, aber mein Freund arbeitet daran, um zu sehen, ob es dort etwas Interessantes gibt. Aber als dein Vater starb, wurde *sein* Geld definitiv von deinem Bruder übernommen. Während der letzten fünf Jahre wurde das Geld von seinen Konten nach und nach abgebaut – oder nicht so nach und nach –, und jetzt sind nur noch etwa eineinhalb Millionen übrig.«

Chloe schüttelte ungläubig den Kopf. Die Tatsache, dass Meat »nur« eineinhalb Millionen sagte, hätte sie fast zum Lachen gebracht. Als Finanzberaterin hatte sie ein gutes Gehalt verdient, aber nicht annähernd so viel. Sie hätte mindestens fünfzehn Jahre gebraucht, um mit ihrem früheren Gehalt so viel Geld anzusparen, und das auch nur, wenn sie nichts davon ausgegeben hätte. »Ich habe Leon immer wieder gesagt, dass er mehr Geld ausgab, als er durch die Zinsen einnahm, aber er wollte einfach nicht auf mich hören. Er sagte immer wieder, dass er bald eine große Auszahlung bekommen würde.«

»Und war das der Fall?«, fragte Arrow.

Chloe zuckte mit den Achseln. »Ich habe keine Ahnung. Ich meine, er hatte mindestens einmal im Monat große Zahlungen auf seinen Konten, manchmal zweimal, die von irgendwoher kamen, allerdings nicht von seinen Geschäften. Als ich von der Mafia erfuhr, nahm ich an, dass es Erpressungsgeld war.« Sie verzog den Mund. »Ich habe so ein schlechtes Gewissen gegenüber demjenigen, den er erpresst hat. Ich meine, ich kann mir einfach nicht vorstellen, so etwas zu tun.«

»Ist es dir schon gelungen, Einsicht in das Testament ihres Vaters zu gewinnen?«, fragte Ro Meat.

Chloe spürte, wie er mit dem Finger über ihren Nacken strich. Er hatte seinen Arm auf die Stuhllehne gelegt, als sie sich hingesetzt hatten, und er spielte schon eine Weile mit ihrem Haar, aber dies war das erste Mal, dass er ihre Haut berührte. Sie zitterte bei der leichten Berührung und zwang sich, ihm Aufmerksamkeit zu schenken.

»Das ist ja das Merkwürdige. Ich habe eine Kopie des Testaments bekommen, aber irgendwie stimmt damit etwas nicht.«

»Inwiefern?«, wollte Chloe wissen.

»Ich weiß es auch nicht genau. Es stimmt einfach etwas nicht damit.«

»Darf ich das Testament sehen?«, fragte Chloe, frustriert über sich selbst, kaum hatte sie die Frage ausgesprochen. Aber sie hatte sich so lange als unterwürfig ausgegeben, dass sie für ihren eigenen Geschmack viel zu leicht wieder in diese Rolle schlüpfte. »Ich will es sehen«, sagte sie mit Nachdruck und formulierte es diesmal nicht als Frage, sondern als Befehl.

»Selbstverständlich«, erklärte Meat, »ich rufe es schnell auf.« Er klickte noch ein paar Dinge an, dann drehte er seinen Laptop zu ihr. Chloe zog ihn näher heran und beugte sich vor, wobei sie Ros Hand auf ihrem Rücken spürte. Er streichelte sie in kleinen Kreisen, was sie daran erinnerte, wie sich seine Hand an diesem Morgen zwischen ihren Beinen angefühlt hatte, und sie schenkte ihm ein kleines Lächeln, bevor sie sich wieder dem Dokument vor ihr zuwandte.

Die Männer waren still, als sie es durchlas. Es war viel kürzer, als sie erwartet hatte, besonders für jemanden wie ihren Vater, der immer gearbeitet und sozusagen bei vielen Dingen mitgemischt hatte.

Als sie aufblickte, fragte sie: »Das ist alles?«

Meat nickte. »Siehst du, was ich meine? Irgendwas stimmt damit nicht.«

»Darf ich?«, fragte Ro und Chloes Magen zog sich zusammen. Sie hatte gedacht, dass er die ganze Zeit über ihre Schulter hinweg mitgelesen hatte. Doch er respektierte sie genug, um zu warten, bevor er sie fragte. Sie nickte und drehte den Laptop zu ihm um.

Dann las sie das Testament erneut, diesmal über *seine* Schulter hinweg, mit ihm zusammen.

Als er fertig war, grunzte Ro. »Oberflächlich betrachtet sieht es legitim aus. Ray hat all seine Investitionen und Geschäfte seinem erstgeborenen Sohn überlassen. Chloe und seine Frau werden überhaupt nicht erwähnt.«

»Das Testament wurde ganz offensichtlich neu gemacht, nachdem seine Frau gestorben war«, bemerkte Arrow.

»Anscheinend ...«, entgegnete Ro und war so in Gedanken versunken, dass er den Satz nicht beendete.

»Hat jemand schon mal etwas von den Zeugen gehört?«, wollte Meat wissen.

Chloe lehnte sich vor und konzentrierte sich auf die Unterschriften und gedruckten Namen.

Dort stand Jackson Smythe und Theodore Clarke.

Sie schüttelte den Kopf. »Ich jedenfalls nicht.«

»Sie sind keine Mitarbeiter deines Vaters?«, hakte Meat nach.

Chloe schüttelte erneut den Kopf. »Um ehrlich zu sein, weiß ich es nicht. Ich meine, Leon hat mir auch erzählt, dass Dad angefangen hatte, mit Joseph Carlino and Peter Smaldone zu arbeiten – und dass diese beiden meinem Vater beigebracht hatten, wie man Geld von den Leuten erpresst. Es ist offensichtlich, dass es einiges gibt, was ich nicht über meinen Vater wusste.«

»War dein Vater die Art von Mensch, die dich aus seinem Testament ausschließen würde, weil du eine Frau bist?«, wollte Arrow wissen.

»Hättest du mich vor fünf Jahren gefragt, hätte ich gesagt, auf keinen Fall. Mein Vater hat mich geliebt. Er war stolz auf mich, als ich mein Studium beendet und einen Job bei der Springs Financial Group bekommen habe. Das bedeutet allerdings nicht, dass er kein knallharter Geschäftsmann war oder dass er mir alles erzählt hat, was er so tat, doch der Mann, den ich kannte, hätte mich nicht auf dem Trockenen sitzen lassen. Doch nachdem Leon mir erzählt hatte, dass er für die Mafia arbeitet und womit er sein Geld verdient, war ich mir überhaupt nicht mehr sicher, ob ich ihn überhaupt kannte.«

»Denk nach, Chloe«, bat Arrow. »Gibt es irgendetwas, an das du dich erinnern kannst, das dir mit deinem jetzigen Wissen komisch vorkommt? Irgendetwas, das er gesagt oder getan hat, das dir damals seltsam vorkam? War er sicherheitsbewusster, bevor er starb, oder hat er davon gesprochen, Leibwächter anzuheuern oder so etwas?«

Chloe blinzelte bei den Fragen, die wie aus dem Nichts zu kommen schienen. Sie presste die Lippen zusammen und dachte zurück. Natürlich war es jetzt, wo sie versuchte, darüber nachzudenken, umso schwieriger, sich an etwas zu erinnern. »Ich habe damals nicht zu Hause gelebt«, protestierte sie. »Ich hatte mein eigenes Leben. Ich habe euch doch schon gesagt, dass ich nicht viel Zeit mit meinem Vater und meinem Bruder verbracht habe.«

»Ja, das wissen wir«, beruhigte Ro sie und rieb ihr erneut

den Rücken. »Mach die Augen zu und denke nach. Selbst wenn es eine Kleinigkeit ist, könnte es eine große Bedeutung haben.«

Chloe tat, was er sagte, und schloss die Augen. Sie konnte ihn neben sich riechen. Vielleicht mochte er es, wie sie roch, aber welche Seife er auch immer benutzte, sie roch verdammt männlich an ihm, und das gefiel ihr.

Sie dachte an die Zeiten, in denen sie sich damals mit ihrem Vater getroffen hatte. Sie erinnerte sich an das Mittagessen, mit dem sie gefeiert hatten, dass sie den Job bei Springs Financial bekommen hatte. Sie erinnerte sich daran, wie sie ihn angerufen und ihm von dem ersten großen Kunden erzählt hatte, mit dem sie betraut worden war. Sie erinnerte sich daran, wie sie an Leons fünfundzwanzigstem Geburtstag zum Haus fuhr, um zu feiern.

Ihre Augen wurden groß, als sich das peinliche Abendessen in ihrem Kopf noch einmal abspielte.

»Was ist denn, Liebes? Woran erinnerst du dich?«, fragte Ro, der sie offensichtlich genau im Auge behalten hatte.

»Ich fuhr zum Haus, als Leon fünfundzwanzig wurde. Er hatte ein paar Monate vorher seinen Abschluss in Rechnungswesen gemacht. Er arbeitete für meinen Vater, aber die Stimmung zwischen den beiden war angespannt.«

»Wie viel später wurde dein Vater getötet?«

Chloe schüttelte den Kopf. »Ich bin mir nicht ganz sicher. Mehrere Monate. Wir haben zu Abend gegessen und er hat mich gefragt, wie es bei der Arbeit läuft. Ich erzählte ihm, dass es gut liefe und dass ich eine Gehaltserhöhung bekommen hätte. Er hat mir gratuliert, aber dann hat er sich zu Leon umgedreht und gesagt: ›Anscheinend weiß wenigstens *eines* meiner Kinder, wie man Geld verdient.‹ Ich wusste nicht, was er damit meinte, doch Leon sah ihn böse an und verschwand dann kurz darauf.«

»Und das war alles?«, fragte Arrow, der offensichtlich mehr vermutete.

»Nein. Nachdem mein Bruder den Tisch verlassen hatte, wandte er sich zu mir um und sagte, dass er stolz auf mich sei und dass alles, was ich an der Uni und während meiner Arbeit bei Springs Financial gelernt hatte, mir ziemlich viel nützen würde, sobald ich fünfunddreißig werde.«

»Fünfunddreißig?«, fragte Meat. »Und wie alt bist du jetzt?«

»Vierunddreißig. Ich habe in zwei Monaten Geburtstag«, erklärte Chloe ihm. »Ich habe ihn gefragt, was er damit ausdrücken wollte, doch er lenkte ab und erklärte stattdessen, er sei davon überzeugt, dass ich vorher bereits meine erste Million verdient hätte.«

»Und hättest du das?«, wollte Arrow wissen.

»Vielleicht. Ich meine, ich habe immer versucht, so viel Geld wie möglich zu sparen. Alles, was ich nicht zum Leben brauchte, habe ich gespart.«

»Hmmm«, murmelte Arrow, sagte aber weiter nichts.

Chloe schaute verwirrt von einem Mann zum anderen. Arrow wirkte nachdenklich. Meat schien überdreht von Zucker und Koffein zu sein, aber so sah er immer aus.

Als sie Ro ansah, musste sie schnell den Kopf wegdrehen und versuchen, nicht zu erröten, denn er betrachtete sie mit einer Mischung aus Bewunderung und Lust. Seit jenem Morgen konnte er seine Hände nicht mehr von ihr lassen. Ihr wurde klar, dass er sie den ganzen Tag über unauffällig berührt hatte. Er hatte ihren Rücken gestreift, als sie in der Küche das Frühstück machten. Er hatte mit seinem Fuß ihren berührt, während sie aßen.

Man konnte mit Sicherheit sagen, dass Ronan Cross sie zu mögen schien. Und das Gefühl beruhte definitiv auf Gegenseitigkeit.

Plötzlich war sie es leid, über ihre Familie nachzudenken und zu reden. Sie wollte alles vergessen, nur nicht den Mann, der neben ihr saß. Sie hatte nicht vergessen, wie selbstlos er war, indem er sein eigenes Vergnügen hintanstellte.

Sie dachte, sie wären auf der gleichen Wellenlänge, bis er verkündete: »Harris hat Chloe bei der Pressekonferenz gedroht, dass er jeden umbringen würde, der ihr dabei geholfen hat, von ihm zu entkommen, wenn sie nicht bis zum Wochenende zu ihm zurückkehrt.«

Die Worte klangen hart, wenn man sie so aussprach, und Chloe atmete scharf ein. Sie wich ruckartig von Ro zurück, kam aber nicht weit. Er streckte seine Hand aus und legte sie auf ihre gegenüberliegende Hüfte, was sie daran hinderte, aufzustehen oder ihren Stuhl von seinem Stuhl wegzuschieben.

»Ich habe keine Ahnung, was er geplant hat, aber bis dahin sind es nur noch drei Tage. Wir müssen diesen Mist aufklären und ihn ausschalten, bevor er seinen Plan ausführen kann, was auch immer er vorhat.«

»Willst du in den Untergrund gehen?«, fragte Arrow.

Chloe konnte Ros Blick auf sich spüren, aber sie konnte ihn nicht erwidern. Sie nahm an, dass er sie fragen wollte, was sie wollte, aber sie wusste nicht, was sie wollte. Ein Teil von ihr wollte sich so weit wie möglich vor ihrem Bruder verstecken, aber ein anderer Teil wollte sich ihm entgegenstellen. Ihm ins Gesicht spucken und ihm sagen, dass er mit dem, was er vorhatte, nicht davonkommen würde.

Anstatt auf Arrows Frage zu antworten, fragte Ro leise: »Glaubst du, Carlino und Smaldone kennen Harris' Geschäft in allen Einzelheiten?«

Es entstand ein Schweigen, während Meat und Arrow die Frage sacken ließen.

»Das ist brillant«, stellte Meat fest. »Ich werde sofort Rex anrufen und ihn mit ins Boot holen.«

»Was ist denn?«, fragte Chloe völlig verwirrt.

»Rufst du mich später an und sagst mir Bescheid?«, fragte Ro und stand gleichzeitig mit Meat und Arrow auf.

»Worüber sollen sie Bescheid sagen?«, fragte Chloe erneut, stand ebenfalls auf und starrte die drei Männer an.

»Ich bin mir sicher, dass Rex persönlich mit Chloe reden möchte«, warf Arrow ein. »Du weißt schon, um all die Fakten zu bekommen.«

»Die Fakten *worüber*?«, fragte Chloe und stampfte frustriert mit dem Fuß auf.

»Danke, Leute. Wir halten uns bedeckt, bis wir von Rex oder jemand anderem aus dem Team hören.«

»Das hört sich gut an.«

»Hey«, beschwerte sich Chloe, als die Männer zur Tür gingen, »was zum Teufel ist denn hier los?«

»Tschüss, Chloe«, sagte Arrow. »Halt die Ohren steif – bevor du dichs versiehst, wird die Sache erledigt sein.«

Meat sagte wie immer nichts, ging einfach und machte sich auf den Weg zu Arrows Pritschenwagen.

Chloe stemmte die Hände in die Hüften und stellte sich Ro gegenüber, der die Tür abschloss und zusperrte, dann ging er zur Alarmanlage und schaltete sie ein. Als er sich wieder zu ihr umdrehte, wippte sie ungeduldig mit dem Fuß. »Ronan Cross. Was zum Teufel war denn das?«

Ohne ein weiteres Wort kam er zu ihr, beugte sich vor und warf sie sich über die Schulter. Ihr Kopf hing über seinem Rücken und sie hielt sich mit den Händen an seinem harten Hintern fest, wobei sie überrascht keuchte: »Ro!«

»Ich erkläre dir alles später«, erklärte er ihr, während er die Treppe hinaufstieg, als würde sie nichts wiegen.

Mit diesen Worten verschwanden alle Gedanken an ihren Bruder, an die Situation und an das, was die Mountain Mercenaries ihr vorenthielten, aus ihrem Kopf, und sie konnte nur noch an den kräftigen, ungeduldigen Mann unter ihr denken und an das, was gleich passieren würde.

KAPITEL FÜNFZEHN

Ro wusste, dass Chloe Fragen hatte, aber er hatte keine Antworten, nur Mutmaßungen. Meat und Arrow würden sich mit Rex treffen, und ihr Kontaktmann würde die Dinge dann weiter regeln. Im Moment konnte er Chloe jedoch nicht mehr widerstehen. Die letzten paar Stunden neben ihr zu sitzen war eine Qual gewesen. Ihr frischer Fliederduft erinnerte ihn daran, wie seine Finger nach ihr geschmeckt hatten, nachdem er sie zum Orgasmus gebracht hatte.

Als jemand, der Beziehungen sehr langsam anging, verhielt er sich extrem untypisch, aber Ro wusste ohne den geringsten Zweifel, dass Chloe Harris für ihn bestimmt war. Alles an ihr reizte ihn. Ihre Stärke. Ihr Körper. Die Tatsache, dass sie nicht davor zurückschreckte, so viele Informationen wie möglich preiszugeben, obwohl sie völlig verängstigt und verunsichert war und nicht wusste, was vor sich ging.

Ihr Bruder hätte sie eigentlich zerstören müssen. Sie sollte sich vor ihrem eigenen Schatten fürchten. Angst vor jedem und allem um sie herum haben. Sich vor der Begegnung mit neuen Männern drücken. Aber das tat sie nicht, und das schien wie ein Wunder. *Sein* Wunder.

Besonders gefiel ihm der Ausdruck in ihren Augen, wenn sie seinem Blick begegnete. Als empfände sie das Gleiche für ihn wie er für sie. Sie hatten sich gefunden. Auf einer Ebene, auf der er sich noch nie mit jemandem verbunden gefühlt hatte, und er wollte sie sich auf keinen Fall durch die Lappen gehen lassen.

Er wusste, dass die Uhr für Harris ablief, aber irgendwie fühlte es sich auch so an, als würde ihre gemeinsame Zeit bald zu Ende gehen. Er würde alles tun, um sie zu beschützen, aber er wusste besser als jeder andere, dass manchmal die besten Pläne im Angesicht des Schicksals nichts bedeuteten.

Es konnte immer etwas schiefgehen ...

Aber nicht, bevor seine Chloe nicht bis ins Innerste ihres Wesens begriffen hatte, wie viel sie ihm bedeutete. Er ging nicht mit Frauen ins Bett. Normalerweise verabredete er sich mehrere Wochen mit ihnen, bevor er überhaupt an Sex dachte. Aber bei Chloe war es anders, er wollte sie nicht nur körperlich, er wollte alles über sie erfahren. Sie in sein Leben lassen.

Ro hatte niemandem die ganze Geschichte über seinen Vater und seine Mutter erzählt. Es war allgemein bekannt, dass sein Vater sich umgebracht hatte, aber die Ereignisse, die zu seinem Tod führten, waren weniger bekannt. Chloe wusste, dass er eine Menge Geld hatte, aber sie hatte keine Fragen darüber gestellt. Die letzte Frau, der er von seinem Reichtum erzählt hatte, hatte sofort wissen wollen, wie viel er besaß, warum er nicht in einem schöneren Haus wohnte und warum er immer noch als Mechaniker arbeitete.

Nicht seine Chloe. Sie schien sich einen Dreck darum zu scheren.

Er wollte sie. Auf jede Weise, die er bekommen konnte. Wollte, dass sie sich ihm öffnete und verletzlich war, so wie er ihr alles geben und für sie verletzlich sein wollte. Er wusste nicht, woher dieses Gefühl kam, aber er drückte sich nicht davor.

Ihr Geruch, ihr Geschmack und ihr Aussehen hatten dafür gesorgt, dass er den ganzen Morgen über schon einen Steifen hatte. Das Treffen mit Meat und Arrow war wichtig, buchstäblich eine Frage von Leben und Tod für Chloe, aber er konnte seinen Schwanz nicht dazu bringen, sich zu benehmen. Jedes Mal wenn er ihr das Haar von der Schulter gestrichen hatte, war ihm der frische Duft von Flieder in die Nase gestiegen. Sie hatte ihre Lotion aufgetragen, nachdem sie von seinem Schoß gestiegen war und sich für den Tag fertig gemacht hatte. Nachdem sie gegangen war, hatte er sich im Bad fast einen runtergeholt, weil der Fliederduft noch so stark in der Luft hing.

Er würde nie genug davon bekommen.

Niemals genug von ihr bekommen.

Es war an der Zeit, dass sie begriff, dass er es ernst meinte. Er würde nicht darauf bestehen, dass sie bei ihm einzog, nachdem sie die Sache mit ihrem Bruder geklärt hatten. Sie war zu lange unterdrückt worden, als dass er ihr das hätte antun können, aber sie musste wissen, dass er ein Teil ihres Lebens sein wollte. Er würde ihr helfen, einen Job zu finden, eine Wohnung, ein Auto, aber letztendlich wollte er jede Sekunde ihrer Freizeit. Wie viel auch immer das sein mochte.

Es war verrückt. Dieses unstillbare Bedürfnis, sie bei sich zu haben, kam viel zu früh. Aber er konnte nicht leugnen, dass er von der Sekunde an, in der er sie in seiner Einfahrt gesehen hatte, von ihr besessen gewesen war. Also waren es technisch gesehen nicht Tage, sondern Wochen gewesen. Das schien eher akzeptabel zu sein.

Ro wusste, das waren nur Haarspaltereien, aber das war ihm egal.

Er ging in sein Schlafzimmer, beugte sich noch einmal hinunter und warf Chloe von seinem Rücken auf sein Bett, so wie er es am Abend zuvor getan hatte. Diese Aktion hatte etwas Ursprüngliches und Primitives an sich. Er liebte es, aber noch wichtiger war, dass er davon überzeugt war, dass es ihr auch gefiel. Sie starrte mit großen Augen zu ihm auf, die Pupillen vor Verlangen geweitet.

Er starrte sie einfach einen Moment lang an.

»Ro?«, fragte sie unsicher.

Er beugte sich über sie und umschloss sie, indem er seine Hände zu beiden Seiten neben ihren Schultern auf die Matratze stemmte. »Ich will dich«, sagte er mit rauer Stimme. »Ich will dich unter mir spüren, auf mir. Dich vor mir auf den Knien haben oder auf jede sonstige erdenkliche Art, auf die du das zulässt. Ich will deinen Duft an meinem ganzen Körper haben und dich zu der Meinen machen. Ich weiß, dass es wahnsinnig schnell geht, aber das ist mir egal. Ich brauche dich, Chloe. Mehr als ich jemals etwas anderes in meinem Leben gebraucht habe. Aber es ist deine Wahl. Wenn du Ja sagst, verbringen wir den Rest dieses Nachmittags im Bett. Aber wenn du noch nicht bereit bist, sag es mir einfach und ich finde etwas anderes, um mich abzulenken. Ich werde dich nie zu etwas zwingen, meine Liebe. Niemals. Egal, ob du jetzt gleich Ja sagst oder in einem Jahr – das wird nichts daran ändern, wie ich für dich empfinde.«

Sie sah ihn mit großen Augen und halb geöffnetem Mund an. Sie atmete heftig und grub ihre Fingernägel in seinen Bizeps, wobei der Schmerz durch sein T-Shirt etwas abgemildert wurde.

Ro bewegte sich nicht, während er auf ihre Antwort wartete. Er sah ihr in die Augen und wünschte sich, sie könnte ihm ins Herz blicken. Er würde ihr niemals wehtun. Er würde sie immer gut behandeln, im Schlafzimmer und im Leben.

Sie leckte sich über die Lippen und atmete tief durch.

Ros Muskeln spannten sich an, als er sich darauf vorbereitete, sich zurückzuziehen und den Raum zu verlassen. Er dachte über die Mechanik des ausländischen Wagens nach, den er gerade in der Werkstatt hatte, um sich abzulenken. Wenn sie nicht bereit war, könnte er damit den Rest des Tages verbringen, sich unter Kontrolle halten und beschäftigen. Er könnte vielleicht sogar …

»Ja.«

Sofort war seine Aufmerksamkeit wieder ganz bei Chloe. Sie sah zwar ein wenig verunsichert aus, aber auch ruhig.

»Ja?«, fragte Ro, da er sich noch einmal versichern wollte, bevor er sie berührte.

Sie nickte. »Ja. Ich will dich auch. Seit heute Morgen denke ich an nichts anderes mehr. Ich will dich tief in mir spüren, damit ich nicht mehr weiß, wo du aufhörst und wo ich anfange. Schlafe mit mir, Ro.«

Eine Sekunde lang war Ro wie erstarrt vor Lust. Doch als Chloe ihre Hände von seinen Armen zu seinen Hüften gleiten ließ und ihm das T-Shirt aus der Jeans zog, setzte er sich in Bewegung.

Ro sprang vom Bett, griff nach seinem Kragen und zog sein T-Shirt aus. »Klamotten. Runter«, befahl er rau, als er sich die Schuhe auszog und seine Hände an den Reißverschluss seiner Jeans legte.

Chloe setzte sich sofort auf und begann, sich ebenso schnell und eilig zu entkleiden. Als er nackt wieder auf das Bett kletterte, hatte sie bereits alles bis auf ihre Unterwäsche ausgezogen.

Der Anblick, wie sie auf seinem Bett lag und nur ein winziges weißes Baumwollhöschen trug, war erotischer als alles, was er je in seinem Leben gesehen hatte. Ihre Haut war blass, ein starker Kontrast zu ihrem langen schwarzen Haar. Dieses Haar auf seiner weißen Bettwäsche zu sehen, veränderte sein Leben, und er schwor sich in diesem Moment, in Zukunft immer weiße Bettwäsche zu benutzen.

Ihre Brüste waren groß, und als sie sich ungeduldig auf dem Bett hin- und herbewegte, wünschte er sich nichts sehnlicher, als sich nach unten zu beugen und eine Brustwarze in den Mund zu nehmen und daran zu saugen. Aber er wartete. Dies war das erste Mal, dass er Chloe bewusst nackt sah, und er wollte jede einzelne Sekunde auskosten.

Sie griff mit den Fingern nach dem Gummizug ihres Höschens, aber er hielt sie zurück. »Warte. Lass mich dich ansehen.«

Sie schaute ihm in die Augen und nickte. Und dann, wie die Sirenen in den alten Legenden, hob sie die Arme über den Kopf und streckte sich.

»Verdammt«, stöhnte Ro, als er sich an jeder Rundung dieses wunderbaren Körpers, der sich unter ihm befand, erfreute, »du bist so unglaublich schön.«

»Du bist auch nicht schlecht«, erwiderte Chloe flüsternd und ihr Blick ruhte auf seinem riesigen Ständer. Ein Lusttropfen glänzte bereits auf der Spitze und sie zog den Bauch ein, als ein Tröpfchen davon seine Eichel hinabrann und auf ihr landete.

Ro beugte sich auf allen vieren vor und legte seinen Kopf zwischen ihre Brüste, wobei er tief einatmete. Sie tat ebenfalls einen Atemzug und er spürte, wie sein Schwanz gegen die weiche Haut ihres Bauches strich, als er sich noch tiefer beugte, da er nicht genug von ihrem Duft bekommen konnte. »Oh mein Gott, du darfst deine Bodylotion niemals wechseln«, murmelte er, trunken von ihrem Duft.

»Das habe ich auch nicht vor«, erwiderte sie leise.

Er spürte, wie sie eine Hand auf seinen Hinterkopf legte, um ihn an sich zu drücken, und er schloss die Augen in Ekstase. Er war wie erstarrt vor Unentschlossenheit. Er wollte so viele Dinge gleichzeitig tun. Ihren Mund küssen, an ihren Brüsten saugen, ihr das Höschen herunterreißen und sein Gesicht zwischen ihren Schenkeln vergraben, um sie zu multiplen Orgasmen zu bringen. Und doch konnte er nur daran denken, in sie einzudringen.

Er konnte spüren, wie die Lusttropfen in einem stetigen Rinnsal aus seinem Schwanz liefen. Er war so kurz vor dem Orgasmus, dass es ihm fast peinlich war. Er sollte mehr Selbstbeherrschung haben, aber das war nicht der Fall. Er konnte sich nicht mehr beherrschen. Der Anblick von ihr nackt auf seinem Bett war weit mehr, als er ertragen konnte.

»Zieh deine Unterwäsche aus«, presste er zwischen zusammengebissenen Zähnen hervor.

Sie protestierte nicht und begann sofort, sich unter ihm zu winden. Sie hob ihre Hüften vom Bett, drückte gegen seinen Schwanz und Ro stöhnte in sexueller Agonie.

Er hörte, wie sie kicherte, aber er konnte nicht lächeln. Er konnte nur beten, dass er nicht wie ein unerfahrener Dreizehnjähriger auf ihrem Bauch abspritzte.

Als er ihre Hände wieder an seinen Seiten spürte, erschauderte er und eine Gänsehaut breitete sich bei ihrer Berührung auf seinen Armen aus. »Ro?«, fragte sie und klang verunsichert.

Das dürfte nicht sein.

»Ich will dich«, sagte er nach einem Augenblick. »So sehr, dass ich es kaum aushalte. Ich dachte, ich könnte es langsam angehen lassen. Jeden Zentimeter deiner Haut schmecken, dafür sorgen, dass du mehrmals zum Orgasmus kommst, bevor ich dich nehme. Aber das kann ich nicht. Ich muss so dringend in dir sein, dass ich vor Verlangen zittere.«

Und das stimmte. Seine Arme, mit denen er sich über ihr abstützte, bebten.

Ro spürte, wie Chloe die Beine anhob und dann, wie die Innenseite ihrer Oberschenkel sich um seine Hüften schloss. »Nimm dir, was du brauchst, Ro«, sagte sie leise. »Nimm mich.«

Ro biss die Zähne zusammen. »Ich muss sichergehen, dass du bereit für mich bist«, entgegnete er.

»Ich bin bereit«, versicherte sie ihm.

»Ich muss ein Kondom holen«, sagte Ro und rang mühsam um Selbstbeherrschung.

»Du musst dir bei mir keine Sorgen machen«, erklärte sie ihm. »Abbie hat darauf bestanden, dass ich mir eine Spirale einsetzen lasse; sie wollte das Risiko nicht eingehen, dass es zu einem Unfall kommt und sie sich um ungewollte Babys kümmern muss, nachdem Leon und sie mich dazu gezwungen haben, Sex mit den Kunden der Kneipe zu haben.«

Ihre Worte machten Ro wahnsinnig wütend. Er wollte ihren Bruder und seine Freundin töten, mehr als er jemals zuvor jemanden töten wollte. Die Wut sorgte dafür, dass seine Lust ein wenig nachließ, doch bei ihren nächsten Worten war sie sofort wieder da, sogar noch intensiver als zuvor.

Chloe lehnte sich zu ihm hoch, sodass ihr Mund an seinem Ohr war, als sie flüsterte: »Ich will dich ganz nackt spüren. Ich habe noch nie ohne Kondom mit jemandem geschlafen. Noch nie gespürt, wie jemand mich mit seinem Sperma ausfüllt. Ich will mit dir zusammen sein, Ro. Fick mich. Bitte.«

Und damit war es um ihn geschehen. Ro rutschte auf den Knien näher zu ihr heran und zwang ihre Knie unter sich auseinander. Er griff mit einer Hand nach seinem Schwanz und mit der anderen nach einer ihrer Brüste. Er fuhr mit der fast violetten Eichel seines Schwanzes über ihre feuchte Spalte, wobei er seine eigenen Säfte dazu benutzte, sie noch feuchter zu machen.

»Ich kann es nicht sanft angehen lassen«, warnte er sie. »Ich will dich einfach zu sehr.«

»Ich will es auch nicht sanft«, entgegnete sie. »Ich will einfach nur dich.«

Und damit war Ro fertig mit dem Versuch, sich auf irgendeine Art von Vorspiel einzulassen. Er setzte die Spitze seines Schwanzes an ihrer völlig durchweichten Muschi an und drang in sie ein, bis seine Hoden ihren Hintern berührten und er nicht mehr tiefer gehen konnte.

Ihre inneren Muskeln krampften sich so fest zusammen, dass er fast auf der Stelle abspritzte, aber er schaffte es, seinen Orgasmus zurückzuhalten. Als er ihr in die Augen schaute, sah er, wie sie ihre Lippen fest aufeinanderpresste.

»Verdammt«, sagte er. »Es tut mir leid. Mist, Mist, Mist.« Ro wollte sich zurückziehen, doch Chloe hielt mit den Händen seinen Hintern fest, sodass er sich nicht bewegen konnte.

»Es ist schon ziemlich lange her«, sagte sie ruhig. »Und dein Schwanz ist alles andere als klein. Gib mir einfach einen Moment Zeit.«

Ro beugte sich nach unten, und selbst diese kleine Bewegung ließ einen Schwall von Sperma aus der Spitze seines Schwanzes spritzen, der tief in ihr steckte. Ro versuchte zu ignorieren, wie sie sich um ihn herum anfühlte, und küsste sie leicht. Aber schon bald wurde aus dem leichten und sanften Kuss viel mehr. Chloe verschlang seinen Mund geradezu und versuchte, ihn voll einzunehmen. Er erlaubte ihr, die Kontrolle über den Kuss zu übernehmen, denn es kostete ihn seine ganze Konzentration, nicht zum Orgasmus zu kommen.

Er spürte, wie sie sich nach und nach entspannte, und einen Moment später spreizte sie ihre Beine weiter und Ro spürte, wie er noch tiefer in sie eindrang. Er zog sich zurück und keuchte. »Verdammt noch mal«, murmelte er. »Du bringst mich noch um, Liebes.«

»Was für ein wunderbarer Tod«, sagte sie und ihr warmer Atem strich über seine Lippen. »Fick mich, Ro«, befahl sie ihm.

»Ich will dir nicht wehtun.«

»Das wirst du nicht.«

»Das Ganze wird nicht lange dauern«, warnte er sie vor.

»Okay.«

»Und es bedeutet etwas«, erklärte Ro und sah ihr in die Augen.

Die Tränen, die ihr daraufhin in die Augen traten, hätten ihn beunruhigt, hätte sie nicht ihre Finger tiefer in seinen Hintern gegraben und ihn sogar noch näher an sich herangezogen. Dann sagte sie: »Mir bedeutet es auch etwas.«

Und damit war er verloren.

Trotz des Griffs, mit dem sie ihn festhielt, zog Ro seinen Schwanz fast ganz aus ihrer heißen, nassen Muschi heraus, bis nur noch die Spitze seines Schwanzes in ihr steckte. Dann stieß er zu, bis seine Hoden gegen ihren Hintern schwangen. Er tat es wieder. Und noch einmal.

Beim vierten Stoß explodierte er. Es war unmöglich, den Monsterorgasmus zurückzuhalten, der schon den ganzen Tag in der Luft gelegen hatte. Er zuckte in ihr und spürte, wie sein Samen heiß in ihre Muschi spritzte. Sein Schwanz pulsierte mit jedem Spritzer seines Orgasmus.

Ro spürte entfernt, wie Chloe ihre Finger von seinem Hintern zu seiner Brust wandern ließ. Sie kniff in seine Brustwarzen, als er kam, was seinen Orgasmus noch intensiver machte.

Als er ihr alles gegeben hatte, was er in sich hatte, sah Ro zu ihr hinunter, nicht sicher, was er sagen sollte. So schnell war er noch nie gekommen … niemals.

»Fühlst du dich jetzt besser?«, fragte sie leicht grinsend.

»Verdammt«, fluchte Ro, doch ihm gefiel der zufriedene Ausdruck auf Chloes Gesicht. Er setzte sich auf seine Fersen und hielt dabei ihre Hüften fest, sodass sie sich nicht voneinander lösten. Sein Schwanz war zwar im Begriff, weich zu werden, aber er war immer noch halbsteif. Er sorgte dafür, dass ihre Verbindung erhalten blieb, und zog sie höher auf seinen Schoß, bis sie sich auf den Schulterblättern abstützte.

»Ro?«, fragte sie verunsichert.

»Du bist nicht zum Orgasmus gekommen«, erklärte Ro ihr, obwohl es offensichtlich war. »Wir sind also keinesfalls fertig. Nimm die Hände über den Kopf.«

Sie tat, wie geheißen, und lächelte ihn an.

Ro ließ sich Zeit und betrachtete die schöne, üppige Frau unter ihm. Ihre Brüste hingen leicht über die Seiten ihres Oberkörpers und ihre Brustwarzen waren harte kleine Knospen auf den Spitzen. Ihr Haar war zerzaust und ihre Haut war gerötet vor Verlangen.

Er schaute zum ersten Mal auf ihre Muschi hinunter und fühlte, wie sein Schwanz tief in ihr zuckte, als er einen guten Blick darauf erhaschte. Ihre Falten waren weit um seinen Schwanz gespreizt und die Säfte ihrer Erregung waren an seiner Schwanzwurzel verteilt. Sie wachste sich nicht und rasierte sich auch nicht, aber ihr Schamhaar war gestutzt, was ihm einen hervorragenden Blick auf ihre inneren Falten und ihre Klitoris ermöglichte. Sie war wunderschön – und sie würde sogar noch schöner sein, wenn sie auf seinem Schwanz kam.

Mit einem Finger schob er die Schutzhaut ihrer Klitoris zurück, bis er die kleine empfindliche Lustknospe sehen konnte. Dann begann er, sie leicht zu streicheln. Sie wand sich auf seinem Schoß und stöhnte.

»Gefällt dir das?«, fragte er.

»Als ob du das nicht wüsstest«, keuchte sie.

Ro lächelte und bearbeitete sie weiter sinnlich, wobei es ihm gefiel, wie sich ihre inneren Muskeln um seinen Schwanz anspannten, jedes Mal wenn er über ihre Klitoris fuhr; sie begann damit, ihre Hüften kreisen zu lassen, und es erinnerte ihn wieder daran, wie sie heute Morgen auf seinen Fingern geritten war, als er sie zum Orgasmus gebracht hatte. Allerdings fühlte es sich um seinen Schwanz so viel besser an.

»Genau so«, flüsterte er. Jedes Mal wenn sie den Hintern anspannte, spürte er, wie sein Sperma um seinen Schwanz herum und auf die Oberschenkel unter ihr tropfte. Sie hatte vielleicht noch nie jemanden nackt in sich gehabt, aber auch für ihn war das eine neue Erfahrung. Sex ohne Kondom war schmutzig ... und er liebte es. Er liebte es, ihren Duft überall an sich zu haben.

Ihre Brust glänzte vor Schweiß, wodurch die Lotion, die sie vorhin aufgetragen hatte, umso stärker duftete. Ro fühlte sich, als wäre er trunken von der Duftkombination aus Sex und Flieder.

Chloe war schön in ihrer Leidenschaft. Sie scheute sich nicht vor dem, was er mit ihr tat, und schien es in vollen Zügen zu genießen.

»Ich bin fast so weit«, erklärte sie ihm atemlos.

Er griff nach einer ihrer Hände und brachte sie nach unten, bis sie sich selbst mit den Fingern berührte. »Zeig mir, wie es dir gefällt«, befahl er ihr. »Bring dich selbst zum Orgasmus.«

Sie zögerte nicht. Mit zwei Fingern begann Chloe, sich grob und schnell zu streicheln, viel härter, als Ro es getan hätte. Da er beide Hände frei hatte, benutzte er sie, um ihre Hüften festzuhalten, damit sie stabiler auf seinem Schoß saß. Sie zuckte und rieb sich so hart an ihm, dass es eine Herausforderung war, seinen Schwanz nicht aus ihr herausrutschen zu lassen.

Ihre Brustwarzen waren steinhart und sie nahm eine Hand, die vorher über ihrem Kopf gewesen war, und legte sie auf ihre Brust, wobei sie in die Brustwarze kniff.

»Ro. Oh mein Gott ... Ro!«, rief sie.

Dann sah er zu, wie sie zum Orgasmus kam. Sie stieß ihre Hüften nach oben und spannte ihre Pobacken an, ihre inneren Muskeln zogen sich um seinen Schwanz zusammen, sie warf den Kopf nach hinten und kam zitternd zum Orgasmus.

Ro fing an, sich zu bewegen, während sie noch mitten in ihrem Orgasmus war. Er schob seine Knie unter ihr weg, sodass ihr Hintern wieder auf dem Bett lag, und dann begann er, sie zu ficken. Er stieß durch ihre bebenden inneren Muskeln und biss die Zähne zusammen, als ihr Körper versuchte, ihn in sich hineinzusaugen und ihn dort zu halten, als er sich zurückzog.

Chloe stöhnte jetzt pausenlos, klammerte sich an seine Arme, während er sie hart und schnell fickte. Die schmatzenden Geräusche, die zwischen ihren Beinen entstanden, hätten eigentlich peinlich sein müssen, aber sie machten den Moment nur noch heißer. Von seinem ersten Orgasmus und ihrem eigenen war sie völlig durchnässt. Ro konnte spüren, wie ihre vereinten Säfte seine Hoden und seine Schenkel benetzten, und es fühlte sich fantastisch an und verlieh dem Sex eine ganz neue Dimension, die er noch nie erlebt hatte.

Diesmal hielt er länger durch als beim ersten Mal, aber er spürte seinen bevorstehenden Orgasmus viel schneller, als ihm lieb war. Er genoss es, in Chloe zu sein. Er liebte es, wie sie sich um ihn herum anfühlte. Bevor er bereit war, kam Ro schon wieder. Er spritzte in ihr ab, dann zwang er sich, seinen Schwanz herauszuziehen und den Rest seines Spermas auf ihren Bauch und ihre Brüste zu ergießen. Ein Strang nach dem anderen seines Samens schoss durch die Luft und landete auf ihrem Körper, markierte sie.

Als Ro den Blick zu Chloes Gesicht lenkte, stellte er erleichtert fest, dass sie zufrieden lächelte. Er schaute noch einmal hinunter und schämte sich plötzlich für das, was er getan hatte. Er hatte es nicht geplant, aber in letzter Sekunde wollte er sie mit seinem Samen bedeckt sehen.

»Ich will einfach nur schnell ...«

Sie schnitt ihm das Wort ab, indem sie nach oben griff und an seinen Armen zog. Ro gab nach und ließ sich nach unten sinken, wobei er sein Gewicht auf den Ellbogen abstützte, um sie nicht zu erdrücken. Sein weicher Schwanz ruhte auf ihrem Bauch. Der Duft nach Sex, Schweiß und Flieder hing schwer in der Luft.

»Das. War. Fantastisch«, erklärte Chloe leise. Sie hatte die Augen zu Schlitzen geschlossen und Ro atmete die Luft aus, von der er nicht gewusst hatte, dass er sie angehalten hatte. Obwohl er wusste, dass er aufstehen und sie beide säubern sollte, war er momentan einfach nicht in der Lage, das zu tun, selbst wenn Leon Harris persönlich hereingekommen wäre und eine Waffe auf sie gerichtet hätte.

»Danke«, sagte Ro zu ihr.

»Nein, ich danke *dir*«, erwiderte sie.

»Ich bin viel zu schnell gekommen«, gestand er ihr.

»Nein, bist du nicht. Du weißt ja gar nicht, wie toll es sich anfühlt, dass du mich so sehr wolltest, dass du dich nicht zurückhalten konntest.«

Ro verzog das Gesicht. »Ich kann mich des Gefühls nicht erwehren, dass ich dich immer so sehr wollen werde. Ich werde wohl an meiner Selbstbeherrschung arbeiten müssen, damit du auch auf deine Kosten kommst.«

Sie riss die Augen auf und starrte ihn ungläubig an. »Damit ich auch auf meine Kosten komme? Ro, wäre es noch besser gewesen, wäre ich jetzt nichts weiter als eine feuchte Pfütze zu deinen Füßen.«

Ro konnte nicht umhin, bei ihren Worten Stolz zu empfinden. »Wir haben eine ganz schöne Sauerei gemacht.«

Sie lachte leise. »Ja.«

»Wir sollten uns duschen.«

»Allerdings.«

Aber keiner von beiden bewegte sich.

Ro beschloss, dass es vielleicht besser war, ein wenig zu schlafen, bevor sie aufstanden, und rollte sich auf die Seite, wobei er Chloe an sich zog. Sie bewegten sich gemeinsam, bis er auf dem Rücken und Chloe auf ihm lag. Brust an Brust lagen sie dort und atmeten gemeinsam, bis sie beide in einen leichten, zufriedenen Schlaf fielen.

KAPITEL SECHZEHN

Chloe fühlte sich am nächsten Morgen herrlich entspannt. Ro hatte sie wach geküsst und ihr gesagt, sie solle sich Zeit dabei lassen, sich fertig zu machen. Er war bereits geduscht und angezogen und sah aus, als wäre er schon seit Stunden wach. Sie hatte nur gestöhnt, als er lachte und sie noch einmal auf die Stirn küsste, bevor er sie im Bett liegen ließ.

Dreißig Minuten später war sie aufgestanden und spürte, wie sie an den wunderbarsten Stellen wund war. Ro mochte beim ersten Mal schnell gekommen sein, aber den Rest des Tages und im Laufe der Nacht hatte er es mehr als wettgemacht. Irgendwann wachte sie mit seinem Kopf zwischen ihren Beinen auf und war auf halbem Weg zu einem Orgasmus, bevor sie merkte, was los war. Ro hatte es in verschiedenen Stellungen mit ihr getrieben, immer darauf bedacht, dass sie sich wohlfühlte und mit dem, was er tat, einverstanden war.

Und oh, was war sie einverstanden mit dem, was er tat!

Sie hatte aufgehört zu zählen, wie viele Orgasmen er ihr beschert hatte. Sie war verklebt und wund – und sie konnte es kaum erwarten, es noch einmal zu tun. Das ganze Schlafzimmer roch nach Sex, was ihr Lächeln nur noch breiter werden ließ. Überall lagen Kissen auf dem Boden verstreut und die Bettdecke hing wie ein betrunkener Matrose vom Ende des Bettes herunter.

Alles in allem war es anstrengend und fantastisch gewesen.

Chloe fühlte sich nach einer langen, heißen Dusche besser. Sie hatte sich mit Lotion eingecremt und lächelte bei der Erinnerung an Ro, der ihr befohlen hatte, für den Rest ihres Lebens den Fliederduft zu benutzen.

Sie starrte sich lange Zeit im Spiegel an. Sie war sich nicht sicher, was Ro in ihr sah, das ihn so sicher machte, dass er für den Rest seines Lebens mit ihr zusammen sein wollte. Er hatte gestern Abend deutlich gemacht, dass er das wollte. Als sie zwischen Schlaf und Sex gekuschelt hatten, hatte er ihr von seinem Job bei den Mountain Mercenaries erzählt. Dass es manchmal gefährlich war, aber dass er und seine Freunde sehr vorsichtig waren. Er erzählte ihr, wie er hoffte, dass sie und Allye sich Gesellschaft leisten würden, wenn sie weg waren. Er gab sogar zu, dass er sein Haus gekauft hatte, weil es die Möglichkeit gab, es zu erweitern, falls er jemanden kennenlernte und Kinder wollte.

Ja, er hatte sehr deutlich gemacht, dass er sie auf lange Sicht bei sich haben wollte.

Wenn Chloe ehrlich zu sich selbst war, wollte sie das auch. Nachdem sie beide Elternteile verloren hatte, dachte sie, dass das Zusammenziehen mit Leon etwas von der Einsamkeit vertreiben würde, die sie empfand, weil sie so viel von ihrer Familie verloren hatte. Aber das hatte sich offensichtlich nicht so entwickelt, wie sie es geplant hatte.

Als sie ihre dunklen Augen im Spiegel betrachtete, gab Chloe sich selbst ein Versprechen. *Egal was mit Leon passiert, ich werde für Ro kämpfen. Ich verdiene es, glücklich zu sein, und Ro macht mich glücklich.*

»Chloe!«

Sie drehte sich ruckartig zur Badezimmertür um, als sie hörte, wie Ro von unten ihren Namen rief. Sie eilte zum oberen Ende der Treppe.

»Ro?«

»Bist du fertig? Könntest du runterkommen?«

»Ich komme!«, rief sie und fragte sich, was los war. Ihr war klar, dass irgendetwas passiert war. Sie hatte nämlich nicht das Gefühl, dass Ro der Mann war, der oft laut wurde. Er war eher der leise, aber tödliche Typ Mann.

Als sie die Treppe hinunterging, sah sie, dass sie recht gehabt hatte – irgendetwas stimmte tatsächlich nicht. Anstatt sie anzulächeln und sie zu küssen und ihr einen guten Morgen zu wünschen, ging er vor der Küchentheke auf und ab, wobei er sich ab und zu aufgebracht mit der Hand durchs Haar fuhr.

Er hielt Chloe die Hand hin, wodurch sie sich ein wenig besser fühlte. Dann eilte sie zu ihm und atmete erleichtert auf, als er einen Arm um sie legte. »Was ist denn los?«

»Ich weiß es nicht genau. Rex ist am Telefon.«

Chloe blinzelte. »Rex?«

»Ja, Liebes, mein Kontaktmann.«

Sie wusste, wer Rex war. Sie hatte gehört, wie die Männer respektvoll über ihn geredet hatten und alle wichtigen Entscheidungen diesem mysteriösen Mann überließen. »Und was will er?«

»Ich möchte mit dir reden«, sagte eine tiefe, ganz offensichtlich digital veränderte Stimme aus dem Handy auf der Küchentheke.

»Oh ... äh ... okay«, stammelte Chloe. Ihr war nicht klar

gewesen, dass das Handy die ganze Zeit auf Lautsprecher gestellt gewesen war.

»Erzähl mir mehr von Smaldone und Carlino«, befahl Rex schroff.

Chloe fing an und war froh darüber, dass Ro seinen Arm um ihre Taille gelegt hatte. »Ich weiß so gut wie nichts über die beiden«, erklärte sie.

»Doch, tust du«, erwiderte Rex. »Und ich muss alles wissen, was *du* weißt, bevor ich sie anrufe, um mich heute Morgen kurz mit ihnen zu unterhalten.«

»Kannst du das machen? Sie einfach anrufen?«

Rex lachte und Chloe merkte plötzlich, dass sie mit ihm zusammen lachte. Sein Lachen war tief und leise, genau wie seine Stimme, und sie entspannte sich ein wenig. Er klang schroff und ernst, aber dieses kleine Lachen gab ihr ein besseres Gefühl. Leon lachte selten. Und wenn er es tat, prickelte die Haut in ihrem Nacken.

»Eigentlich nicht. Sie nehmen natürlich nicht von jedem Anrufe entgegen. Aber sie kennen mich. Meinen Anruf werden sie annehmen.«

»Oh. Okay«, erwiderte Chloe.

»Du hast meinem Team gesagt, dass du für die beiden Männer gearbeitet hast. Dass du die Steuern für sie erledigt hast. Ich will alles darüber erfahren, Chloe«, erklärte Rex in einem Ton, der nun nicht mehr ganz so Furcht einflößend war wie noch gerade eben.

Ro führte sie zu einem Stuhl an der Küchentheke und half ihr dabei, sich hinzusetzen. Dann nahm er eine Tasse Kaffee, die auf der Theke stand, und schob sie zu ihr rüber. Dankbar nahm sie einen Schluck. Es war nicht einfach, einen klaren Gedanken zu fassen, bevor sie nicht ihre tägliche Dosis Koffein intus hatte.

»Chloe?«, fragte Rex mit einer Spur Ungeduld in der Stimme.

»Entschuldige. Ich bin hier. Es ist nur ... ich bin dabei, meine Gedanken zu ordnen, um zu entscheiden, was wichtig ist und was nicht.«

»Erzähl mir einfach alles«, entgegnete Rex sofort.

»Aber ... es ist nur so ... als ihre Buchhalterin und Steuerberaterin ist es mir nicht erlaubt, mich über ihre finanzielle Situation zu äußern.«

Ihre Worte hingen in der Luft und am anderen Ende der Leitung herrschte Stille.

Dann entgegnete Rex: »Willst du mich verarschen?«

Chloe schluckte schwer und versuchte, nicht zusammenzuzucken. »Nein. Das ist gesetzlich so geregelt und ich könnte meine Lizenz verlieren. Es ist schon schlimm genug, dass ich meinen Job verloren habe, aber immerhin habe ich noch meine Referenzen. Die möchte ich nicht auch noch verlieren.«

»Chloe ...«, begann Ro, doch Rex fiel ihm ins Wort.

»Du steckst ziemlich tief in der Scheiße«, erklärte der Kontaktmann der Mountain Mercenaries ohne Umschweife. »Wie du meinem Team schon mitgeteilt hast, wenn dein Arsch von Bruder verhaftet wird, wirst du genauso zur Verantwortung gezogen wie er, was seine Geschäfte betrifft. Schließlich wusstest du, was los war, und hast die Investitionen aktiv verwaltet. Wenn irgendjemand mit Leon, Carlino oder Smaldone untergeht, dann du, einfach weil dein Name überall auf ihren Konten steht. Der Verlust deiner Zulassung ist die geringste deiner Sorgen.

Soll es so enden, dass du über die Grenze geschmuggelt und dazu gezwungen wirst, in einem Bordell in Mexico City oder Guatemala zu arbeiten? Denn wenn dein Bruder dich in die Finger bekommt, wirst du dort enden. Er will dich nicht töten, und zwar aus Gründen, die wir noch herauszufinden versuchen, also wird er dich irgendwo hinbringen, wo wir nicht an dich herankommen können. Die Cosa Nostra ist keine Organisation, mit der man sich anlegt. Ich muss alles wissen, was du weißt, damit ich entscheiden kann, ob es möglich ist, mit diesen Männern zu verhandeln. Punkt. Verstanden?«

Chloe schluckte schwer und tat ihr Bestes, um den Schluck Kaffee, den sie gerade genommen hatte, nicht über Ros schöne Granitplatte in der Küche zu spucken. Sie hatte es verstanden. Sie war naiv gewesen. Und Rex versuchte, ihr zu helfen.

»Ja, Sir«, sagte sie verlegen.

»Gut. Und jetzt raus mit der Sprache«, befahl Rex.

Und dann begann sie zu reden. Während der nächsten halben Stunde erzählte sie Rex und Ro alles, was sie über die Steuern und Investitionen der Mafiafamilie wusste. Wohin sie das Geld abzweigten, wie viel sie weniger zahlten, über ihre Pseudonyme und sogar die Abschreibungen, die sie angegeben hatten. Sie erzählte ihnen sogar von allem, was Leon ihr angedroht hatte, was sie mit ihr tun würden, sollte sie jemals etwas über die finanzielle Lage ausplaudern oder die Stadt verlassen. Sie hätte nicht gedacht, dass sie so viel wüsste, wie sie es tatsächlich tat, aber nachdem sie eine halbe Stunde lang ohne Pause geredet hatte, bis ihr Hals trocken und rau war, wurde ihr erst bewusst, wie sehr ihr Bruder sie kleingehalten hatte.

Rex war am anderen Ende der Leitung still geblieben und erst als sie den Blick hob, Ro ansah und fragte: »Sie werden mich töten, nicht wahr?«, meldete sich Rex erneut zu Wort.

»Niemand wird dich anrühren, Chloe«, erklärte er.

»Leon Harris ist derjenige, der einen Fehler gemacht hat. Nicht du.«

»Aber ich habe diese Steuern eingereicht. Ich habe den Papierkram ausgefüllt und die Formulare für die Investitionen in Übersee unterschrieben.«

»Das hast du«, stimmte Rex ihr zu. »Aber Peter und Joseph sind keine Idioten. Und sie gehören nicht zu den Männern, die Frauen ohne Grund entführen und foltern.«

»Aber sie gehören zur Mafia«, flüsterte Chloe.

»Das tun sie. Und obwohl sie natürlich ausgesprochen gefährliche Männer sind, die kein Problem damit haben, alles Erforderliche zu tun, um wichtige Informationen zu erhalten, habe ich noch nie gehört, dass sie Frauen foltern.«

Chloe runzelte verwirrt die Stirn.

Ro musterte sie eingehend und fragte: »Was ist?«

»Peter Smaldone kam zu uns ins Haus und hat mich windelweich geprügelt.«

Es herrschte einen Moment lang angespannte Stille im Raum, bevor Rex sagte: »Das ist unmöglich.«

»Aber er hat es getan. Er hat sich mir sogar vorgestellt. Hat mir versichert, dass er es hat locker angehen lassen mit mir. Und wenn ich nicht bleiben und weiterhin ihre Bücher machen würde, dass es beim nächsten Mal dann schlimmer würde. Dass sie mir dann *wirklich* wehtun würden.«

»Und wie sieht er aus?«, fuhr Rex sie an.

Chloe zuckte zusammen. Ihr gefiel der Ton des anderen Mannes nicht. Obwohl seine Stimme digital verändert war, konnte sie hören, dass er ihr nicht glaubte. Und der Gedanke, dass er ihr nicht glaubte, tat ihr weh. »Er war ungefähr so groß wie ich. Hat dunkelbraunes Haar. Er hat eine Narbe, die durch eine seiner Augenbrauen läuft.«

»Das war nicht Smaldone«, erklärte Rex mit Nachdruck.

»Aber ...«

»Chloe«, unterbrach Rex sie mit sanfter Stimme, »ich weiß wirklich nicht, *wer* das war, aber es war nicht Peter Smaldone. Er ist blond und etwas über einen Meter achtzig groß. Und er hat keinerlei Narben im Gesicht.«

Überwältigt von Schamgefühlen und Selbstvorwürfen schloss Chloe die Augen. Trotz allem, was Leon getan hatte, konnte sie es immer noch fast nicht glauben. Aber natürlich ... er hatte sie belogen.

Sie spürte, wie Ro seine Hand fester um ihre Taille schlang. Sie spürte seine Körperwärme, als er sich näher zu ihr stellte.

»Eine Frage habe ich noch, bevor ich dich in Ruhe lasse«, erklärte Rex.

Chloe nickte und ihr fiel ein, dass Rex sie nicht sehen konnte. Denn obwohl sie mit ihm am Telefon gesprochen hatte, kam es ihr fast so vor, als stünde der Mann direkt vor ihr. »Okay«, sagte sie leise, öffnete die Augen und starrte das Handy an.

»Alles in Ordnung?«

Chloe blinzelte. Sie hatte erwartet, dass er ihr eine Frage über ihren Bruder stellte. Oder die Mafia. Oder Investitionen und Steuern. Aber nicht das.

Ro stupste sie an und nickte mit dem Kinn in Richtung Handy. Sie wollte gerade den Mund öffnen, um zu antworten, als Rex erneut zu sprechen begann. »Behandelt Ronan dich gut? Wenn nicht, kann ich dafür sorgen, dass du woanders hingebracht wirst, wo du sicher bist.«

»Nein!«, rief Chloe sofort. »Ich will hier nicht weg. Ich will bei Ro bleiben.«

»Sie geht nirgendwohin, Rex«, erklärte Ro, der sich zum ersten Mal seit einiger Zeit zu Wort meldete.

Rex lachte erneut leise. »Ich wollte mich dessen nur versichern. Willkommen in der Familie, Chloe.«

Ro knurrte leise und nahm das Handy auf. »Er hat aufgelegt«, erklärte er und steckte das Gerät ein.

Sie runzelte die Stirn und sah verwirrt zu Ro auf. »Was hat er damit gemeint?«

»Du bist jetzt eine von uns«, erklärte Ro ihr ruhig. »Was Carlino und Smaldone angeht, hast du nichts zu befürchten. Sobald Rex mit ihnen gesprochen hat, werden sie wissen, dass du nichts mit der Scheiße zu tun hast, die Leon abgezogen hat. Rex wird ihnen klarmachen, dass du tabu bist und dass er keine Konsequenzen gegen dich dulden wird, egal was du über ihre Finanzen weißt. Er wird auch dafür sorgen, dass sie wissen, dass du deinen Mund halten wirst und dass du nicht die Absicht hast, sie wegen irgendetwas an die Behörden zu verpfeifen.«

»Ich verstehe es nicht. Ich meine, du hast natürlich recht, ich werde nichts verraten. Ich möchte einfach, dass das alles vorbei ist. Aber in welcher Familie hat Rex mich willkommen geheißen?«

»In *seiner* Familie, Liebes. In meiner Familie«, entgegnete Ro und zog sie näher zu sich. »Rex hat sich nur versichert, dass du tatsächlich hier sein willst und dass ich dich für mich beansprucht habe. Und das hat er mit dieser idiotischen Bemerkung getan, als er vorgeschlagen hat, dich irgendwo hinbringen zu lassen, wo du in Sicherheit bist.«

»Oh«, machte Chloe, bei der der Groschen langsam zu fallen schien. »Aber er kennt mich doch gar nicht.«

»Liebes, *mich* kennt er auch nicht«, erwiderte Ro.

»Im Ernst?«

»Ja. Rex macht keine Späße, was Geheimhaltung angeht. Ich weiß, du hast bemerkt, dass er seine Stimme am Telefon digital verändert. Er ist extrem paranoid. Weder ich noch einer der anderen Jungs hat ihn jemals persönlich getroffen. Kein einziges Mal.«

»Wie merkwürdig«, erklärte Chloe ihm.

Ro zuckte mit den Achseln. »Kann schon sein. Aber wir gehen davon aus, dass er seine Gründe hat. Und jetzt will ich wissen, ob du wirklich nichts dagegen hast, hier zu sein. Ich bin mir nicht sicher, ob es für dich ungefährlich ist, nach draußen zu gehen. Nicht, wenn Leon etwas plant und wir nicht genau wissen, was mit der Mafia los ist.«

Chloe legte ihren Kopf an Ros Brust und schlang die Arme um ihn. »Vorläufig ja. Damit will ich zwar nicht behaupten, dass ich den Rest meines Lebens hier im Haus eingesperrt verbringen möchte, aber wenn ich schon irgendwo eingesperrt sein muss, dann mit dir.«

Sie spürte, wie er seine Arme fester um sie schlang. »Es wird nicht den Rest deines Lebens dauern. Vertrau mir. Vertraue Rex. Leon wird nicht viel länger eine Bedrohung für dich darstellen.«

»Ro?«

»Ja, Liebes?«

»Was passiert mit den Frauen im Klub? Oder in dem Bordell, von dem mein Bruder mir erzählt hat? Ich weiß, dass viele, die dort arbeiten, es nicht tun wollen.«

Ro erstarrte einen Moment lang. »Wir werden ihnen helfen. Wenn sie Familien haben, zu denen sie zurückkehren möchten, werden wir sie dorthin zurückbringen. Und wenn nicht, wird Rex sie irgendwo hinbringen lassen, wo sie in Sicherheit sind und neu anfangen können. So leben können, wie sie es wollen.«

»Vielen Dank.«

»Nein, ich danke *dir*«, erwiderte Ro. »Danke, dass du so lange durchgehalten hast. Danke, dass du mir vertraust.«

»Gern geschehen«, murmelte Chloe leise.

Ro löste sich von ihr und legte ihr einen Finger unters Kinn. »Hast du Hunger?«

Chloe nickte und grinste dann. »Ich habe letzte Nacht einen ganz schönen Appetit bekommen.«

Und plötzlich änderte sich die Stimmung. Sie spürte Ros Erektion hart an ihrem Bauch und er atmete tief ein. Dann lächelte er und schüttelte den Kopf. »Verdammt, ich stehe wirklich unter deiner Fuchtel, Mädchen. Ich glaube, dass ich nie genug von dir bekommen werde. Komm schon. Essen wir etwas, bevor du mich wieder völlig auslaugst.«

Chloe rieb ihre Hüften an ihm und genoss das Gefühl seiner Erektion. »Hey, du warst doch derjenige, der behauptet hat, ich müsse eine Weile hierbleiben. Du willst doch nicht, dass wir uns langweilen. Obwohl, wir könnten natürlich auch fernsehen oder so was.«

»Wir werden nicht fernsehen«, knurrte Ro, ließ sie los und begab sich zum Kühlschrank. »Jetzt frühstücken wir erst mal und dann bringe ich dich wieder hoch ins Bett und zeige dir genau, wie langweilig die Dinge hier sein können.«

Chloe nickte und setzte sich wieder auf den Stuhl. Ihr Höschen war bereits feucht und sie konnte spüren, wie sich ihre Brustwarzen unter ihrem BH aufgerichtet hatten. Ihr BH fühlte sich viel zu klein an und engte sie ein, aber sie würde ihn ja wahrscheinlich nicht viel länger tragen müssen.

»Das hört sich gut an. Darf ich das Mittagessen machen?«

Er legte den Kopf schräg. »Mittagessen?«

»Ja. Bis jetzt hast du immer gekocht. Es wird langsam mal Zeit, dass ich mir meinen Aufenthalt hier verdiene.«

Er beugte sich über die Küchentheke und sah ihr fest in die Augen. »Du musst hier gar nichts tun, Liebes. Du musst nur stark für mich bleiben und am Leben. Mehr nicht.«

Eigentlich hätten seine Worte nicht dafür sorgen sollen, dass ihre Oberschenkel zu zucken begannen, doch das taten sie. Sie war während der letzten fünf Jahre ständig kleingemacht und als faul bezeichnet worden. Es war ihr nicht erlaubt gewesen, zu kochen oder irgendetwas selbst zu entscheiden. Ihr war natürlich klar, dass Ro nicht für sie kochte, um sie zu kontrollieren. Er tat es, weil er sich um sie kümmern wollte. Aber sie wollte sich auch um ihn kümmern.

»Es ist fast dreieinhalb Jahre her, seit ich etwas in der Küche machen durfte«, erklärte sie ihm. »Ich bin vielleicht ein wenig eingerostet, aber ich würde mich freuen, wenn ich versuchen dürfte, dir mein Lieblingsnudelgericht zu kochen, das ich seit Jahren nicht mehr gegessen habe.«

»Abgemacht«, erwiderte Ro augenblicklich. »Du darfst tun und lassen, was du willst, Liebes.«

Chloe lehnte sich vor, sodass ihre Nasenspitze fast die von Ro berührte. »Ich will dich.«

»Scheiß aufs Frühstück«, sagte Ro leise und ging um die Küchentheke herum auf sie zu. Bevor Chloe noch ein weiteres Wort herausbringen konnte, hatte er sie sich schon erneut über die Schulter geworfen und ging die Treppe hinauf zu seinem Schlafzimmer.

Chloe kicherte und hielt sich gut fest.

KAPITEL SIEBZEHN

Die nächsten drei Tage waren für Chloe wahnsinnig idyllisch. Die Nächte verbrachte sie in Ros Bett, wo sie sich auf so viele verschiedene Arten liebten, dass sie schon ganz wund war, und ihre Tage verbrachte sie lachend mit ihm, während sie ihr Kartenspiel fortsetzten, fernsahen und allgemein zusammen etwas unternahmen.

Der Sex war fantastisch, aber am meisten genoss sie es, Ro kennenzulernen. Es war so lange her, dass sie auch nur die einfachste Verbindung mit jemandem gehabt hatte, dass sie es umso mehr zu schätzen wusste. Sie *mochte* Ro. Er war witzig, interessant, rücksichtsvoll, freundlich ... sie hätte immer so weitermachen können. Und mit ihm zu schlafen, seinen warmen Körper an ihrem zu spüren, der ihr das Gefühl gab, nicht so allein zu sein, war ein Geschenk. Eines, das sie nie als selbstverständlich ansehen würde. Sie hatte keine Ahnung, was zwischen ihnen passieren würde, nachdem die Bedrohung durch ihren Bruder beseitigt war – *falls* sie denn jemals beseitigt war –, aber im Moment wollte sie das Leben in vollen Zügen genießen und jede Sekunde auskosten, die sie mit Ro verbrachte.

Eines Tages ging sie sogar in seine Werkstatt, um ihm Gesellschaft zu leisten, während er am Motor eines Porsche arbeitete, den jemand zur Wartung gebracht hatte. Sie war so erregt, als sie ihn dabei beobachtete, wie er sich über die Seite des Fahrzeugs beugte, dass sie sich hinter ihn stellte und ihn befummelte.

Innerhalb von Sekunden hatte er sie auf die Rückseite des Wagens geschoben, sie hochgehoben und ihr das Hirn rausgefickt, direkt an dem teuren Fahrzeug. Sie hatte von seinen Fingern Schmierspuren an den Innenseiten ihrer Oberschenkel und ihr Hintern tat weh, weil er ihn gegen das unnachgiebige Metall gepresst hatte, aber sie hätte nicht glücklicher sein können.

Sie hatten nicht viel von Rex gehört, aber jeder der anderen Männer aus seinem Team war irgendwann vorbeigekommen, um sich mit ihnen zu unterhalten. Ro beschwerte sich, dass sie vorbeikamen, um sie zu begaffen und ihn aufzuziehen, weil er nicht mehr auf dem Markt war, aber er sagte es mit einem Lächeln, also wusste Chloe, dass er sich nicht wirklich beschwerte.

Ball war immer noch so furchterregend wie in der Nacht, in der sie entführt worden war, als er sie so wahnsinnig festgehalten hatte, was sie ihm immer noch übel nahm, aber als sie ihn besser kennenlernte, stellte sie fest, dass er nicht annähernd so Furcht einflößend war, wie sie ihn in Erinnerung hatte.

Black war so groß wie sie, aber er verströmte eine gefährliche Ausstrahlung, die ihr ein wenig Unbehagen bereitete. Ro erzählte ihr, dass er früher ein Navy SEAL gewesen war, und das hätte sie sich denken können. Er sagte nicht viel und sein schwarzes Haar passte zu seinem Spitznamen. Sie konnte sich gut vorstellen, wie er mit der Nacht verschmolz und von seinen Feinden nicht gesehen wurde.

Gray und Allye kamen für einen Nachmittag zu Besuch und Chloe freute sich, die andere Frau wiederzusehen. Die beiden verbrachten die meiste Zeit ihres Beisammenseins damit, über Allyes Tanzprogramm für Kinder mit besonderen Bedürfnissen zu sprechen, das sie ins Leben gerufen hatte. Chloe hatte ihr das Versprechen abgenommen, ihr einige Videos von den Auftritten zu schicken. Gray schien der entspannteste Typ von allen zu sein, aber nachdem sie Allyes Geschichte darüber gehört hatte, wie sie mit ihm stundenlang im Pazifik getrieben war und wie er den schrecklichen Mann ausgeschaltet hatte, der versucht hatte, sie zu versklaven, erkannte Chloe, dass manchmal die entspannten Männer die gefährlichsten waren.

Und dann war da noch Arrow. Er war derjenige, der sie am meisten faszinierte. Nachdem sie gehört hatte, dass er da gewesen war, als Ro verletzt worden war, wollte Chloe unbedingt mit ihm reden. Sie hatte die Narben auf Ros Rücken berührt und aus nächster Nähe gesehen, wie groß sie waren. Sie konnte sich nicht vorstellen, so schwer verbrannt zu sein wie er und die Reha und Hauttransplantationen durchzumachen, die Ro hatte über sich ergehen lassen müssen.

Zum Glück musste Ro den Porsche zurück zu seinem Besitzer bringen und ließ sie und Arrow allein. Er hatte nicht wegfahren wollen, aber Chloe hatte darauf bestanden, dass es ihr für diese kurze Zeit mit Arrow gut gehen würde und dass *sie* diejenige war, die unter Hausarrest stand, nicht er. Er hatte das missbilligend zur Kenntnis genommen, hatte sich aber schließlich auf den Weg gemacht.

In der Sekunde, in der er aus seiner Auffahrt verschwunden war, hatte sie sich zu Arrow umgedreht und gesagt: »Erzähl mir alles von dem Tag, an dem Ro verletzt wurde.«

Arrow runzelte die Stirn und fragte: »Er hat dir davon erzählt?«

»Ja.«

»Um ehrlich zu sein, überrascht mich das. Er erzählt es nicht besonders vielen Leuten, besonders nicht die Details über das, was er während der Genesungsphase alles durchmachen musste.« Er zögerte. »Ro ist mein Freund, Chloe. Wir haben zusammen eine Menge durchgestanden. Ich habe das Gefühl, dir das sagen zu müssen, auch wenn ich mich dabei ziemlich unbehaglich fühle.« Er machte eine Pause und Chloe wusste bereits, was er sagen würde, bevor er es tat. »Du wurdest geraume Zeit so gut wie gefangen gehalten und du hattest nicht die Möglichkeit, irgendeine Art von Beziehung einzugehen. Ro mag dich wirklich und so wie es aussieht, magst du ihn auch. Aber wenn das nicht der Fall ist ... dann bitte ich dich weiterzuziehen, sobald die Bedrohung durch deinen Bruder vorbei ist. Bitte mache ihm nichts vor.«

Chloe wäre gern wütend auf Arrow gewesen, konnte es jedoch nicht. Es gefiel ihr, dass Ro Freunde hatte, die sich um ihn sorgten. »Ich mache ihm nichts vor«, versicherte sie seinem Freund. »Ich mag ihn. Sehr sogar. Und nicht nur, weil er mir hilft.«

Arrow nahm ihre Worte auf und nickte. »Was genau hat er dir erzählt?«, wollte Arrow wissen und nahm damit ihr vorheriges Thema wieder auf. »Ich kann dir keine Geheiminformationen geben und ich werde keine persönlichen Informationen über ihn preisgeben, die er dir noch nicht selbst anvertraut hat.«

Chloe gefiel es, dass Arrow Ro nicht verraten würde, aber trotzdem wollte sie so viel wie möglich über ihn herausfinden. Also erzählte sie, was Ro ihr über den Unfall und den Tod seines Freundes erzählt hatte, und hörte zu, als Arrow die Lücken so weit füllte, wie es ihm möglich war.

Als er fertig war, füllten sich Chloes Augen mit Tränen und sie bedauerte Ro umso mehr. Er war der stärkste Mann, den sie je kennengelernt hatte. Arrow erzählte ihr, wie er Ro im Krankenhaus besucht und seine Hand gehalten hatte, während die Krankenschwestern die tote Haut von seinem Rücken abgenommen hatten. Es war qualvoll gewesen, aber Ro hatte die ganze Zeit über stoisch durchgehalten. Arrow hatte sein Bestes getan, um Ro abzulenken, indem er ihm Geschichten über seine eigene Familie und seine Einheit bei den Marines erzählte. Als er wieder in die Staaten zurückbeordert wurde, waren beide Männer enttäuscht.

Chloe umarmte Arrow fest und danke ihm dafür, dass er für Ro da war.

»Dafür musst du mir nicht danken, Chloe«, antwortete er. »Eigentlich hätte *ich* in dem Panzer sitzen müssen. Eigentlich hätten es zwei Männer vom SAS und zwei Männer aus der Marineeinheit sein müssen. Ro wusste, dass ich ein wenig Platzangst habe, es aber niemals zugeben würde. Er hatte seine Verbindungen spielen lassen, sodass die Marineeinheit außerhalb des Panzers war und er und seine Freunde drinnen. Wäre ich in dem Panzer gewesen, wäre *ich* derjenige, der gestorben wäre. Ich schulde ihm mein Leben.«

Zum ersten Mal verstand Chloe wirklich die Verbindung, die Ro und seine Freunde miteinander hatten. Es ging nicht nur darum, dass sie sich gern gegenseitig in den Hintern traten und sich gegenseitig beschimpften. Nein, es ging weit darüber hinaus. Sie hielten sich gegenseitig den Rücken frei, egal was passierte. Ohne Fragen zu stellen. Wenn sie Gray, Ball, Black oder Meat gefragt hätte, hätten sie sicher ähnliche Geschichten wie Arrow erzählt. Sie alle waren füreinander da gewesen. Sie hatten sich gegenseitig das Leben gerettet.

Sie hatte noch nie so eine Freundschaft gehabt, aber sie schätzte die Tatsache, dass Ro sie hatte. Sie schwor sich im Stillen, sich nie zwischen Ro und seine Kameraden zu stellen. Sie würde ihn nie bitten aufzugeben. Ihn nie bitten, mit dem aufzuhören, was er tat.

Er brauchte es. Genauso wie Leute wie *sie* ihn brauchten.

Als Ro endlich zurückkehrte – der überglückliche Besitzer des Porsche hatte ihn nur zu gern nach Hause gefahren –, hatten Chloe und Arrow sich bereits angefreundet.

Es war jetzt zwei Tage nach dem Stichtag von Leons Drohung. Chloe fühlte sich so sicher wie schon lange nicht mehr. Ro hatte während der letzten drei Tage immer wieder mit Rex, Meat und den anderen Männern aus seinem Team gesprochen, aber sie wusste nicht, was mit ihrem Bruder los war.

Und das war in Ordnung.

Es fühlte sich gut an, diese Last an Ro abzutreten.

Ihm zu gestatten, sich darum zu kümmern.

Sie nahm an, dass sie dadurch vielleicht schwach wirkte, aber das war ihr egal.

Sie aßen gerade zu Mittag, nachdem sie sich heftig geliebt hatten – Ro hatte sie über die Couch gebeugt und sie von hinten genommen –, als sein Handy klingelte.

Chloe konnte nicht hören, wer am anderen Ende der Leitung war, aber Ro runzelte die Stirn, stieß sich vom Tisch ab und ging ins andere Zimmer, um den Anruf entgegenzunehmen.

Das machte er von Zeit zu Zeit und Chloe fühlte sich nicht im Geringsten gekränkt. Sie hatte ihm ihr Vertrauen geschenkt, und das bedeutete, dass sie ihn die Dinge auf seine Weise regeln ließ. Er würde ihr sagen, was los war, wenn er das Gefühl hatte, die Zeit wäre reif.

Mit gerunzelter Stirn kam er zurück in den Raum.

»Alles in Ordnung?«, fragte Chloe.

Ro schüttelte den Kopf. »Ich bin mir nicht ganz sicher. Das war Black. Er hat mir mitgeteilt, dass Meat und sein Freund, das Computergenie, etwas herausgefunden haben, aber er wollte nicht am Telefon darüber sprechen. Er sagte, es sei eine große Sache und vielleicht der Schlüssel zu allem, was vor sich geht.«

»Das ist etwas Gutes, richtig?«, fragte Chloe.

»Ich glaube schon ... aber Black hat mir auch gesagt, dass wir nicht wissen, wo Leon sich aufhält. Wir hatten Leute aufgestellt, um ihn und Abbie zu überwachen, doch dann erhielten wir keine Rückmeldung mehr von ihnen, und als Ball und Arrow es überprüft haben, haben sie rausgefunden, dass beide Männer verschwunden sind.«

Chloe keuchte. »Verschwunden?«

Ro nickte. »Er hat angerufen, um mir zu sagen, dass wir in Alarmbereitschaft bleiben und in Deckung gehen sollen.«

»Und was machen wir jetzt?«, fragte Chloe atemlos. »Sollen wir irgendwo hingehen? Irgendetwas tun?«

»Beruhige dich, Liebes«, entgegnete Ro und kam sofort zu ihr. »Wir sind hier sicher. Es gibt keine Hinweise darauf, dass Leon herausgefunden hat, wer ich bin. Wenn er wüsste, wo ich wohne, wäre er schon längst hier aufgetaucht. Und wenn er das tut, bin ich darauf vorbereitet.«

Chloe entspannte sich. Schließlich handelte es sich hier um Ro. Er war immer vorbereitet. Sie vertraute ihm. »Okay.«

»Okay.«

Sie machten es sich auf der Couch gemütlich und sahen

ein wenig fern. Chloe war gerade im Begriff einzudösen, als plötzlich die Alarmanlage laut zu kreischen begann und kurz darauf das Glas des großen Fensters explodierte.

Chloe schrie und merkte, dass sie irgendwie auf dem Boden vor der Couch gelandet war mit Ro auf ihr, der sie vor dem herumfliegenden Glas schützte.

»Bleib unten«, zischte er ihr ins Ohr.

Sie nickte und blieb flach auf dem Boden liegen.

Ro sah auf die Uhr an seinem Handgelenk. »Verdammt! Es ist irgendwem gelungen, das Gelände zu betreten, ohne die Alarmanlage auszulösen.« Er klang ausgesprochen wütend und Chloe konnte ihm keinen Vorwurf daraus machen.

Der Lärm der Alarmanlage war so durchdringend, dass sie augenblicklich Kopfschmerzen bekam. Sie hatte Angst und war verwirrt und wusste nicht, was sie tun sollte. Sollte sie bleiben oder lieber versuchen, so schnell wie möglich zu fliehen?

Ro nahm ihr die Entscheidung ab, indem er fluchte und sie dann ohne Vorwarnung auf die Füße zog und die Treppe hinauf bugsierte. Sie stolperte und wäre hingefallen, wenn Ro sie nicht festgehalten hätte, obwohl er sie weiterhin vorwärtstrieb.

»Bleib sofort stehen, wenn du nicht willst, dass sie stirbt«, rief eine Stimme über den Lärm der kreischenden Alarmanlage.

Ro hielt inne und drückte sie mit einem Arm hinter sich, während er sich zu demjenigen umdrehte, der gesprochen hatte.

Vor ihnen standen drei Männer. Sie waren ganz in Schwarz gekleidet und zwei von ihnen hielten Pistolen auf ihre Köpfe gerichtet. Der dritte hatte eine Art Metall-knüppel in der Hand.

»Wie seid ihr an meiner Alarmanlage vorbeigekommen?«, fragte Ro fast im Plauderton, als befänden sie sich auf einem Treffen knallharter, furchterregender, militärischer Kommandotrupps anstatt in seinem eigenen Haus, während er versuchte, sie vor Fremden zu schützen.

»Wir haben unsere Mittel und Wege«, erklärte einer der Männer über das Schrillen der Alarmanlage hinweg. »Mit dir haben wir kein Problem. Wir wollen nur die Frau.«

»Nur über meine Leiche«, erklärte Ro und Chloe spürte, wie sich seine Muskeln anspannten, als würde er sich kampfbereit machen.

Einer der Männer schoss auf die Wand neben ihnen, wodurch sowohl sie als auch Ro von der Kugel weg und näher zu dem Mann, der auf ihrer anderen Seite stand, taumelten.

Danach ging alles extrem schnell. Der Mann mit dem Knüppel schwang ihn in ihre Richtung und erwischte Ro in der Wade, bevor er ausweichen konnte. Er grunzte und ging in die Knie, richtete sich aber sofort wieder auf, als hätte der Schlag nicht im Geringsten wehgetan.

Der Alarm schrillte immer noch, und das ließ den Kampf noch unwirklicher erscheinen. Keiner sprach; sie musterten sich nur einen kurzen Moment lang, als wollten sie herausfinden, wer den nächsten Schritt machen würde.

Dann griff einer der Eindringlinge schnell in seine Tasche und schleuderte ihr und Ro etwas entgegen.

Chloe schloss die Augen und duckte sich, während Ro sich auf sie stürzte, sodass er sie komplett vor dem abschirmte, was der Mann geworfen hatte.

Als Chloe sich aus der Hocke, in die sie sich fallen gelassen hatte, aufrichtete und die Augen öffnete, hustete Ro heftig und schwankte vor ihr hin und her. Sie hatte keine Ahnung, was in dem Pulver war, das der Mann nach ihnen geworfen hatte, aber was auch immer es war, Ro hatte es voll ins Gesicht bekommen und hatte Mühe, wieder zu Atem zu kommen.

Die Männer zögerten nicht, sofort zu handeln, als Ro kurzzeitig benommen war.

Der Mann mit dem Knüppel schlug noch einmal auf Ro ein und zwang ihn in die Knie, während er heftig hustete und keuchte und versuchte, Luft zu bekommen. Obwohl er eindeutig in Schwierigkeiten war, hatte er sie immer noch nicht vergessen. Er tat sein Bestes, um sie zu schützen, aber das Pulver tat seine Arbeit und machte ihn schnell handlungsunfähig.

Ein anderer Mann packte Chloe am Arm und sprang mit ihr aus dem Weg, als Ro versuchte, ihn anzugreifen.

Sie wehrte sich, so gut sie konnte, gegen den Mann, entsetzt über das, was mit Ro direkt vor ihren Augen geschah und was die Männer mit ihr anstellen würden, sobald sie sie aus dem Haus gebracht hatten. Sie hustete, weil sie etwas von dem Pulver eingeatmet hatte, das noch in der Luft schwebte. Eine Hand legte sich auf ihren Mund, als sie zu schreien begann.

»Fmmph iii«, rief Chloe, doch wegen der Hand auf ihrem Mund konnte man die Worte nicht verstehen.

»Komm schon, Frank, beeil dich. Sie ist ziemlich wehrhaft«, rief der Mann ungeduldig, während er versuchte, sie festzuhalten.

Chloes Augen weiteten sich, als der Mann, der den Knüppel hielt, auf sie zukam. Er hatte schwarze Haare und noch schwärzere Augen. Sie versuchte verzweifelt, den Arm des anderen Mannes abzuschütteln, aber ohne Erfolg. Tränen stiegen ihr in die Augen, als sie begriff, was geschah.

Sie wurde entführt. Schon wieder.

Aber dieses Mal waren es nicht Ros Freunde.

Diese Männer waren tödlich und rücksichtslos, sie konnte es in ihren Augen erkennen. Sie hatte es an der Art gesehen, wie sie die Waffen auf sie und Ro gerichtet hatten.

Der Mann namens Frank kam mit einer Spritze in der Hand auf sie zu. Der Anblick löste ein flaues Gefühl von Déjà-vu aus. »Halt still«, erklärte er mit widerlichem Lächeln. »Du willst doch nicht, dass ich dir damit wehtue, oder?«

Chloe trat mit ihren Füßen aus und hatte das befriedigende Gefühl, dass sie Franks Knie traf.

»Verdammt, Jed, halt sie fest.«

»Das tue ich doch«, erklärte Jed und verstärkte seinen Griff um ihren Körper, wobei er kurz die Hand von ihrem Mund nahm, nur um sie fester wieder daraufzulegen – wobei er ihr diesmal Mund und Nase zuhielt.

Chloe konnte nicht atmen; fast augenblicklich begannen sich schwarze Flecke in ihr Gesichtsfeld zu schleichen.

Nein. Sie konnte nicht sterben. Nicht auf diese Weise. Nicht hier in Ros Haus. Nicht, wenn sie einen Mann gefunden hatte, dem sie vertrauen konnte und mit dem sie ihr Leben verbringen wollte.

»Ro!«, versuchte sie zu schreien, doch es kam nur ein ersticktes Krächzen heraus.

Frank kam wieder auf sie zu, aber sie hatte keine Kraft mehr in sich. Sie versuchte, sich jetzt nur noch darauf zu konzentrieren, Luft zu bekommen. Die Nadel bohrte sich in ihren Oberschenkel, aber sie bemerkte es nicht, weil Jed seine Hand für einen Moment wegnahm. Sie saugte gierig Luft ein und versuchte, so viel wie möglich in ihre Lunge zu bekommen, bevor sie ihr wieder abgeschnitten wurde.

Der Raum drehte sich und Chloe schloss die Augen, weil ihr extrem schwindelig war. Sie wehrte sich nicht, als Jed sie aufhob und aus dem zerstörten Wohnzimmer trug.

Sie hörte das Knirschen von Glas unter seinen Füßen, als er sie durch den Raum trug, aber sie öffnete ihre Augen nicht. Der Alarm schrillte weiter und sie hatte einen Moment lang die Hoffnung, dass einer von Ros Nachbarn ihn hören und Hilfe holen würde.

Chloe zwang sich schließlich, die Augen zu öffnen, und das Letzte, was sie sah, als Jed sie aus dem Haus trug, war der dritte Mann, der Ro den Kopf auf den Boden schlug, um ihn davon abzuhalten, sie zu verfolgen.

KAPITEL ACHTZEHN

Chloe runzelte die Stirn. Ihr Kopf tat weh und ihr Mund fühlte sich schon wieder an, als hätte sie an Wattebällchen gelutscht. Nicht dass sie wüsste, wie es sich anfühlt, an Wattebällchen zu lutschen, aber sie stellte sich vor, dass das Gefühl in ihrem Mund in diesem Moment ziemlich ähnlich sein musste.

Vorsichtig öffnete sie die Augen und sah sich um. Sie lag auf einem weichen Bett in einem wunderschönen Zimmer. Die schweren roten Vorhänge waren zurückgezogen und ließen die Nachmittagssonne herein. An der Wand gegenüber von ihr stand eine Kommode. Als sie den Kopf drehte, entdeckte sie mehrere Kissen neben sich und die prächtige Steppdecke unter ihr sah handgefertigt aus.

Das Problem war nur, dass sie nichts davon wiedererkannte. Sie schien sich nicht in Leons Haus zu befinden, aber sie war auch nicht bei Ro.

Bei dem Gedanken an Ro setzte sie sich plötzlich auf, sodass ihr schwindelig wurde. Sie weigerte sich, dem Schwindelgefühl nachzugeben, setzte sich auf die Bettkante und versuchte, sich zu erinnern, was geschehen war. Sie erinnerte sich nur noch daran, wie jemand Ros Kopf auf den Boden geschlagen hatte.

Ein Wimmern entfuhr ihr, bevor sie es zurückhalten konnte. Chloe schlug eine Hand vor den Mund, um zu verhindern, dass jemand hörte, dass sie wach war, und zwang sich aufzustehen. Sie stolperte zum Fenster und schaute hinaus. Sie schien sich in der oberen Etage eines Hauses zu befinden. Sie blickte auf einen makellosen Garten hinunter. Der Rasen unter ihr war riesig. In der Ferne konnte sie mehrere hohe Gebäude sehen. Als sie den Kopf schief legte, erkannte Chloe, dass es sich um die Skyline von Denver handelte. Was keinen Sinn ergab.

War sie so lange bewusstlos gewesen?

Natürlich war sie das. Sie war hier, nicht wahr? Wo auch immer *hier* war.

Verdammte Scheiße! Sie konnte nicht glauben, dass sie entführt worden war, verflucht. Schon wieder! Sie hatte die Nase voll von Leuten, die sie zwangen, an Orte zu gehen, an die sie nicht gehen wollte, und Dinge zu tun, die sie nicht tun wollte. Und sie hatte Ro versprochen, dass sie sich nicht mehr entführen lassen würde. Sie hasste es, ihr Versprechen zu brechen, selbst wenn es nicht ihre Schuld war.

Der Gedanke an Ro, der sie beschützen wollte, obwohl er offensichtlich verletzt war, schoss ihr durch den Kopf. Als er sich auf den Mann gestürzt hatte, der sie gepackt hielt, hatte sein Gesichtsausdruck Bände gesprochen. Er war wütend darüber, dass jemand in sein Haus eingebrochen war, und noch wütender darüber, dass er es gewagt hatte, Hand an sie zu legen. Aber noch mehr als das, er sah ... am Boden zerstört aus. Und das hasste sie am meisten. Sie wollte ihm sagen, dass er alles getan hatte, um sie zu beschützen. Dass es nicht seine Schuld war, dass sie schon wieder entführt wurde, sondern dass es an den Arschlöchern lag, die eingebrochen waren.

Dann erinnerte sie sich daran, wie der Mann Ros Kopf auf die Kacheln geschlagen hatte. Ro musste schwer verletzt sein. Er musste bewusstlos geschlagen worden sein. Es gab keine Möglichkeit, dass er sich davon soweit erholt hatte, dass er entkommen konnte ... oder doch? Die bösartige Erinnerung – und der andere mögliche Ausgang einer solchen Schlägerei – drohte ihr die Beine wegzuziehen, aber sie zwang sich, stehen zu bleiben.

Ro war nicht tot. Das konnte er nicht sein. Unmöglich. Nicht nach allem, was er sonst durchgemacht hatte.

Nein, Arrow oder Meat oder jemand anderes würde zu seinem Haus fahren, um nach ihnen zu sehen, wenn Ro nicht ans Telefon ging, und derjenige würde ihn finden und Hilfe holen.

Sie dachte im Moment gar nicht an ihre eigene Situation und daran, was auf sie zukam. Wenn Ro ihretwegen getötet worden war, würde Chloe sich das nie verzeihen.

Sie drehte sich um, als sie hörte, wie sich die Tür öffnete.

Ein Mann, den sie noch nie zuvor gesehen hatte, betrat den Raum und begegnete ihrem Blick. Er trug eine graue Hose und ein weißes Hemd. Ein graues Sakko vervollständigte sein Ensemble. Er sah elegant und gepflegt aus – und er jagte ihr eine Heidenangst ein.

Befand sie sich in einer Art Edelbordell? War das vielleicht das Bordell ihres Bruders? Chloe dachte, er hätte gesagt, es befände sich in Colorado Springs, und sie waren definitiv nicht mehr dort, aber vielleicht hatte er sich vergrößert? Oder sie an jemand anderen verkauft?

Sie war sich nicht sicher, aber eines wusste sie ganz genau – sie würde nicht zulassen, dass dieser Mann sie gegen ihren Willen mitnahm. Auf keinen Fall. Sie würde sich mit allem, was sie hatte, wehren. Jetzt, da sie sich Ro hingegeben hatte, würde sie alles tun, was nötig war, um dafür zu sorgen, dass kein anderer das besudelte, was ihm gehörte.

Mit diesen Gedanken im Hinterkopf ballte Chloe die Hände zu Fäusten und bereitete sich auf den Kampf vor.

»Guten Abend, Miss Harris. Wenn Sie mir bitte folgen würden.«

Chloe blinzelte. Sie hatte erwartet, dass er: »*Leg dich aufs Bett und mach die Beine breit*«, oder etwas ähnlich Geschmackloses sagen würde. Aber stattdessen war er höflich und klang geradezu freundlich. Und er wartete geduldig auf sie. Er hatte seine Hand ausgestreckt, als wollte er ihr den Weg deuten.

Sie wollte mit ihm nirgendwohin gehen, aber sie wollte auch da raus. Aus dem Fenster zu steigen würde nicht funktionieren, weil sie so hoch oben waren. Sie würde fallen und sich ein Bein brechen oder so, und dann würde sie nie wegkommen. Wenn sie erst einmal aus dem Zimmer raus war, konnte sie immer noch fliehen.

So vorsichtig wie möglich ging sie langsam auf den Mann in Grau zu. Sie wusste, dass sie nicht in einer geraden Linie ging, ihr war immer noch leicht schwindelig, aber das war ihr im Moment egal. Sie wankte quer durch den Raum auf ihn zu. Der geheimnisvolle Mann ergriff ihren Ellbogen, aber er drückte nicht brutal zu, wie es Leons Leibwächter gern taten. Er hielt sie einfach fest und sorgte dafür, dass sie nicht umkippte. Er schloss die Tür hinter ihnen und führte sie den mit Teppich ausgelegten Flur entlang zu einer Treppe.

Chloe nahm alles um sie herum in sich auf. Später würde sie den Behörden vielleicht beschreiben müssen, wo sie festgehalten wurde. Teuer aussehende Bilder an den

Wänden, Aquarelle von Landschaften. Brauner Teppichboden. Viel natürliches Licht. Es war ein Ort, den sie gern erkundet hätte ... natürlich nur, wenn sie nicht als Geisel festgehalten worden wäre.

Der Mann in Grau half ihr die Treppe hinunter. Gerade als Chloe sich aus seinem Griff befreien und zur vermeintlichen Eingangstür des Hauses laufen wollte, bemerkte sie Licht aus einer offenen Tür in einem sonst dunklen, langen Korridor.

»Hier entlang, Miss Harris«, sagte der Mann, legte ihr einen Arm um die Taille und führte sie auf den Korridor zu. Sie wehrte sich einen Moment lang, war aber noch immer zu benommen von dem Betäubungsmittel, das ihr verabreicht worden war.

»Entspannen Sie sich«, befahl ihr der Mann. »Sie würden keine fünf Schritte weit kommen, bevor ich Sie eingeholt hätte«, erklärte er mit völlig normaler, ruhiger Stimme. Dadurch machte er nur einen noch beängstigenderen Eindruck auf Chloe. Wenn er sie in irgendeiner Weise bedroht oder ihren Arm so fest gedrückt hätte, dass es wehtat, während er sie festhielt, hätte das vielleicht mehr Sinn ergeben, aber er benahm sich, als wäre sie ein willkommener Hausgast, außer dass er ihr natürlich sagte, dass sie ihm nicht entkommen konnte.

Sie passierten zwei geschlossene Türen, bevor sie bei der einen ankamen, die offen war. Ohne anzuhalten, führte der Mann an ihrer Seite sie durch die Tür in etwas, das wie eine riesige Bibliothek oder ein Arbeitszimmer aussah. Entlang einer Wand standen Bücherregale, die vom Boden bis zur Decke reichten und mit Büchern vollgestopft waren.

Ein großes Fenster verlief entlang der Rückseite des Raumes, die Aussicht auf das weitläufige Gelände ähnelte der aus dem Zimmer, in dem sie aufgewacht war.

Aber es war der Mann, der hinter einem riesigem Schreibtisch zu ihrer Rechten saß, der Chloes Aufmerksamkeit auf sich zog.

Sie konnte den Blick nicht von ihm abwenden, als der Mann in Grau sie zu einem Ledersessel führte und ihr half, sich zu setzen. Sie bemerkte kaum, als er sich zurückzog und sich stramm neben der nun geschlossenen Tür aufstellte.

Der Mann hinter dem Schreibtisch blickte nicht auf. Er beachtete sie in keiner Weise. Er blickte auf eine Art Tabellenkalkulation und fuhr mit dem Finger reihenweise die Zahlen auf und ab. Er hatte dunkles Haar, das reichlich mit Grau durchsetzt war. Sie konnte Altersflecke auf seinen Handrücken sehen. Er trug einen schwarzen Pullover mit einem weißen Kragenhemd darunter. Zu seiner Linken stand ein Computer, zu seiner Rechten ein altmodisches Telefon.

Er strahlte Macht aus und so sehr Chloe auch von ihm verlangen wollte, ihr zu sagen, was zum Teufel sie hier sollte, sagte sie nichts. Sie wartete einfach darauf, dass er ihre Anwesenheit zur Kenntnis nahm. Um ihr zu sagen, welches Schicksal sie erwartete.

Nach fünf langen Minuten des Schweigens begann Chloe, nervös auf dem weichen Leder herumzurutschen. Sie verlor langsam die Geduld und war zu Tode verängstigt. Sie wollte auf keinen Fall von ihm hören, dass sie in ein fremdes Land geschickt werden sollte, um einem Scheich als Sexsklavin zu dienen, aber in diesem Moment wusste sie nicht, was sie sonst denken sollte.

Nach einer gefühlten Ewigkeit schaute der Mann auf. Der Blick aus seinen braunen Augen traf auf den ihren – und sie erstarrte. Sie hatte sich nicht geirrt, als sie dachte, dieser Mann sei mächtig. Nur ein Blick genügte und sie wusste, dass er normalerweise bekam, was er wollte. Dass diejenigen, die für ihn arbeiteten, sich wahrscheinlich ein Bein ausrissen, um zu tun, was er befahl.

Chloe hätte sich ihm fast auf Gedeih und Verderb ausgeliefert und ihn angefleht, ihr nicht wehzutun, aber sie hielt sich mit letzter Kraft an ihrer Würde fest. Sie glaubte nicht, dass er für Leon arbeitete. Auf keinen Fall. Dieser Mann arbeitete für niemanden. Andere arbeiteten für *ihn*.

»Ich nehme an, dass Sie sich fragen, was Sie hier tun«, sagte er, verschränkte die Finger unter dem Kinn und sah sie für die längste Minute ihres Lebens an.

Chloe nickte einfach nur.

»Wissen Sie, wer ich bin?«, fragte der Mann und das heimliche Lächeln auf seinem Gesicht bestätigte ihr, dass er etwas wusste, das sie nicht wusste. Und sie ging davon aus, dass das stimmte. Er hatte hier alle Karten in der Hand. Jede einzelne.

Chloe schüttelte den Kopf.

»Bitte entschuldigen Sie, dass ich mich nicht eher vorgestellt habe. Ich bin Joseph Carlino. Sie kennen mich zwar vielleicht nicht persönlich, aber meine Konten würden Sie erkennen, wenn Sie sie sähen, nicht wahr?«

Zum zweiten Mal an diesem Tag hatte Chloe schwarze Punkte vor den Augen.

Es war schlimm. Ausgesprochen schlimm. Leon war schon ziemlich Furcht einflößend. Aber die Anwesenheit einer der Männer, die sie während der letzten Jahre wie die Pest gemieden hatte, reichte aus, um sie vor blankem Entsetzen in die Knie zu zwingen.

Ro schob Blacks Hand von seiner Stirn und knurrte: »Es geht mir gut.«

»Ich sage es dir nur ungern, aber es geht dir *nicht* gut«, erklärte Black ruhig. »Du hast eine Platzwunde am Kopf, genau wie die, die deine Freundin vor einer Woche hatte. Das muss genäht werden oder zumindest brauchst du diesen Wundkleber, den du so gern benutzt.«

Ro knurrte. Er fletschte tatsächlich die Zähne und knurrte seinen Teamkameraden an. »Mein Kopf ist mir völlig egal. Wer mir *nicht* egal ist, ist Chloe und was wir tun werden, um sie zu finden und sie von diesem Wichser von einem Bruder zu befreien!«

Er wusste, dass er sich wie ein Arsch verhielt, konnte aber nicht anders. Black hatte ihn zurückgerufen, um ihn über die Suche nach Leon auf dem Laufenden zu halten, und als Ro nicht abnahm, hatte er den Rest des Teams informiert, und sie waren alle aufgetaucht.

Als Ro die Augen aufschlug, standen vier seiner Teamkameraden über ihm und sahen gleichzeitig wütend und besorgt aus. Meat hatte am Esszimmertisch gesessen, hektisch auf seinem Laptop herumgeklickt und telefoniert.

In der Sekunde, in der er seine Teamkameraden sah, erinnerte sich Ro daran, was passiert war. Wer auch immer die Männer waren, die Chloe mitgenommen hatten, sie waren gut gewesen. *Richtig* gut. Sie waren in der Lage gewesen, seinen Alarm zu umgehen, sodass er keine Vorwarnung hatte, dass sie da waren, bevor es bereits zu spät war.

Ro machte sich Vorwürfe, weil er Chloes entsetzten Gesichtsausdruck nicht vergessen konnte. Was auch immer das Pulver enthalten hatte, mit dem er außer Gefecht gesetzt worden war, es hatte seinen Job gut gemacht. In der Sekunde, in der er es eingeatmet hatte, hatte Ro gewusst, dass er erledigt war. Jetzt, wo er wieder klar denken konnte und sein verdammter Alarm nicht mehr in seinen Ohren dröhnte, stellte er fest, dass es ein Art Pfefferspray war. Zumindest dessen Hauptbestandteil, Capsaicin. Er hatte das Pulver direkt ins Gesicht bekommen und konnte danach nicht mehr gut sehen oder atmen.

Er erinnerte sich, dass Chloe nach ihm gerufen hatte, dass er versucht hatte, zu ihr zu kommen, aber alles danach war verschwommen.

Er hatte ihr immer wieder versichert, dass sie in Sicherheit war. Sie hatten ihn dazu gebracht, sein Wort zu brechen.

»Wohin zum Teufel würde Harris sie bringen?«, fragte Ro wütend. Sein Kopf tat ihm weh, doch das war ihm völlig egal. Wenn er Chloe verloren hatte oder ihr Bruder sie dazu zwang, irgendetwas Sexuelles zu tun, würde er sich das nie vergeben. Niemals.

»Hast du Lust, irgendwo ein bisschen einzubrechen?«, fragte Ball mit düsterem Grinsen, anstatt auf seine Frage zu antworten.

»Ja, verdammt«, erwiderte Ro und stand auf.

»Erst musst du mal aufhören zu bluten«, stellte Black trocken fest. »Schließlich kannst du ja nicht überall im Haus von Leon deine DNA hinterlassen.«

Ohne ein weiteres Wort ging Ro ins Bad, um den Kleber zu holen. Es war schwer zu glauben, dass er genau das gleiche Zeug erst vor einer Woche bei Chloe benutzt hatte.

Fünf Minuten später war er wieder in seinem Wohnzimmer und wartete darauf, dass seine Freunde ihn über den Plan unterrichteten.

»Meat hat ein paar Leute angerufen, die ihm noch einen Gefallen schuldeten, und jetzt sind deine Fenster mit Brettern zugenagelt«, erklärte ihm Gray.

Ro winkte ab. Ihm waren seine Fenster völlig egal. Er musste etwas *tun*. Um Chloe zu finden.

»Er macht sich gleich auf den Weg zum *The Pit*, um über den Computer weiter zu versuchen, Chloe zu finden. Sein Freund benutzt Verkehrskameras, um zu sehen, ob er sie von hier aus bis dorthin verfolgen kann, wohin sie entführt wurde. Hier draußen in Black Forest gibt es nicht viele Kameras, aber egal, welchen Weg sie genommen haben, die Mistkerle können ihnen nicht komplett ausgewichen sein. Er fährt auch dorthin, um uns ein Alibi zu verschaffen, nur für den Fall. Dave wird sich dafür verbürgen, dass wir alle bei einem Treffen anwesend waren. Er sagte sogar, er würde das Sicherheitsmaterial manipulieren, indem er einen alten Videoclip benutzt, der zeigt, wie wir heute alle eingetroffen sind, falls es nötig werden sollte. Gebt mir eure Handys.« Gray war ganz geschäftsmäßig und jeder übergab sein privates Handy.

Ro zögerte. Er und Chloe waren eine ganze Woche lang zusammen gewesen. Da sie nie getrennt waren, mussten sie sich nicht gegenseitig anrufen. Aber er hatte sie dazu gebracht, seine Telefonnummer auswendig zu lernen, nur für den Fall. Wenn er Gray sein Telefon geben würde, könnte er nicht antworten, wenn sie anrief.

»Meat verwaltet die Handys«, erklärte Gray, als er bemerkte, wie zwiegespalten Ro war. »Falls sie anruft, kann er das Signal verfolgen und sie gleichzeitig beruhigen. Du weißt doch, dass die Telefonmasten unsere Handysignale alle im *The Pit* orten müssen, damit wir ein Alibi haben, während wir bei Harris sind.«

Da Ro wusste, dass sein Freund recht hatte, übergab er ihm widerspruchslos sein Handy, auch wenn es ihm nicht gefiel.

»Wir werden sie finden«, sagte Gray und legte Ro eine Hand auf die Schulter.

Ro nickte. »Und wie sieht der Plan aus?«

»Harris wurde den ganzen Tag über nicht bei seinem Haus gesichtet, aber es wurde auch nie bestätigt, dass er *nicht* in seinem Haus ist«, erklärte Black. »Also überprüfen wir es selbst. Wir haben eine Stunde Zeit.«

Ro nickte und ließ voller Erwartung seine Knöchel knacken.

»Die beiden Männer, die eigentlich Harris überwachen sollten, wurden etwa zwei Kilometer vom *BJ's* entfernt aufgefunden«, sagte Meat vom Tisch aus, wobei er immer noch auf seiner Tastatur herumtippte. »Sie haben beide schlimme Wunden am Kopf, aber sie leben. Sie haben das Bewusstsein noch nicht wiedererlangt, also können sie uns nicht sagen, was vorgefallen ist, aber sobald sie aufwachen, wird Rex sich darum kümmern.«

Ro trat ungeduldig von einem Fuß auf den anderen. Jede Sekunde, die verstrich, war eine weitere Sekunde, in der Chloe sich in Gefahr befand. Er konnte es tief in seinen Knochen spüren. Sie mussten sie finden. Und zwar sofort.

»Gehen wir«, erklärte Arrow. »Wir können uns auf dem Weg dorthin unterhalten.«

Ro war erleichtert darüber, dass sein Freund genau das aussprach, was er dachte.

»Eins noch«, bemerkte Gray.

Alle sahen ihn an.

»Rex hat mich gezwungen, ihm zu versprechen, dass wir Harris nicht töten. Er will sich erst mit dem Mann unterhalten.«

Ro runzelte die Stirn. Das konnte er nicht versprechen. Auf keinen Fall. Nicht, wenn Chloe verletzt war. Nicht, wenn Harris sie verkauft hatte – oder gar Schlimmeres.

»Wir können nichts versprechen«, erklärte Ball schroff. »Wir wissen doch alle, wozu Männer wie er in der Lage sind.«

»Und wir alle wissen, dass Rex der Erste sein wird, der ihm die Eier abschneidet, sollte er Chloe etwas angetan haben«, erwiderte Gray. »Er bittet nur um Zeit, um zuerst mit dem Mann zu reden, verstanden?«

Alle nickten. Sie hatten es tatsächlich verstanden. Rex würde Harris nicht vor Vergeltung schützen, wenn er Chloe getötet oder sie in der Untergrundwelt des Sexhandels hätte verschwinden lassen. Aber er wollte trotzdem zuerst Informationen. Informationen, die sie, oder jemanden wie sie, vor einem Schicksal schlimmer als der Tod bewahren könnten.

»Gehen wir«, erklärte Black und machte sich als Erster auf den Weg zur Tür.

Mit zusammengebissenen Zähnen folgte Ro seinen Freunden und ignorierte den Schmerz, der durch seinen Schädel schoss. Er verdrängte ihn. Das einzig Wichtige war, Harris zu finden – und hoffentlich auch Chloe.

Chloe rang die Hände auf ihrem Schoß. Er hatte keine Bewegung auf sie zu gemacht, aber sie wusste, dass sie es mit einem der mächtigsten Männer der Mafia von Denver zu tun hatte. Leon hatte ihr alles über ihn und seine Skrupellosigkeit erzählt. Die etwas zu detailgetreue Beschreibung ihres Bruders, was Carlino während der Folter mit seinen Feinden anstellte, war einer der Hauptgründe dafür gewesen, dass sie nicht versucht hatte zu entkommen. Sie hatte alles gegeben, damit dieser Mann sie niemals in die Finger bekam ... und hier saß sie nun.

»Wir müssen uns unterhalten«, sagte Joseph.

Chloe ließ ihn nicht aus den Augen, da sie zu viel Angst hatte, den Blick abzuwenden.

»Erzählen Sie mir von Ihrem Bruder.«

Sie blinzelte. Das war nicht, was sie erwartet hatte. Sie hätte gedacht, er würde sie darauf hinweisen, dass sie einen Fehler bei seinen Finanzen gemacht hatte. Oder eine seiner Investitionen in den Sand gesetzt hatte. Vielleicht auch, dass er sie darüber informieren würde, dass sie von nun an im Verlies in seinem Keller würde hausen müssen, weil sie zu viel wusste.

Oder schlimmer noch, sie extrem langsam zu töten, weil sie zu viel über die Millionen von Dollar wusste, die er irgendwo versteckt hatte.

Aber ihm von Leon zu erzählen? Sie hätte nicht gedacht, dass das sein Hauptanliegen wäre. »Was wollen Sie wissen?«, fragte sie schließlich mit zitternder Stimme.

»Ich habe gestern einen ausgesprochen interessanten Anruf erhalten«, erklärte Joseph und lehnte sich in seinem Stuhl zurück, als hätte er keinerlei Sorgen. »Von einem Bekannten. Nach dem Gespräch habe ich selbst ein paar Nachforschungen angestellt, aber anscheinend ist Ihr Bruder nicht so dumm, wie er aussieht ... oder zumindest ist seine *Buchhalterin* es nicht. Es gelang meinen Leuten einfach nicht herauszufinden, was da tatsächlich los war. Also bin ich direkt zur Quelle gegangen. Oder besser gesagt, ich habe die Quelle zu mir bringen lassen.«

Chloe versuchte, nicht zu hyperventilieren. Sie war kreativ mit Leons Geld umgegangen. Das musste sie auch. Er gab es schneller aus, als er es verdiente. Ganz zu schweigen davon, dass er ein paar ziemlich zwielichtige Dinge tat. Er hatte ein hohes monatliches Einkommen aus einer Quelle, über die er nicht mit ihr sprach und die sie nicht ausfindig machen konnte, und mehrere kleinere monatliche Einzahlungen. Sie hatte angenommen, dass die größeren Beträge von den Leuten stammten, die er erpresste. Sie hatte allerdings nichts von dem Bordell gewusst, das er eröffnet hatte, bis er in jener Nacht in seinem Wagen damit geprahlt hatte. Sie hatte die ganze Zeit gedacht, es wäre ein weiterer Stripklub.

Aber egal, sie hatte ihr Bestes getan, um dafür zu sorgen, dass oberflächlich betrachtet nichts Ungewöhnliches passierte, sollte ihn jemand überprüfen.

»Chloe?«, fragte Joseph ungeduldig.

Chloe schluckte und tat das Einzige, was sie tun konnte. Sie öffnete den Mund und erzählte diesem unglaublich angsteinflößenden Mann alles, was sie wusste.

Im Haus von Leon Harris war es ruhig. Ro überprüfte methodisch mit seinem Fernglas die Fenster des großen Anwesens. Er sah niemanden in den Räumen mit offenen Vorhängen, und hinter den geschlossenen Vorhängen bewegten sich keine Schatten.

Er führte eine Hand an seinen Hals und drückte gegen das dortige Mikrofon, um die Verbindung herzustellen.

»Keine Auffälligkeiten«, flüsterte er leise.

Er hörte, wie die anderen die Information wiederholten.

»Wir halten uns an den Plan«, erklärte Black. »Bei drei schlagen wir los.«

Ro verstaute das Fernglas und bereitete sich darauf vor, das Anwesen zu betreten. Er war bereit für diesen Moment. Bereit, Leon Harris zu konfrontieren und dafür zu sorgen, dass der Mann wusste, dass er nicht in seiner Liga spielte und dass er es bereuen würde, wenn er seine Schwester auch nur noch einmal falsch ansah.

Gemeinsam drang das Team mit Blendgranaten an fünf verschiedenen Stellen in die Villa ein.

Sie stießen auf keinerlei Widerstand. Tatsächlich trafen sie überhaupt niemanden an.

Trotz der lauten Explosionen kam niemand, um nachzusehen, was los war, und sie erwischten auch niemanden unvorbereitet.

Als alle fünf Männer in der Mitte der Eingangshalle des Hauses standen, sagte Arrow, was sie alle dachten. »Wo zum Teufel stecken alle?«

Das flaue Gefühl in Ros Magen wurde stärker. Er hatte ja nicht wirklich erwartet, Harris oder Chloe dort anzutreffen, hatte es aber trotzdem gehofft. Denn wenn sie nicht hier waren, hatte er nicht die geringste Ahnung, wo sie stecken könnten. Und das war schlimm. Ausgesprochen schlimm. Ihm war durchaus klar, dass sie sie früher oder später ausfindig machen würden – denn das war es, was die Mountain Mercenaries taten –, aber er mochte sich gar nicht erst vorstellen, was Harris Chloe in der Zwischenzeit vielleicht antat.

»Alle ausschwärmen. Durchsucht jeden Winkel und jedes Versteck. Unter Betten, in Schränken, sogar in der verdammten Waschmaschine und dem Trockner. Überprüft jeden einzelnen Ort, an dem jemand versteckt sein könnte. Nichts bleibt unkontrolliert. Wenn jemand hier ist, findet ihn«, befahl Gray.

Innerhalb von Sekunden war Ro auf dem Weg die Treppe hinauf. Er und Arrow gingen von Raum zu Raum, durchsuchten und räumten jeden. Alles schien normal zu sein, bis sie einen Raum am Ende eines Ganges erreichten.

An der Außenseite der Tür befand sich ein Vorhängeschloss.

Ro knurrte tief in seiner Kehle, weil er instinktiv wusste, dass Chloe hier die meiste Zeit verbracht hatte, als sie hier lebte, zumindest während der letzten paar Jahre. Ihr Mistkerl von einem Bruder hatte sie buchstäblich wie ein Tier eingesperrt.

»Ich kümmere mich darum«, erklärte Arrow. »Tritt zurück.«

Ro umklammerte das Gewehr in seinen Händen noch fester und tat, was sein Freund ihm befohlen hatte. Er trat einen Schritt zurück und überließ es Arrow, sich um das Schloss zu kümmern. Innerhalb von Sekunden hatte er es zertrümmert und das zerbrochene Metall fiel mit einem dumpfen Schlag auf den Boden.

Arrow nahm eine Position auf einer Seite der Tür ein und Ro nickte ihm zu. Er hob seinen Fuß und trat gegen die Tür. Sie löste sich aus den Angeln und sprang sofort auf. Beide Männer stürmten hinein, ihre Waffen im Anschlag.

Bei dem Anblick, der sich ihnen bot, erstarrten sie.

Zwei Beine ragten aus dem angrenzenden Badezimmer. Eindeutig weiblich. Eindeutig regungslos.

Ro machte einen Schritt auf sie zu, aber Arrow hielt ihn auf, indem er ihm eine Hand auf den Arm legte. »Nein. Ich habe gesagt, ich kümmere mich darum.«

Ro wollte protestieren. Er wollte für Chloe da sein …

Aber er war ein Feigling. Wenn sie tot war, wollte er sich nicht auf diese Weise an sie erinnern. Er wollte sich an ihre Augen erinnern, die vor Humor und Leben sprühten. Er wollte sich daran erinnern, wie sie den Kopf zurückwarf und erschauderte, wenn sie auf ihm zum Orgasmus kam.

Ro schluckte schwer und nickte seinem Freund zu. Er

drehte sich um und ging hinüber zum Kleiderschrank, um ihn zu überprüfen.

Er beäugte die knappen Kleider, die so gar nicht zu Chloes Persönlichkeit passten. Sie hingen in ordentlichen Reihen nebeneinander. Mehrere Paare hochhackige Schuhe standen perfekt aufgereiht auf dem Boden. Es machte Ro wütend, mit eigenen Augen zu sehen, wie sie zu leben gezwungen wurde. Er hätte sie vor all dem beschützen sollen. Sie vor ihrem Bruder in Sicherheit bringen. Aber stattdessen war sie …

Ro unterbrach seinen Gedankengang und wandte sich wieder dem Badezimmer zu. Etwas nagte an seinem Hinterkopf, nachdem er den Schrank gesehen hatte. Er schritt auf das Bad zu und kam gerade an, als Arrow sich aufrichtete, nachdem er die Frau auf dem Boden untersucht hatte.

»Es ist nicht Chloe«, erklärte Arrow.

Ro nickte. Darauf war er selbst auch schon gekommen. Die Schuhe, die die Frau trug, waren viel zu klein. Nachdem er die hochhackigen Schuhe im Schrank gesehen hatte, die offensichtlich Chloe gehörten, war es ihm klar geworden.

»Ist sie tot?«, fragte Ro, dem die Situation ganz und gar nicht gefiel.

Arrow nickte. »Sie ist auf jeden Fall tot.« Er gestikulierte zu den Flaschen neben dem Waschbecken. Aspirin, Tylenol, Erkältungsmittel, Antihistaminika. Nichts Tödliches, aber zusammen genommen, in großen Mengen, haben sie das bewirkt, was die Frau sich erhofft hatte.

Ro schaute auf die tote Frau hinunter und sah den Schaum, der um ihren Mund getrocknet war, und die Gallenflüssigkeit auf dem Boden um sie herum. Es war kein leichter Tod gewesen, aber im Moment war es Ro egal.

»Weißt du vielleicht, wer sie ist?«, wollte Arrow wissen.

Ro nickte. »Abbie, Harris' Freundin. Aber die größere

Frage ist, warum ist sie in diesem Raum eingesperrt und tot? Nach allem, was Chloe uns erzählt hat, ist sie ein hartherziges, böses Miststück. Warum sollte sie sich umbringen? Nicht nur das, würde Leon seine Freundin im Zimmer seiner Schwester einschließen?«

»Vielleicht hat Leon sich Abbie vorgeknöpft, nachdem Chloe nicht mehr da war, um sie herumzustoßen«, schlug Arrow vor.

Ro zuckte mit den Achseln. »Ich weiß es nicht, und im Moment ist es mir auch wichtiger, Chloe zu finden.«

Die beiden Männer ließen die Frau auf dem Boden liegen und machten mit der Überprüfung des Raumes weiter. In den Schubladen fanden sie weitere leichte Kleidung. Es gab weder Bilder an den Wänden noch Bücher noch sonst irgendetwas, das darauf hinwies, dass eine Frau, die so fürsorglich, enthusiastisch und interessant war wie Chloe, hier lebte.

»Das verdammte Arschloch«, murmelte Ro leise.

Dann erinnerte er sich an etwas, das Chloe ihm eines Abends erzählt hatte.

Er ging zurück in den Schrank, kniete sich hin und untersuchte den Boden. Als er fand, was er suchte, hob er eines der Bretter auf und atmete tief ein. Darunter befanden sich Chloes Reisepass, ein paar Kleidungsstücke zum Wechseln und einige Erinnerungsstücke, die offensichtlich einen sentimentalen Wert für sie hatten. Dinge, die sie für den Fall, dass sie fliehen musste, beiseitegeschafft hatte.

Er schnappte sich den Pass und steckte ihn in eine Tasche. Er versuchte, sich auf die anstehende Aufgabe zu konzentrieren und nicht darauf, wie viel Angst seine Chloe gehabt haben musste, während sie in diesem Haus gelebt hatte, und hoffte, dass ihr Versteck nicht entdeckt wurde.

»Komm schon, wir müssen weitersuchen.«

Als Ro Arrows Worte hörte, nickte er und atmete tief durch. Chloe würde nie hierher zurückkehren. Niemals. Nicht, wenn er ein Wörtchen mitreden durfte.

Nach weiteren zwanzig Minuten trafen sich alle fünf Männer wieder unten und erteilten sich Bericht.

»So wie es aussieht, waren vor nicht allzu langer Zeit noch Leute hier«, stellte Black fest. »Angestellte, würde ich sagen. Die Küchentür stand offen und auf dem Herd befand sich noch etwas zu essen. Wahrscheinlich haben sie unsere Explosionskörper gehört und sind abgehauen. Da wir keine Fahrzeuge gesehen haben, sind sie wahrscheinlich zu Fuß geflohen.«

Arrow sah Ro an und sagte: »Wir haben seine Freundin gefunden. Sie ist an einer Überdosis Medikamente gestorben und liegt in einem verschlossenen Raum im oberen Stockwerk. Wir mussten ein Schloss aufbrechen, um in das Zimmer zu gelangen.«

»Hmmm«, erklärte Ball. »Kann es sein, dass sie sich selbst eingesperrt hat?«

»Nein«, erwiderte Ro.

»Also hat jemand sie eingesperrt und sie hat sich selbst getötet. Interessant«, überlegte Ball.

Ro knirschte frustriert mit den Zähnen. Nichts. Sie hatten jetzt nicht mehr als bei ihrer Ankunft. Abbie war tot – das war eine Person, um die Chloe sich keine Sorgen mehr machen musste –, aber sie hatten keine weiteren Hinweise darauf, wohin ihr Bruder geflohen war.

Er folgte seinen Freunden aus dem Haus und zurück zu ihren Fahrzeugen. Sobald sie auf dem Weg zum *The Pit* waren, rief Gray Rex an, um ihm Bericht zu erstatten.

Ro hörte seinem Freund nur halb zu, als die Worte *Feuer* und *Brandstiftung* zu ihm durchdrangen. Er wartete ungeduldig darauf, dass Gray auflegte und mit ihnen sprach.

In der Sekunde, in der er das Gespräch beendete, sagte Gray: »Das *BJ's* wurde heute Morgen bis auf die Grundmauern niedergebrannt. Die Behörden ermitteln noch, aber so wie es aussieht, war es wohl Brandstiftung. Es gibt noch keine Informationen über Tote oder Verletzte.«

Ro hatte vorschlagen wollen, den Stripklub zu stürmen und zu sehen, ob Harris seine Schwester dort festhielt, aber nun, da der Klub zerstört war, wusste er nicht weiter.

»Und jetzt?«, fragte er frustriert und wütend.

»Wir gehen ins *The Pit* und hoffen, dass Meat etwas herausgefunden hat, das uns weiterbringt«, erklärte Gray grimmig.

Ro hätte am liebsten auf etwas eingeschlagen. Oder auf jemanden. Er wollte unterwegs sein und etwas unternehmen, nicht herumsitzen und auf weitere Informationen warten. Je länger sie warteten, desto weiter und weiter konnte Chloe sich entfernen. Jede Rettungsaktion, an der sie teilgenommen hatten, um entführten Frauen zu helfen, ging ihm durch den Kopf. Jedes Bordell, das sie in verschiedenen Städten gestürmt hatten. Jede gebrochene und gedemütigte Frau, die sie zu ihrer verzweifelten Familie zurückgebracht hatten.

Das durfte nicht Chloe sein. Das war unmöglich. Der Gedanke, dass ihr schönes Lächeln und ihr starker Geist ausgelöscht werden könnten, war geradezu unerträglich.

Der Rest der Fahrt zurück zum *The Pit* verlief schweigend. Niemand wollte die schreckliche Möglichkeit in Erwägung ziehen, dass Harris seine Schwester erwischt hatte und mit ihr untergetaucht war.

KAPITEL NEUNZEHN

Joseph Carlino hatte während Chloes nervösem Geplapper kein einziges Wort gesagt.

Sie hatte dem Mann *alles* erzählt. Wie sehr sie ihren Job bei der Springs Financial Group geliebt hatte. Über den Tod ihres Vaters. Wie ihr Bruder sie eingeladen hatte, bei ihm einzuziehen, bis sie wieder auf eigenen Füßen stehen konnte. Wie sie keinen Job finden konnte und wie sie anfing, Leon zu helfen. Wie sie zwei Jahre lang Carlinos Steuererklärung gemacht hatte, bevor sie erfuhr, wer er war. Wie sie Leon geholfen hatte, den Klub zu kaufen. Sogar alle Details, wie er und Abbie sie in ihrem eigenen Haus gefangen hielten, sie nachts in ihr Zimmer sperrten und sie im *BJ's* arbeiten ließen. Sie beschrieb detailliert ihren Plan, ihrem Bruder zu entkommen, und wie sie ihren Pass unter den Dielen in ihrem Schrank versteckt hatte und jahrelang Geld von Leon gestohlen hatte, damit sie entkommen konnte. Sie plauderte sogar aus, wie Leon ihr gedroht hatte, sie in sein Bordell zu stecken.

Als Joseph sie dann einfach anstarrte und ruhig fragte, ob das alles sei, platzte sie mit allem heraus, was während der letzten Woche passiert war. Wie Ro sie in jener Nacht im Klub vor anderen Kunden gerettet hatte – einschließlich der peinlichen Details, wie sie so getan hatte, als würde sie ihm einen Blowjob geben, obwohl er keinen Ständer bekommen hatte. Sie erzählte dem wortkargen Mann von ihrer »Entführung« durch Ro und seine Freunde – aber obwohl sie Angst hatte, dass es herauskommen könnte, hütete sie sich, die Mountain Mercenaries oder Rex zu erwähnen. Sie erzählte Carlino, wie sie die letzte Woche mit Ro verbracht hatte. Sie erzählte ihm, was Meat herausgefunden hatte, dass ihre Mutter reich war, obwohl sie zugab, dass sie es nicht ganz glaubte. Sie erklärte, warum ihr das Testament ihres Vaters komisch vorkam.

Und ganz am Ende ihres nervösen Ausbruchs erzählte Chloe dem Boss der Denver Mafia, dass sie Ronan Cross liebte, nachdem sie nur eine Woche mit ihm zusammen gewesen war, und dass sie wusste, dass es zu früh war, aber sie nicht anders konnte.

Als sie zu Ende gesprochen hatte, war Chloe erschöpft. Sie schwitzte und fühlte sich, als wäre sie einen Marathon gelaufen. Sie schaute auf die Uhr, um zu sehen, wie viel Zeit vergangen war. Es kam ihr wie Stunden vor. Sie war schockiert, als sie sah, dass sie nur zwanzig Minuten geredet hatte.

Sie hatte ihre gesamte Lebensgeschichte in zwanzig verdammten Minuten ausgeplaudert.

Chloe blickte zu Joseph auf und wartete darauf, dass er etwas sagen würde. Irgendetwas. Er hielt seinen eindringlichen Blick auf sie gerichtet und hatte immer noch die Hände vor dem Kinn verschränkt.

Schließlich ließ er die Hände sinken und sagte: »Danke für deine Ehrlichkeit, Chloe. Ich weiß es wirklich zu schätzen. Du siehst müde aus. Ich werde dir etwas zur Stärkung hinaufbringen lassen und du kannst dich ausruhen. Wir sehen uns dann zum Abendessen.«

Und damit machte er mit dem Kopf eine Bewegung in Richtung des Mannes in Grau, der immer noch im Türrahmen stand. Bevor sie überhaupt begriffen hatte, was geschah, war der Mann an ihrer Seite, legte ihr eine Hand an den Ellbogen und half ihr beim Aufstehen.

»Oh, aber ...«

»Beim Abendessen, Chloe«, erklärte Joseph mit Nachdruck. »Ich habe einiges zu erledigen.«

Er blickte wieder auf das Arbeitsblatt vor ihm hinunter. Es war eine deutliche Verabschiedung und Chloe hatte keine andere Wahl, als mit dem anderen Mann zu gehen.

Verwirrt, besorgt und mit einem mulmigen Gefühl in der Magengegend wehrte Chloe sich nicht, als sie die Treppe hinauf und in das Zimmer zurückgebracht wurde, in dem sie aufgewacht war. Der Mann verbeugte sich und ließ sie neben ihrem Bett stehen. »Gibt es irgendetwas Besonderes, das Sie essen möchten? Ich würde dann dem Koch Bescheid geben.«

Chloe schüttelte stumm den Kopf. Sie fühlte sich, als wäre sie in der Twilight Zone. Sie war aus Ros Haus entführt worden und hatte immer noch keine Ahnung, ob es ihm gut ging oder nicht. Und doch war sie hier und wurde behandelt, als wäre sie ein geschätzter Gast. Es war verwirrend und beängstigend zugleich.

Sie wartete ein paar Minuten, nachdem der Mann gegangen war, bevor sie auf Zehenspitzen zur Tür des Schlafzimmers ging und vorsichtig den Knauf drehte. Überraschenderweise ließ sie sich leicht öffnen. Sie hatten sie nicht eingeschlossen.

Sie blinzelte zu einem anderen Mann, der in der Diele

stand. Er war genauso gut gekleidet wie der Mann in Grau, aber er sah sowohl größer als auch stärker aus.

»Kann ich Ihnen helfen, Miss?«, fragte er.

Chloe schüttelte eilig den Kopf und schloss erschrocken die Tür. Sie war also doch kein Gast. Sie hatte keinen Zweifel daran, dass der Mann auf dem Flur sie am Gehen hindern würde. Sie war zwar nicht physisch im Zimmer eingesperrt, aber es hätte genauso gut der Fall sein können. Sie konnte immer noch nicht glauben, dass sie wieder entführt worden war.

Anstatt zu weinen, wurde Chloe wütend. Genug war verdammt noch mal genug. Sie würde da verschwinden und zu Ro zurückkehren, und wenn es das Letzte war, was sie tat.

»Ich habe vor drei Tagen mit Joseph Carlino gesprochen«, erklärte Rex.

Die Mountain Mercenaries waren im *The Pit*, saßen an ihrem üblichen Tisch im hinteren Bereich und sprachen am Telefon mit Rex.

»Und?«, fragte Ro ungeduldig.

»Und er hatte keine Ahnung, dass Harris einen Stripklub gekauft hatte, noch wusste er, dass er einen Prostitutionsring gegründet hatte. Unnötig zu sagen, dass er alles andere als erfreut darüber war.«

Rex erzählte von ihrem Gespräch, aber die Nachricht war nicht gerade eine Überraschung. Die Carlinos und Smaldones hatten sich an andere Geldströme gehalten, teilweise wegen Rex. Die Anführer der Cosa Nostra wussten, wenn sie den Mann aus ihrem Geschäft heraushalten wollten, mussten sie es vermeiden, Frauen auszubeuten. Und das hatten sie getan. Bis Leon Harris auf den Plan getreten war. Da sie Ray Harris in ihre Gruppe aufgenommen hatten, wurde erwartet, dass sich sein Sohn nach seinem Tod ebenfalls an Erpressung und andere Verbrechen halten würde, die ihnen die Mountain Mercenaries vom Hals halten würden. Zu erfahren, dass der jüngere Harris sie absichtlich getäuscht und seine Cosa-Nostra-Verbindungen genutzt hatte, um sowohl den Stripklub als auch das Bordell zu betreiben, hatte sie ausgesprochen wütend gemacht.

»Und was hat das alles mit Chloe zu tun?«, fragte Ro schroff, dem Stripteasetänzerinnen und Prostituierte im Moment völlig egal waren.

»Nur Geduld, Ro«, schalt Rex ihn.

»Ach hör doch auf, Rex!«, fuhr Ro ihn an, sprang von seinem Stuhl auf und ballte die Hände zu Fäusten. »Schließlich ist es nicht *deine* Frau, die verschwunden ist. Es ist *meine*. Sie hat eine Todesangst vor ihrem Bruder und wir sitzen hier rum und drehen Däumchen. Wir müssen sie finden, bevor sie verzweifelt.«

»Setz dich wieder hin«, blaffte Rex ihn an und Ro tat, wie geheißen.

Ro wusste nicht, woher der andere Mann wusste, dass er aufgestanden war, aber es hätte ihn nicht überrascht, wenn es im *The Pit* Überwachungskameras gab, von denen sie und sogar Dave nichts wussten. »Ich habe eine Theorie. Meat, willst du uns vielleicht mitteilen, was du und dein Freund herausgefunden habt?«

»Mit Vergnügen«, erklärte Meat. »Zunächst einmal wurde Louise Harris tatsächlich bei einem willkürlichen Autodiebstahl getötet. Sie war auf dem Weg, um beim Bau eines Hauses für Obdachlose zu helfen, als ein Junkie ihr in den Kopf geschossen und ihre Handtasche gestohlen hat. Wir haben zuvor herausgefunden, dass sie stinkreich war.

So richtig stinkreich, das haben wir euch ja erzählt. Wir wussten allerdings nicht, dass ihr Geld an bestimmte Bedingungen geknüpft war. Es konnte nur an ihre Töchter weitergegeben werden. Nicht an ihren Mann. Nicht an ihre Söhne. Nicht an ihre Brüder oder andere entfernte Verwandte. Das Geld sollte *ausschließlich* unter allen weiblichen Nachkommen aufgeteilt und an diese vererbt werden, sobald sie fünfunddreißig wurden.«

Ro atmete heftig ein, hatte aber nicht die Möglichkeit, etwas zu sagen, da Meat weitersprach.

»Aber bis zu ihrem fünfunddreißigsten Geburtstag sollte jeden Monat ein bestimmter Betrag auf Chloes Konto überwiesen werden. Es sieht so aus, als hätte ihr Vater das Geld auf sein eigenes Konto umgeleitet.«

»Von wie viel Geld reden wir?«, wollte Gray wissen.

»Fünfzigtausend Dollar.«

Gray pfiff durch die Zähne.

»Okay. Also gingen jeden Monat fünfzigtausend Dollar an ihren Vater, und als der gestorben ist, war Leon für die Überweisungen zuständig«, erklärte Meat.

Ro rutschte auf seinem Stuhl hin und her, als ihm alles klar wurde. »Der Mistkerl wusste über ihr Erbe Bescheid, nicht wahr?«

Meat nickte. »Auf jeden Fall. Und der Anwalt, der das Testament seines Vaters verlesen hat, war gar kein Anwalt. Leon hatte ihn damit beauftragt, die Dokumente zu fälschen und eine gute Show abzuziehen, als Chloe bei der Verlesung dabei war. Er beanspruchte alle Investitionen seines Vaters für sich und übernahm auch die Familienunternehmen.«

»Aber warum wollte er dann überhaupt, dass Chloe am Leben blieb?«, wollte Gray wissen. »Wenn sie tot war, würde ihr Erbe doch sicher an ihren nächsten Verwandten gehen, nicht wahr?«

Meat schüttelte den Kopf. »Nein. Das ist ja das Verrückte. Das gesamte Geld, *einschließlich* der monatlichen Zahlungen, würde an eine Wohltätigkeitsorganisation nach Chloes Wahl gehen. Und wenn sie starb, bevor sie ihr Erbe antrat und keine Organisation benannt hatte, würde das gesamte Geld an die Wohltätigkeitsorganisationen gehen, die ihre Mutter vor ihr ausgewählt hatte.«

»*Das gesamte Geld?*«, fragte Arrow.

»Bis auf den letzten Cent«, bestätigte Meat.

»Also *konnte* ihr Idiot von einem Bruder sie nicht töten. Aber er hat ihr all die Jahre über Geld geklaut und sie ist sich dessen nicht mal bewusst«, fasste Ball zusammen. »Aber wo steckt sie jetzt?«

Ro bemerkte, dass er die Zähne so fest zusammengebissen hatte, dass die Ader an seiner Schläfe pochte. Was ehrlich gesagt seine Kopfschmerzen noch schlimmer machte. Ihm bedeutete die Antwort auf Balls Frage mehr als sein nächster Atemzug.

»Und warum liegt Harris' Freundin tot im Haus?«, fügte Black hinzu.

»Und wer hat das *BJ's* bis auf die Grundmauern niedergebrannt?«, wollte Arrow wissen.

»Und wo ist das richtige Testament von Ray Harris?«, meldete Gray sich zu Wort.

»Wie schon gesagt, ich habe Joseph Carlino angerufen«, nahm Rex seine Erzählung wieder auf. »Er war alles andere als erfreut über Harris' Nebeneinkünfte. Und noch weniger war er davon angetan, dass ausgerechnet *ich* derjenige war, der ihm das mitteilte, denn er und seine Geschäftspartner tun alles, um mich aus ihren Geschäften herauszuhalten.«

»Verdammt noch mal«, rief Ro und sprang erneut von

seinem Stuhl auf. Rex musste es ihm gar nicht genauer schildern.

Und er zögerte auch keine Sekunde, sondern wandte dem Tisch einfach den Rücken zu und ging in Richtung Tür.

Gray hielt ihn am Arm fest. »Ro, warte. Wo willst du denn hin?«

»Mir meine Frau zurückholen«, erklärte er im Brustton der Überzeugung.

»Ich fahre«, sagte Ball. »Meat, gib mir deinen Schlüssel.«

Ohne zu zögern, warf Meat ihm den Schlüssel zu seinem Hummer über den Tisch zu. Sie wussten alle, dass Ball der beste Fahrer unter ihnen war. Wenn jemand sie schnell zu Chloe bringen konnte, dann er.

»Macht euch um mich keine Sorgen. Ich bleibe einfach weiter hier«, rief Meat ihnen nach, als Gray, Arrow, Ro, Ball und Black aus der Kneipe liefen.

Chloe hatte nicht geschlafen. Der Mann in Grau hatte ein Tablett gebracht, wie er es versprochen hatte. Es enthielt etwas Käse, Aufschnitt und köstlich aussehendes Gebäck, aber Chloe war flau im Magen und sie wusste, wenn sie versuchte, etwas zu essen, würde es nur wieder hochkommen.

Also schritt sie im Zimmer umher, kaute auf ihren Fingernägeln und versuchte, sich einen Plan auszudenken. Sie hatte keine Ahnung, warum sie hier war und was Joseph Carlino mit ihr vorhatte. Sie hatte immer noch Angst, dass er denken würde, sie verheimlichte etwas, und dass er sie foltern würde, um herauszufinden, was er wissen wollte, trotz Rex' Beteuerungen, aber sie hatte ihm alles erzählt –

bis auf jede Erwähnung der Mountain Mercenaries. Es war ihr egal, was er mit seinem Geld machte. Sie wollte nur noch nach Hause zu Ro zurückkehren und so tun, als hätte sie noch nie etwas von den Familien Carlino und Smaldone gehört.

Sie weigerte sich, der Verzweiflung nachzugeben, und durchsuchte das Zimmer nach etwas, das sie als Waffe benutzen konnte. Das Einzige, was sie fand, war eine Haarbürste. Das würde nicht viel nützen. Es gab kein Telefon, kein Besteck, das auf dem Tablett mit den Speisen lag, nicht einmal eine lose Feder oder irgendetwas anderes, das sie als Waffe hätte benutzen können.

Sie würde ihren Kopf benutzen müssen. Sie konnte keinen der Männer überwältigen und sie würden sie sofort wieder betäuben, wenn sie glaubten, sie wollte fliehen.

Zwei quälende Stunden später klopfte es an der Tür. In der Erwartung, dass jemand eintreten würde, wartete sie.

Als es wieder klopfte, runzelte Chloe die Stirn und sagte: »Herein.«

Es war der gleiche Mann mit dem grauen Anzug wie zuvor.

»Miss Harris. Wenn Sie so freundlich wären, mir zum Abendessen zu folgen.« Er hielt ihr den Arm hin, als wären sie auf einer eleganten Feier oder so was.

»Und wenn ich keinen Hunger habe?«

»Dann müssen Sie nichts essen, auch wenn ich zufällig weiß, dass die Köchin sich heute selbst übertroffen hat. Ihre Gegenwart wird auf jeden Fall verlangt.«

»Das dachte ich mir schon«, sagte sie leise. Dann straffte sie die Schultern, versuchte, sich nicht einschüchtern zu lassen, und marschierte zur Tür und an dem Mann vorbei, wobei sie sich weigerte, seinen Arm zu nehmen. Er schien nicht im Geringsten verärgert zu sein. Er schloss einfach die

Tür hinter sich und ging etwas hinter ihr den Flur und die Treppe hinunter, dann bedeutete er ihr mit einer Geste nach rechts, dass sie den großen Speisesaal betreten sollte.

Sie hielt kurz inne, als sie die Gruppe von Menschen sah, die im Raum versammelt war.

Joseph Carlino war natürlich da, aber es waren auch noch drei andere Männer anwesend. Seit sie aufgewacht war, hatte sie keine Frauen mehr gesehen, und das beunruhigte Chloe, aber sie versuchte, sich nichts anmerken zu lassen.

Der Mann in Grau führte sie zu einem Platz neben Joseph, und Chloe nahm ihn widerstrebend ein. Sie sah sich am Tisch um und prägte sich die Gesichter der anderen Anwesenden ein. Sie konnte sich nicht erinnern, irgendeinen von ihnen schon einmal gesehen zu haben.

Der Mann auf ihrer anderen Seite war jünger als Joseph, aber er hatte den gleichen harten Blick in den Augen wie das Oberhaupt der Familie Carlino. Er trug eine Cargohose und ein langärmeliges Hemd mit einer schwarzen Krawatte. Er hatte blondes Haar und war ziemlich schlank.

Die beiden Männer auf der anderen Seite des Tisches hatten beide ebenfalls helles Haar und waren gut gebaut. Sie waren offensichtlich jünger als die beiden Männer rechts und links von ihr. Sie trugen Polohemden und starrten sie aufmerksam an. Obwohl sie auf den ersten Blick Furcht einflößender wirkten als Joseph und derjenige, der auf ihrer anderen Seite saß – zumindest stärker und muskulöser –, hatte sie das Gefühl, dass sie nicht diejenigen waren, um die sie sich Sorgen machen musste.

Sie schluckte schwer und versuchte, sich nicht zu übergeben, setzte sich und wartete darauf, was auch immer passieren würde.

Joseph hob eine Hand und gestikulierte zu jemandem,

der an der Seite stand, und sofort öffnete sich eine Tür und Diener kamen mit Tellern herein. Sie stellten die Vorspeisen vor alle Anwesenden hin, und Chloe blickte hinunter und entdeckte ein köstlich aussehendes Krabbenküchlein und zwei gebratene Shrimps.

Joseph nahm eine Gabel in die Hand und begann zu essen, so wie alle anderen auch.

Chloe war so gestresst, dass sie nicht glaubte, etwas zu sich nehmen zu können, aber anstatt einfach nur dazusitzen, tat sie ihr Bestes.

»Braves Mädchen«, sagte Joseph leise, während er weiter aß.

Erleichtert, dass er im Moment nicht verärgert zu sein schien, beschloss Chloe, dass sie zumindest bei Kräften bleiben musste. Und wenn dies ihre letzte Mahlzeit war, wollte sie sie einfach genießen.

Und so nahm der Abend seinen Lauf. Sie beendeten einen Gang. Dann kamen die Diener und räumten die Teller ab. Dann stellten sie etwas anderes vor sie hin. Salat. Gaumenkitzler. Suppe. Der Hauptgang war Filet Mignon – genau so zubereitet, wie sie es mochte – mit Kartoffelpüree, grünen Bohnen und Jakobsmuscheln. Sie war keine große Liebhaberin von Meeresfrüchten, außer Garnelen, also ließ sie diese unberührt auf ihrem Teller zurück.

Das Dessert bestand aus einem fantastisches Stück Limettenkuchen, komplett mit einer riesigen Baiserhaube oben auf der Limettenköstlichkeit.

Chloe hatte nicht geglaubt, dass sie irgendetwas essen könnte, aber als sie anfing, merkte sie, wie hungrig sie war, und leerte jeden ihrer Teller, abgesehen von den Jakobsmuscheln versteht sich.

Die Männer plauderten ununterbrochen. Meistens unterhielten sie sich über Sport und das Neueste aus den

Lokalnachrichten und der Politik. Sie wurde nicht nach ihrer Meinung gefragt und sie äußerte sie auch nicht von sich aus.

Als die Dessertteller abgeräumt waren und der Kaffee gebracht wurde, wandte sich Joseph an sie. Chloe wusste, dass ihre Gnadenfrist abgelaufen war. Gespannt wartete sie darauf, wie ihr Schicksal aussehen würde.

»Miss Harris. Wie ich bereits erwähnte, erfuhr ich neulich eine erschütternde Neuigkeit. Ich wollte es nicht glauben, aber als meine Mitarbeiter hier«, er nickte in Richtung der Männer, die ihr am Tisch gegenübersaßen, »Nachforschungen angestellt haben, haben sie herausgefunden, dass die Anschuldigungen der Wahrheit entsprechen.«

Chloe antwortete nicht. Er hatte sie ja eigentlich nichts gefragt und sie wusste nicht, worüber er sprach.

Doch anscheinend erwartete er auch nicht, dass sie irgendetwas sagte, denn er sprach weiter. »Ich habe dafür gesorgt, dass sich um dieses kleine Problem gekümmert wird, doch seitdem habe ich weitere erschütternde Nachrichten erhalten. Und davon haben Sie heute die meisten bestätigt.«

Chloe erschauderte, konnte aber den Blickkontakt zu Joseph nicht abbrechen.

»Sie müssen eine Wahl treffen, meine Kleine.«

Bei diesem Kosenamen runzelte sie die Stirn. Zumindest klang es wie ein Kosename. »Ich?«, flüsterte sie.

»In meiner Welt werden Frauen respektiert. Unter jeden Umständen. Und nicht nur, weil ich es nicht mit den Mountain Mercenaries zu tun bekommen will.«

Sie keuchte, als sie den Namen von Ros Team hörte. Plötzlich wurde ihr klar, dass der Boss der Denver Mafia über die Mountain Mercenaries Bescheid wusste, also waren sie vielleicht doch schlagkräftiger, als sie gedacht hatte. Ganz zu schweigen von der Tatsache, dass es sich bei Ro und seiner Truppe anscheinend doch um eine ziemlich mächtige Gruppierung handelte, wenn selbst *dieser* Mann nichts mit ihnen zu tun haben wollte.

Aus irgendeinem Grund fand sie diesen Gedanken tröstlich. So hatte sie das Gefühl, vielleicht doch noch die Chance zu bekommen, ungeschoren aus der ganzen Sache herauszukommen, weil sie mit einem der Mountain Mercenaries zusammen war.

»Ihr Bruder hat sich angemaßt, den Ruf der Cosa Nostra zu verunglimpfen. Er hat entehrt, was wir tun und wofür wir stehen. Egal, welche Entscheidung Sie heute Abend treffen, er wird dafür bestraft werden.«

»Wird er das?«

Der Mann, der auf ihrer anderen Seite saß, sprach zum ersten Mal an diesem Abend. »Ja. Er ist Ihr Bruder und es ist mir klar, dass Blut dicker ist als Wasser. *Unser* Bruder ist er allerdings nicht ... und es muss Wiedergutmachung geleistet werden.«

Chloe schluckte und wandte den Kopf zu ihm um. Er lächelte ihr zu und nickte. »Ich heiße Peter Smaldone. Die Männer, die Ihnen gegenübersitzen, sind meine Söhne.«

Sie starrte den Mann an. Rex hatte ihr versichert, dass Smaldone nicht derjenige gewesen war, der sie verprügelt hatte, aber erst jetzt wurde ihr klar, dass sie es bis zu diesem Moment nicht wirklich geglaubt hatte. Jetzt sah sie der Wahrheit ins Auge.

Jahrelang hatte sie getan, was Leon ihr befohlen hatte, weil sie Angst hatte, die Mafia würde zurückkommen und sie foltern. Aber es war alles nur ein Trick gewesen. Eine Lüge, um sie zu kontrollieren. Und sie war darauf reingefallen, und zwar voll und ganz. Sie hasste ihren Bruder schon lange, aber jeder neue Akt des Verrats war eine weitere bittere Pille, die sie schlucken musste.

Sie atmete tief durch und versuchte, ihre Gefühle unter Kontrolle zu bringen, dann nickte sie Peter zu. Sie tat dasselbe mit den beiden Männern auf der anderen Seite des Tisches. Dann wandte sie sich wieder an Joseph. »Ich verstehe nicht ganz. Wiedergutmachung?«

»Ihnen wurde weisgemacht, dass ihr Vater bei einem Einbruch getötet wurde, stimmt das?«

Chloe nickte. »Ja. Jemand hat eingebrochen und ihn erschossen, als er sich in seinem Arbeitszimmer aufhielt.«

»Dabei handelt es sich um eine Lüge.«

Sie sog scharf die Luft ein und starrte Joseph verwirrt an, als der andere Mann weitersprach.

»Ihr Bruder hat ihn umbringen lassen. Er hat einen Junkie von der Straße dazu angeheuert. Er hat ihn ins Haus und direkt zum Arbeitszimmer Ihres Vaters gebracht. Er schoss ihm in den Kopf und Leon hat dem Drogensüchtigen zweitausend Dollar gegeben. Kaum war der Mann wieder auf der Straße, hat er *ihn* ebenfalls umbringen lassen. Sie verstehen schon, so gab es keine Zeugen.«

Chloe war ganz schwindelig vor Entsetzen. *Leon* war für den Tod ihres Vaters verantwortlich? »Warum?«, ächzte sie.

»Warum? Wegen Ihres Geldes natürlich.«

»Meines Geldes?«, hakte Chloe nach.

»Ah ja ... das wissen Sie ja auch noch nicht. Sie, meine Kleine, sind eine halbe Milliarde Dollar wert.«

Chloe blinzelte und starrte kopfschüttelnd Joseph an.

»Ihre Mutter war eine wohlhabende Frau«, erklärte Peter. »Aber das Geld konnte nur auf eine Tochter übergehen. Ihr Vater bekam fünfzigtausend im Monat als Unterhalt, um den Fonds zu verwalten. Als Leon das College abschloss, wurde ihm ein Jahr Zeit gegeben, das Geld zu verdreifachen, oder er war raus aus dem Familiengeschäft. Er beschloss, Ihren Vater zu töten und stattdessen das ganze Geld zu kassieren.«

Joseph erzählte weiter. »Aber leider wurde Leon von dem Anwalt Ihres Vaters darüber informiert, dass die monatliche Zuwendung sofort an *Sie* überwiesen werden und er nichts davon bekommen würde. Außerdem wurde ihm gesagt, dass im Falle Ihres Todes Ihr gesamtes Geld an wohltätige Zwecke gehen würde und nicht an Ihren nächsten lebenden Verwandten – ihn –, wie er angenommen hatte. In Anbetracht der immensen Habgier Ihres Bruders war das sicher nicht das, was er hören wollte, und es machte ihn wütend.«

Chloe sah ungläubig zwischen Peter und Joseph hin und her. Sie konnte kaum glauben, was sie da hörte.

Peter sprach weiter. »Anstatt Sie also zu töten und das Geld für immer zu verlieren, beschloss er zu versuchen, Sie mit einem seiner Freunde zu verheiraten, damit sie untereinander entscheiden konnten, wie sie das Geld aufteilen sollten. Und als das nicht funktionierte, nahm er an, dass er Sie so sehr seinem Willen unterwerfen konnte, dass Sie tun würden, was immer er wollte. Er hatte vor, Sie schließlich zu erpressen und Dokumente zu fälschen, die Sie unterschreiben mussten, damit er Zugang zu Ihrem Geld erhält.«

»Aber erst musste er sich des Familienanwalts entledigen«, sprach Joseph weiter. »Auch den ließ er umbringen – und ließ es wie einen Herzinfarkt aussehen. Und das Testament Ihres Vaters wurde gefälscht, damit es so aussah, als würde Leon alles bekommen. Er schaffte es, dass Sie aus Ihrem Job gefeuert wurden, verbreitete Gerüchte, dass Sie unehrlich und inkompetent seien, damit niemand Sie mehr einstellte.«

»Woher wissen Sie das alles?«, fragte Chloe, der der Kopf schwirrte.

Joseph nickte dem Mann zu, der neben der Tür stand, bevor er sich wieder ihr zuwandte. »Sie müssen also eine Entscheidung treffen«, erklärte er, womit er wiederholte, was er schon gesagt hatte, bevor er und Peter ihre Welt auf den Kopf gestellt hatten. »Leon Harris hat die Aufmerksamkeit viel zu sehr auf uns gelenkt. Inzwischen hat er seinen Fehler eingesehen und uns freundlicherweise alles erzählt, was wir wissen wollten. Nämlich, was er während der letzten fünf Jahre so getrieben hat.«

Ein Tumult an der Tür brachte Chloe dazu, sich umzudrehen, um nachzusehen, was los war. Sie keuchte entsetzt auf.

Zwei der Männer, die sie aus dem Haus von Ro entführt hatten, standen dort und hielten Leon zwischen sich.

Sein Kopf hing herab und er sah so aus, als wäre er kaum bei Bewusstsein. Seine Kleidung war blutverschmiert, und wenn sie sich nicht irrte, fehlten ihm an beiden Händen ein paar Finger.

Leon hatte die ganze Zeit recht gehabt. Joseph Carlino war *tatsächlich* dafür bekannt, Menschen foltern zu lassen. Aber sie wusste, dass ihr Bruder nie gedacht hätte, dass er derjenige sein würde, der der Gnade des älteren Mannes ausgeliefert wäre.

Leon hatte sie jahrelang terrorisiert, ihr gesagt, was passieren würde, wenn sie ging, wenn sie aufhörte, die Bücher der Mafia zu führen. Und jetzt hatte sie den sichtbaren Beweis für diese Drohungen.

Chloe schluckte schwer und tat ihr Bestes, um das köstliche Abendessen, das sie gerade verspeist hatte, nicht wieder hochkommen zu lassen. Sie wandte sich von dem

Anblick ihres Bruders ab und schaute wieder zu Joseph, der weitersprach.

»Er war ziemlich stur, aber am Ende hat er uns doch alles erzählt. Er wird noch heute Abend sterben, meine Kleine«, erklärte Joseph ihr sanft, aber mit stählernem Blick. »*Ihre* Entscheidung wird es sein, wie gnädig sein Tod wird.«

Chloe starrte den Mann schockiert an. Bis kurz vor Leons Ankunft hätte sie fast geglaubt, dass er und Peter vielleicht zu Unrecht einen schlechten Ruf hatten. Das schicke Essen, die guten Manieren, die normale Konversation.

Aber nun war ihr klar, dass er alles, was er ihr erzählt hatte, nur wusste, weil er ihren Bruder gefoltert hatte.

»Er ist Ihr Bruder und Sie haben das Recht, ihm weitere Schmerzen zu ersparen, aber vergessen Sie nicht, was er für Sie geplant hatte. Sie wären im Grunde eine weitere seiner Prostituierten geworden. Sie hätten keine Wahl gehabt. Er wollte Ihre … Schäferstündchen filmen … und sie im Internet verkaufen. Online-Pornos sind ein großes Geschäft, und er machte eine Menge Geld mit den kleinen Videos, die er in seinem Stripklub und im Bordell drehte. Er machte Profit durch Downloads, aber auch dadurch, dass er diejenigen, die nicht wollten, dass ihr Gesicht überall im Internet zu sehen ist, dafür bezahlen ließ, dass ihre Aktivitäten anonym bleiben. Seine Webdomain wurde gehackt und alle Videos gelöscht. Den Stripklub, den er aufgebaut hat, gibt es nicht mehr. Er ist heute Morgen bis auf die Grundmauern niedergebrannt. Und das Bordell gibt es auch nicht mehr.«

»Und was ist mit den Frauen?«, fragte Chloe ängstlich.

»Sie haben so ein weiches Herz«, erklärte Peter hinter ihr, doch Chloe drehte sich nicht um, um ihn anzusehen. Sie hatte nur Augen für Joseph. Ihr war klar, dass er hier das Kommando hatte.

»Sie befinden sich in Sicherheit. Diejenigen, die nach Hause zu ihren Familien gehen wollten, erhielten eine großzügige Aufwandsentschädigung und werden entweder zum Flughafen oder zum Busbahnhof eskortiert. Diejenigen, die diesen Lebensstil bevorzugen, erhalten Geld und eine Einladung, sich seriösen Einrichtungen anzuschließen, wo sie ihren gewählten Beruf legal und sicher weiter ausüben können.«

Chloe atmete erleichtert auf.

»Aber ich bin sicher, Sie verstehen, wir können es nicht zulassen, dass andere in der Cosa Nostra denken, sie könnten ihr eigenes Ding machen. Wir haben Regeln. Strenge Regeln. Und Leon dachte, diese würden für ihn nicht gelten. Das ist jedoch nicht der Fall. Es tut mir leid, aber das wird das letzte Mal sein, dass Sie Ihren Bruder sehen. Die Polizei wird bekannt geben, dass sie seine Überreste in dem Stripklub gefunden haben, den er so sehr liebte.«

Chloe wusste, dass sie bleich wurde, doch sie konnte den Blick nicht von dem Mann abwenden, der neben ihr saß, als sie fragte: »Und was ist mit mir?«

»Was soll denn mit Ihnen sein, meine Kleine?«

»Ich weiß über Sie Bescheid. Ich weiß, woher Ihr Geld stammt, wo es investiert und verwahrt wird, und was Sie mit meinem Bruder vorhaben.«

Er starrte sie lange Zeit an, bevor er antwortete. In dem großen Speisesaal war kein Ton zu hören, außer dem gelegentlichen Stöhnen ihres Bruders.

Josephs Kiefer spannte sich mehrmals an, aber schließlich sprach er. »Ich vertraue darauf, dass wir uns nach heute Abend niemals wiedersehen werden. Sie werden abstreiten, irgendetwas darüber zu wissen, was mit Ihrem Bruder geschehen ist, und natürlich werden Sie alles vergessen, was

Sie jemals über mich und meine Geschäftspartner wussten.«

Peter legte eine Hand auf ihre Schulter und Chloe schluckte die Galle herunter, die ihr in der Kehle aufgestiegen war. »Ich schlage sogar vor, dass Sie sich einen anderen Beruf suchen. Finanzberatung ist nichts, was Sie für den Rest Ihres Lebens machen wollen. Es könnte zu viele Fragen von den Behörden aufwerfen, meinen Sie nicht?«, fragte Peter.

»Natürlich, Sir«, erwiderte sie sofort.

Er nahm die Hand von ihrer Schulter und Joseph legte ihr einen Finger unter das Kinn, sodass sie ihn ansehen musste. »Es tut mir leid wegen Frank und Jed. Sie sind bei der Erledigung ihrer Arbeit manchmal ein wenig ... zu enthusiastisch. Ich hoffe, Sie wurden nicht verletzt, als sie Sie abgeholt haben?«

Bei seiner Wortwahl hätte sie fast laut aufgelacht. *Abgeholt* konnte man das ja wohl kaum nennen. Sie hatten sie schlicht und ergreifend entführt. »Nein. Aber ich mache mir Sorgen um Ro.«

»Es geht ihm gut«, versicherte Joseph ihr. »Wahrscheinlich hat er Kopfschmerzen, aber sonst ist er okay.«

Sie atmete erleichtert auf. »Sind Sie sicher?«

»Das bin ich. Also ... zurück zu Ihrem Bruder.«

Chloe drehte sich noch einmal um, um die Männer in der Tür zu betrachten. Sie sah nicht den Jungen, mit dem sie früher gespielt hatte. Sie sah den Mann, der sie zwingen wollte, Sex mit Fremden zu haben und es zu filmen, um das Video dann im Internet zu verkaufen. Der ihr Geld gestohlen hatte. Sie bedrohte. Sie gefangen gehalten hatte.

Der ihren Vater und wer weiß wie viele andere Menschen hatte ermorden lassen.

Ihr wurde übel und sie schloss die Augen, sah auf ihre Hände hinunter und sagte: »Ich habe keinen Bruder.«

Sie hörte eine Bewegung in der Nähe der Tür, schaute aber erst wieder auf, als es still im Raum war. Sie wusste nicht, was Carlino für Leon auf Lager hatte, aber sie hatte das Gefühl, dass sein Tod nicht schnell gehen würde. Chloe öffnete die Augen und drehte sich zu dem Mann um, von dem sie wusste, dass er sie töten lassen konnte, ohne die geringste Spur von Reue zu empfinden. »Ich möchte nach Hause zurückkehren«, flüsterte sie.

»Und was werden Sie den Behörden erzählen?«, fragte er.

»Nichts«, versicherte sie ihm.

»Und was unsere Investitionen angeht?«, hakte er nach.

»Was für Investitionen?«, erwiderte sie, wie es von ihr erwartet wurde. »Ich will nur noch nach Hause. Um mein Leben in Frieden zu leben. Nichts für ungut, aber ich will nichts mit Ihnen oder Ihren Geschäften zu tun haben. Es ist mir egal, was Sie tun, solange ich nicht darin verwickelt bin. Ich bin froh, dass Sie keine Frauen ausnutzen, denn es ist wirklich ätzend, wenn Männer denken, sie können tun, was sie wollen, weil sie größer und stärker sind. Ich bitte Sie ... ich weiß, dass Ro sicher ausflippt und dass er sich Sorgen macht. Ich will einfach nur zurück zu seinem Haus und so tun, als wäre das alles nicht passiert.«

Joseph antwortete nicht, sondern schnippte nur mit den Fingern, wobei er sie zu Tode erschreckte. Er sah hinüber zu den Männern auf der anderen Seite des Tisches. »Miss Harris möchte jetzt gehen. Bitte begleitet sie vom Gelände. Sagt den Männern, die sich gerade darauf vorbereiten, das westliche Tor zu stürmen, dass sie sie mitnehmen können. Und dass wir keine Schwierigkeiten haben möchten.«

Chloe riss sofort den Kopf zu ihm herum. Woher in aller

Welt wusste er, dass jemand das Anwesen stürmen wollte? Sie hatte nicht gesehen, dass ihm jemand während des Essens eine Notiz zugesteckt oder ihm etwas zugeflüstert hätte.

Dann blickte sie auf seinen Arm hinunter. Er hatte eine dieser schicken Smartwatches, mit denen man sowohl Kurznachrichten empfangen als auch im Internet surfen konnte. Sie hatte gesehen, wie er während des Essens mehrmals darauf geschaut hatte, aber sie hatte sich nichts weiter dabei gedacht.

Zum ersten Mal, seit sie oben im Schlafzimmer aufgewacht war, stieg ihre Laune.

Joseph blickte sie erneut an und legte ihr eine Hand an die Wange. »Was mit Ihrem Vater geschehen ist, tut mir leid, meine Kleine. Er war ein guter Mann, mit dem wir gern zusammengearbeitet haben. Falls ich Ihnen einen Rat geben darf ...« Er sprach nicht weiter und Chloe konnte nicht anders, als zu nicken.

»Der Geldbetrag, den Sie an Ihrem fünfunddreißigsten Geburtstag erhalten werden, ist nichts, womit man herumspielen sollte. Stellen Sie sicher, dass Sie und die, die Sie lieben, geschützt sind, damit so etwas nicht noch einmal passiert. Angesichts Ihrer Ausbildung bin ich sicher, dass Sie alle nötigen Maßnahmen ergreifen werden.«

Sie nickte. Sie verstand genau, was er damit sagen wollte. Sie hatte aufgrund dieses Geldes fast ihre gesamte Familie verloren. Ro hatte ebenfalls viel Geld, auch wenn sie nie darauf gekommen wäre. Sie brauchte kein riesiges Haus, Bedienstete oder ähnliche Dinge. Sie brauchte nur Ro. Irgendwie würde sie es schon so hinbekommen, dass ihr Erbe kein Magnet für das Böse werden würde.

»Vielen Dank«, sagte sie zu Joseph.

»Gern geschehen. Und jetzt gehen Sie schon. Ihr Freund

und seine Männer werden langsam ungeduldig. Beeilen Sie sich.«

Chloe stand auf und die Smaldone-Brüder standen schon bereit, um sie zu begleiten. Ohne einen Blick zurück auf die zwei mächtigsten Männer von ganz Denver zu werfen oder auf die Tür, hinter der ihr Bruder verschwunden war, folgte sie den Männern bereitwillig zur Eingangstür ... und damit auch zu Ro.

KAPITEL ZWANZIG

Ro bewegte seine Finger, als er sich darauf vorbereitete, den großen Zaun zu erklimmen, der das Anwesen der Carlinos umgab. Als Rex ihnen erzählt hatte, dass der Mann alles andere als erfreut über das gewesen war, was Leon getan hatte, war der Groschen gefallen.

Sie konnten Leon Harris nicht finden, weil Joseph Carlino ihn zuerst erwischt hatte. Er hatte das Gefühl, dass Chloe sich nie wieder Sorgen um ihren Bruder machen musste. Was irgendwie scheiße war, denn Ro hätte den Mann gern selbst zur Rechenschaft gezogen.

Ihm wurde klar, dass die Männer, die zu seinem Haus gekommen waren, höchstwahrscheinlich auch für Carlino arbeiteten. Sie waren Profis und hätten ihn auf keinen Fall am Leben gelassen, hätten sie ihn nicht leben lassen *wollen*.

Der Boss der Denver Mafia hatte ihm Chloe direkt vor der Nase weggeschnappt, aber Ro wusste nicht warum, und das war es, was ihn im Moment beschäftigte. Er musste sich davon überzeugen, dass Chloe in Sicherheit war. Es spielte keine Rolle, dass es nicht gerade ein kluger Schachzug war, die Denver Mafia zu verärgern. Chloe war kein Spielball, den man benutzen konnte. Wenn Carlino versuchte, sie zu benutzen, um ihren Bruder zu etwas zu bewegen, würde er ein böses Erwachen erleben, wenn er herausfand, dass die Geschwister sich nicht ausstehen konnten.

Gerade als er bereit war, Carlinos Haus zu stürmen und Chloe zu retten, sagte Gray: »Halt. Bewegung auf ein Uhr.«

Alle gingen an dem Metallzaun, der das Grundstück umgab, in Deckung und warteten ab, wer sich ihnen näherte.

Ro blinzelte ungläubig, als zwei Männer ruhig und geradewegs auf sie zugingen. Sie trugen Polohemden und Cargohosen und sahen aus, als würden sie einen nächtlichen Spaziergang machen.

Bis auf die Tatsache, dass jeder von ihnen eine Hand auf dem Ellbogen einer Frau hatte. Sie ging zwischen ihnen und versuchte, mit ihnen Schritt zu halten.

Chloe.

Ro knurrte tief in seiner Kehle und hatte keine bewusste Erinnerung daran, sich bewegt zu haben. In der einen Sekunde kauerte er auf dem Boden und in der nächsten war er aufgesprungen und über den Zaun geklettert, als existierte er nicht. Er hörte vage, wie seine Teamkameraden fluchten und sich bemühten, ihm zu folgen, aber er hatte nur Augen und Ohren für Chloe.

Die beiden Männer blieben stehen, als sie ihn sahen, und standen regungslos da. Sie griffen weder nach ihren Waffen noch machten sie bedrohliche Bewegungen auf ihn oder Chloe zu, aber Ro wollte nicht das Risiko eingehen, dass sie trotzdem bewaffnet waren.

»Lasst sie los«, sagte er mit tiefer, tödlicher Stimme, als er etwa drei Meter von ihnen entfernt war. Er hatte seine Waffe erhoben und zielte auf die Stirn einer der Männer. Auf diese Entfernung würde er definitiv nicht danebenschießen. Aber keiner der beiden Männer schien sonderlich beunruhigt zu sein, dass nicht nur seine Waffe, sondern noch vier weitere seiner Teamkameraden auf sie gerichtet waren.

»Selbstverständlich«, erwiderte der Mann auf der linken Seite. »Aber erst müssen wir uns kurz unterhalten.«

»Alles in Ordnung?«, fragte Ro Chloe, ohne den Mann, der gesprochen hatte, aus den Augen zu lassen.

»Es geht mir gut«, antwortete sie. Ihre Stimme bebte ein wenig, doch sonst schien sie in Ordnung zu sein. Ro war wahnsinnig stolz auf sie.

»Wenn ihr denkt, dass wir nicht gewusst hätten, dass ihr hier seid, seid ihr verrückt«, erklärte der Mann zur Rechten. »Wir wussten Bescheid, kaum dass ihr einen Fuß auf das Anwesen gesetzt hattet. Aber Mr. Carlino möchte sich nicht mit den Mountain Mercenaries anlegen. Er und unser Vater, Peter Smaldone, haben sich des nervigen Problems angenommen, das ihr anscheinend seit letzter Woche hattet.«

Ro hörte, wie jemand hinter ihm genervt ausatmete. »Allerdings legt ihr euch jetzt doch mit den Mountain Mercenaries an, wenn ihr sie nicht in den nächsten drei Sekunden loslasst«, erklärte Ro ihnen.

Und daraufhin nickte der Mann und ließ seine Hand von Chloes Arm sinken. Sein Bruder tat es ihm nach. »Geh schon, Chloe«, erklärte einer der Smaldone-Brüder ihr. »Du bist frei. Vergiss nur nicht, was heute Abend besprochen wurde.«

Chloe nickte und machte einen zögerlichen Schritt nach vorn, als hätte sie Angst, dass es ein Trick war und sie sie zurückholen und lachen würden. Sie machte noch einen Schritt und dann, als merkte sie, dass sie sie wirklich gehen ließen, lief sie auf ihn zu.

Ro wollte nichts mehr, als sie in den Arm zu nehmen

und sie von dort wegzutragen, aber stattdessen fing er sie mit seinem freien Arm auf und schob sie dann hinter sich und zu seinen Teamkameraden. Er seufzte erleichtert auf, als sie nicht gegen die Bewegung protestierte.

Mit erhobener Waffe und den Blick auf die beiden Männer gerichtet fragte er: »Wird es ein Problem geben?«

Sie schüttelten beide den Kopf. »Nein. Was die Cosa Nostra angeht, so ist die Familie Harris kein Mitglied mehr.«

»Einfach so?«, fragte Ro offensichtlich skeptisch.

»Nichts ist einfach«, entgegnete einer der Männer. »Aber wir machen keine Geschäfte mit Frauen.«

Die Worte wurden weder wütend noch verächtlich gesprochen. Es war einfach nur Tatsache.

»Und was ist mit Leon?«, fragte Ro, der sich versichern wollte, dass der Mann auch in Zukunft kein Problem mehr darstellen würde.

»Sexhandel ist ein gefährliches Geschäft«, erklärte einer der Männer. »Manchmal endet es tödlich. Deswegen hält sich die Cosa Nostra auch davon fern.«

Ro spürte, wie sich Erleichterung in ihm breitmachte, und er ließ seine Waffe ein klein wenig sinken.

»Rex wollte mit dem Mann sprechen«, erwiderte Gray hinter ihm.

Einer der Männer zuckte mit den Achseln. »Er kann sich bezüglich dieses Problems gern an unseren Vater wenden.«

Da sie wussten, dass sie nichts mehr aus den beiden herausbekommen würden, begann Ro, sich langsam zurückzuziehen. Sie waren Chloes wegen gekommen und jetzt, da sie sie hatten, war es Zeit zu verschwinden. Sie konnten die ganze Nacht dort stehen und verschleierte Anspielungen auf Dinge austauschen, die keine Seite zugeben wollte, oder sie konnten Rex dazu bringen, Carlino anzurufen und echte Antworten zu bekommen. Ro wusste, was ihm lieber war.

»In ungefähr zweihundert Metern kommt rechts ein Tor«, rief ihnen einer der Männer zu. »Es wäre für Miss Harris sicher einfacher, das Tor zu benutzen, als wie ihr über den Zaun zu klettern.«

Keiner sagte ein Wort, und die beiden Männer drehten der Gruppe den Rücken zu und gingen auf das Haus zu. Es war extrem mutig, fünf gut bewaffneten und aufgebrachten Männern den Rücken zuzukehren, aber sie hatten trotzdem nicht gezögert, es zu tun.

Da er wusste, dass das Team ihm den Rücken frei hielt, steckte Ro seine Waffe ein, drehte sich um und ging direkt auf Chloe zu. In der Sekunde, in der sie die Arme um ihn legte, atmete er erleichtert auf. Der vertraute Duft von Flieder stieg ihm in die Nase und er vergrub sein Gesicht in ihrem Haar.

»Ich liebe dich«, erklärte sie ihm, ohne zu zögern.

Ro erstarrte und lehnte sich ein wenig zurück, um sie anzusehen. »Was?«

»Ich liebe dich«, wiederholte sie. »Ich habe mir geschworen, es dir zu sagen, falls ich dich jemals wiedersehen sollte.«

Ro konnte sie nur ungläubig anstarren.

»Ich wurde von meinem eigenen Bruder gefangen gehalten, von seiner Freundin eingeschüchtert und zu Dingen gezwungen, zu denen keine Frau je gezwungen werden sollte, und dann wurde ich entführt, zweimal sogar, und hatte gerade das seltsamste Abendessen in der Geschichte aller Abendessen. Ich hatte Angst und machte mir Sorgen, dass Joseph Carlino und Peter Smaldone beschließen, dass sie mich doch nicht gehen lassen wollen. Aber willst du wissen, was mich bei Verstand gehalten hat?«

»Was denn, Liebes?«, fragte Ro ruhig.

»Du. Ich wusste, dass du kommst, um mich zu retten.«

Und damit fand nun endlich auch Ro die richtigen Worte. »Allerdings. Ich würde dich immer retten. Ich liebe dich, Chloe. So sehr, dass es mir Angst macht. Ich wusste es damals noch nicht, aber in der Sekunde, in der ich dich in meiner Einfahrt gesehen habe, hat sich mein Leben für immer verändert.«

Sie lächelte zu ihm hoch und strich sanft mit der Fingerspitze über die Wunde auf seinem Kopf. »Geht es dir gut?«

»Mir geht es wahnsinnig gut«, erklärte Ro. Und das stimmte. In dem Moment, in dem er sie im Arm hielt, waren seine Kopfschmerzen und die Übelkeit in seinem Magen verschwunden. Er brauchte nur sie. Für immer. Ro senkte den Kopf.

Bevor er seine Lippen auf ihre pressen konnte, fragte Arrow leicht genervt: »Gehen wir auch irgendwann mal nach Hause oder stehen wir einfach weiter auf dem Rasen einer der härtesten Bosse der Denver Mafia und sehen dabei zu, wie Ro mit seiner Freundin rumknutscht?«

Die anderen lachten leise und Ro grinste. »Bist du bereit, nach Hause zu gehen?«, fragte er Chloe.

»Allerdings.«

Leider durften sie nicht direkt nach Hause fahren. Rex rief an, als sie auf halbem Weg zurück nach Colorado Springs waren, und befahl ihnen, direkt zum *The Pit* zu fahren. Dort wartete immer noch Meat auf sie und Chloe erzählte dem Team alles, was ihr passiert war, seit sie aus Ros Haus entführt worden war.

Ro war nicht glücklich darüber zu hören, dass sie wieder

unter Drogen gesetzt worden war, tat aber sein Bestes, um entspannt zu bleiben, um Chloe nicht noch mehr zu belasten. Im Moment saß sie auf seinem Schoß im hinteren Teil der Billardkneipe und er glaubte nicht, dass er sie in nächster Zeit aus den Augen lassen würde.

»Er sagte, ich könne tun, was auch immer ich möchte, solange ich mit niemandem über seine Finanzen spreche«, erklärte sie und sprach dabei über Carlino.

»Und du glaubst ihm?«, fragte Ball.

Chloe nickte. »Erstaunlicherweise schon. Er hat mich gebeten, mir einen anderen Beruf zu suchen, und damit bin ich einverstanden. Ich glaube nicht, dass ich noch etwas mit Investitionen und Steuern zu tun haben möchte.« Sie erschauderte und Ro nahm sie fester in den Arm.

»Leon hat unseren Vater töten lassen. Und Dads Anwalt. Und wer weiß, wie viele andere Leute noch. Er ist mein Bruder und ich sollte mich schrecklich fühlen, dass ich nicht versucht habe, für sein Überleben zu plädieren«, erklärte Chloe traurig. »Aber das tue ich nicht. Er war ein schrecklicher Mensch, der mich jahrelang wie Scheiße behandelt hat. Aber trotzdem habe ich das Gefühl, dass mich das genauso schlecht macht wie diese Mafia-Typen.«

Ro nahm Chloe noch fester in den Arm und öffnete bereits den Mund, um zu widersprechen, aber Arrow war schneller.

»Falsch«, erklärte sein Freund mit harter Stimme. »Du bist *kein bisschen* so wie sie oder dein Bruder. Du tust dein Bestes, um zu allen um dich herum nett zu sein. Auch ohne es überhaupt zu versuchen, findest du leicht Freunde. Ich habe bisher nicht viel mit dir zu tun gehabt und selbst *ich* weiß, dass du herzensgut bist. Rex hat sogar mit deinem früheren Chef bei Springs Financial gesprochen, und er sagte, er hätte die Gerüchte über dich nie geglaubt. Er hatte keine andere Wahl, als dich zu entlassen, wegen des Drucks, den seine Kollegen auf ihn ausübten ... durch Leon natürlich. Das Entscheidende ist, dass das, was mit deinem Bruder passiert ist, seine Schuld war. Nicht deine. Bei dem, was er tat, dem gefährlichen Leben, das er führte, war es nur eine Frage der Zeit, bis es ihm selbst zum Verhängnis wurde.«

Ro hörte, wie Chloe schniefte, und lehnte sich mit vollem Gewicht an ihn. Er schloss seine Arme um sie und legte sein Kinn auf ihre Schulter. »Er ist für immer weg«, sagte er leise. »Und du musst dir seinetwegen nie wieder Sorgen machen.«

»Und was ist mit Abbie? Sie hat mich auch gehasst.«

»Sie ist an einer Überdosis Medikamente gestorben«, erklärte Black ohne Umschweife. »Wir haben sie in deinem alten Zimmer gefunden. Wir gehen davon aus, dass Carlinos Handlanger sie dort eingesperrt haben. Wir wissen nicht, was sie zu ihr gesagt haben, aber was es auch gewesen sein mag, hat genügend Furcht in ihr erweckt, dass sie es besser fand, sich selbst umzubringen, als dem entgegenzutreten, was sie für sie geplant hatten.«

»Beim Auffinden ihrer Leiche hätten wir eigentlich sofort darauf kommen können, dass die Mafia hinter der Entführung steckt«, beschwerte sich Ro. »Leon hätte sie wahrscheinlich eher nicht in das Zimmer gesperrt.«

»Also bin ich jetzt wirklich frei?«, fragte Chloe ungläubig.

»Ja, du bist wirklich frei«, versicherte Ro ihr.

»Danke, dass du gekommen bist, um mich zu retten«, erklärte sie ihm.

»Danke, dass du stark genug warst, um lange genug durchzuhalten, sodass ich dich finden konnte«, erwiderte er.

»Ich liebe dich.«

»Ich liebe dich auch«, erklärte Ro ihr.

»Am besten geht ihr nach Hause«, befahl ihnen Meat. »Die Fenster zu deinem Haus sind mit Brettern vernagelt und ich habe mir die Freiheit genommen, alles aufräumen und putzen zu lassen. Es wird wahrscheinlich ziemlich dunkel sein, bis die Fenster ersetzt werden können, aber ihr seid dort in Sicherheit.«

Ro nickte. »Ist es dir recht, dorthin zurückzukehren?«, fragte er Chloe sanft.

»Ich gehe überall hin, solange du bei mir bist.«

»Und das werde ich immer sein«, erklärte er und stand dann auf, wobei er sie sich in die Arme zog. Ohne ein weiteres Wort zum restlichen Team ging er durch das Hinterzimmer des *The Pit* und in den Schankraum der Kneipe. Auf seinem Weg nach draußen nickte er Dave zu, und der sonst so distanzierte Barkeeper schenkte ihm ein breites Lächeln.

Er setzte Chloe auf den Beifahrersitz von Meats Hummer und ging dann zur Fahrerseite. Er wollte sie so schnell wie möglich nach Hause und in sein Bett bekommen. Er musste sie im Arm halten. Heute war es zu knapp gewesen. Er hätte sie verlieren können, und das wussten sie beide. Sie brauchten beide etwas Zeit, um einfach nur beieinander zu sein.

Als er in Richtung Norden zu seinem Haus in der Vorstadt von Colorado Springs fuhr, fühlte Ro sich so glücklich wie schon lange nicht mehr. Es war eine turbulente Woche gewesen, aber eine, die sein Leben verändert hatte.

EPILOG

Chloe lächelte Allye über den Tisch hinweg an. Es war der Morgen ihres fünfunddreißigsten Geburtstages und sie hätte sich wie im siebenten Himmel fühlen sollen ... aber das tat sie nicht.

»Wie verlief das Treffen mit deinem Anwalt?«, fragte Allye. Sie wusste alles über die Erbschaft, die Chloe an diesem Morgen angetreten hatte, aber Allye hatte sie nicht gedrängt zu erfahren, wie viel Geld sie hatte oder was sie damit vorhatte.

»Gut«, erklärte Chloe ihr. »Wir haben den größten Teil des Geldes auf ein Konto eingezahlt, das jährlich fünf Millionen Dollar an verschiedene Wohltätigkeitsorganisationen ausschüttet.«

»Der helle Wahnsinn«, hauchte Allye. »Das ist ja wirklich sehr viel Geld, bist du dir sicher, dass du das möchtest?«

»Auf jeden Fall«, erklärte Chloe, ohne zu zögern. »Dieses Geld hat bis jetzt nur für Trauer gesorgt. So sehr brauche ich es nicht. Und es ist mir lieber, wenn es dazu verwendet wird, Frauen zu unterstützen, die versuchen, wieder auf die Füße zu kommen, nachdem sie missbraucht oder aus dem

Sexhandel gerettet wurden. Ich habe ziemlich eingehende Nachforschungen angestellt, welches die besten Organisationen sind, die verantwortungsbewusst mit dem Geld umgehen würden.«

Chloe fasste in ihre Tasche und zog etwas heraus, das sie anschließend Allye über den Tisch hinweg zuschob.

»Was ist das?«

»Sieh es dir an und finde es selbst heraus«, entgegnete Chloe grinsend.

Allye nahm das Stück Papier und machte große Augen, als ihr klar wurde, was sie da in der Hand hielt. »Was zum Teufel? Chloe, nein.«

»Doch. Ich kann mir nichts Besseres vorstellen, als dieses Geld deiner Tanzschule zu überlassen. Die Hälfte davon soll ausdrücklich in das Programm für behinderte Kinder einfließen.«

Allyes Augen füllten sich mit Tränen. »Ich weiß gar nicht, was ich sagen soll. Das ist doch viel zu viel.«

»Nein, ist es nicht. Ich habe mehr Geld, als ich jemals ausgeben könnte. Und ich will, dass du dieses Geld bekommst. Ich habe mir die Videos von den letzten Aufführungen deiner Kinder, die du mir geschickt hast, mindestens zwanzigmal angesehen. Es ist unbezahlbar, das Glück in ihren Augen zu sehen, weil sie dazu in der Lage sind, an der Aufführung teilzunehmen. Die Welt braucht mehr von diesem Glück. Und dieses Geld, das so viel Tod und Schmerz verursacht hat, sollte dazu verwendet werden, für mehr Glück zu sorgen.«

Allye schob ihren Stuhl zurück und nahm Chloe so fest in die Arme, dass es ihr schwerfiel zu atmen. Sie vergossen beide ein paar Tränen, bevor sie sich genügend beruhigten, um sich wieder hinzusetzen und etwas zu essen.

»Erzähl mir von Ro«, bat Allye.

Chloe seufzte. »Was soll mit ihm sein?«

»Was ist mit euch beiden los? Ich meine, Gray hat mir erzählt, du seist in eine Wohnung umgezogen? Was hat es damit auf sich?«

Chloes Augen füllten sich erneut mit Tränen, doch sie blinzelte, um sie zurückzuhalten. »Ro hat behauptet, es würde mir guttun.«

Allye machte große Augen und starrte Chloe ungläubig an. »Im Ernst?«

Chloe nickte. »Nach all den Geschehnissen bin ich noch ein paar Wochen bei ihm geblieben, aber es war mir klar, dass irgendetwas nicht stimmte. Er begann, immer länger in der Werkstatt zu arbeiten, und wenn ich ihn fragte, was los sei, antwortete er nicht. Wir haben jede Nacht miteinander geschlafen und unser Liebesleben war perfekt, aber eines Tages ... sagte er mir, dass es besser wäre, wenn ich mir eine eigene Wohnung suche. Er erklärte, dass ich so lange Zeit keine eigenen Entscheidungen darüber treffen durfte, wo ich wohne und was ich tat, dass er es für besser hielte, wenn ich mich erst einmal ›selbst finden‹ würde, bevor wir etwas Ernstes miteinander anfingen.«

»Etwas Ernstes? Was zum Teufel soll das denn heißen?«, fragte Allye.

Chloe zuckte mit den Achseln. »Keine Ahnung. Ich meine, ich liebe ihn. Und er hat mir auch gesagt, dass er mich liebt. Aber dann hat er mich praktisch gezwungen auszuziehen. Ich bin wirklich ausgesprochen verwirrt. Jetzt sehen wir uns nur noch ein paarmal die Woche.« Sie sah ihre neue Freundin an. »Ich vermisse ihn. Und ich bin so schrecklich einsam.«

Allye runzelte die Stirn. »Du musst ihn darauf ansprechen. Ihn fragen, ob er mit dir zusammen sein will. So kannst du nicht leben.«

»Ich weiß.«

»Also, was hält dich zurück? Das sieht dir überhaupt nicht ähnlich.«

»Was, wenn er sagt, dass er mich nicht mehr liebt?«, fragte Chloe zaghaft. »Ich würde es nicht ertragen, ihn jetzt zu verlieren. Nicht nach allem, was wir durchgemacht haben.«

»Aber es ging am Anfang mit euch ziemlich schnell«, gab Allye zu bedenken. »Sogar schneller als bei Gray und mir … und das will schon was heißen.«

»Es ging vielleicht schnell, aber es ist echter als alles, was ich je zuvor in meinem Leben empfunden habe«, protestierte Chloe. »Ich liebe ihn. So sehr. Und es tut mir weh, dass er mich von sich stößt.«

»Dann sprich ihn darauf an«, empfahl Allye und beugte sich vor. »Verlange von ihm, dass er mit dir darüber spricht. Frag ihn direkt, ob er dich noch liebt.«

»Und was, wenn er Nein sagt?«, gab Chloe zu bedenken.

»Dann weißt du es wenigstens. Es wäre zwar ziemlich blöd, aber wenigstens würdest du deine Zeit nicht mehr auf ihn verschwenden«, erwiderte Allye.

Der Gedanke, dass Ro ihr erklären würde, dass er sich geirrt hatte und sie nicht liebte, reichte aus, dass Chloe sich vor Schmerz krümmte, aber sie hielt sich mit reiner Willenskraft aufrecht. Je mehr sie über Allyes Worte nachdachte, desto mehr wurde ihr klar, dass ihre Freundin recht hatte. Es war an der Zeit, Ro zu konfrontieren und ihn zu fragen, wo sie standen.

Ro fuhr sich aufgeregt mit einer Hand durchs Haar. Er hatte sich in letzter Zeit auf nichts konzentrieren können und er wusste, dass es an Chloe lag. Aber was geschehen war, war geschehen. Er hatte viel über ihre Situation nachgedacht und war zu dem Schluss gekommen, dass er ihr etwas Freiraum geben musste.

Er hasste es. Aber während der letzten Jahre hatte sie unter der Fuchtel ihres Bruders gestanden. Sie hatte die Welt anlügen und vorgeben müssen, untröstlich zu sein, als die schwer verbrannte Leiche ihres Bruders in den Trümmern seines Stripklubs gefunden worden war.

Heute war ihr fünfunddreißigster Geburtstag und sie war eine reiche Frau geworden. Sie konnte alles tun. Alles sein, was sie wollte. Er musste ihr die Zeit und den Raum geben, die erstaunliche Frau zu sein, von der er bereits wusste, dass sie es war.

Sie hatte vorhin angerufen und um ein Treffen gebeten. Er konnte ihr nichts abschlagen, also versprach er, er würde sich in ihrer neuen Wohnung mit ihm treffen, aber sie hatte darauf bestanden, zu ihm nach Hause zu kommen. Sie dort zu haben würde schmerzhaft sein, aber Ro würde sich zusammenreißen und ihr nicht zeigen, wie sehr er sie vermisste. Überall, wo er in seinem Haus hinschaute, sah er sie. Was ihn am meisten störte, war die Tatsache, dass sich der Duft ihrer Fliederlotion schließlich verflüchtigt hatte. Er roch sie nicht mehr, wenn er ins Bett ging, und auch sein Badezimmer war frei von ihrem Duft.

Ro ging hin und her und wartete darauf, dass sie kam.

Schließlich vibrierte seine Uhr und meldete ihm, dass jemand in seine Einfahrt fuhr. Nach der Nacht, in der die Mafia in sein Haus eingedrungen war, hatte er seine Sicherheitsvorkehrungen aufgerüstet, damit er benachrichtigt wurde, wenn ein Eichhörnchen auch nur auf seinem Grundstück furzte. Er hatte die Tür bereits geöffnet und wartete auf sie, als sie vor seinem Haus anhielt.

Er hatte mit ihr ein Fahrzeug gekauft und sie hatte sich für einen praktischen Honda Pilot entschieden. Ihm wäre es lieber gewesen, wenn sie einen Hummer in Erwägung gezogen hätte wie den von Meat, da er fast unzerstörbar war und sie auf der Straße sicher sein würde, aber sie lehnte ab und sagte, sie wolle etwas weniger Auffälliges, etwas Normales.

Ro hielt den Atem an, als Chloe aus dem Fahrzeug stieg. Sie trug eine enge Jeans, die sich an ihren Körper schmiegte, und eine fließende Bluse mit großen Blumen darauf. Sie trug auch eine Sonnenbrille, sodass er ihre Augen nicht sehen konnte, was ihm ein Stirnrunzeln entlockte. Er schaute unheimlich gern in ihre braunen Augen. Sie konnte ihre Gefühle nicht vor ihm verbergen und das war etwas, worauf er sich immer verlassen konnte.

Sie ging auf ihn zu, obwohl *gehen* es nicht unbedingt traf. Stampfen war wohl eher das richtige Wort. Sie stellte sich vor ihm hin und stemmte die Hände in die Hüften. »Wir müssen uns unterhalten.«

Ro schluckte die Galle herunter, die ihm bei ihren Worten in der Kehle aufgestiegen war. Es hieß nie etwas Gutes, wenn jemand »reden« wollte, besonders nicht, wenn man es so betonte wie sie jetzt. Ro nickte, da er sich nicht sicher war, ob er sprechen konnte, und zeigte auf die offene Tür.

Er schaute nicht auf ihren Hintern, als sie vor ihm ins Haus ging. Ro spürte, wie sein Herz einen Schlag aussetzte, als er einatmete und den wohlbekannten Duft wahrnahm, der von ihr ausging. Er hätte sie am liebsten gebeten, ein wenig in seinem Bett herumzurollen, bevor sie wieder ging, damit er etwas hatte, das ihn an sie erinnerte. Doch er hielt den Mund und folgte ihr brav. Sie ging direkt ins Wohnzimmer und riss sich die Sonnenbrille herunter.

Bei dem Schmerz, den er in ihren Augen erkennen konnte, hätten ihm fast die Knie versagt.

»Was ist denn los?«, wollte er wissen.

»Was los ist?«, fragte sie ihn ungläubig. »Es läuft alles falsch!«

»Sag mir, was ich tun kann, um dir zu helfen«, erklärte er ihr.

»Liebst du mich?«, fragte sie beinahe aufmüpfig.

Ro blinzelte. Mit dieser Frage hatte er nicht gerechnet. »Ja. Natürlich tue ich das.«

»Aber du verhältst dich nicht so«, entgegnete sie schroff. »Nach Leons Beerdigung hast du alles getan, um mich hinauszukomplimentieren. Ich wollte keine eigene Wohnung haben, aber du hast mir nur allzu deutlich zu verstehen gegeben, dass du mich nicht mehr in deinem Haus haben wolltest. Jetzt sehen wir uns nur noch ein paarmal pro Woche und selbst dann rührst du mich kaum an. Wenn du mit mir Schluss machen möchtest, musst du es mir nur sagen. Hör auf, Spielchen zu spielen, und tu es einfach.«

»Ich will nicht mit dir Schluss machen«, stammelte Ro.

»Warum stößt du mich dann weg?«, fragte Chloe leise, als hätte all die aufgesetzte Tapferkeit sie verlassen, nun, da sie gesagt hatte, was sie hatte sagen wollen.

Ro schluckte schwer. Er musste vorsichtig vorgehen. »Du standest jahrelang unter der Fuchtel deines Bruders. Durftest nicht hingehen, wo du wolltest, essen, was du wolltest, oder tun, was du wolltest, ohne dass seine Freundin oder er dich beobachtet hätten. Jetzt bist du reich. Du bist frei. Du kannst tun und lassen, was du willst. Urlaub in Hawaii, eine Wohnung in Paris oder eine Kreuzfahrt um die Welt. Und du solltest all diese Dinge tun. Erkunde die Welt. *Lebe.*«

Sie runzelte verwirrt die Stirn. »Aber ich *will* all diese Dinge überhaupt nicht tun.«

»Und woher willst du das wissen, wenn du es nicht mal probiert hast?«, entgegnete Ro.

»Ich weiß es eben. So bin ich nicht. Großstädte machen mir Angst. Ich kann Denver kaum ertragen. Und wenn ich in die Sonne gehe, werde ich nicht braun, sondern bekomme einen Sonnenbrand, was sollte ich also in Hawaii? Und ich werde seekrank, deswegen fällt die Kreuzfahrt auch aus.«

Ro starrte sie an und wusste nicht, was er sagen sollte.

»Du hast recht. Ich war tatsächlich jahrelang meinem Bruder auf Gedeih und Verderb ausgeliefert. Aber ich bin nicht achtzehn, ich bin fünfunddreißig. Ich habe zuvor bereits allein gelebt und trotzdem entschieden, in Colorado Springs zu bleiben. Es *gefällt* mir hier. Die letzten vier Jahre waren wirklich grässlich, aber behandle mich nicht wie ein kleines Kind, Ronan. Als würde ich nicht wissen, was und wen ich wollte. Seit dem Tag, an dem du mich von Joseph Carlinos Haus abgeholt hast, fühle ich mich freier als jemals zuvor in meinem Leben. Ich brauche kein Geld. Ich brauche keine schicken Klamotten und tollen Reisen. Ich brauche nur *dich*. An deiner Seite fühlte ich mich stark genug, es mit allem aufzunehmen. Aber dann hast du mich weggestoßen. Mir das Gefühl gegeben, dass du mich nicht mehr willst. Und das hat mir mehr wehgetan als alles, was mein Bruder mir jemals angetan hat.«

Ro wich einen Schritt zurück. Er fühlte sich, als wäre er geschlagen worden. Ihre Worte taten weh.

»Ich wollte nicht, dass du dich von mir erdrückt fühlst. Von unserer Beziehung.«

Chloe verdrehte die Augen. »Du bist so ein verdammter Vollidiot.«

Ro starrte sie eine Sekunde lang an und seine Mundwinkel zuckten. Aber sie gab ihm nicht die Möglichkeit, etwas zu sagen.

»Ich liebe dich, Ronan Cross. Ich fühle mich frei, wenn ich mit dir zusammen bin. Stark. Zumindest bis zu dem Zeitpunkt, an dem du angefangen hast, dich merkwürdig zu verhalten. Nachts dachte ich immer, alles wäre in Ordnung. Da hast du mich im Arm gehalten und mich so wunderbar geliebt, und alles hat sich richtig angefühlt. Doch am nächsten Morgen hast du mir die kalte Schulter gezeigt und mich den ganzen Tag allein gelassen. Dann hast du mich dazu gezwungen, mir eine eigene Wohnung zu suchen, obwohl ich gar nicht ausziehen wollte. Ich *hasse* meine Wohnung. Meine Nachbarn sind laut und der Typ nebenan lädt mich ständig zu den blöden Partys ein, die er am Wochenende schmeißt.«

»Er tut was?«, knurrte Ro. »Das Arschloch.«

»Ich muss es wissen«, erklärte Chloe mit Tränen in den Augen. »Stößt du mich weg, weil du Schluss machen willst?«

Ro wollte nicht mehr reden. Er machte die drei Schritte, die er brauchte, um zu ihr zu gelangen, und zog sie fest an sich. Er legte ihr die Hände an die Wangen und sah ihr fest in die Augen. »Ich liebe dich, Chloe Harris. Ich will dich heiraten. Babys mit dir machen und dich so fest an mich binden, dass du mich nie wieder verlassen kannst. Aber ich hatte Angst, dass du mich nun, da du selbst Geld hast, nicht mehr brauchen würdest. Dass dir langweilig werden würde, wenn du hier oben mit mir in meinem abgelegenen Haus wohnst. Dass du es bereuen könntest, dich so schnell auf mich eingelassen zu haben.«

»Niemals«, flüsterte sie.

»Zieh bei mir ein«, erklärte er ihr und legte ihr eine

Hand auf den Rücken und die andere in den Nacken. »Ich schwöre dir, dass ich kein verdammter Vollidiot mehr sein werde. Ich werde dich nicht mehr wegstoßen. Wenn du dich von mir erdrückt fühlst, sag es mir, und dann machen wir einfach etwas. Wir können nach Paris fliegen und ich werde deine Hand halten, während wir es erkunden. Wir können nach Hawaii fliegen und die ganze Zeit damit verbringen, uns Aquarien anzusehen, essen zu gehen und lauter andere Sachen zu tun, die nichts mit der Sonne zu tun haben. Sag mir einfach, was du willst, und ich werde es dir geben.«

»Dich, Ro. Ich will nur *dich*.«

»Ich gehöre dir«, erklärte er ihr, kurz bevor er seinen Mund auf ihren presste. Er küsste sie, als würde er nie wieder die Gelegenheit dazu bekommen. Und sie erwiderte seinen Kuss genauso aggressiv. Ehe er sichs versah, saß sie auf ihm, als er sich auf der Couch zurückgelehnt hatte. Ohne den Kopf zu heben, begann sie, den Verschluss seiner Jeans zu öffnen.

Ihre Leidenschaft war ansteckend, er schob ihre Hände weg und übernahm die Kontrolle. Sie unterbrach ihren Kuss lange genug, um ein Bein ihrer Jeans und ihres Slips auszuziehen. Was das andere Bein betraf, so machte sie sich nicht die Mühe und ließ die Jeans einfach baumeln.

»Ich will dich«, erklärte sie ihm.

»Pst«, versuchte Ro, sie zu besänftigen, obwohl er einen eisenharten Ständer hatte und er sie genauso verzweifelt spüren wollte wie sie ihn. »Ich will sicher sein, dass du bereit für mich bist.«

»Ich bin bereit«, sagte sie und schob seine Jeans gerade weit genug runter, um seinen Schwanz herauszuziehen und seine Eichel an ihrer völlig durchweichten Muschi zu reiben.

Damit war es um seine Selbstbeherrschung geschehen.

Er legte eine Hand auf ihren Hintern und die andere um ihre Taille und hielt sie mit Leichtigkeit über sich fest. Sie stöhnte. »Bitte, Ro.«

»Ich liebe dich«, erklärte er und sah ihr dabei in die Augen.

»Ich liebe dich auch«, erwiderte sie.

»Du ziehst wieder bei mir ein. Ich brauche jeden Morgen den Duft von Flieder an meiner Bettwäsche und an meinem Körper. Ich brauche dich an meiner Seite und ich will, dass du immer hinter mir stehst. Ich will, dass du zum Arzt gehst und dir die verdammte Spirale rausnehmen lässt, damit ich dir Babys machen kann.«

»Ro«, stöhnte sie und versuchte, sich auf ihn zu setzen, doch er weigerte sich, ihr mehr von seinem Schwanz zu geben. Nicht, bis sie zustimmte.

»Und wir werden heiraten. Schon bald. Wenn du eine große Hochzeit willst, machen wir das. Aber du musst sie innerhalb eines Monats planen. Länger werde ich nicht warten. Ich habe dir die Möglichkeit gegeben, dich meiner zu entledigen, aber du hast sie nicht genutzt. Du gehörst mir, Chloe. Egal, ob du meinen Namen annehmen möchtest oder nicht, du gehörst mir. Mit Leib und Seele.«

»Jaaaa. Bitte, Ro. Fick mich.«

»Nein, Chloe. Fick du *mich*.« Und damit ließ er sie los und ließ sie ganz auf sich sinken.

Sie stöhnten beide, als er sie ausfüllte. Sie war klatschnass und benetzte seinen Schwanz mit ihren Säften, als sie sofort begann, sich auf ihm zu bewegen. Sie waren beide größtenteils noch angezogen – sie hatten nur die notwendigen Körperteile entblößt.

»Gott, wie sehr ich dich begehre«, erklärte Ro ihr erneut und sah dabei zu, wie sie auf seinem Schwanz auf und ab wippte.

Sie reagierte nicht, sondern stöhnte nur. Sie packte ihn an den Schultern und er spürte, wie sich ihre Fingernägel durch sein T-Shirt in seine Haut gruben. Ein leichter Schweißfilm bedeckte ihre Stirn und er wusste, dass er nie genug davon bekommen würde.

Er ließ sie nehmen, was sie brauchte, während sie ihre Lustknospe gegen seinen Bauch rieb und sich über ihm bewegte. Er hielt sie während ihres Liebesspiels fest. Als sie sich in seinen Armen versteifte und bei ihrem Orgasmus zu zittern begann, übernahm Ro die Kontrolle. Er zog sie immer wieder zu sich und stieß gleichzeitig von unten in sie hinein. Er nahm sie hart und zeigte ihr ohne Worte, wie leid es ihm tat und wie sehr er sie liebte.

Es dauerte nicht lange; selbst als ihre inneren Muskeln noch von ihrem Orgasmus zuckten, explodierte er und stöhnte, als er einen Schwall von Sperma nach dem anderen tief in sie hineinschoss und sie damit ausfüllte.

Sie ließ sich auf seine Brust fallen und legte ihre Arme um seine Schultern, um sich festzuhalten. Ro spürte ihre Atemzüge an seinem Hals, als sie versuchte, wieder zur Besinnung zu kommen. Ihm ging es nicht viel besser. Jedes Mal wenn sie miteinander schliefen, wurde es besser. Er fuhr mit einer Hand über ihren Kopf, streichelte sie und vergrub seine Finger dabei in ihrem langen schwarzen Haar.

Schließlich setzte sie sich auf. Er konnte sehen, dass der Schmerz immer noch da war. »Stoß mich nie wieder weg, Ro. Das halte ich nicht aus. Wenn du nicht mehr mit mir zusammen sein möchtest, sag es mir einfach.«

»Das wird nie der Fall sein«, versicherte er ihr. »Ich wollte dich so sehr, dass es mir Angst gemacht hat. Ich hätte dich am liebsten in meinem Haus eingesperrt und dich nie wieder freigelassen. Und da wurde mir klar, dass ich genau das tun musste. Erinnerst du dich noch an das Sprichwort?«

Daraufhin lächelte sie. Die Erleichterung war ihr anzusehen und Ro versprach sich in diesem Augenblick, niemals wieder etwas zu tun, das ihr wehtat. »Wenn du etwas liebst, lass es frei. Kommt es zurück, gehört es dir. Kommt es nicht zurück, hat es nie dir gehört.«

»Aber du bist zurückgekommen«, bemerkte er unnötigerweise.

»Das bin ich«, stimmte Chloe ihm zu. »Danke, dass du mich freigelassen hast.«

»Gern geschehen.«

»Und jetzt bring mich nach oben«, befahl sie ihm. »Mir hat dein Bett gefehlt.«

»Sehr gern.«

Am nächsten Morgen wachte Chloe in Ros Armen auf und er hatte sein Gesicht an ihrem Hals vergraben. Er hatte zugegeben, dass er eine Flasche ihrer Lotion online bestellt und sie nachts zum Masturbieren benutzt hatte. Dass er jetzt nicht mehr zum Orgasmus kommen konnte, ohne daran zu riechen.

Es war ein bisschen merkwürdig und liebenswert zugleich gewesen.

Sie dachte über seine Worte vom Vortag nach. Er wollte sie heiraten. Mit ihr eine Familie gründen. Sie hatte bisher nicht viel über Kinder nachgedacht, aber plötzlich wusste sie ohne Zweifel, dass sie sie mit Ro haben wollte. Beide hatten keine Familie mehr, niemanden, der von Bedeutung war. Sie konnten ihre eigene Familie gründen und dafür sorgen, dass ihre Kinder wussten, wie sehr sie geliebt und dass sie jeden Tag ihres Lebens wertgeschätzt wurden.

Es war noch nicht allzu lange her, da hatte sie sich gefragt, ob sie für immer unter der Fuchtel ihres Bruders stehen würde. Ob sie gezwungen werden würde, Dinge zu tun, die sie nicht tun wollte. Dann war wie durch ein Wunder Ro aufgetaucht. Sie dachte an die anderen Frauen und Kinder, die sie als Mountain Mercenaries gerettet hatten. Sie konnte nicht lügen – sein Job machte ihr Angst, aber sie würde ihn nie bitten aufzuhören. Niemand verdiente es, zu einem Leben in Sklaverei gezwungen zu werden. Sexuell oder anderweitig.

Vielleicht würde sie eine anonyme Spende an Rex und seine Mountain Mercenaries schicken. Sie konnte sich keine bessere Verwendung für ihr Geld vorstellen.

Ro rührte sich und sie lächelte ihn an, als er endlich die Augen öffnete.

»Guten Morgen, mein Schatz«, sagte er verschlafen. »Hast du gut geschlafen?«

»Besser als nur gut«, versicherte sie ihm. »Können wir heute meine Sachen holen?«, fragte sie.

»Das hatte ich ohnehin vor«, erklärte Ro und wälzte sich auf sie. »Aber erst ... will ich dich.«

Chloe kicherte. »Aber du hattest mich doch schon letzte Nacht. Sogar dreimal.«

»Das war letzte Nacht. Jetzt ist ja schon der nächste Morgen«, sagte er grinsend und senkte den Kopf.

Chloe lächelte und entschied, dass er recht hatte.

Ein Monat später

. . .

Archer Kane, seinen Freunden aus dem Team der Mountain Mercenaries besser als »Arrow« bekannt, stand am Sicherungskasten eines baufälligen Hauses in irgendeinem Drecksloch in der Dominikanischen Republik. Seine Aufgabe war es, die Stromzufuhr des Hauses im Schutze der Dunkelheit auszuschalten, sodass sie ins Haus schlüpfen und sich das kleine Mädchen greifen konnten, wegen dem sie gekommen waren, um anschließend dann hoffentlich unentdeckt wieder zu verschwinden.

Rex hatte die Mission arrangiert, nachdem die Mutter des Mädchens ihn kontaktiert hatte. Ihr Vater, ein Vollidiot höchsten Grades, war mit dem Mädchen nach seinem geplanten Besuch verschwunden. Rex hatte ihn in der Stadt Santo Domingo und in dieser heruntergekommenen Bruchbude ausfindig gemacht.

Sie waren nur zu dritt auf der Mission, da sie keine unerwünschte Aufmerksamkeit auf sich ziehen wollten. Außerdem war Ro mit Chloe in den Flitterwochen und Meat hatte ausgerechnet die Grippe. Arrow, Black und Ball hatten sich freiwillig gemeldet und Gray hatte nur zugestimmt, in Colorado Springs zu bleiben, weil Allye mit dem Cleo Parker Robinson Tanztheater in Denver ein Sondergastspiel gab.

Die wenigen Lichter im Haus erloschen und Arrow nickte seinen Teamkameraden zu. »Erledigt.«

»Lasst uns reingehen«, sagte Black.

Die drei Männer verschwanden hinter dem Haus und verschafften sich lautlos Zutritt durch ein Fenster. Sie gaben keinen Laut von sich und außer einem leisen Schnarchen kamen auch keine anderen Geräusche aus dem dunklen Haus.

Mit einem Kopfnicken nach links deutete Arrow an, dass er das Zimmer dort nehmen würde. Black und Ball nickten und schwärmten aus, um die anderen Räume zu durchsuchen. Als er die Tür aufstieß, hielt Arrow den Atem an und seufzte erleichtert, als die Scharniere nicht quietschten.

Er trug eine Nachtsichtbrille, sodass es einfach war, in dem kleinen, schummrigen Raum Umrisse zu erkennen.

Er hatte erwartet, das vermisste kleine Mädchen zu finden – aber was er *nicht* erwartet hatte, war die Frau, die vor ihm stand.

Sie hielt ein Messer in der Hand und ihre Hände zitterten so stark, dass er sich fragte, wie sie die Waffe überhaupt halten konnte.

Die Sicht mit seinem Nachtsichtgerät war grün und schwarz und verzerrt, aber das Haar der Frau war so hell wie seine Haut, was ihm verriet, dass sie höchstwahrscheinlich blond war.

»Verschwinde«, flüsterte sie leise in barschem Ton.

Arrow machte schweigend einen Schritt nach rechts.

Wie er schon vermutet hatte, folgte sie ihm nicht mit dem Messer. Sie konnte ihn nicht sehen, zumindest nicht so, wie er sie sehen konnte.

Anstatt zu antworten, begab er sich vollkommen geräuschlos an ihre Seite. Was er jetzt tun musste, tat ihm zwar leid, doch Arrow schlug hart mit der Hand auf ihre ausgestreckten Arme.

Sie schrie nicht vor Schmerz auf, wie er erwartet hatte, stattdessen stöhnte sie leise. Aber sein Vorgehen hatte den gewünschten Effekt. Sie ließ das Messer los und es fiel mit einem lauten Klirren auf die Holzplanken unter ihren Füßen.

Mit einer schnellen Bewegung schlang Arrow einen Arm um ihren Oberkörper und einen anderen um ihren Hals.

Er zwang ihren Kopf nach oben und stellte sie ruhig, dann beugte er sich so, dass seine Lippen an ihrem Ohr waren. »Bleib ruhig. Wir sind nicht deinetwegen hier. Wir sind hier, um das kleine Mädchen nach Hause zu bringen.«

Sie erstaunte ihn erneut, indem sie sich nicht wehrte, sondern sich stattdessen ein wenig in seinen Armen entspannte, als sie seine Worte hörte. »Du bist Amerikaner?«

»Ja.«

»Und du schwörst, dass du sie nach Hause zurückbringst? Zu ihrer Mutter?«

»Ja.«

Und jetzt spürte Arrow, wie der Kampfgeist sie verließ. Stattdessen begann sie fast sofort, sich in seinen Armen zu winden. »Worauf wartest du dann noch? Du musst von hier verschwinden«, sagte sie mit Nachdruck.

Arrow lockerte den Griff, obwohl er darauf vorbereitet war, die Frau erneut zu packen, falls sie irgendeine bedrohliche Bewegung in seine Richtung oder in Richtung des kleinen Mädchens machte, das zu ihren Füßen kauerte.

Die Frau hockte sich sofort hin und begann, nach dem Kind zu tasten. Er beobachtete, wie sie das Gesicht des kleinen Mädchens in ihre Hände nahm und sich dicht zu ihm beugte. »Du bist jetzt in Sicherheit«, flüsterte sie. »Dieser Mann bringt dich nach Hause zu deiner Mommy.«

»Kommst du auch mit?«, fragte das kleine Mädchen mit großen Augen und vollständig geweiteten Pupillen.

Die Frau schüttelte den Kopf, merkte dann jedoch, dass das kleine Mädchen sie in der Dunkelheit nicht sehen konnte. »Nein, das kann ich nicht. Das weißt du doch.«

»Ich will aber, dass du auch kommst«, beschwerte sich das Mädchen, seine Stimme ein wenig zu laut.

Arrow ging neben den beiden in die Hocke und

berührte den Kopf des Mädchens. »Ich heiße Arrow. Und ich werde dich nach Hause bringen«, erklärte er.

Das Mädchen warf sich der Frau so heftig in die Arme, dass diese auf ihrem Hintern landete. Doch erneut machte sie kein lautes Geräusch. Es musste ziemlich wehgetan haben, trotzdem zuckte sie nicht einmal zusammen. »Pst, Nina. Du weißt doch, dass wir leise sein müssen.«

»Damit die bösen Männer uns nicht hören«, flüsterte das kleine Mädchen ernst.

»Genau. Arrow ist gekommen, um dich nach Hause zu bringen. Du musst jetzt ein großes, tapferes Mädchen sein.«

»So wie du, als die bösen Männer dich geholt haben?«

Arrow kniff bei ihren Worten die Augen zusammen, doch die Frau antwortete sofort.

»Genau so. Aber Arrow wird dir nicht wehtun, stimmt's?«, fragte sie an ihn gewandt. Hätte er nicht gewusst, dass es im Zimmer stockdunkel war und sie nichts sehen konnte, hätte Arrow fast geglaubt, dass sie genauso gut sehen konnte wie er.

»Das stimmt, Nina. Meine Freunde und ich werden dafür sorgen, dass die bösen Männer dir nie wieder etwas tun können.«

»Ich will, dass Morgan auch mitkommt«, erklärte sie und umschlang den Hals der Frau noch fester. »Sie will auch nicht bei den bösen Männern bleiben. Das hat sie mir gesagt.«

Die Frau, Morgan, räusperte sich leise, um etwas zu erwidern, doch Arrow hatte genug gehört. Er legte eine Hand auf Morgans Arm und fragte: »Wie heißt du?«

Er hörte, wie Black und Ball ins Zimmer kamen, wandte den Blick jedoch nicht von Morgan ab.

»Morgan Byrd«, erwiderte sie leise.

»Verdammt noch mal«, sagte Black.

Und gleichzeitig rief Ball: »Scheiße.«

Arrow konnte sie nur ungläubig anstarren. »Morgan Byrd aus Atlanta?«

Sie blinzelte. »Ihr kennt mich?«

Arrow half ihr beim Aufstehen und legte eine Hand unter den Po der kleinen Nina, als die sich weigerte, Morgan loszulassen, und stattdessen ihre Beine um ihre Taille schlang. »Ob wir dich kennen?«, fragte Arrow. »Meine Liebe, *jeder* kennt dich. Seit du vor einem Jahr verschwunden bist, ist dein Vater überall in den Nachrichten zu sehen.«

Er hörte, wie ihr der Atem stockte, doch sie hatte ihre Gefühle sofort wieder im Griff und nickte. »Wenn es euch nicht allzu viele Umstände macht, würde ich gern auch mitkommen.«

Tatsache war, dass es *sehr wohl* Umstände machte. Sie hatten keinen Ausweis für sie. Sie hatten Ninas Pass und hatten geplant, einen kommerziellen Flug aus dem Land zu nehmen.

Aber jetzt war die Lage anders.

Morgan Byrd war jetzt sechsundzwanzig … nein, siebenundzwanzig. Sie war vor etwa einem Jahr verschwunden. Sie hatte sich einfach in Luft aufgelöst, nachdem sie in Atlanta, Georgia mit Freunden eine Nacht durch die Kneipen gezogen war. Es hatte keine Lösegeldforderung gegeben und keine Hinweise darauf, wer sie entführt haben könnte oder wohin sie verschwunden war. Direkt nach ihrem Verschwinden hatte es eine Menge Medienaufmerksamkeit gegeben, die dann abebbte, aber ihr Vater sorgte dafür, dass die Öffentlichkeit seine vermisste Tochter nie vergaß.

Sie waren in die Dominikanische Republik gekommen, um ein entführtes kleines Mädchen zu retten, aber es sah so aus, als würden sie mit der vielleicht berühmtesten vermissten Person seit Elizabeth Smart wieder abreisen.

Arrow griff nach unten und verschränkte seine Finger mit ihren. Die Art und Weise, wie sie sich an ihn klammerte, obwohl sie nicht den kleinsten Blick darauf erhaschen konnte, wie er oder seine Teamkameraden aussahen, sprach Bände. Sie war verängstigt. Ihre Finger waren schlank und zierlich, genau wie sie selbst. Mit ihren ein Meter sechzig war sie selbst kaum größer als ein kleines Mädchen, aber Arrow konnte die Entschlossenheit und Stärke in ihrem Griff spüren.

»Falls die Dinge eine schlimme Wendung nehmen, nimm Nina und verschwinde«, erklärte Morgan mit Nachdruck.

»Morgan ...«, begann Arrow, doch sie fiel ihm ins Wort.

»Nein. Ich meine es ernst. Ihr müsst von hier verschwinden, komme, was wolle.«

»Okay«, erwiderte Arrow, obwohl es eine Lüge war. Er würde sie niemals in dieser Bruchbude zurücklassen. Kam überhaupt nicht infrage.

Sie seufzte erleichtert und drückte seine Hand. »Okay.«

So lautlos, wie sie das Haus betreten hatten, verließen sie es auch wieder durch das hintere Fenster. Arrow hatte keine Ahnung, wie sie Morgan aus dem Land bringen wollten, aber er würde darüber nachdenken, sobald sie in ihrem Versteck waren. Der Flug, den sie nehmen wollten, ging erst in zwei Tagen, was ihnen Zeit gab, sich um eventuelle Komplikationen bei ihrer Operation zu kümmern und Nina bei Bedarf medizinisch zu versorgen. Aber der gesamte Plan war jetzt in der Schwebe. Er musste mit Black und Ball reden und Rex anrufen. Sie brauchten Hilfe.

Er sah zu Morgan hinüber, während sie durch die widerlichen und gefährlichen Gassen von Santo Domingo schlichen.

Sie sah ganz anders aus als die Frau, deren Gesicht auf jedem Fernsehsender zu sehen gewesen war. Sie hatte eine Menge Gewicht verloren und ihr Haar war verfilzt. Ihre Arme waren voller Schmutz und sie trug ein völlig versifftes T-Shirt.

Dann drehte sie sich um und begegnete zum ersten Mal seinem Blick – und er atmete scharf ein bei dem, was er dort sah.

Leere.

Morgan Byrd war durch die Hölle gegangen. Was auch immer ihr zugestoßen war, hatte sie fast gebrochen. Aber sie hatte durchgehalten. Gerade so.

Arrow konnte nicht anders, als seine Hand auszustrecken und zu sagen: »Ich bin für dich da, Morgan. Und ich werde dich nach Hause zurückbringen, koste es, was es wolle.«

Sie antwortete nicht, doch der kurze Hoffnungsschimmer, der in ihren Augen aufflammte und sofort wieder erlosch, reichte ihm.

***

Buch 3 in Die Mountain Mercenaries, *Die Befreiung von Morgan*, erscheint in Kürze!

BÜCHER VON SUSAN STOKER

<u>Mountain Mercenaries:</u>
Die Befreiung von Allye
Die Befreiung von Chloe
Die Befreiung von Morgan
Die Befreiung von Harlow
Die Befreiung von Everly
Die Befreiung von Zara
Die Befreiung von Raven

<u>Ace Security Reihe:</u>
Anspruch auf Grace
Anspruch auf Alexis
Anspruch auf Bailey
Anspruch auf Felicity
Anspruch auf Sarah

<u>Die Delta Force Heroes:</u>
Die Rettung von Rayne
Die Rettung von Emily
Die Rettung von Harley

Die Hochzeit von Emily
Die Rettung von Kassie
Die Rettung von Bryn
Die Rettung von Casey
Die Rettung von Wendy
Die Rettung von Sadie
Die Rettung von Mary
Die Rettung von Macie
Die Rettung von Annie (Feb 2022)

SEALs of Protection:
Schutz für Caroline
Schutz für Alabama
Schutz für Fiona
Die Hochzeit von Caroline
Schutz für Summer
Schutz für Cheyenne
Schutz für Jessyka
Schutz für Julie
Schutz für Melody
Schutz für die Zukunft
Schutz für Kiera
Schutz für Alabamas Kinder
Schutz für Dakota

Die SEALs von Hawaii:
Die Suche nach Elodie (13 April 2021)
Die Suche nach Lexie (10 Aug 2021)
Die Suche nach Kenna (Ost 2021)
Die Suche nach Monica
Die Suche nach Carly
Die Suche nach Ashlyn
Die Suche nach Jodelle

Hier ist außerdem eine Liste mit Susans englischen Büchern:

Mountain Mercenaries Series

Defending Allye
Defending Chloe
Defending Morgan
Defending Harlow
Defending Everly
Defending Zara
Defending Raven

Ace Security Series

Claiming Grace
Claiming Alexis
Claiming Bailey
Claiming Felicity
Claiming Sarah

Delta Force Heroes Series

Rescuing Rayne
Rescuing Aimee (novella)
Rescuing Emily
Rescuing Harley
Marrying Emily (novella)
Rescuing Kassie
Rescuing Bryn
Rescuing Casey
Rescuing Sadie (novella)
Rescuing Wendy
Rescuing Mary
Rescuing Macie (novella)
Rescuing Annie (Feb 2022)

Delta Team Two Series

Shielding Gillian

Shielding Kinley

Shielding Aspen

Shielding Jayme (novella)

Shielding Riley

Shielding Devyn (May 2021)

Shielding Ember (Sep 2021)

Shielding Sierra (Jan 2022)

SEAL of Protection Series

Protecting Caroline

Protecting Alabama

Protecting Fiona

Marrying Caroline (novella)

Protecting Summer

Protecting Cheyenne

Protecting Jessyka

Protecting Julie (novella)

Protecting Melody

Protecting the Future

Protecting Kiera (novella)

Protecting Alabama's Kids (novella)

Protecting Dakota

SEAL of Protection: Legacy Series

Securing Caite

Securing Brenae (novella)

Securing Sidney

Securing Piper

Securing Zoey

Securing Avery

Securing Kalee

Securing Jane (Feb 2021)

SEAL Team Hawaii Series
Finding Elodie (Apr 2021)
Finding Lexie (Aug 2021)
Finding Kenna (Oct 2021)
Finding Monica (TBA)
Finding Carly (TBA)
Finding Ashlyn (TBA)
Finding Jodelle (TBA)

Badge of Honor: Texas Heroes Series
Justice for Mackenzie
Justice for Mickie
Justice for Corrie
Justice for Laine (novella)
Shelter for Elizabeth
Justice for Boone
Shelter for Adeline
Shelter for Sophie
Justice for Erin
Justice for Milena
Shelter for Blythe
Justice for Hope
Shelter for Quinn
Shelter for Koren
Shelter for Penelope

Silverstone Series
Trusting Skylar
Trusting Taylor
Trusting Molly (Jun 2021)
Trusting Cassidy (Nov 2021)

BIOGRAFIE

Susan Stoker ist die New York Times, USA Today und Wall Street Journal Bestsellerautorin der Buchreihen »Badge of Honor: Texas Heroes«, »SEAL of Protection«, »Die Delta Force Heroes« und einigen mehr. Stoker ist mit einem pensionierten Unteroffizier der US-Armee verheiratet und hat in ihrem Leben schon überall in den Vereinigten Staaten gelebt – von Missouri über Kalifornien bis hin zu Colorado. Zurzeit nennt sie die Region unter dem großen Himmel von Tennessee ihr Zuhause. Sie glaubt ganz und gar an Happy Ends und hat großen Spaß daran, Geschichten zu schreiben, in denen Romantik zu Liebe wird.

Besuchen Sie Susan im Netz!
www.stokeraces.com
facebook.com/authorsusanstoker
twitter.com/Susan_Stoker
bookbub.com/authors/susan-stoker